中國語言文字研究輯刊

二一編

許學仁 主編

第 **15** 冊

《爾雅》同源詞考

郝立新 著

花木蘭文化事業有限公司

國家圖書館出版品預行編目資料

《爾雅》同源詞考／郝立新 著 -- 初版 -- 新北市：花木蘭文
化事業有限公司，2021〔民110〕

目 2+280 面；21×29.7 公分
（中國語言文字研究輯刊 二一編；第 15 冊）
ISBN 978-986-518-668-5（精裝）

1. 爾雅 2. 訓詁 3. 詞源學

802.08 　　　　　　　　　　　　　　　110012607

ISBN-978-986-518-668-5

9 789865 186685

中國語言文字研究輯刊
二一編　　第十五冊　　　　　　　ISBN：978-986-518-668-5

《爾雅》同源詞考

作　　者　郝立新
主　　編　許學仁
總 編 輯　杜潔祥
副總編輯　楊嘉樂
編　　輯　許郁翎、張雅淋、潘玟靜　美術編輯　陳逸婷
出　　版　花木蘭文化事業有限公司
發 行 人　高小娟
聯絡地址　235 新北市中和區中安街七二號十三樓
　　　　　電話：02-2923-1455 ／傳真：02-2923-1452
網　　址　http://www.huamulan.tw 信箱 service@huamulans.com
印　　刷　普羅文化出版廣告事業
初　　版　2021 年 9 月
全書字數　216703 字
定　　價　二一編 18 冊（精裝）　台幣 54,000 元　　版權所有·請勿翻印

《爾雅》同源詞考

郝立新 著

作者簡介

郝立新，曾用筆名郝維等，湖北省襄陽市人。復旦大學漢語言文字學專業博士，在《漢語學習》、《修辭學習》、《理論月刊》、《理論界》、大學學報等刊物上發表論文 10 餘篇，在商務印書館、清華大學出版社、花木蘭文化事業有限公司（臺灣）等處出版的著作有《趣味咬文嚼字》、《中國傳統文化》、《流利普通話》、《〈爾雅〉同源詞考》以及寫作類教材。

提　要

　　本書只對《爾雅》前 3 篇（《釋詁》、《釋言》、《釋訓》）中的同源詞作全方位、窮盡性的研究。後 16 篇主要作為名物訓詁來研究，不在本書的研究之列。

　　同源詞是指出自同一語源、語音和語義都相關的詞，即語音、語義上都具有親緣關係的詞。判斷同源詞的標準是：語源相同，語音相近，語義相關。語源相同是指具有共同的來源，語音相近是指上古音擬音的聲紐、韻部都接近，語義相關是指意義相近、相反或相通。

　　《爾雅》前 3 篇同源詞之間的語音關係大致有五種類型：語音相同，雙聲疊韻，雙聲韻近，疊韻聲近和聲韻皆近。語義相關的類型主要有意義相近和意義相通兩種。語義相關的方式主要包括三種：含有相關的義項、含有相關的義素及一個詞的義項與另一個詞的義素相關。

　　《爾雅》前 3 篇同源詞出現的方式主要有羅列式、滾動式和交替式三種。出現的類型大致可以分為兩種：被釋詞與解釋詞互為同源詞，被釋詞與被釋詞互為同源詞。每種方式或類型又有若干種形式。

　　《爾雅》前 3 篇同源詞之間的語音關係和語義關係多種多樣，同源詞出現的方式和類型複雜多變，便於容納更多的同源詞。《釋詁》的被釋詞與解釋詞不僅以單音節為主，而且每條類聚的詞較多，所以出現同源詞的頻率就高。由於《釋詁》中的被釋詞與解釋詞數量在《爾雅》前 3 篇中超過一半，其同源詞的比重對《爾雅》前 3 篇同源詞的整體比重起著舉足輕重的作用，而且《釋言》、《釋訓》中的同源詞也占一定的比重，因此《爾雅》前 3 篇同源詞的整體比重就相當大。

　　《爾雅》前 3 篇同源詞的數量在詞的總數量中超過三分之一，接近 40%。這說明，先秦時代聲訓占相當大的比重，先秦時代聲訓的準確度相當高。《爾雅》前 3 篇是對普通詞語的解釋，其中的同源詞占相當大的比重，這決不是偶然的。這表明，在解釋詞語時，先秦學者已經自覺或不自覺地運用聲訓。雖然缺乏理論上的論證，但是先秦學者運用聲訓的技巧已經十分熟練。從某種意義上說，《爾雅》前 3 篇也具有半同源詞詞典的性質。

　　從《爾雅》前 3 篇同源詞的情況看，故訓存在許多同源詞相訓的情況，聲訓多數是正確的。以往有人認為「因聲求義」是訓詁的最高境界，不是沒有道理的。傳統訓詁學要走向科學化，必須解釋詞的構成理據，揭示語源。

　　揭示語源要盡可能地探求「語根」。探求「語根」，不僅要研究詞源，而且要參考字源。

　　語音與語義的結合有現實的理據。音義結合的理據是多種多樣的，或者是自然的發音，或者是動情的感歎，或者是音響的類比，或者是形態的模仿等。「語根」一旦產生，就會根據事物之間的某種相似性或相關性，衍生出一系列詞。這些詞是同源詞，具有共同的語源。

目次

引　言

一、寫作緣起

　　《爾雅》是儒家「十三經」之一，歷史上長期與「四書五經」並列為儒家的重要經典。《爾雅》是中國第一部詞典，為中國詞典史上的開山之作。《爾雅》是訓詁的彙編，為歷代訓詁學家所採擷。古往今來，《爾雅》所涉及的各個方面都有人進行研究，其中包括像劉歆、孫炎、郭璞、邢昺、鄭樵、戴震、邵晉涵、郝懿行、黃侃、楊樹達這樣的著名學者，但詞條中同源詞的比重到底有多大——從詞源學的角度對《爾雅》前 3 篇（《釋詁》、《釋言》、《釋訓》）所收語詞進行全面考證並進行數量統計的工作還比較缺乏。因此，有必要用語源學的方法，對《爾雅》前 3 篇中的同源詞進行全面的考證和詳盡的數量統計。

二、研究意義

（一）理論意義

　　用語源學的方法，對《爾雅》前 3 篇中的同源詞進行全面考證並進行數量統計，具有重要的理論意義。

　　《爾雅》前 3 篇不僅各條大都以同義詞類聚，訓釋詳盡具體，而且數量有限，因此可以作窮盡性的調查統計。研究《爾雅》前 3 篇中的同源詞，經過全面調查統計，可以弄清同源詞所占的比重。

　　《爾雅》是先秦時代的重要經典，主要採用聲訓、義訓方法對詞語進行訓釋，聲訓占有較大的比重。對《爾雅》前 3 篇中的同源詞進行研究，可以判斷先秦時代聲訓的準確度以及運用聲訓的自覺程度。

　　《爾雅》是上古漢語的重要經典，離漢語漢字產生的時代相對較近，對研究漢語語源學有較大的啟示作用。研究《爾雅》前 3 篇中的同源詞，可以幫助我們瞭解漢語語源學的起源情況。

　　《爾雅》是一部重要的訓詁學著作，是訓詁學實踐的很好體現，又主要採用聲訓、義訓方法對詞語進行訓釋。對《爾雅》前 3 篇中的同源詞進行研究，可以進一步豐富、充實漢語語源學的基礎理論研究。

（二）實踐意義

　　用語源學的方法，對《爾雅》前 3 篇中的同源詞進行全面考證並進行數量統計，具有重要的實踐意義。

　　詞語的語源探討，必須涉及文字學、音韻學和訓詁學知識。《爾雅》前 3 篇包含大量的普通詞語，而且其中大多數是古代漢語中的常用詞。對這些詞語的研究屬於微觀個案研究，研究的成果可供訓詁學家參考。

　　語文教學常常涉及字、詞的讀音、形體和意義，而研究同源詞也要涉及字、詞的讀音、形體和意義。對《爾雅》前 3 篇中的同源詞進行研究，對語文教學有一定的幫助。

　　同源辭書的編寫需要大量的同源詞作為基礎。對《爾雅》前 3 篇中的同源詞進行研究，會系聯不少同源詞。系聯的同源詞，可以為同源辭書的編寫提供一定價值的參考。

　　《爾雅》是上古漢語的經典，在長期的流傳過程中，由於諸多因素的影響可能出現一些訛誤。對《爾雅》前 3 篇中的同源詞進行研究，對古籍校勘有一定的幫助。

三、研究綜述

（一）同源詞研究概況

　　漢語語源學早在公元前 9 世紀就已經產生〔註1〕，具有悠久的歷史。成書

〔註1〕見殷寄明《中國語源學史》，吉林人民出版社，2002 年版，第 1 頁。

於周初年的《易》，運用聲訓方法，把音義上具有相似性的兩個語詞進行比較、互證，其中有一部分是同源詞相訓。西漢的揚雄在《方言》中提出「語之轉」、「轉語」說，用聲訓方法闡釋詞義。東漢的許慎在《說文解字》中對「轉注」所作的解釋反映了「語轉」的理論，詞語闡釋多有聲訓。鄭玄首次提出「因聲求義」的理論主張，在實踐中廣泛採用聲訓。劉熙的《釋名》普遍使用聲訓推源，指出「名之於實，各有義類」。北宋的王子韶提出了「右文」說，指出形聲字中聲符兼有意義的特點。清朝的戴震、段玉裁、程瑤田、王念孫等進一步發展成「聲近義通」理論。現代章太炎的《文始》一書對前人的研究作了總結，揭開了現代語源學的序幕。沈兼士發展了「右文」說。瑞典學者高本漢的《漢語詞類》和《漢文典》第一次提出了同族詞的概念，促進了漢語同族詞研究的科學化。

20 世紀 80 年代以來，漢語同源詞的研究繼續深入，主要表現在兩個方面：一是繼續同源詞、同源詞族的考證和系聯工作並在此基礎上提出漢語語源學的理論和方法，二是總結和反思以往語源研究的成就和不足。

同源詞、同源詞族的考證和系聯工作是同源詞研究的基礎工作。王力先生的《同源字典》之後，考證工作繼續進行，學者們以論文或專著的形式，展示自己的研究成果。其中，專著類有劉鈞傑先生的《同源字典補》、《同源字典再補》，張希峰先生的《漢語詞族叢考》、《漢語詞族續考》、《漢語詞族三考》，殷寄明先生的《漢語同源字詞叢考》等。這方面系聯工作的主要特點是：基本遵循《同源字典》的模式；系聯從單組同源詞到同源詞詞族，顯示出同源詞的系統性；努力從平面系聯轉為歷時的推源。相關的漢語語源學的理論著作有任繼昉先生的《漢語語源學》等。殷寄明先生的《漢語同源詞大典》是繼王力先生的《同源字典》之後最重要的著作。這些理論著作基本解決了漢語語源學的理論問題，建立了完整的體系。

對以往語源研究理論和方法的總結和反思是進一步研究的需要。工作主要集中在：對《爾雅》、揚雄《方言》、劉熙《釋名》、許慎《說文解字》、段玉裁《說文解字注》、王念孫《廣雅疏證》等典籍中的同源詞研究的梳理；對同源詞判定標準「音近義通」說的反思；對王力先生《同源字典》的思考。代表性學者有王寧、蔣禮鴻、黃金貴、孟蓬生、黃易青、張博、陳建初、胡繼明等先生。這方面，中國學術界對傳統語源研究的理論和方法進行了思考，積極尋求

同源詞研究的新方法，多方面進行了嘗試。

另外，學者們還提出了一些新的研究視角和方法。例如對漢語同源詞從文化、認知、思維等方面進行研究，使傳統的研究對象散發出新的理論光彩。新的研究視角和研究方法的提出，表明學者們不再局限於同源詞本身，而開始關注同源詞現象背後的社會背景、認知規律和文化、哲學現象，初步顯示出解釋的色彩。

（二）同源詞與同源字

1. 同源詞、同源字的概念和判斷標準

（1）前人的觀點

關於漢語同源詞與同源字的概念，歷來眾說紛紜。

王力先生認為，凡音義皆近、音近義同或義近音同的字叫作同源字。這些字都有同一來源。例如「背」和「負」。〔註2〕所謂同源字實際上就是同源詞。〔註3〕

陸宗達、王寧先生認為，詞和詞之間具有音相近、義相通關係的詞是同源詞。例如，「超」、「跳」、「躍」，「回」、「還」、「旋」。〔註4〕由同一根詞直接或間接派生出的詞叫同源派生詞，在派生推動下所造出的記錄派生詞的字叫孳乳字，同源孳乳字叫同源字，同源字是記錄同源詞的。例如，「欺」、「譎」，「仍」、「芿」、「孕」，「還」與「還」。〔註5〕

張世祿先生等認為，兩個或兩個以上讀音相同或相近、意義相關、具有同一語源的詞構成一組同源詞。同源詞也稱為同源字。例如，「耦」、「偶」、「隅」、「遇」。〔註6〕

殷寄明先生認為，同源詞即語源相同的語詞，從發生學的角度說，同源詞是由同一語源孳乳分化出來的語詞，在語音上具有相同或相通之特徵，而在語義上則有相同、相反或相對、相通之特徵。〔註7〕同源字即語源相同的文字，

〔註2〕見王力《同源字典》，商務印書館，1982年版，第3頁。
〔註3〕見王力《同源字典》，商務印書館，1982年版，第5頁。
〔註4〕見陸宗達、王寧《訓詁與訓詁學》，山西教育出版社，1994年版，第460頁。
〔註5〕見陸宗達、王寧《訓詁與訓詁學》，山西教育出版社，1994年版，第369頁。
〔註6〕見張世祿《古代漢語教程》，第三版，復旦大學出版社，2005年版，第113頁。
〔註7〕見殷寄明《語源學概論》，上海教育出版社，2000年版，第131頁。

兩個或更多個文字記錄了同一語源，這些文字則為同源字。例如「責」、「債」。
〔註8〕

《辭海》認為，同源詞是詞彙中音義相關、由同一語源孳生的詞。如漢語的「毋」、「無」，「強」、「健」，「迎」、「逆」，「買」、「賣」。就意義上看，有同義、反義或其他的關聯；就語音上看，有同音或雙聲、疊韻的關聯。同源字是記錄同源詞的音義皆近、音近義同或義近音同的字。常以某一概念為中心，表示相近或相關的幾個概念。如：草木缺水為「枯」，江河缺水為「涸」、為「竭」，人缺水欲飲為「渴」；水缺口為「決」，環狀玉缺口為「玦」，器皿缺口為「缺」。〔註9〕

可見，上述各家的觀點既有相同之處，也有不同之處。各家大都認為同源詞、同源字有其相同的語源，大都從語音、語義等方面去界定同源詞與同源字。

（2）同源詞的概念和判斷標準

明末清初的方以智在《通雅》中貫穿著一條原則，那就是因音求義，推本求源。《謰原》小序說：「叔然（孫炎）作反切，本出於俚里常言，宋景文《筆記》之如鯽溜為就、突欒為團、鯽令為精、窟籠為孔，不可勝舉，訛失日已遠矣。然相沿各有其原，考之於古，頗有暗合。」《疑始》小序進一步說：「經傳方言者，自然之氣也，以音通古義之原也。」方以智不僅提出了「以音通古義之原」的觀點，而且其《通雅》主要在「以音通古義之原」上下功夫。方以智推源的方法是以語言為線索系聯源詞和同源派生詞來進行互參並分析語詞在文獻中的實用例和文化史的演變情況。「以音通古義之原」的方法系聯的語詞之間在語音和語義上具有同源關係。這種語音和語義都相關的詞，叫作同源詞。

同源詞是指出自同一語源、語音和語義都相關的詞，即語音、語義上都具有親緣關係的詞。判斷同源詞的標準是：語源（詞源）相同，語音相近，語義相關。語源相同是指具有共同的來源，語音相近是指上古音擬音的聲紐、韻部都接近，語義相關是指意義相近、相反或相通。例如：

〔註8〕見殷寄明《語源學概論》，上海教育出版社，2000年版，第127頁。
〔註9〕見《辭海》，第六版，普及本，中冊，上海辭書出版社，2009年版，第3935頁。

背：幫紐職部；負：並紐之部。

幫並旁紐；職之對轉；「背、負」語音相近。

「背」，從肉，北聲。本義是脊背。《說文·肉部》：「背，脊也。從肉，北聲。」段玉裁注：「脊者，背之一端，背不止於脊。」《孟子·盡心上》：「其生色也，睟然見於面，盎于背，施於四體。」引申為用脊背馱。《廣雅·釋詁四》：「背，負後也。」唐李商隱《李賀小傳》：「恒從小奚奴，騎距驢，背一古破錦囊，遇有所得，即書投囊中。」宋孫光憲《北夢瑣言·逸文》：「王生腰背一船，船中載十二人，舞河傳一曲，略無困乏。」

「負」，從人，從貝。本義是憑仗。《說文·貝部》：「負，恃也。從人守貝有所恃也。一曰受貸不償。」段玉裁注：「會意。」《周禮·夏官·大司馬》：「負固不服，則侵之。」鄭玄注：「負，恃也。」引申為以背載物。《釋名·釋姿容》：「負，背也，置項背也。」《玉篇·貝部》：「負，擔也，置之於背也。」《詩·大雅·生民》：「恒之穈芑，是任是負。」孔穎達疏：「以任、負異文，負在背，故任為抱。」《韓非子·喻老》：「王壽負書而行，見徐馮於周途。」

「背、負」都有「用脊背馱」義，語義相近。

「背、負」語音、語義都有親緣關係，為同源詞。

枯：溪紐魚部；涸：匣紐鐸部。

溪匣旁紐；魚鐸對轉；「枯、涸」語音相近。

「枯」，從木，古聲。本義是草木失去水分，枯槁。《說文·木部》：「枯，槁也。從木，古聲。」《易·大過》：「枯楊生稊，老夫得其女妻。」孔穎達疏：「枯謂枯槁。」《禮記·月令》：「（孟夏）行冬令，則草木蚤枯。」

「涸」，從水，固聲。本義是水乾枯，江河失去水分。《說文·水部》：「涸，渴也。從水，固聲。」《玉篇·水部》：「涸，竭也。」《莊子·大宗師》：「泉涸，魚相與處於陸，相呴以濕，相濡以沫，不如相忘於江湖。與其譽堯而非桀也，不如兩忘而化其道。」

「枯、涸」都有「失去水分」義，語義相通。

「枯、涸」語音、語義都有親緣關係，為同源詞。

（3）同源字的概念和判斷標準

清朝的段玉裁提出了「聲與義同原」的觀點。《說文·示部》：「禎，以真

受福也。从示，眞聲。」段玉裁注：「此亦當云眞亦聲，不言者省也。聲與義同原，故諧聲之偏旁多與字義相近。此會意形聲兩兼之字致多也。《說文》或稱其會意，略其形聲，或稱形聲，略其會意。雖則省文，實欲互見。不知此，則聲與義隔。」他又提出了「以聲為義」的觀點：「古今先有聲音而後有文字，是故九千字之中，从某為聲者，必同是某義。如从非聲者定是赤義，从番聲者定是白義，从于聲者定是大義，从酉聲者定是臭義……全書八九十端，此可以窺上古之語言。」（龔自珍《最錄段先生定本許氏〈說文〉》引段玉裁語）後來段玉裁可能認為從某聲者定是某義的說法不準確，於是修正為從某聲者多有某義。所謂「聲與義同原」是指，聲符所提供的語音與所表示的語義出自同一語源，語言中的某個聲音與某個意義約定俗成地結合在一起。段玉裁的「聲與義同原」以及「以聲為義」的觀點主要是在研究形聲字的過程中提出來的。形聲字的聲符不僅與形體相關，而且常常與語音相關。具有相同聲符而意義相關的字，其實是形體和語義都相關（常常語音也相關）的字，叫作同源字。

　　同源字是指出自同一語源、音形義都相關的字，即語音、形體和語義上都具有親緣關係的字。判斷同源字的標準是：語源（字源）相同，語音相近，形體相關，語義相關。語源相同是指具有共同的來源，語音相近是指上古音擬音的聲紐、韻部都接近，形體相關是指古漢字形體具有相似的聲符（聲符字往往是母字，含有聲符字的形聲字往往是子字），語義相關是指意義相近、相反或相通。例如：

　　偶：疑紐侯部；耦：疑紐侯部。

　　「偶、耦」語音相同。

　　「偶、耦」含有相同的聲符「禺」，形體相關。

　　「偶」，從人，禺聲。本義是人工仿造的人像。《說文·人部》：「偶，桐人也。從人，禺聲。」《字彙·人部》：「偶，又俑也，像也。木偶曰木像，土偶曰土像。」《淮南子·繆稱訓》：「紂為象箸而箕子唏，魯以偶人葬而孔子歎。」高誘注：「偶人，相人也。」又配偶。《集韻·厚韻》：「偶，儷也。」《字彙·人部》：「偶，伉儷也。」《魏書·劉昞傳》：「（郭）瑀有女始笄，妙選良偶，有心於昞。」又雙數。《廣韻·厚韻》：「偶，二也。」《正字通·人部》：「偶，凡數，雙曰偶，隻曰奇。」《禮記·郊特牲》：「鼎俎奇而籩豆偶，陰陽之義也。」

《文心雕龍・麗辭》：「奇偶適變，不勞經營。」

「耦」，从耒，禺聲。本是古農具名，耜類。《說文・耒部》：「耦，耒廣五寸為伐，二伐為耦。从耒，禺聲。」段玉裁注：「耕，各本偽作耒，今依《太平御覽》正。」《周禮・考工記・匠人》：「耜廣五寸，二耜為耦。」又配偶。《左傳・桓公六年》：「人各有耦；齊大，非吾耦也。」《太平廣記》卷三百四十二引佚名《異聞錄》：「今日相對，正為嘉耦。」又雙數。《玉篇・耒部》：「耦，不畸也。」《易・繫辭下》：「陽卦奇，陰卦耦。」

「偶、耦」都有「配偶」、「雙數」義，語義相近。

「偶、耦」語音、形體、語義都有親緣關係，為同源字。

決：見紐月部；缺：溪紐月部；玦：見紐月部。

見溪旁紐；月部疊韻；「決、缺、玦」語音相近。

「決、缺、玦」含有相同的聲符「夬」，形體相關。

「決」，从水，夬聲。本義是開鑿壅塞，疏通水道。《說文・水部》：「決，行流也。从水，从夬。廬江有決水，出於大別山。」朱駿聲通訓定聲：「人道之而行曰決，水不循道而自行亦曰決。」《書・益稷》：「予決九川，距四海。」引申為大水衝破堤岸或溢出。含有缺損義。《左傳・襄公三十一年》：「然猶防川，大決所犯，傷人必多。」《淮南子・天文訓》：「蠶珥絲而商弦絕，賁星墜而渤海決。」高誘注：「決，溢也。」

「缺」，从缶，夬聲。本義是器物缺損。含有缺損義。《說文・缶部》：「缺，器破也。从缶，決省聲。」《玉篇・缶部》：「缺，破也。」《詩・豳風・破斧》：「既破我斧，又缺我戕。」《淮南子・說林訓》：「為車者步行，陶者用缺盆，匠人處狹廬，為者不得用，用者不肯為。」

「玦」，从玉，夬聲。本義是環形有缺口的佩玉。金製的叫金玦。含有缺損義。《說文・玉部》：「玦，玉佩也。从玉，夬聲。」《國語・晉語一》：「是故使申生伐東山，衣之偏裻之衣，佩之以金玦。」韋昭注：「玦如環而缺，以金為之。」《楚辭・九歌・湘君》：「捐余玦兮江中，遺余佩兮澧浦。」王逸注：「玦，玉佩也。」

「決、缺、玦」都有「缺損」義，語義相通。

「決、缺、玦」語音、形體、語義都有親緣關係，為同源字。

2. 同源詞與同源字的關係

同源詞與同源字的關係可以有兩種處理方法：第一種方法是不區分同源詞與同源字，這時同源詞也稱為同源字；第二種方法是區分同源詞與同源字，這時同源詞不稱為同源字。

為了方便，本書採取第一種方法，從詞的角度出發，一律稱為同源詞。

（1）不區分同源詞與同源字

如果不區分同源詞與同源字，那麼同源詞也稱為同源字，但是內部還是可以分為形體相關的和形體無關的兩個小類。同源詞或同源字的形體是否相關，一般要看它們的上古文字是否有共同的聲符，有共同的聲符就是形體相關，否則就是形體無關。

①形體無關的同源詞或同源字

典：端紐文部；則：精紐職部。

端精照準雙聲；文職通轉；「典、則」語音相近。

「典」，甲骨文上面是冊，下面是大。本義是經典，重要的文獻、典籍。《說文・丌部》：「典，五帝之書也。从冊在丌上，尊閣之也。莊都說：『典，大冊也。』」《書・五子之歌》：「有典有則，貽厥子孫。」孔傳：「典謂經籍。」引申為常道，法則。《書・皋陶謨》：「天敘有典，敕我五典五惇哉。」孔穎達疏：「天次敘人倫，使有常性，故人君為政，當敕正我父、母、兄、弟、子五常之教教之，使五者皆惇厚哉！」《史記・禮書》：「定宗廟百官之儀，以為典常，垂之於後云。」

「則」，金文從鼎，從刀。小篆從貝，從刀。本義是按等級區劃物體。《說文・刀部》：「則，等畫物也。从刀，从貝。貝，古之物貨也。」《漢書・敘傳下》：「《坤》作墜勢，高下九則。」顏師古注引劉德曰：「九則，九州土田上中下九等也。」引申為規律，法則。《廣韻・德韻》：「則，法則。」《管子・形勢》：「天不變其常，地不易其則。」《馬王堆漢墓帛書・經法・君正》：「一年從其俗，則知民則。」

「典、則」都有「法則」義，語義相通。

「典、則」沒有共同的聲符，形體無關。

「典、則」語音、語義都有親緣關係，為形體無關的同源詞或同源字。

②形體相關的同源詞或同源字

徑：見紐耕部；涇：見紐耕部。

「徑、涇」語音相同。

「徑、涇」含有相同的聲符「巠」，形體相關。

「徑」，从彳，巠聲。本義是小路。《說文·彳部》：「徑，步道也。从彳，巠聲。」徐鍇繫傳：「小道不容車，故曰步道。」段玉裁注：「謂人及牛馬可步行而不容車。」朱駿聲通訓定聲：「步行之道，謂異於車行大道。」《玉篇·彳部》：「徑，小路也。」《論語·雍也》：「有澹台滅明者，行不由徑。」引申為直。《集韻·徑韻》：「徑，直也。」徐灝《說文解字注箋·彳部》：「徑，戴氏侗曰：『小道徑達，故因之為徑直之義。』」《楚辭·遠遊》：「陽杲杲其未光兮，淩天地以徑度。」洪興祖補注：「徑，直也。」《漢書·枚乘傳》：「石稱丈量，徑而寡失。」顏師古注：「徑，直也。」

「涇」，从水，巠聲。本是水名。《說文·水部》：「涇，水。出安定涇陽开頭山，東南入渭。雝州之川也。从水，巠聲。」《書·禹貢》：「弱水既西，涇屬渭汭，漆沮既從，灃水攸同。」孔傳：「言治涇水入於渭。」引申為直流的水波。含有直義。《釋名·釋水》：「水直波曰徑。涇，徑也。言如道徑也。」《爾雅·釋水》作「直波為涇。」《詩·大雅·鳧鷖》：「鳧鷖在涇，公尸來燕來寧。」馬瑞辰傳箋通釋：「『在涇』正泛指水中有直波處，非涇、渭之涇。」《莊子·秋水》：「秋水時至，百川灌河，涇流之大，兩涘渚涯之間，不辯牛馬。」

「徑、涇」都有「直」義，語義相通。

「徑、涇」語音、形體、語義都有親緣關係，為形體相關的同源詞或同源字。

（2）區分同源詞與同源字

如果區分同源詞與同源字，那麼同源詞不稱為同源字。語源相同、音義相關而形體無關的詞是同源詞，語源相同、音形義相關的字是同源字。例如，上文中的「典、則」為同源詞，「徑、涇」為同源字。

詞與字是從不同角度歸納出來的概念，同源詞與同源字也可以從不同角度歸納出來。

詞是語言的建築材料，是語音和語義的結合物。談到詞，人們想到的首先

是它的語音。人們理解漢語的詞，即使不知道它的寫法，也常常能根據它的聲音推斷它大致的意義。文盲只需聽口語就能理解說話人的意思。人們聽到了漢語詞的語音，理解了語義，就可以用口語互相進行交流，即使不寫出來也沒有太大關係。詞主要是憑藉語音進行傳播的。這說明，對於漢語的詞來說，語音是首要的。同源詞就是語源（詞源）相同、語音和語義都相關的詞。

　　文字是記錄語言的書寫符號，是形體、語音和語義的結合物。談到文字，人們想到的首先是它的形體。漢字是記錄漢語的書寫符號。人們辨識漢字，即使不知道它的讀音，也常常能根據它的形體推斷它大致的意義。說不同方言的人只需看書信就能理解寫信人的意思。人們看到了漢字的形體，知道了要表達的意義，就可以用漢字互相進行交流，即使不發出聲音來也沒有太大關係。漢字主要是憑藉形體進行傳播的。這說明，對於漢字來說，形體是首要的。同源字就是語源（字源）相同、形音義都相關的字。

　　同源詞與同源字都要求語源相同、音義相關，但是同源詞側重於詞源相同、形體無關，同源字側重於字源相同、形體相關。「語轉」說主要是研究同源詞的，大致屬於詞源學的範疇。「右文」說主要是研究同源字的，大致屬於字源學的範疇。

　　同源詞與同源字對舉時，一般區分同源詞與同源字。

四、研究範圍

　　《爾雅》前 3 篇（《釋詁》、《釋言》、《釋訓》）中的詞是普通詞語，本書擬對《爾雅》前 3 篇中的同源詞進行全方位、窮盡性的考釋。《爾雅》後 16 篇（《釋親》、《釋宮》、《釋器》、《釋樂》、《釋天》、《釋地》、《釋丘》、《釋山》、《釋水》、《釋草》、《釋木》、《釋蟲》、《釋魚》、《釋鳥》、《釋獸》、《釋畜》）是百科全書的雛形，詞的組成可以按照現在多音節詞的構成方式進行，主要作為「雅學」名物訓詁來研究，所以不在本書的研究之列。

五、研究方法

　　《爾雅》向來被認為是一部同義詞詞典，因此只要找出每條中語音、語義都相關的詞，剔出不符合條件的詞，基本上就可以確定為同源詞。本書擬首先逐篇、逐條、逐詞依次標出《爾雅》前 3 篇（《釋詁》、《釋言》、《釋訓》）中每

個詞的上古音擬音，找出語音上具有直接或間接通轉關係的詞；接著對這些語音上具有通轉關係的詞進行語義親緣關係分析；然後根據詞的語音、語義親緣關係確定是否為同源詞；最後統計出《爾雅》前 3 篇中同源詞的數量，計算出其在前 3 篇詞的總數量中所占的比重，從而導出結論。

（一）語音理論依據

上古音擬音系統以及語音通轉理論採用王力先生《同源字典・同源字論》說。

1. 聲母系統

王力先生把上古聲母分為 33 個（其中包括零聲母）。〔註 10〕郭錫良先生根據王力先生 20 世紀 80 年代的意見把「餘」的擬音改為 ʎ。〔註 11〕

喉音		影○						
牙音		見 k	溪 kh	群 g	疑 ng		曉 x	匣 h
舌音	舌頭	端 t	透 th	定 d	泥 n	來 l		
	舌面	照 tj	穿 thj	神 dj	日 nj	喻 j	審 sj	禪 zj
齒音	齒頭	精 tz	清 ts	從 dz			心 s	邪 z
	正齒	莊 tzh	初 tsh	牀 dzh			山 sh	俟 zh
唇音		幫 p	滂 ph	並 b	明 m			

同紐者為雙聲，例如：

匣母雙聲〔h：h〕　　　　　丸〔huan〕：圓〔hiuən〕

同類同直行或舌音、齒音同直行者為準雙聲，例如：

端照準雙聲〔t：tj〕　　　　著〔tia〕：彰〔tjiang〕

泥日準雙聲〔n：nj〕　　　　乃〔nə〕：而〔njiə〕

照莊準雙聲〔tj：tzh〕　　　至〔tjiet〕：臻〔tzhen〕

審心準雙聲〔sj：s〕　　　　鑠〔sjiôk〕：銷〔siô〕

同類同橫行者為旁紐，例如：

見匣旁紐〔k：h〕　　　　　國〔kuək〕：域〔hiuək〕

同類不同橫行者為準旁紐，例如：

透神準旁紐〔th：dj〕　　　它〔thai〕：蛇〔djya〕

〔註 10〕見王力《同源字典》，商務印書館，1982 年版，第 18 頁。

〔註 11〕見郭錫良《漢字古音手冊》，增訂本，商務印書館，2010 年版，例言第 4 頁。

喉音與牙音、舌音與齒音、鼻音與鼻音、鼻音與邊音都是鄰紐，例如：

影見鄰紐〔○：k〕　　　　　　影〔yang〕：景〔kyang〕

喻邪鄰紐〔j：z〕　　　　　　夜〔jyak〕：夕〔zyak〕

疑泥鄰紐〔ng：n〕　　　　　　釅〔ngiam〕：醲〔niuəm〕

來明鄰紐〔l：m〕　　　　　　令〔lieng〕：命〔mieng〕

2. 韻部系統

王力先生把上古韻部分為 29 個。〔註 12〕郭錫良先生把「侵」部合口標作「冬」部，實行「冬、侵」分部，成為 30 個。〔註 13〕

	之ə	支e	魚a	侯o	宵ô	幽u
甲類	職ək	錫ek	鐸ak	屋ok	沃ôk	覺uk
	蒸əng	耕eng	陽ang	東ong		冬ung
乙類	微əi	脂ei	歌ai			
	物ət	質et	月at			
	文ən	真en	元an			
丙類	緝əp		盍ap			
	侵əm		談am			

同韻部者為疊韻，例如：

之部疊韻〔ə：ə〕　　　　待：俟　　乃：而

同類同直行者為對轉，例如：

之職對轉〔ə：ək〕　　　　負〔biuə〕：背〔puək〕

同類同橫行者為旁轉，例如：

侯幽旁轉〔o：u〕　　　　叩〔kho〕：考〔khu〕

既旁轉又對轉者為旁對轉，例如：

微元旁對轉〔əi：an〕　　　　回〔huəi〕：還〔hoan〕

不同類而主要元音相同以及雖主要元音不同但韻尾同屬塞音或鼻音者為通轉，例如：

之文通轉〔ə：ən〕　　　　在〔dzə〕：存〔dzuən〕

真侵通轉〔en：əm〕　　　　年〔nyen〕：稔〔njiəm〕

〔註12〕見王力《同源字典》，商務印書館，1982 年版，第 13 頁。

〔註13〕見郭錫良《漢字古音手冊》，增訂本，商務印書館，2010 年版，例言第 5 頁。

本書不講旁轉、旁對轉。通轉只講不同類而主要元音相同的通轉，不講雖主要元音不同但韻尾同屬塞音或鼻音的通轉。

（二）語義理論依據

語義系統採用殷寄明先生《語源學概論》意義相同、相反或相對、相通的理論。

1. 語義相同

殷寄明先生認為，同源詞的語義相同包括三種情形：一是各語詞的義項相同，二是各語詞含有相同的義素，三是此詞之義項與彼詞之義素相同。〔註14〕

（1）義項相同

同源詞是音義兩方面都具有相同特徵的語詞，同時又是各有區別特徵的語詞（不具備這個條件就成了異體字、古今字等同源字）。有些同源詞，它們的義項相同，但又存在一定的差異，主要有三個方面：各語詞的意義側重點不同，各語詞的意義有輕重之殊，各語詞的意義在其語義系列中所處的位置不同。

①各語詞的意義側重點不同

例如，「疆」和「境」，二者本義均為疆界、邊界，但前者側重於分界之處，後者側重於地域已近臨界處。

②各語詞的意義有輕重之殊

例如，「冷」和「涼」，二者都有寒冷之義項，此所謂「渾言」者；析言之，「冷」指嚴寒，「涼」指微寒、清涼。

③各語詞的意義在其語義系列中所處的位置不同

第一，語詞 A 的本義與語詞 B 的引申義相同。例如，「終」和「止」都有終止義，但終止是「終」的本義、「止」的引申義。

第二，語詞 A 的本義與語詞 B 的本義相同。例如，「道」和「路」都有道路義，而且都是本義。

第三，語詞 A 的引申義與語詞 B 的引申義相同。例如，「萃」和「集」都有聚集義，而且都是引申義。

〔註14〕見殷寄明《語源學概論》，上海教育出版社，2000 年版，第 162 頁。

（2）含有相同義素

同源詞的語義親緣關係表現為含有相同義素，這種情況普遍存在。同源的各語詞作一比較，往往可以看到彼此之間相同的義素、相異（相區別）的義素並存，反映出同源詞既相統一又相對獨立的特點。

例如，「朱」指紅心木，義項包括「紅色」、「木」兩個義素。「赭」指紅土，義項包括「紅色」、「土」兩個義素。「朱」和「赭」含有相同的義素「紅色」，同時又含有不同的義素。

（3）此詞之義項與彼詞之義素相同

某個詞的義項被包容在另一個或另一些語詞的義項中，表現為義素，彼此之間呈義項與義素相同勢態，這種情況也很常見。

例如，「斯」指劈開，「析」指劈開木頭。二者都有劈開義，但在「斯」表現為義項，在「析」表現為義素。

2. 語義相反或相對

殷寄明先生認為，兩種性質相反的事物或同一事物性質相反的兩個方面可以用同一語詞形式來表達，實質上，這就是語詞與語詞語源相同而其意義相反或相對的理據。〔註15〕

例如，曷聲字所表語詞「揭、碣」等都有高義，「褐、楬」等都有短小義，二義相反。

3. 語義相通

殷寄明先生認為，語義相通指彼此同條共貫，存在著某種邏輯關係。同源詞的語義相通關係有其獨特性和複雜性。〔註16〕

（1）同源詞的語義相通關係是隱蔽的、不明顯的

因為這種語義相通關係不僅僅表現為義項與義項相貫通，更多的是語詞與語詞之間的語義相貫通，各個語義不一定有統一的文字記錄形式。

（2）同源詞的語義相通關係是極其複雜的

同源詞的語義是由同一語源中的語義在不同語詞上的顯現，其表現方式是多種多樣的。可以表現為同一事物的兩種不同名稱，也可以表現為兩個或多個

〔註15〕見殷寄明《語源學概論》，上海教育出版社，2000年版，第179頁。
〔註16〕見殷寄明《語源學概論》，上海教育出版社，2000年版，第186頁。

語詞的構詞理據；可以表現為一組同源詞中各個個體語義上的細微差別，也可以表現為同源的兩組語詞之間義素與義素上的邏輯關係。

例如，「踠、腕、婉、蜿」等詞，或有圓義，或有曲義，二義相通，標音、示源符號相同，出自同一語源。

（三）雙音節詞的語音分析

1. 雙音節聯綿詞

聯綿詞，意義上是一個整體（不可拆開來講），語音上有雙聲、疊韻等關係。古人又稱聯綿詞為聯綿字。

孫景濤先生認為，古代漢語的雙音節聯綿詞和疊音詞（其實也包括雙音節重疊式合成詞）是由單音節重疊形成的。雙聲、雙聲兼疊韻的聯綿詞屬於逆向重疊，基式在後，重疊部分在前，如踟躕、輾轉；疊韻的聯綿詞屬於順向重疊，基式在前，重疊部分在後，如逍遙；既非雙聲又非疊韻的聯綿詞屬於裂變重疊，基式聲母保留在第一個音節，基式韻母保留在第二個音節，如蝴蝶；疊音的聯綿詞和疊音詞屬於完全重疊，基式音節自我複製，變成兩個相同的音節，如關關、旦旦。〔註17〕

雙音節聯綿詞可能是在單音節詞發音時語速變慢形成的。古代有所謂「急言」與「緩言」之分。例如，急言「瓠」，緩言「葫蘆」；急言「筆」，緩言「不律」。〔註18〕本書雙音節聯綿詞的語音分析按照單音節詞來處理。雙聲、雙聲兼疊韻的聯綿詞取第二個音節的聲母和韻母，疊韻的聯綿詞取第一個音節的聲母和韻母，既非雙聲又非疊韻的聯綿詞取第一個音節的聲母和第二個音節的韻母。

2. 雙音節合成詞

本書雙音節合成詞的語音分析按照單音節詞語音分析的規則進行。即兩個雙音節詞的第一個音節與第一個音節、第二個音節與第二個音節聲紐與韻部分別對應。只有兩個雙音節詞的兩個音節語音都相近，才算語音相近。

雙音節重疊式合成詞的語音分析按照單音節詞處理，取其中一個音節。

〔註17〕見孫景濤《古漢語重疊構詞法研究》，上海教育出版社，2008年版，第165頁。
〔註18〕《爾雅・釋器》：「不律謂之筆。」

3. 雙音節疊音詞

雙音節疊音詞的語音分析按照單音節詞處理，取其中一個音節。

第 1 章　《釋詁》同源詞考 [註1]

1.1　初、哉、首、基、肇、祖、元、胎、俶、落 [註2]、權輿，始也。

一、初，祖，落

初：初紐魚部；祖：精紐魚部；落：來紐鐸部。

初精準旁紐，初來、精來鄰紐；魚部疊韻，魚鐸對轉；「初、祖、落」語音相近。

「初」，从衣，从刀。本義是開始。《說文・刀部》：「初，始也。从刀，从衣。裁衣之始也。」吳其昌《金文銘象疏證》：「初民無衣，大抵皆獸皮以刀割裁而成，衣之新出於刀，是初義也，故初確係從刀。」《禮記・檀弓下》：「夫魯有初，公室視豐碑，三家視桓楹。」鄭玄注：「初，謂故事。」《楚辭・離騷》：「皇覽揆余初度兮，肇錫余以嘉名。」王逸注：「初，始也。」

「祖」，甲骨文作且，或從示、且聲。從示的字多與神、福、祭祀有關。本義是祖廟，宗廟。《說文・示部》：「祖，始廟也。从示，且聲。」王筠句讀：「《檀弓》：祖者，且也。鐘鼎文凡祖字皆作且。」《周禮・考工記・匠人》：「前

〔註1〕本書按照《爾雅》原文順序編排序號。

〔註2〕郝懿行義疏：「落者，《詩》：『訪予落止。』《逸周書・文酌篇》云：『物無不落。』毛傳及孔晁注並云：『落，始也。』落本殞墜之義，故云殞落，此訓始者，始終代嬗，榮落互根，《易》之消長，《書》之治亂，其道骨然。」

朝後市，左祖右社。」鄭玄注：「祖，宗廟。」引申為當初，開始。《方言》卷十三：「鼻，始也。梁益之間謂鼻為初，或謂之祖。」《莊子·山木》：「一上一下，以和為量，浮游乎萬物之祖。」王先謙集解引宣穎云：「未始有物之先。」

「落」，從艸，洛聲。本義是樹葉脫落。《說文·艸部》：「落，凡草曰零，木曰落。從艸，洛聲。」唐慧琳《一切經音義》卷六引《說文》作「草木凋衰也」。《楚辭·離騷》：「惟草木之零落兮，恐美人之遲暮。」表示開始的意義用於新舊事物交替之際，從舊事物方面來說是終止，從新事物方面來說是開始。

本組詞都有「開始」義，語義相通。

本組詞語音、語義都有親緣關係，為同源詞。

二、哉，胎，始

哉：精紐之部；胎：透紐之部；始：審紐之部。

精透、精審鄰紐，透審準旁紐；之部疊韻；「哉、胎、始」語音相近。

「哉」，從口，𢦒（從戈、才聲）聲。本為語氣詞，表示感歎、肯定、疑問、測度、祈使等語氣，相當於「啊、呢、嗎、吧」等。《說文·口部》：「哉，言之閒也。從口，𢦒聲。」桂馥義證：「言之閒，即辭助。」《玉篇·口部》：「哉，語助。」《易·乾》：「大哉，乾元！」《書·堯典》：「我其試哉！女于時，觀厥刑于二女。」《詩·王風·君子于役》：「君子于役，不知其期，曷至哉？」又副詞，表示時間，相當於「才」。與開始義通。《書·康誥》：「惟三月哉生魄，周公初基，作新大邑于東國洛。」孔傳：「周公攝政七年三月始生魄，月十六日明消而魄生。」《漢書·律曆志下》：「後三十年四月庚戌朔，十五日甲子哉生霸。」

「胎」，從肉，台聲。本義是人和哺乳動物孕於母體內而未出生的幼體。《說文·肉部》：「胎，婦孕三月也。從肉，台聲。」《禮記·月令》：「孟春，犧牲毋用牝，禁止伐木，毋覆巢，毋殺孩蟲、胎、夭飛鳥。」孔穎達疏：「胎，謂在腹中未出。」引申為事物的根源。與開始義通。《文選·枚乘〈上書諫吳王〉》：「福生有基，禍生有胎。」李善注引服虔曰：「基、胎，皆始也。」《潛夫論·遏利》：「無德而賭豐，禍之胎也。」

「始」，從女，台聲。本義是當初，開始。《說文·女部》：「始，女之初也。從女，台聲。」段玉裁注：「《釋詁》曰：初，始也。此與為互訓。」朱駿聲通

訓定聲：「裁衣之始為初，草木之始為才，人身之始為首為元，築牆之始為基，開戶之始為戺，子孫之始為祖，形生之始為胎。」王獻唐《釋醜》：「（金文）字從司聲，或司、以兩從。」「形體雖異，皆以所從之聲，變其製作，古目（即以字）、台同音，從以亦猶從台……以齒音求之，司姒同音，而齒音姒字，以時間及空間關係，每與舌上音之以相混亦或讀以。」《書‧呂刑》：「蚩尤惟始作亂，延及于平民……」《老子》第一章：「無名天地之始，有名萬物之母。」

本組詞都有「開始」義，語義相通。

本組詞語音、語義都有親緣關係，為同源詞。

三、首，俶

首：審紐幽部；俶：穿紐覺部。

審穿旁紐；幽覺對轉；「首、俶」語音相近。

「首」，甲骨文、金文象人頭有髮形。本義是頭。《說文‧首部》：「首，百同。古文百也。巛象髮，謂之鬖，鬖卽巛也。」首與百同，都指頭。《說文‧百部》：「百，頭也。象形。」商承祚《說文中之古文考》：「百者篆文，昔者古文。曷以古篆別出為部首？以各有隸之字故也。其字從古文者多，篆文者少，又肖其形，遂篆廢而古文行矣。」《詩‧衛風‧伯兮》：「願言思伯，甘心首疾。」引申為初始，開端。與開始義近。《公羊傳‧隱公六年》：「《春秋》雖無事，首時過則書。」何休注：「首，始也。」《老子》第二十八章：「夫禮者，忠信之薄而亂之首。」

「俶（chù）」，開始。《書‧胤征》：「俶擾天紀，遐棄厥司。」孔傳：「俶，始；擾，亂。」《詩‧小雅‧大田》：「以我覃耜，俶載南畝。」鄭玄箋：「俶，始也；載，事也。」

本組詞都有「開始」義，語義相近。

本組詞語音、語義都有親緣關係，為同源詞。

四、元，權輿

元：疑紐元部；權輿：群紐魚部。

疑群旁紐；元魚通轉；「元、權輿」語音相近。

「元」，從人，從‧或從二，指明人的頭部。本義是人頭。高鴻縉《中國字例》：「（元）意為人之首也。名詞。從人，而以『‧』或『二』指明其部位，

正指其處，故為指事。」《左傳‧僖公三十三年》：「（先軫）免冑入狄師，死焉。狄人歸其元，面如生。」杜預注：「元，首也。」引申為開始，第一。古人習慣稱始年及每年的一月、每月的一日為「元」，以「元」代「一」。《公羊傳‧隱公元年》：「元年者何？君之始年也。」南朝梁宗懍《荊楚歲時記》：「正月一日，是三元之日也。」

「權輿」，也作「萌蘆」，草木始生。引申為事物的開始。《詩‧秦風‧權輿》：「今也每食無餘。於嗟乎！不承權輿。」朱熹注：「權輿，始也。」

本組詞都有「開始」義，語義相近。

本組詞語音、語義都有親緣關係，為同源詞。

1.2 林〔註3〕、烝、天、帝〔註4〕、皇、王、后〔註5〕、辟、公〔註6〕、侯，君也。

一、林，烝

林：來紐侵部；烝：照紐蒸部。

來照準旁紐；侵蒸通轉；「林、烝」語音相近。

「林」，從二木，表示樹木叢生。本義是成片的樹木。《說文‧林部》：「林，平土有叢木曰林。從二木。」段玉裁注：「《周禮‧林衡》注曰：竹木生平地曰林。」王筠釋例：「林從二木，非云止有二木也，取木與木連屬不絕之意也。」《詩‧邶風‧擊鼓》：「于以求之，于林之下。」毛傳：「山木曰林。」又國君，君主。《詩‧小雅‧賓之初筵》：「百禮既至，有壬有林。」毛傳：「林，君也。」孔穎達疏：「既至，外來之辭，則君為諸侯之君。」《楚辭‧天問》：「伯林雉經，維其何哉？」王逸注：「伯，長也；林，君也。」

「烝（zhēng）」，從火，丞聲。本義是火氣或熱氣上行。後作「蒸」。《說文‧火部》：「烝，火氣上行也。從火，丞聲。」《集韻‧證韻》：「烝，氣之上

〔註3〕 邢昺疏：「皆天子諸侯南面之君異稱也。」
〔註4〕 《說文‧上部》：「帝，王天下之號也。從上，朿聲。」
〔註5〕 《說文‧后部》：「后，繼體君也。象人之形。施令以告四方，故厂之。從一、口。發號者，君后也。」
〔註6〕 《說文‧八部》：「公，平分也。從八，從厶。八猶背也。韓非曰：背厶為公。」《玉篇‧八部》：「公，平也，正也。」《春秋‧元命苞》：「公之為言公正無私也。」「公」，甲骨文、金文都從八、從口。

達也。或作烝。」《墨子・節用》:「逮夏,下潤涇上薰烝。」又國君,君主。《詩・大雅・文王有聲》:「文王有聲,遹駿有聲。遹求厥寧,遹觀厥成。文王烝哉!」毛傳:「烝,君也。」

本組詞都有「君主」義,語義相近。

本組詞語音、語義都有親緣關係,為同源詞。

二、天,帝

天:透紐真部;帝:端紐錫部。

透端旁紐;真錫通轉;「天、帝」語音相近。

「天」,甲骨文下面是個正面的人形(大),上面指出是人的頭頂。本義是頭頂。《說文・一部》:「天,顛也。至高無上,從一、大。」王國維《觀堂集林・釋天》:「古文天字本象人形。……本謂人顛頂,故象人形。……所以獨墳其首者,正特著其所象之處也。」《山海經・海外西經》:「刑天與帝爭神,帝斷其首,葬之常羊之山。乃以乳為目,以臍為口,操干戚以舞。」引申為君主。《詩・大雅・蕩》:「天降滔德,女興是力。」毛傳:「天,君。」《文選・張衡〈東京賦〉》:「曆載三六,偷安天位。」李善注引薛綜曰:「天位,帝位也。」

「帝」,君主。《書・堯典》:「曰若稽古帝堯,曰放勳,欽明文思安安,允恭克讓,光被四表,格於上下。」《論語・禍虛》:「堯禪舜,立為帝。」

本組詞都有「君主」義,語義相近。

本組詞語音、語義都有親緣關係,為同源詞。

三、皇,王

皇:匣紐陽部;王:匣紐陽部。

「皇、王」雙聲疊韻;「皇、王」語音相近。

「皇」,君主。《楚辭・離騷》:「豈余身之憚殃兮,恐皇輿之敗績。」王逸注:「皇,君也。」《武王伐紂平話》:「紂王大悅,令妲己交去受仙宮內敕令,蘇護為上父之位,賜宅一所,皇丈受天子之富貴。」

「王」,象刃部下向之斧形,以主刑殺之斧鉞象徵王者之權威。本義是天子,君主。《說文・王部》:「王,天下所歸往也。董仲舒曰:『古之造文者,三畫而連其中謂之王。三者,天、地、人也,而參通之者王也。』孔子曰:『一

貫三爲王。』」《六書故·疑》:「王,有天下曰王。帝與王一也。周衰,列國皆僭號自王。秦有天下,遂自尊為皇帝。漢有天下,因秦制稱帝,封同姓為王,名始亂矣。」《書·洪範》:「天子作民父母,以為天下王。」《禮記·內則》:「后王命塚宰,降德於眾兆民。」陸德明釋文:「王,天子也。」

本組詞都有「君主」義,語義相近。

本組詞語音、語義都有親緣關係,為同源詞。

四、后,公,侯

后:匣紐侯部;公:見紐東部;侯:匣紐侯部。

匣見旁紐;侯東對轉;「后、侯」同音;「后、公、侯」語音相近。

「后」,君主,帝王。《易·姤》:「后以施命誥四方。」《楚辭·離騷》:「昔三后之純粹兮,固眾芳之所在。」王逸注:「后,君也,謂禹、湯、文王也。」

「公」,君主。清顧炎武《日知錄》卷二十:「平王以後,諸侯通稱為公。」《詩·邶風·簡兮》:「赫如渥赭,公言錫爵。」《左傳·莊公十年》:「十年春,齊師伐我,公將戰。」

「侯」,甲骨文從張布著矢射靶。本義是箭靶的名稱。《說文·矢部》:「矦,春饗所射矦也。从人;从厂,象張布;矢在其下。天子躲熊虎豹,服猛也;諸矦躲熊豕虎;大夫射麋、麋,惑也;士射鹿豕,爲田除害也。其祝曰:『毌若不寧矦,不朝于王所,故伉而躲汝也。』」徐灝注箋:「侯制以布為之,其中設鵠,以革為之,所射之的也。大射則張皮于侯以為之飾。」《詩·齊風·猗嗟》:「終日射侯,不出正兮。」朱熹注:「侯,張布而射之者也。……大射則張皮侯而設鵠,賓射則張布侯而設正。」又諸侯,君主。《易·屯》:「勿用有攸往,利建侯。」《左傳·隱公七年》:「凡諸侯同盟,於是稱名。」孔穎達疏:「諸侯者,公侯伯子男五等之總號。『侯』訓『君』也,五等之主。雖爵命小異而俱是國君。」

「君」,從口,表示發佈命令;從尹,表示治事;尹亦聲。本義是君主,國家最高統治者。《說文·口部》:「君,尊也。从尹;發號,故从口。」段玉裁注:「尹,治也。尹亦聲。」《儀禮·喪服》:「君,至尊也。」鄭玄注:「天子、諸侯、卿大夫有地者皆曰君。」《荀子·禮論》:「君者,治辨之主也。」《詩·大雅·皇矣》:「其德克明,克明克類,克長克君。」《左傳·昭公二十八年》:「教

誨不倦曰長，賞慶刑威曰君。」

本組詞都有「君主」義，語義相近。

本組詞語音、語義都有親緣關係，為同源詞。

1.3　弘、廓、宏、溥、介、純、夏、幠、庬、墳、嘏、丕、弈、洪、誕、戎、駿、假、京、碩、濯、訏、宇、穹〔註7〕、壬、路、淫、甫、景、廢、壯、塚、簡、蒴〔註8〕、畈、晊、將〔註9〕、業、席〔註10〕，大也。

一、弘，宏，穹

弘：匣紐蒸部；宏：匣紐蒸部；穹：溪紐蒸部。

「弘、宏」雙聲疊韻；匣溪旁紐；蒸部疊韻；「弘、宏、穹」語音相近。

「弘」，從弓，厶（gōng）聲。本義是大。《說文·弓部》：「弘，弓聲也。從弓，厶聲。厶，古文肱字。」段玉裁注：「弘，經傳多假此篆為宏大字。」于省吾《甲骨文字釋林》：「甲骨文在弓背隆起處加一斜畫以為標誌，於六書為指事字……弓背隆起處是弓的強有力的部分，故弘之本義為高為大，高與大義相因。」《易·坤》：「含弘光大，品物咸亨。」《詩·大雅·民勞》：「戎雖小子，而式弘大。」鄭玄箋：「弘，猶廣也。」

「宏」，從宀（mián），與家室房屋有關；厷（gōng）聲。本義是房屋深廣。

〔註7〕《爾雅·釋天》：「穹，蒼蒼，天也。」郭璞注：「天形穹隆，其色蒼蒼，因名云。」《詩·大雅·桑柔》：「靡有旅力，以念穹蒼。」《說文·穴部》：「穹，窮也。從穴，弓聲。」徐鍇繫傳：「穹，隆然上高也。」《周禮·考工記·韗人》：「韗人為皋陶，穹者三之一。」鄭玄注引鄭司農云：「（穹）謂鼓木腹穹隆者，居鼓三之一也。」《詩·豳風·七月》：「穹室熏鼠，塞向墐戶。」鄭玄箋：「穹，窮。室，塞也。」孔穎達疏：「言窮盡塞其窟穴也。」「穹」，從穴，弓聲。本義疑為穹隆或天，引申為盡等義。

〔註8〕原為「蒴」，疑為「蒴」。陸德明釋文：「蒴，《說文》云『草大也。』」郝懿行義疏：「今本……妄加『艸木倒』三字，竝誤矣。」

〔註9〕《說文·寸部》：「將，帥也。從寸，牆省聲。」《史記·孫子吳起列傳》：「臣既已受命為將，將在軍，君命有所不受。」「將」，甲骨文從爿，從兩手。本義疑為扶持，扶助。《釋名·釋言語》：「將，救護之也。」《廣雅·釋言》：「將，扶也。」《玉篇·寸部》：「將，助也。」《詩·周南·樛木》：「樂只君子，福履將之。」鄭玄箋：「將，猶扶助也。」

〔註10〕原為「席」，疑為「蓆」。「蓆」，本義是多，廣。《說文·艸部》：「蓆，廣多也。從艸，席聲。」朱駿聲通訓定聲：「按：艸木多也。」引申為大。《詩·鄭風·緇衣》：「緇衣之蓆兮，敝予又改作兮。」

《說文·宀部》：「宏，屋深響也。从宀，厷聲。」段玉裁注：「屋深也。各本深下衍響字，此因下文『屋響』而誤，今依《韻會》、《集韻》、《類篇》正。……屋深者，其內深廣也。」引申為廣大。與大義近。《書·盤庚下》：「各非敢違卜，用宏茲賁。」孔傳：「宏、賁皆大也。」《呂氏春秋·孟冬》：「其器宏以弇。」高誘注：「宏，大；弇，深。」

「穹」，大。《文選·司馬相如〈上林賦〉》：「赴隘陝之口，觸穹石，激堆埼。」李善注引張揖曰：「穹石，大石也。」漢張衡《思玄賦》：「寒風淒其永至兮，拂穹岫之騷騷。」

本組詞都有「大」義，語義相近。

本組詞語音、語義都有親緣關係，為同源詞。

二、廓，夏，宇，幠，訏，嘏，假，京，景

廓：溪紐鐸部；夏：匣紐魚部；宇：匣紐魚部；幠：曉紐魚部；訏：曉紐魚部；嘏：見紐魚部；假：見紐魚部；京：見紐陽部；景：見紐陽部。

「夏、宇」、「幠、訏」雙聲疊韻；「嘏、假」、「京、景」同音；溪匣曉見旁紐；魚部疊韻，鐸魚陽對轉；「廓、夏、宇、幠、訏、嘏、假、京、景」語音相近。

「廓」，大。《詩·大雅·皇矣》：「上帝耆之，憎其是廓。」毛傳：「廓，大也。」《史記·司馬穰苴列傳》：「余讀《司馬兵法》，閎廓深遠，雖三代征伐，未能竟其義。」

「夏」，從頁，表示人頭；從臼，表示兩手；從夊，表示兩足。本義是漢民族的稱號。《說文·夊部》：「夏，中國之人也。從夊，從頁，從臼。臼，兩手；夊，兩足也。」段玉裁注：「以別於北方狄、東北貉、南方蠻閩、西方羌、西南焦嶤、東方夷也。」徐灝注箋：「夏時夷、狄始入中國，因謂中國人為夏人，沿舊稱也。」朱駿聲通訓定聲：「就全地言之，中國在西北一小隅。故陳公子少西字夏，鄭公孫夏字西。」《書·舜典》：「蠻夷猾夏，寇賊奸宄。」孔傳：「夏，華夏。」引申為大。《方言》卷一：「自關而西，秦晉之間，凡物之壯大者而愛偉之謂之夏。」《詩·秦風·權輿》：「于我乎，夏屋渠渠；今也每食無餘。」毛傳：「夏，大也。」

「幠（hū）」，從巾，無聲。本義是覆蓋。《說文·巾部》：「幠，覆也。從

巾，無聲。」《儀禮・士喪禮》：「死於過室，幠用斂衾。」鄭玄注：「幠，覆也。」引申為大。《方言》卷一：「幠，大也。東齊海岱之間曰奔，或曰幠。」《詩・小雅・巧言》：「無罪無辜，亂如此幠。」毛傳：「幠，大也。」

「嘏（jiǎ）」，從古，叚（jiǎ）聲。本義是長，大。《方言》卷一：「秦晉之間，凡物壯大謂之嘏，或曰夏。」《說文・古部》：「嘏，大、遠也。從古，叚聲。」《玉篇・口部》：「嘏，大也，長也。」《禮記・郊特牲》：「嘏，長也，大也。」《逸周書・皇門》：「王用有監明憲，朕命用克，和有成，用能承天嘏命。」

「假」，從人；叚（jiǎ）聲；叚亦兼表字義。本義是借。《說文・人部》：「假，非真也。從人，叚聲。一曰至也。《虞書》曰：『假於上下。』」段玉裁注：「《又部》曰：『叚，借也。』然則假與叚義略同。」《集韻・禡韻》：「假，以物貸人也。」《左傳・成公二年》：「唯器與名，不可以假人。」孔穎達疏：「唯車服之器與爵號之名不可以借人也。」又大。《書・大禹謨》：「克勤於邦，克儉於家，不自滿假，惟汝賢。」孔傳：「假，大也。」孔穎達疏：「執心謙沖，不自盈大。」《楚辭・大招》：「瓊轂錯衡，英華假只。」王逸注：「假，大也。」

「京」，甲骨文像築起的高丘形，上為篝起的尖端。本義是人工築起的高大的土堆。《說文・京部》：「京，人所為絕高丘也。從高省，｜象高形。」朱駿聲通訓定聲：「對文則人力所作者為京，地體自然者為邱；散文則亦通稱也。」《左傳・襄公二十五年》：「甲午，蒍掩書土田，度山林，鳩藪澤，辨京陵，表淳鹵，數疆潦，規偃豬，町原防，牧隰皋，井衍沃，量入修賦。」引申為高大。與大義近。《左傳・莊公二十二年》：「八世之後，莫之與京。」孔穎達疏：「莫之與京，謂無與之比大。」《文選・張衡〈西京賦〉》：「燎京薪，駭雷鼓。」李善注引薛經曰：「積高為京。」

「訏（xū）」，從言，于聲。本義是詭詐。《說文・言部》：「訏，詭訛也。從言，于聲。一曰訏，譱。齊、楚謂信曰訏。」《新書・禮容語下》：「犯則凌人，訏則誣人，伐則掩人。」又大。《方言》卷一：「訏，大也。中齊、西楚之間曰訏。」《詩・大雅・抑》：「訏謨定命，遠猶辰告。」毛傳：「訏，大；謨，謀。」

「宇」，從宀（mián），與家室房屋有關；于聲。本義是屋簷。《說文・宀部》：「宇，屋邊也。從宀，于聲。《易》曰：『上棟下宇。』」《詩・豳風・七月》：「五月斯螽動股，六月莎雞振羽，七月在野，八月在宇，九月在戶，十月蟋蟀入我床下。」陸德明釋文：「宇，屋四垂為宇。」引申為大。《荀子・非十

二子》:「假今之世,飾邪說,文奸言,以梟亂天下,矞宇嵬瑣,使天下混然不知是非治亂之所存者,有人矣。」楊倞注:「宇,大也。放蕩恢大也。」

「景」,從日,京聲。本義是日光。《說文‧日部》:「景,光也。從日,京聲。」段玉裁注:「光所在處,物皆有陰。」「後人名陽曰光,名光中之陰曰影,別製一字,異義異音。」漢曹操《陌上桑》:「景未移,行數千,壽如南山不忘愆。」又大。《詩‧小雅‧小明》:「神之聽之,介爾景福。」毛傳:「介、景,皆大也。」鄭玄箋:「介,助也。神明聽之,則將助女以大福。」《白虎通‧封禪》:「景星者,大星也。」

本組詞都有「大」義,語義相近。

本組詞語音、語義都有親緣關係,為同源詞。

三、溥,甫

溥:滂紐魚部;甫:幫紐魚部。

滂幫旁紐;魚部疊韻;「溥、甫」語音相近。

「溥(pǔ)」,從水,尃聲。本義是廣大。與大義近。《說文‧水部》:「溥,大也。從水,尃聲。」《詩‧大雅‧公劉》:「篤公劉,逝彼百泉,瞻彼溥原。」毛傳:「溥,大。」鄭玄箋:「溥,廣也。」《禮記‧祭義》:「溥之而橫溥四海。」

「甫」,甲骨文從屮,從田。表示田中有草木。本義是苗圃,種植果木瓜菜的園地。後作「圃」。《詩‧小雅‧車攻》:「東有甫草,駕言行狩。」金文從田,父聲。對男子的美稱。《儀禮‧士冠禮》:「曰伯某甫,仲、叔、季,唯其所當。」鄭玄注:「甫,是丈夫之美稱。」又大。《詩‧齊風‧甫田》:「無田甫田,維莠驕驕。」毛傳:「甫,大也。」

本組詞都有「大」義,語義相近。

本組詞語音、語義都有親緣關係,為同源詞。

四、丕,墳

丕:滂紐之部;墳:並紐文部。

滂並旁紐;之文通轉;「丕、墳」語音相近。

「丕(pī)」,甲骨文、金文中不、丕為一字,後分化。小篆從一,不聲。大。《說文‧一部》:「丕,大也。從一,不聲。」《書‧大禹謨》:「予懋乃德,嘉乃丕績。」孔傳:「丕,大也。」《史記‧司馬相如列傳》:「皇皇哉斯事,天

下之壯觀，王者之丕業，不可貶也！」

「墳」，從土，賁（bēn）聲。本義是墳墓。《說文‧土部》：「墳，墓也。從土，賁聲。」段玉裁注：「此渾言之也。析言之則墓為平處，墳為高處。」《字彙‧土部》：「墳，墳墓。營域曰墓，封土為壠曰墳。」《禮記‧檀弓上》：「古者墓而不墳。」鄭玄注：「土之高者曰墳。」引申為大。《詩‧小雅‧苕之華》：「牂羊墳首，三星在罶。」毛傳：「墳，大也。」《韓非子‧八奸》：「其于德施也，縱禁財，發墳倉，利於民者，必出於君，不使人臣私其德。」

本組詞都有「大」義，語義相近。

本組詞語音、語義都有親緣關係，為同源詞。

五、介，簡，業

介：見紐月部；簡：見紐元部；業：疑紐盍部。

見紐雙聲，見疑旁紐；月元對轉，月盍、元盍通轉；「介、簡、業」語音相近。

「介」，甲骨文中間是人，兩邊的四點像連在一起的鎧甲片形。表示人身上穿著鎧甲。本義是鎧甲。《玉篇‧八部》：「介，甲也。」羅振玉《增訂殷虛書契考釋》：「（介）象人著介（甲）形。」《詩‧大雅‧瞻卬》：「舍爾介狄，維予胥忌。」鄭玄箋：「介，甲也。」又大。《易‧晉》：「受茲介福，於其王母。」王弼注：「受茲大福。」漢張衡《思玄賦》：「遇九皋之介鳥兮，怨素意之不逞。」

「簡」，從竹，閒聲。本義是用於書寫的狹長竹片。《說文‧竹部》：「簡，牘也。從竹，閒聲。」朱駿聲通訓定聲：「竹謂之簡，木謂之牒……聯之為編，編之為冊。」《詩‧小雅‧出車》：「豈不懷歸，畏此簡書。」孔穎達疏：「古者無紙，有事書之於簡，謂之簡書。」引申為大。《詩‧邶風‧簡兮》：「簡兮簡兮，方將萬舞。」毛傳：「簡，大也。」《淮南子‧說山訓》：「周之簡圭，生於垢石。」高誘注：「簡圭，大圭。」

「業」，從丵（zhuó）；從巾，巾象版形。本義是樂器架子上鋸齒狀用來懸掛樂器的大板。《說文‧丵部》：「業，大版也。所以飾縣鍾鼓。捷業如鋸齒，以白畫之。象其鉏鋙相承也。從丵，從巾。巾象版。《詩》曰：『巨業維樅。』」段玉裁注：「栒以懸鐘鼓，業以覆栒為飾。」《詩‧周頌‧有瞽》：「設業設虡，崇牙樹羽。」毛傳：「業，大板也，所以飾栒為懸也。」孔穎達疏：「業，大板

也。」引申為高大。與大義近。《廣韻・業韻》:「業,大也。」《詩・大雅・烝民》:「四牡業業,征夫捷捷。」毛傳:「業業,言高大也。」《後漢書・班彪傳附班固傳》:「增盤業峨,登降照爛,殊形詭制,每各異觀,乘茵步輦,唯所息宴。」李善注:「業峨,高也。」

本組詞都有「大」義,語義相近。

本組詞語音、語義都有親緣關係,為同源詞。

六、純,駿,壬,淫

純:禪紐文部;駿:精紐文部;壬:日紐侵部;淫:喻紐侵部。

禪精、精日、精喻鄰紐,禪日喻旁紐;文部、侵部疊韻,文侵通轉;「純、駿、壬、淫」語音相近。

「純」,从糸(mì),與絲、線、繩有關;屯聲。本義是蠶絲。《說文・糸部》:「純,絲也。从糸,屯聲。《論語》曰:『今也純,儉。』」《儀禮・士冠禮》:「爵弁,服纁裳、純衣、緇帶、韎韐。」鄭玄注:「純衣,絲衣也。」又大。《詩・周頌・維天之命》:「于乎不顯,文王之德之純。」毛傳:「純,大。」《論衡・累害》:「眾好純譽之,非真賢也。」

「駿」,从馬,夋(qūn)聲。本義是良馬。《說文・馬部》:「駿,馬之良材者。从馬,夋聲。」《楚辭・七諫・謬諫》:「駕駿雜而不分兮,服疲牛而驂驥。」王逸注:「良馬為駿。」引申為大。《詩・大雅・文王》:「宜鑒於殷,駿命不易。」毛傳:「駿,大也。」《詩・大雅・文王有聲》:「文王有聲,遹駿有聲。」

「壬(rén)」,天干的第九位。《說文・壬部》:「壬,位北方也。陰極陽生,故《易》曰:『龍戰於野。』戰者,接也。象人裹妊之形。承亥壬以子,生之敘也。與巫同意。壬承辛,象人脛。脛,任體也。」《書・益稷》:「予創若時,娶于塗山,辛、壬、癸、甲。啟呱呱而泣。予弗子,惟荒度土功。」孔傳:「辛日娶妻,至於甲日,復往治水,不以私害公。」孫星衍疏:「辛、壬、癸、甲,日干紀日之名。」又盛大。與大義近。《詩・小雅・賓之初筵》:「百禮既至,有壬有林。」毛傳:「壬,大。」馬瑞辰通釋:「壬、林,承上百禮言,有壬狀其禮之大也,有林狀其禮之多也。」

「淫」,从水,㸒(yín)聲。本義是浸漬。《說文・水部》:「淫,侵淫隨

理也。从水，罕聲。一曰久雨爲淫。」徐鍇繫傳：「隨其脈理而浸漬也。」《釋名・釋言語》：「淫，浸也，浸淫旁入之言也。」《周禮・考工記・匠人》：「善溝者，水漱之；善防者，水淫之。」鄭玄注：「謂水淤泥土留著，助之為厚。」又大。《詩・周頌・有客》：「既有淫威，降福孔夷。」毛傳：「淫，大也。」《說苑・至公》：「其處臣為令尹十年矣，國不加治，獄訟不息，處士不升，淫禍不討。」

本組詞都有「大」義，語義相近。

本組詞語音、語義都有親緣關係，為同源詞。

七、廢，昄

廢：幫紐月部；昄：幫紐元部。

幫紐雙聲；月元對轉；「廢、昄」語音相近。

「廢」，从广，發聲。本義是房子傾倒。《說文・广部》：「廢，屋頓也。从广，發聲。」段玉裁注：「頓之言鈍，謂屋鈍置無居之者也。引申之凡鈍置皆曰廢。」《淮南子・覽冥訓》：「往古之時，四極廢，九州裂，天不兼覆，地不周載。」高誘注：「廢，頓也。」又大。《列子・楊朱》：「凡此諸閼，廢虐之主。」張湛注：「廢，大也。」《逸周書・官人》：「華廢而誣，巧言令色，皆以無為有者也。」朱右曾校釋：「廢，大也。」

「昄（bǎn）」，从日，反聲。本義是大。《說文・日部》：「昄，大也。从日，反聲。」《詩・大雅・卷阿》：「爾土宇昄章，亦孔之厚矣。」毛傳：「昄，大也。」朱熹注：「昄章，大明也。」

本組詞都有「大」義，語義相近。

本組詞語音、語義都有親緣關係，為同源詞。

八、弈，碩，路，席

弈：喻紐鐸部；碩：禪紐鐸部；路：來紐鐸部；席：邪紐鐸部。

喻禪旁紐，喻邪、來邪鄰紐，禪來準旁紐，喻來、禪邪準雙聲；鐸部疊韻；「弈、碩、路、席」語音相近。

「弈（yì）」，从廾（gǒng），亦聲。本義是圍棋。《說文・廾部》：「弈，圍棋也。从廾，亦聲。」《論語・陽貨》：「不有博弈者乎？為之猶賢乎已。」又大。《太玄・格》：「息金消石，往小來弈。」范望注：「弈，大也。」司馬光集注：

「王曰：所息者金，所消者石，所失者至小，所得者光大。」

「碩」，从頁，表示頭；石聲。本義是頭大。《說文·頁部》：「碩，頭大也。从頁，石聲。」段玉裁注：「引申為凡大之稱。」引申為大。《玉篇·頁部》：「碩，大也。」《易·剝》：「上九，碩果不食，君子得輿，小人剝廬。」孔穎達疏：「碩果不食者，處卦之終，獨得完全，不被剝落，猶如碩大之果不為人食也。」《荀子·王制》：「草木榮華滋碩之時，則斧斤不入山林，不夭其生，不絕其長也。」

「路」，从足，各聲。本義是道路。《說文·足部》：「路，道也。从足，从各。」段玉裁注：「《釋宮》一達謂之道路，此統言也。《周禮》：『澮上有道。川上有路。』此析言也。」《玉篇·足部》：「路，道路，途也。」《書·胤征》：「每歲孟春，道人以木鐸徇于路。」又大。《詩·大雅·生民》：「實覃實籲，厥聲載路。」毛傳：「路，大也。」《史記·孝武本紀》：「路弓乘矢，集獲壇下，報祠大饗。」裴駰集解引韋昭曰：「路，大也。」

「席」，本義是席子，用蘆葦、竹篾、蒲草等編成的供坐臥鋪墊的寬大用具。含有大義。《說文·巾部》：「席，藉也。《禮》：天子、諸侯席，有黼繡純飾。从巾，庶省。」《玉篇·巾部》：「席，牀席也。」《正字通·巾部》：「席，坐臥所藉也。」《周禮·春官·司幾筵》：「設莞筵紛純，加繅，席畫純。」賈公彥疏：「初在地者一重即謂之筵，再在上者，即謂之席。」《孟子·滕文公上》：「皆衣褐，捆履織席以為食。」

本組詞都有「大」義，語義相通。

本組詞語音、語義都有親緣關係，為同源詞。

九、濯，莏

濯：定紐沃部；莏：端紐宵部。

定端旁紐；沃宵對轉；「濯、莏」語音相近。

「濯（zhuó）」，从水，翟聲。本義是洗。《說文·水部》：「濯，瀚也。从水，翟聲。」《廣雅·釋詁二》：「濯，灑也。」《史記·漁父》：「滄浪之水清兮，可以濯吾纓。滄浪之水濁兮，可以濯吾足。」又盛大。與大義近。《詩·大雅·常武》：「如川之流，綿綿翼翼，不測不克，濯征徐國。」毛傳：「濯，大也。」《文選·枚乘〈七發〉》：「今太子膚色靡曼，四支委隨，筋骨挺解，血脈淫濯，手足墮窳。」李善注：「淫濯謂過度而且大也。」

「萄（dào）」，從艸，到聲。本義是草大。含有大義。《說文·艸部》：「萄，艸木倒。從艸，到聲。」桂馥義證：「『艸木倒』者，後人亂之。《廣韻》、《爾雅》釋文並引作『草大也』。」《廣韻·號韻》：「萄，《說文》云：『草大也。』」《詩·小雅·甫田》：「倬彼甫田，歲取十千。」《韓詩》作「萄彼甫田」。

本組詞都有「大」義，語義相通。

本組詞語音、語義都有親緣關係，為同源詞。

十、誕，壯，將，大

誕：定紐元部；壯：莊紐陽部；將：精紐陽部；大：定紐月部。

定莊、定精鄰紐，定紐雙聲，莊精準雙聲；元月對轉，陽部疊韻，元陽、陽月通轉；「誕、壯、將、大」語音相近。

「誕」，從言，延聲。本義是說大話。《說文·言部》：「誕，詞誕也。從言，延聲。」桂馥義證：「詞誕也者當為詞也。」《史記·扁鵲倉公列傳》：「先聖得無誕之乎？何以言太子可生也！」引申為大。《書·湯誥》：「王歸自克夏，至於亳，誕告萬方。」孔傳：「誕，大也。」《漢書·敘傳下》：「國之誕章，博載其路。」顏師古注：「誕，大也。」

「壯」，從士，爿（pán）聲。本義是人體高大。《方言》卷一：「秦晉之間，凡人之大謂之壯。」《說文·土部》：「壯，大也。從士，爿聲。」段玉裁注：「尋《說文》之例，當云『大士也』，故云『從士』。」《字彙·土部》：「壯，碩也。」《呂氏春秋·仲夏紀》：「天子居明堂太廟，乘朱輅、駕赤騮，載赤旗，衣朱衣，服赤玉，食菽與雞，其器高以觕，養壯狡。」高誘注：「壯狡，多力之士。」引申為大。《詩·小雅·采芑》：「方叔元老，克壯其猶。」毛傳：「壯，大也。」《續漢書·律曆志下》：「巍巍乎若道天地之綱紀，帝王之壯事。」

「將」，大，壯。《方言》卷一：「將，大也。秦、晉之間凡人之大謂之奘，或謂壯；燕之北鄙，齊、楚之郊，或曰京，或曰將，皆古今語也。」《書·盤庚下》：「古我先王，將多於前功。」孔傳：「言以遷徙多大前人之功美。」《法言·孝至》：「夏、殷、商之道將兮，而以延其光兮。」李軌注：「將，大。」

「大」，本義是大。與「小」相對。《說文·大部》：「大，天大，地大，人亦大。故大象人形。」王筠釋例：「此言天地之大，無由象之以作字，故象人形以作大字，非謂大字即是人也。」《列子·湯問》：「此不為遠者小而近者大乎？」

《韓非子・二柄》：「古田常上請爵祿而行之群臣，下大斗斛而施於百姓。」

本組詞都有「大」義，語義相近。

本組詞語音、語義都有親緣關係，為同源詞。

1.5　迄、臻、極、到、赴、來、弔〔註11〕、艐、格、戻〔註12〕、懷、摧、詹，至也。

一、迄，極，懷

迄：曉紐物部；極：群紐職部；懷：匣紐微部。

曉群匣旁紐；物職、職微通轉，物微對轉；「迄、極、懷」語音相近。

「迄（qì）」，從辵（chuò），乞聲。本義是至，到。《說文・辵部》：「迄，至也。從辵，气聲。」《詩・大雅・生民》：「后稷肇祀，庶無罪悔，以迄於今。」毛傳：「迄，至也。」《文選・張衡〈東京賦〉》：「迄上林，結徒營。」

「極」，從木，亟聲。本義是屋脊的正樑。《說文・木部》：「極，棟也。從木，亟聲。」徐鍇繫傳：「極，屋脊之棟也。」《莊子・則陽》：「孔子之楚，舍於蟻丘之漿。其鄰有夫妻臣妾登極者。」陸德明釋文：「司馬云：極，屋棟也。」又至，到。《詩・大雅・崧高》：「崧高維嶽，駿極於天。」鄭玄箋：「極，至也。」《國語・魯語下》：「齊朝駕，則夕極於魯國。」

「懷」，從衣、從淚，或從心、褱（huái）聲。本義是想念，懷念。《說文・心部》：「懷，念思也。從心，褱聲。」段玉裁注：「念思者，不忘之思也。」《詩・周南・卷耳》：「嗟我懷人，寘彼周行。」毛傳：「思君子，官賢人，置周之列位。」又至，來。與到義近。《方言》卷一：「懷，至也。齊楚之會郊或曰懷。」《詩・齊風・南山》：「既曰歸止，曷又懷止？」鄭玄箋：「懷，來也。」《後漢書・張衡傳》：「或不速而自懷，或羨旃而不臻。」李賢注：「懷，來也。」

本組詞都有「到」義，語義相近。

本組詞語音、語義都有親緣關係，為同源詞。

〔註11〕《說文・人部》：「弔，問終也。古之葬者，厚衣之以薪。從人持弓，會驅禽。」《玉篇・人部》：「弔，弔生曰唁，弔死曰弔。」《禮記・曲禮上》：「知生者弔，古弔辭曰，如何不淑。」

〔註12〕《說文・犬部》：「戻，曲也。從犬出戶下。戻者，身曲戻也。」《呂氏春秋・盡數》：「飲必小咽，端直無戻。」

二、臻，戾，至

臻：莊紐真部；戾：來紐質部；至：照紐質部。

莊來鄰紐，莊照準雙聲，來照準旁紐；真質對轉，質部疊韻；「臻、戾、至」語音相近。

「臻（zhēn）」，從至，秦聲。本義是至，到，到達。《說文・至部》：「臻，至也。從至，秦聲。」《詩・邶風・泉水》：「遄臻于衛，不瑕有害。」毛傳：「臻，至也。」《周禮・考工記・匠人》：「時文思索，允臻其極。」鄭玄注：「臻，至也。」

「戾」，至，到達。《方言》卷一：「摧、詹、戾，至也。楚語也。」《詩・小雅・小宛》：「宛彼鳴鳩，翰飛戾天。」毛傳：「翰，高。戾，至也。」《國語・魯語上》：「天災流行，戾於弊邑。」

「至」，甲骨文從箭墜落到地上，頭朝下尾朝上。本義是到，到來，到達。《說文・至部》：「至，鳥飛從高下至地也。從一，一猶地也。象形。不，上去；而至，下來也。」羅振玉《雪堂金石文字跋尾》認為，「至」象矢遠來降至地之形，不象鳥形。《玉篇・至部》；「至，到也。」《詩・小雅・天保》：「如川之方至，以莫不增。」《論語・子罕》：「鳳鳥不至，河不出圖，吾已矣夫！」《荀子・勸學》：「故不積跬步，無以至千里。」

本組詞都有「到」義，語義相近。

本組詞語音、語義都有親緣關係，為同源詞。

三、到，弔

到：端紐宵部；弔：端紐沃部。

端紐雙聲；宵沃對轉；「到、弔」語音相近。

「到」，從至，刀聲。本義是至，到達。《說文・至部》：「到，至也。從至，刀聲。」《詩・大雅・韓奕》：「蹶父孔武，靡國不到。」《戰國策・齊策一》：「雖隆薛之城到於天，猶之無益也。」

「弔（diào）」，來，至。後作「逎（dì）」。《書・盤庚下》：「非廢厥謀，弔由靈。」孔傳：「弔，至。靈，善也。」《詩・小雅・天保》：「神之弔矣，詒爾多福。」毛傳：「弔，至也。」

本組詞都有「到」義，語義相近。

本組詞語音、語義都有親緣關係，為同源詞。

四、來，摧

來：來紐之部；摧：從紐微部。

來從鄰紐；之微通轉；「來、摧」語音相近。

「來」，甲骨文象麥子形。本義是麥。小麥叫麥，大麥叫麰。《說文・來部》：「來，周所受瑞麥來麰也。一來二縫，象芒束之形。天所來也，故爲行來之來。《詩》曰：『詒我來麰。』」徐灝注箋：「來本為麥名。……古來麥字只作來，假借為行來之來，後為借義所專，……而來之本義廢矣。」羅振玉《增訂殷虛書契考釋》：「卜辭中諸來字皆象形。其穗或垂或否者，麥之莖強，與禾不同……假借為往來字。」《詩・周頌・臣工》：「如何新畬？于皇來牟。」孔穎達疏：「歎其受麥瑞而得豐年也。」假借為來。至，到來。《論語・學而》：「有朋自遠方來，不亦樂乎？」《淮南子・俶真訓》：「夫憂患之來，擾人心也。」

「摧」，从手，崔聲。本義是推擠或折斷。《說文・手部》：「摧，擠也。从手，崔聲。一曰挏也，一曰折也。」徐鍇繫傳：「挏，推動也。」《廣雅・釋詁三》：「摧，推也。」《史記・季布欒布列傳》：「當是時，諸公皆多季布能摧剛為柔，朱家亦以此名聞當世。」《周禮・考工記・輿人》：「凡居材，大與小無並，大倚小則摧，引之則絕。」孫詒讓正義：「大小相依，則小者不能任，必至於折也。」又至，到。章太炎《小學答問》：「摧猶抵耳。……凡相擠迫者必至其處，故摧、抵同為至。」《文選・張衡〈東京賦〉》：「辨方位而正則，五精帥而來摧。」李善注：「摧，至也。」

本組詞都有「到」義，語義相近。

本組詞語音、語義都有親緣關係，為同源詞。

1.6　如、適、之、嫁、徂、逝，往也。

一、如，徂，逝

如：日紐魚部；徂：從紐魚部；逝：禪紐月部。

日從、從禪鄰紐，日禪旁紐；魚部疊韻，魚月通轉；「如、徂、逝」語音相近。

「如」，从女，从口。本義是順從，依照。《說文・女部》：「如，從隨也。从

女，從口。」段玉裁注：「從隨即隨從也。」《左傳·宣公十二年》：「執事順成為臧，逆為否，眾散為弱，川壅為澤，有律以如己也，故曰律。」杜預注：「如，從也。」又去，往。《左傳·僖公四年》：「夏，楚子使屈完如師。」《史記·屈原賈生列傳》：「以一儀而當漢中地，臣請往如楚。」

「徂（cú）」，從彳（chì），與行走、道路有關；且（zǔ）聲。本義是往，去。《方言》卷一：「徂，往也。齊語也。」《說文·辵部》：「退，往也。從辵，且聲。退，齊語。」《書·胤征》：「羲和廢厥職，酒荒於厥邑，胤後承王命徂征。」《詩·衛風·氓》：「自我徂爾，三歲食貧。」《漢書·武五子傳》：「朕命將率，徂征厥罪。」顏師古注：「徂，往也。」

「逝」，從辵（chuò），折聲。本義是去，往。《方言》卷一：「逝，往也。秦晉語也。」《說文·辵部》：「逝，往也。從辵，折聲。讀若誓。」《書·大誥》：「若昔朕其逝，朕言艱日思。」孔傳：「順古道我其往東征矣。」《詩·邶風·二子乘舟》：「二子乘舟，泛泛其逝。」

本組詞都有「往」義，語義相近。

本組詞語音、語義都有親緣關係，為同源詞。

二、嫁，往

嫁：見紐魚部；往：匣紐陽部。

見匣旁紐；魚陽對轉；「嫁、往」語音相近。

「嫁」，從女，家聲。本義是女子結婚，出嫁。《說文·女部》：「嫁，女適人也。從女，家聲。」《詩·大雅·大明》：「摯仲氏任，自彼殷商，來嫁于周。」引申為往，赴。《列子·天瑞》：「列子居鄭圃四十年，人無識者，將嫁於衛。」《戰國策·中山策》：「趙自長平已來，君臣憂懼……四面出嫁，結親燕魏，連好齊楚。」郭希汾注：「嫁，往也。」

「往」，甲骨文從止，王聲。意為從這個地方走向目的地。本義是去，到，到……去。《說文·彳部》：「往，之也。從彳，㞷聲。」商承祚《說文中之古文考》：「甲骨文從止，王聲。」《易·繫辭下》：「寒往則暑來，暑往則寒來。」《禮記·玉藻》：「大夫有所往，必與公士為賓也。」

本組詞都有「往」義，語義相近。

本組詞語音、語義都有親緣關係，為同源詞。

1.7 賚、貢、錫、畀、予、貺，賜也。

錫：心紐錫部；賜：心紐錫部。

「錫、賜」同音。

「錫」，从金，易聲。本義是一種略帶藍色的白色光澤的低熔點金屬元素。《說文・金部》：「錫，銀鉛之間也。从金，易聲。」徐鍇繫傳：「銀色而鉛質也。」又給予，賜給。《公羊傳・莊公元年》：「王使榮叔來錫桓公命。錫者何？賜也。」《莊子・列禦寇》：「人有見宋王者，錫車十乘。」

「賜」，从貝，與錢財有關；易聲。本義是賞賜，給予，上給下。《說文・貝部》：「賜，予也。从貝，易聲。」《周禮・春官・小宗伯》：「賜卿大夫士爵，則儐。」鄭玄注：「賜，猶命也。」《史記・淮南衡山列傳》：「皇太后所賜金帛，盡以賜軍吏。」

「錫、賜」都有「給予」義，語義相近。

「錫、賜」語音、語義都有親緣關係，為同源詞。

1.8 儀〔註13〕、若〔註14〕、祥、淑、鮮、省〔註15〕、臧、嘉、令、類、綝、穀、攻、穀、介、徽，善也。

一、儀，嘉

儀：疑紐歌部；嘉：見紐歌部。

疑見旁紐；歌部疊韻；「儀、嘉」語音相近。

「儀」，从人，義聲。本義是儀容。《詩・大雅・烝民》：「令儀令色，小心翼翼。」鄭玄箋：「善威儀，善顏色。」又善，美。《詩・小雅・斯干》：「無非無儀，唯酒食是議。」朱熹注：「儀，善也。」《國語・魯語上》：「黃帝能成命百物以明民共財，顓頊能修之，帝嚳能序三辰以固民，堯能單均刑法以儀民，舜勤民事而野死。」韋昭注：「儀，善也。」

「嘉」，从壴（zhù），加聲。本義是善，美。《說文・壴部》：「嘉，美也。从壴，加聲。」段玉裁注：「壴者，陳樂也。故嘉从壴。」《詩・豳風・東山》：「其

〔註13〕《說文・人部》：「儀，度也。從人，義聲。」徐鍇繫傳：「度，法度也。」段玉裁注：「度，法制也。」

〔註14〕郝懿行義疏：「若者，《釋詁》云：『善也。』善者，和順於道德，故又訓順。」

〔註15〕郝懿行義疏：「省者，察之善也。明察審視，故又訓善。」

新孔嘉，其舊如之何？」鄭玄箋：「嘉，善也。」《文選‧張衡〈西京賦〉》：「嘉木樹庭，芳草如積。」

本組詞都有「善」義，語義相近。

本組詞語音、語義都有親緣關係，為同源詞。

二、若，祥，鮮，臧，善

若：日紐鐸部；祥：邪紐陽部；鮮：心紐元部；臧：精紐陽部；善：禪紐元部。

日禪、邪心精旁紐，禪邪準雙聲；鐸陽對轉，鐸元通轉，陽部、元部疊韻；「若、祥、鮮、臧、善」語音相近。

「若」，甲骨文象女人跪著形。上面中間是頭髮，兩邊兩隻手在梳理頭髮，表示順從。本義是順從，和善。與善、美義近。商承祚《殷虛文字類編》：「按：卜辭諸若字象人舉手而跽足，乃象諾時異順之狀，古諾與若為一字，故若字訓為順。古金文若字與此略同。」《詩‧小雅‧大田》：「播厥百穀，既庭且碩，曾孫是若。」《左傳‧宣公三年》：「故民入川澤山林，不逢不若。」

「祥」，從示，羊聲。本義是凶吉的預兆。特指吉兆，吉祥。《說文‧示部》：「祥，福也。從示，羊聲。一云善。」《國語‧楚語上》：「故先王之為台榭也，榭不過講軍實，台不過望氛祥。」韋昭注：「兇氣為氛，吉氣為祥。」引申為善，美。《墨子‧天志中》：「且夫天下蓋有不仁不祥者……」漢蔡琰《悲憤詩》：「海內興義兵，欲共討不祥。」

「鮮」，從魚，從羊。本義是魚名。《說文‧魚部》：「鮮，魚名。出貉國。從魚，羴省聲。」泛指魚。《老子》第六十章：「治大國若烹小鮮。」引申為美，善，好。《方言》卷十：「鮮，好也。南楚之外通語也。」《詩‧小雅‧北山》「嘉我未老，鮮我方將。」鄭玄箋：「嘉、鮮，皆善也。」

「臧（zāng）」，從臣，表示奴隸；戕聲。本義是戰爭中被虜獲為奴的人。《漢書‧司馬遷傳》：「且夫臧獲婢妾猶能引決，況若僕之不得已乎？」顏師古注引晉灼曰：「臧獲，敗敵所被虜獲為奴隸者。」引申為善，美，好。楊樹達《釋臧》：「戰敗者被獲為奴，不得橫恣，故臧引申有善義。」《書‧囧命》：「發號施令，罔有不臧。」孔傳：「言文武發號施令，無有不善。」《詩‧邶風‧雄雉》：「不忮不求，何用不臧？」毛傳：「臧，善也。」

「善」，金文象羊頭形。从羊，表示吉祥；从言，表示講話。本義是吉祥。《說文·誩部》：「善，吉也。从誩，从羊。此與義美同意。」《漢書·翼奉傳》：「來者以善日邪時，孰與邪日善時？」引申為美好。《論語·八佾》：「子謂《韶》『盡美矣，又盡善也』；謂《武》『盡美矣，未盡善也』。」《論語·述而》：「擇其善者而從之，其不善者而改之。」

本組詞都有「善」義，語義相近。

本組詞語音、語義都有親緣關係，為同源詞。

三、省，令

省：心紐耕部；令：來紐耕部。

心來鄰紐；耕部疊韻；「省、令」語音相近。

「省」，甲骨文上面是屮，下面是目。本義是察看。《說文·眉部》：「省，視也。从眉省，从屮。」《易·觀》：「……先王以省方觀民設教。」孔穎達疏：「先王以省方觀民設教者，以省視萬方，觀看民之風俗以設於教。」又善。《詩·大雅·皇矣》：「帝省其山，柞棫斯拔，松柏斯兌。」鄭玄箋：「省，善也。天既顧文王，乃和其國之風雨，使其山樹木茂盛。」《禮記·大傳》：「大夫士有大事，省於其君。」鄭玄注：「省，善也。」

「令」，甲骨文上面是亼（jí），下面是跪著的人。表示集聚眾人，發佈命令。本義是發出命令。《說文·卩部》：「令，發號也。从亼、卩。」朱駿聲通訓定聲：「在事為令，在言為命，散文則通，對文則別。令當訓使也，命當訓發號也。」《詩·齊風·東方未明》：「倒之顛之，自公令之。」毛傳：「令，告也。」又善，美。《詩·大雅·卷阿》：「如圭如璋，令聞令望。」鄭玄箋：「令，善也。」《漢書·韋賢傳》：「即以令日，遷太上、孝惠廟、孝文太后、考昭太后寢。」顏師古注：「令，善也，謂吉日也。」

本組詞都有「善」義，語義相近。

本組詞語音、語義都有親緣關係，為同源詞。

四、彀，穀

彀：見紐屋部；穀：見紐屋部。

「彀、穀」同音。

「彀（gòu）」，从弓，㱿聲。本義是張滿弓。《說文·弓部》：「彀，張弩也。

从弓，殳聲。」《孟子・告子上》:「羿之教人射，必志於彀。」朱熹注:「彀，弓滿也。」引申為善射者，射手。含有善、好義。《史記・廉頗藺相如列傳》:「彀者十萬人，悉勒習戰。」司馬貞索隱:「彀，謂能射也。」《漢書・馮唐傳》:「選車千三百乘，彀騎萬三千四。」

「穀」，从禾，殳聲。本義是莊稼和糧食的總稱。《說文・禾部》:「穀，續也。百穀之總名。从禾，殳聲。」《玉篇・禾部》:「穀，五穀也。」《詩・豳風・七月》:「亟其乘屋，其始播百穀。」引申為善，美，好。《詩・陳風・東門之枌》:「穀旦于差，南方之原。」毛傳:「穀，善也。」《管子・禁藏》:「氣情不營，則耳目穀，衣食足。」尹知章注:「穀，善也。」

本組詞都有「善」義，語義相通。

本組詞語音、語義都有親緣關係，為同源詞。

1.9　舒〔註16〕、業、順，敘〔註17〕也。　舒、業、順、敘、緒〔註18〕也。

舒:審紐魚部；敘:邪紐魚部；緒:邪紐魚部。

審邪鄰紐；魚部疊韻；「敘、緒」同音；「舒、敘、緒」語音相近。

「舒」，从舍，从予，予亦聲。本義是伸展，舒展。《說文・予部》:「舒，伸也。从舍，从予，予亦聲。一曰舒，緩也。」《廣雅・釋詁三》:「舒，展也。」《素問・氣交變大論》:「其化生榮，其政舒啟。」王冰注:「舒，展也。」又有次序。《詩・大雅・常武》:「有嚴天子，王舒保作。」毛傳:「舒，徐也。保，安也。」陸德明釋文:「舒，序也。」又頭緒。

「敘」，次序。《說文・攴部》:「敘，次弟也。从攴，余聲。」商承祚《殷虛文字類編》:「篆文從攴之字……古文多從又。」《書・洪範》:「五者來備，各以其敘，庶草蕃廡。」孔傳:「言五者備至，各以次序，則眾草蕃滋廡豐也。」《周禮・天官・小宰》:「以官府之六敘正群吏:一曰以敘正其位，二曰以敘進其治，三曰以敘作其事，四曰以敘制其食，五曰以敘受其會，六曰以敘聽其

〔註16〕郭璞注:「謂次敘。」「又為端緒。」

〔註17〕「敘」，從攴（pū），余聲。本義疑為排列次序。俗作「敘」。唐顏師古《匡謬正俗》卷五:「敘，比也。」《周禮・天官・司書》:「以周知入出百物，以敘其財，受其幣，使入於職幣。」鄭玄注:「敘，猶比次也。」

〔註18〕郝懿行義疏:「緒者與敘聲義同。《說文》云:『緒，絲耑也。』蓋有端緒可以次敘，故敘又訓緒也。」

情。」鄭玄注：「敘，秩次也。謂先尊後卑也。」孫詒讓正義：「秩次與次第同。」又頭緒，條理。三國魏曹植《社頌》：「建國承家，莫不攸敘。」唐杜淹《文中子世家》：「府君歎曰：『吾視王道未有敘也，天下何為而一乎？』」

「緒」，从糸，者聲。本義是絲頭。《說文·糸部》：「緒，絲端也。从糸，者聲。」段玉裁注：「抽絲者得緒而可引。」漢張衡《南都賦》：「齊僮唱兮列趙女，坐南歌兮起鄭舞，白鶴飛兮繭曳緒。」引申為頭緒，開端。《淮南子·精神訓》：「反覆終始，不知其端緒。」又次序。《書·大誥》：「誕敢紀其緒。」《莊子·山木》：「進不敢為前，退不敢為後，食不敢先嘗，必取其緒。」

「舒、敘、緒」都有「次序、頭緒」義，語義相近。

「舒、敘、緒」語音、語義都有親緣關係，為同源詞。

1.10 怡、懌、悅、欣、衎、喜、愉、豫、愷、康、妉 [註19]、般，樂 [註20] 也。

一、怡，妉

怡：喻紐之部；妉：端紐侵部。

喻端準旁紐；之侵通轉；「怡、妉」語音相近。

「怡（yí）」，从心，台（yí）聲。本義是和悅。《說文·心部》：「怡，和也。从心，台聲。」《玉篇·心部》：「怡，悅也。」《國語·晉語九》：「（新稚）狗之事大矣，而主之色不怡，何也？」韋昭注：「怡，悅也。」引申為快樂，喜悅。《國語·周語下》：「晉國有憂，未嘗不戚；有慶，未嘗不怡。」《楚辭·九章·哀郢》：「心不怡之長久兮，憂與愁其相接。」王逸注：「怡，樂也。」

「妉（dān）」，同「媅（dān）」。快樂。《說文·女部》：「媅，樂也。从女，甚聲。」宋蘇軾《東湖》：「嗟予生雖晚，考古意所妉。」

本組詞都有「快樂」義，語義相近。

本組詞語音、語義都有親緣關係，為同源詞。

二、懌，悅，豫

懌：喻紐鐸部；悅：喻紐月部；豫：喻紐魚部。

[註19] 郝懿行義疏：「妉，《說文》作媅。云：樂也。通作妉。」
[註20] 《說文·木部》：「樂，五聲八音總名。象鼓鞞。木，虡也。」

喻紐雙聲；鐸月、月魚通轉，鐸魚對轉；「懌、悅、豫」語音相近。

「懌（yì）」，从心，睪（yì）聲。本義是快樂，喜悅。《說文新附・心部》：「懌，說也。从心，睪聲。經典通用釋。」《詩・大雅・板》：「辭之懌矣，民之莫矣。」毛傳：「懌，說也。」《禮記・文王世子》：「禮樂交錯於中，發形於外，是故其成也懌，恭敬而溫文。」

「悅」，从心，兌聲。本義是高興，愉快。與快樂義近。本作「說」。《說文・言部》：「說，釋也。从言、兌。一曰談說。」《廣雅・釋詁一》：「悅，喜也。」《莊子・徐無鬼》：「武侯大悅而笑。」《新唐書・柳擇傳》：「臣聞賞一人而千萬人悅者，賞之。」

「豫」，从象，予聲。本義是大象。《說文・象部》：「豫，象之大者。賈侍中說：不害於物。从象，予聲。」段玉裁注：「此豫之本義，故其字从象也。」《老子》第十五章：「豫焉若冬涉川，猶兮若畏四鄰。」范應元注：「豫，象屬。」又安樂，快樂。《詩・小雅・白駒》：「爾公爾侯，逸豫無期。」《孟子・公孫丑下》：「夫子若有不豫色……」

本組詞都有「快樂」義，語義相近。

本組詞語音、語義都有親緣關係，為同源詞。

三、欣，喜，愷

欣：曉紐文部；喜：曉紐之部；愷：溪紐微部。

曉紐雙聲，曉溪旁紐；文之、之微通轉，文微對轉；「欣、喜、愷」語音相近。

「欣」，从欠，斤聲。本義是喜悅，高興。與快樂義近。《說文・欠部》：「欣，笑喜也。从欠，斤聲。」《玉篇・欠部》：「欣，喜也。」《詩・大雅・鳧鷖》：「旨酒欣欣，燔炙芬芬。」毛傳：「欣欣然，樂也。」《莊子・秋水》：「於是焉河伯欣然自喜，以天下之美為盡在己。」

「喜」，甲骨文上面是鼓，下面是口。發出歡聲表示歡樂。本義是快樂，高興。《說文・喜部》：「喜，樂也。从壴，从口。」《玉篇・口部》：「喜，悅也。」《詩・小雅・菁菁者莪》：「既見君子，我心則喜。」毛傳：「喜，樂也。」《史記・陳涉世家》：「陳勝、吳廣喜，念鬼。」

「愷（kǎi）」，从心，从豈，豈亦聲。本義是安樂。與快樂義近。《說文・豈

部》：「愷，康也。从心、豈，豈亦聲。」《說文·心部》：「愷，樂也。从心，豈聲。」《莊子·天道》：「中心物愷，兼愛無私。」陸德明釋文：「司馬云：（愷）樂也。」成玄英疏：「愷，樂也。忠誠之心，隨物安樂。」

本組詞都有「快樂」義，語義相近。

本組詞語音、語義都有親緣關係，為同源詞。

四、衍，康

衍：溪紐元部；康：溪紐陽部。

溪紐雙聲；元陽通轉；「衍、康」語音相近。

「衍（kàn）」，和樂，愉快。與快樂義近。《說文·行部》：「衍，行喜貌。从行，干聲。」王筠句讀：「《釋詁》、《毛傳》皆曰：『衍，樂也。』」《詩·小雅·南有嘉魚》：「君子有酒，嘉賓式燕以衍。」毛傳：「衍，樂也。」《詩·商頌·那》：「奏鼓簡簡，衍我烈祖。」

「康」，安樂，安定。與快樂義近。《詩·唐風·蟋蟀》：「無已大康，職思其居。」毛傳：「康，樂也。」《楚辭·離騷》：「日康娛以自忘兮，厥首用夫顛隕。」

「樂」，甲骨文上面是絲，表示琴瑟之類；下面是木。本義疑為樂器。《韓非子·解老》：「竽也者，五聲之長者也，故竽先則鐘瑟皆隨，竽唱則諸樂皆和。」又喜悅，愉快。《集韻·鐸韻》：「樂，娛也。」《詩·小雅·常棣》：「宜爾家室，樂爾妻帑，是究是圖，亶其然乎。」《韓非子·十過》：「君游海而樂之，奈臣有圖國者何？」

本組詞都有「快樂」義，語義相近。

本組詞語音、語義都有親緣關係，為同源詞。

1.11 悅、懌、愉、釋〔註21〕、賓、協，服也。

悅：喻紐月部；懌：喻紐鐸部；釋：審紐鐸部。

喻紐雙聲，喻審旁紐；月鐸通轉，鐸部疊韻；「悅、懌、釋」語音相近。

「悅」，从心，兌聲。本義是高興，愉快。本作「說」。《說文·言部》：「說，釋也。从言、兌。一曰談說。」《廣雅·釋詁一》：「悅，喜也。」《莊子·徐無

〔註21〕郭璞注：「謂喜而服從。」邢昺疏：「釋者，釋去恨怨而服也。」

鬼》：「武侯大悅而笑。」引申為悅服。與服從義近。《書·武成》：「大賫于四海，而萬姓悅服。」孔傳：「天子皆悅仁服德。」《新唐書·柏耆傳》：「穆宗遣耆諭天子意，眾乃信悅。」

「懌（yì）」，從心，睪（yì）聲。本義是快樂，喜悅。《說文新附·心部》：「懌，說也。從心，睪聲。經典通用釋。」《詩·大雅·板》：「辭之懌矣，民之莫矣。」毛傳：「懌，說也。」引申為悅服。與服從義近。《玉篇·心部》：「懌，服也。」《詩·小雅·節南山》：「既夷既懌，如相酬矣。」毛傳：「懌，服也。」

「釋」，悅服，心服。與服從義近。《莊子·齊物論》：「庚桑子聞之，南面而不釋然。」

「服」，服從，順從。《管子·任法》：「賤人以服約卑敬悲色，告愬其主，主因離法而聽之。」尹知章注：「服約，謂屈服隱約也。」《戰國策·秦策五》：「勝而不驕，故能服也。」高誘注：「王者德大不驕逸，故能服鄰國。服，慊也。」鮑本作「使鄰國服從」。

「悅、懌、釋」都有「服從」義，語義相近。

「悅、懌、釋」語音、語義都有親緣關係，為同源詞。

1.12　遹、遵、率、循、由、從，自也。遹、遵、率，循也。

一、遹，自

遹：喻紐質部；自：從紐質部。

喻從鄰紐；質部疊韻；「遹、自」語音相近。

「遹（yù）」，遵循，遵從。與從義通。《書·康誥》：「今（治）民將在祗遹乃文考，紹聞衣德言。」孔傳：「今治民將在敬循汝文德之父，繼其所聞，服行其德言以為政教。」陸德明釋文引馬融曰：「遹，紹述也。」《舊唐書·禮儀志三》：「祗遹文祖，光昭舊勳。」

「自」，甲骨文象鼻形。本義是鼻子。《說文·自部》：「自，鼻也。象鼻形。」段玉裁注：「凡從自之字，如《尸部》眉，臥息也；《言部》詯，膽氣滿聲在人上也，亦皆於鼻息會意。」又從，由。《玉篇·自部》：「自，由也。」《廣韻·至韻》：「自，從也。」《書·泰誓》：「其心好之，不啻若自其口出。」《詩·邶風·日月》：「日居月諸，出自東方。」

本組詞都有「從」義，語義相通。

本組詞語音、語義都有親緣關係，為同源詞。

二、遵，率，循

遵：精紐文部；率：山紐物部；循：邪紐文部。

精山、山邪準旁紐，精邪旁紐；文物對轉，文部疊韻；「遵、率、循」語音相近。

「遵」，从辵（chuò），尊聲。本義是順著，沿著。《說文‧辵部》：「遵，循也。从辵，尊聲。」《詩‧豳風‧七月》：「女執懿筐，遵彼微行，爰求柔桑。」孔穎達疏：「女人執持深筐，循彼微細之徑道，於是求柔穉之桑，以養新生之蠶。」《楚辭‧九章‧哀郢》：「去故都而就遠兮，遵江夏以流亡。」引申為遵照，遵從。與從義通。《書‧洪範》：「無偏無陂，遵王之義。」孔傳：「言當循先王之正義以治民。」《後漢書‧張衡傳》：「國王驕奢，不遵典憲。」

「率」，沿著，順著。《詩‧大雅‧綿》：「率西水滸，至於岐下。」毛傳：「率，循也。」《左傳‧宣公十二年》：「今鄭不率，君使群臣問諸鄭。」又自，由，從。《詩‧小雅‧北山》：「溥天之下，莫非王土。率土之濱，莫非王臣。」

「循」，从彳，表示行走；盾聲。本義是順著，沿著。《說文‧彳部》：「循，行順也。从彳，盾聲。」桂馥義證：「行順也者，當為順行。」《字彙‧彳部》：「循，順也；沿也。」《莊子‧天道》：「夫子亦放德而行，循道而趨，已至矣；又何偈偈乎揭仁義，若擊鼓而求亡子焉？」《呂氏春秋‧察今》：「灉水暴益，荊人弗知，循表而夜涉，溺死者千有餘人。」引申為遵從。與從義通。《墨子‧經上》：「循所聞而得其意，心之察也。」孫詒讓間詁：「畢云：『循，猶從也。』」《淮南子‧氾論訓》：「大人作而弟子循。」高誘注：「循，遵也。」

本組詞都有「順著、從」義，語義相通。

本組詞語音、語義都有親緣關係，為同源詞。

1.13 靖、惟、漠、圖、詢、度、諮、諏、究、如、慮、謨、猷、肇、基、訪，謀也。

一、靖，詢，諮

靖：從紐耕部；詢：心紐真部；諮：精紐脂部。

從心精旁紐；耕真、耕脂通轉，真脂對轉；「靖、詢、諮」語音相近。

「靖」，從立，青聲。本義是立容安靜。《說文・立部》：「靖，立竫也。從立，青聲。一曰細皃。」段玉裁注：「謂立容安靖也。」《左傳・昭公二十五年》：「靖以待命猶可，動必憂。」又圖謀，謀議。與謀劃義近。《方言》卷一：「靖，思也。東齊海岱之間曰靖。」《詩・大雅・召旻》：「昏椓靡共，潰潰回遹，實靖夷我邦。」毛傳：「靖，謀也。」鄭玄箋：「結謀夷滅王之國。」《漢書・韋賢傳》：「靖享爾位，瞻仰靡荒。」顏師古注：「靖，謀也。」

「詢」，從言，旬聲。本義是詢問，請教。《玉篇・言部》：「詢，諮也。」《詩・大雅・板》：「先民有事，詢於芻蕘。」引申為謀劃。《書・堯典》「舜格于文祖，詢于四嶽，辟四門，明四目，達四聰。」《史記・五帝本紀》作「謀于四嶽，辟四門」。《書・舜典》：「帝曰：格汝舜，詢事考言，乃言底可績。」孔傳：「詢，謀。」

「諮」，從言，咨聲。本義是商議，徵詢。與謀劃義近。同「咨」。《說文・口部》：「咨，謀事曰咨。從口，次聲。」《詩・小雅・皇皇者華》：「載馳載驅，周爰諮諏。」毛傳：「訪問於善為諮，諮事為諏。」《國語・魯語下》：「諮才為諏，諮事為謀，諮義為度，諮親為詢。」

本組詞都有「謀劃」義，語義相近。

本組詞語音、語義都有親緣關係，為同源詞。

二、惟，謀

惟：喻紐微部；謀：明紐之部。

喻明鄰紐；微之通轉；「惟、謀」語音相近。

「惟」，從心，隹（zhuī）聲。本義是思考，思念。與謀劃義近。《說文・心部》：「惟，凡思也。從心，隹聲。」《詩・大雅・生民》：「載謀載惟，取蕭祭脂。」鄭玄箋：「惟，思也。」《漢書・鄒陽傳》：「願大王留意詳惟之。」顏師古注：「惟，思也。」

「謀」，從言，某聲。本義是考慮，謀劃。《說文・言部》：「謀，慮難曰謀。從言，某聲。」《玉篇・言部》：「謀，計也。」《易・訟》：「君子以作事謀始。」孔穎達疏：「凡欲興作其事，先須謀慮其始。」《後漢書・朱浮傳》：「蓋智者順時而謀，愚者逆理而動。」引申為商議。《莊子・逍遙遊》：「聚族而謀……」又諮詢。《國語・魯語下》：「諮才為諏，諮事為謀，諮義為度，諮親為詢。」

又圖謀。《論語・衛靈公》:「君子謀道不謀食。」又計謀。《韓非子・存韓》:「辯說屬辭,飾非詐謀。」

本組詞都有「謀劃」義,語義相近。

本組詞語音、語義都有親緣關係,為同源詞。

三、謨,訪

謨:明紐魚部;訪:滂紐陽部。

明滂旁紐;魚陽對轉;「謨、訪」語音相近。

「謨(mó)」,从言,莫聲。本義是計謀,謀劃。《說文・言部》:「謨,議謀也。从言,莫聲。《虞書》曰:『咎繇謨。』」徐鍇繫傳:「慮一事、畫一計為謀,泛議將定,其謀曰謨。《大禹》、《皋陶》,皆泛謨也。」《書・皋陶謨》:「允迪厥德,謨明弼諧。」孔傳:「謨,謀也。」《史記・夏本紀》作「謀明輔和」。《莊子・大宗師》:「古之真人,不逆寡,不雄成,不謨士。」

「訪」,从言,方聲。本義是徵求意見,諮詢。《說文・言部》:「訪,汎謀曰訪。从言,方聲。」徐鍇繫傳:「此言汎謀,謂廣聞於人也。」《左傳・僖公三十二年》:「穆公訪諸蹇叔。」引申為謀議。與謀劃義近。《詩・周頌・訪落序》:「《訪落》,嗣王訪於廟也。」《周禮・春官・內史》:「掌敘事之法,受納訪以詔王聽治。」鄭玄注:「納訪,納謀於王也。」孫詒讓正義:「諸臣所謀議之事,內史則受而納之。」

本組詞都有「謀劃」義,語義相近。

本組詞語音、語義都有親緣關係,為同源詞。

四、圖,度,慮

圖:定紐魚部;度:定紐鐸部;慮:來紐魚部。

定紐雙聲,定來旁紐;魚鐸對轉,魚部疊韻;「圖、度、慮」語音相近。

「圖」,思慮,謀劃。《說文・口部》:「圖,畫計難也。从口,从啚。啚,難意也。」段玉裁注:「《左傳》曰:『諮難為謀。』畫計難者,謀之而苦其難也。」《廣雅・釋詁四》:「圖,謀也。」《詩・小雅・常棣》:「是究是圖,亶其然乎?」毛傳:「圖,謀也。」孔穎達疏:「汝於是深思之,於是善謀之,信其然者否乎?」《儀禮・聘禮》:「君與卿圖事,遂命使者。」

「度」,甲骨文从手量物或从又、石聲。古代多用手、臂等來測量長度。本

義是計量長短的標準，尺碼。《玉篇・又部》：「度，尺曰度。」《書・舜典》：「協時月正日，同律度量衡。」陸德明釋文：「度，丈尺也。」引申為忖度，謀慮。與謀劃義近。《玉篇・又部》：「度，揆也。」《字彙・广部》：「度，算謀也，料也，忖也。」《書・泰誓上》：「同心度德，同德度義。」孔傳：「揆度優劣，勝負可見。」《國語・晉語三》：「夫眾口禍福之門，是以君子省眾而動，監戒而謀，謀度而行。」韋昭注：「度，揆也。」

「慮」，從思，虍（hū）聲。本義是計議，謀劃。《方言》卷一：「慮，謀思也。」《說文・思部》：「慮，謀思也。從思，虍聲。」《古今韻會舉要・御韻》：「慮，思有所圖曰慮。」《詩・小雅・雨無正》：「昊天疾威，弗慮弗圖。」鄭玄箋：「慮、圖，皆謀也。」《墨子・親士》：「非賢無急，非士無與慮國。」

本組詞都有「謀劃」義，語義相近。

本組詞語音、語義都有親緣關係，為同源詞。

1.14　典、彝、法、則、刑、範、矩、庸、恒、律、戛、職、秩，常也。

一、典，則，律，職

典：端紐文部；則：精紐職部；律：來紐物部；職：照紐職部。

端精照準雙聲，端來旁紐；文職、職物通轉，文物對轉，職部疊韻；「典、則、律、職」語音相近。

「典」，甲骨文上面是冊，下面是大。本義是經典，重要的文獻、典籍。《說文・丌部》：「典，五帝之書也。從冊在丌上，尊閣之也。莊都說：『典，大冊也。』」《書・五子之歌》：「有典有則，貽厥子孫。」孔傳：「典謂經籍。」引申為常道，法則。與常規義近。《書・皋陶謨》：「天敘有典，敕我五典五惇哉。」孔穎達疏：「天次敘人倫，使有常性，故人君為政，當敕正我父、母、兄、弟、子五常之教教之，使五者皆惇厚哉！」《史記・禮書》：「定宗廟百官之儀，以為典常，垂之於後云。」

「則」，金文從鼎，從刀。小篆從貝，從刀。本義是按等級區劃物體。《說文・刀部》：「則，等畫物也。從刀，從貝。貝，古之物貨也。」《漢書・敘傳下》：「《坤》作墜勢，高下九則。」顏師古注引劉德曰：「九則，九州土田上中下九等也。」引申為規律，法則。與常規義近。《廣韻・德韻》：「則，法則。」《管

子·形勢》：「天不變其常，地不易其則。」《馬王堆漢墓帛書·經法·君正》：
「一年從其俗，則知民則。」

「律」，規律，規則。與常規義近。《淮南子·覽冥訓》：「昔者黃帝治天下，
而力牧、太山稽輔之，以治日月之行律。」高誘注：「律，度也。」唐杜甫《遣
悶戲呈陸十九曹長》：「晚節漸於詩律細，誰家數去酒杯寬。」

「職」，常，正常。與常規義通。《詩·唐風·蟋蟀》：「無已大康，職思其
居。」俞樾平議：「（毛傳）訓職為主，於義未安……職當訓為常，猶曰『常思
其居』耳。次章『職思其外』，三章『職思其憂』，並同。」《漢書·武帝紀》：
「有冤失職，使者以聞。」顏師古注：「職，常也。失職者，失其常業及常理
也。」

「常」，從巾，尚聲。本義是裙子。同「裳」。《說文·巾部》：「常，下裙也。
裳，常或从衣。」段玉裁注：「今字裳行而常廢矣。」《玉篇·巾部》：「常，裙
也。今作裳。」《詩·小雅·六月》：「四牡騤騤，載是常服。」毛傳：「常服，
戎服也。」又常法，常規。《易·繫辭下》：「初率其辭，而揆其方，既有典常。」
《國語·越語下》：「肆與大夫觴飲，無忘國常。」韋昭注：「常，舊法。」又規
律。《荀子·天論》：「天行有常，不為堯存，不為桀亡。」又永久的，固定不變
的。《書·咸有一德》：「天難諶，命靡常。」又經常。《莊子·天地》：「三患莫
至，身常無殃，則何辱之有？」

本組詞都有「常規」義，語義相通。

本組詞語音、語義都有親緣關係，為同源詞。

二、彝，秩

彝：喻紐脂部；秩：定紐質部。

喻定準旁紐；脂質對轉；「彝、秩」語音相近。

「彝（yí）」，甲骨文從雙手捧雞奉獻。本義是祭祀常用的禮器的總稱。《說
文·糸部》：「彝，宗廟常器也。从糸；糸，綦也。廾持米，器中寶也。彑聲。
此與爵相似。《周禮》：『六彝：雞彝、鳥彝、黃彝、虎彝、蜼彝、斝彝。以待祼
將之禮。』」《左傳·襄公十九年》：「且夫大伐小，取其所得以作彝器。」杜預
注：「彝，常也。謂鐘鼎為宗廟之常器。」引申為常，常規。《書·囧命》：「永
弼乃后於彝憲。」孔傳：「當長輔汝君於常法。」《詩·大雅·烝民》：「民之秉

彝，好是懿德。」毛傳：「彝，常。」

「秩」，從禾，失聲。本義是聚積。《說文・禾部》：「秩，積也。從禾，失聲。《詩》曰：『稽之秩秩。』」《管子・國蓄》：「故人君御穀物之秩相勝，而操事於其不平之間。」尹知章注：「秩，積也。」又常，常規。《詩・小雅・賓之初筵》：「是曰既醉，不知其秩。」毛傳：「秩，常也。」孔穎達疏：「不自知其常，言其昏亂，禮無次也。」《禮記・王制》：「七十不俟朝，八十月告存，九十日有秩。」鄭玄注：「秩，常也，有常膳。」

本組詞都有「常規」義，語義相近。

本組詞語音、語義都有親緣關係，為同源詞。

三、法，範

法：幫紐盍部；範：並紐談部。

幫並旁紐；盍談對轉；「法、範」語音相近。

「法」，本作「灋」。從水，標記法律、法度公平如水；從廌（zhì），即解廌，神話傳說中的一種神獸，據說它能辨別曲直，在審理案件時能用角去觸理曲的人。本義是刑法。《說文・廌部》：「灋，刑也。平之如水，從水；廌，所以觸不直者；去之，從去。」《易・蒙》：「利用刑人，以正法也。」《書・呂刑》：「虐民弗用靈，制以刑，惟作五虐之刑曰法。」引申為規律，常理。與常規義近。《孫子・軍爭》：「倍道兼行，百里而爭利，則擒三將軍。勁者先，疲者後，其法十一而至。五十里而爭利，則蹶上將，其法半至。」宋辛棄疾《議練民兵守淮疏》：「竊計兩淮戶口不減二十萬，聚之使來，法當半至，猶不減二萬。」

「範」，從車，笵（fàn）省聲。古代遇大事出車，先輾過祭壇及祭牲的一種祭祀活動。本義是出行前祭路神的儀式。《說文・車部》：「範，範軷也。從車，笵省聲。讀與犯同。」桂馥義證：「範軷也者，當為犯軷。範、犯聲相近。」朱駿聲通訓定聲：「按：範軷，祖道之祭也。」引申為典範，法則。與常規義近。《書・洪範》：「天乃錫禹洪範九疇，彝倫攸敘。」《後漢書・楊震傳》：「師範之功，昭於內外，庶官之務，勞亦勤止。」

本組詞都有「常規」義，語義相近。

本組詞語音、語義都有親緣關係，為同源詞。

四、刑，戛

刑：匣紐耕部；戛：見紐質部。

匣見旁紐；耕質通轉；「刑、戛」語音相近。

「刑」，金文從刀、井聲，或加土。小篆從刀、开（jiān）聲或從刀、井聲。本義是殺，割。《說文·刀部》：「刑，剄也。从刀，开聲。」《呂氏春秋·順說》：「甲之事，兵之事也，刈人之頸，刳人之腹，墮人之城郭，刑人之父子也。」高誘注：「刑，殺也。」引申為法度。與常規義近。《詩·大雅·抑》：「罔敷求先王，克共明刑。」鄭玄箋：「無廣索先王之道與能執度之人乎？」宋蘇軾《擬賜韓絳上表乞致仕不允詔》：「徒得君重，臥護一方，使吏民瞻師尹之儀刑，蠻夷識漢相之風采。」

「戛（jiá）」，常禮，常法。與常規義近。《書·康誥》：「不率大戛，矧惟外庶子訓人。」孔傳：「戛，常也。」孔穎達疏：「戛猶楷也，言為楷模之常，故戛為常也。」

本組詞都有「常規」義，語義相近。

本組詞語音、語義都有親緣關係，為同源詞。

1.15 柯〔註22〕、憲、刑、範、辟、律、矩、則，法也。

一、柯，憲，矩

柯：見紐歌部；憲：曉紐元部；矩：見紐魚部。

見曉旁紐，見紐雙聲；歌元對轉，歌魚、元魚通轉；「柯、憲、矩」語音相近。

「柯」，從木，可聲。本義是斧子的柄。《說文·木部》：「柯，斧柄也。从木，可聲。」《廣雅·釋器》：「柯，柄也。」《詩·豳風·伐柯》：「伐柯如何？匪斧不克。」毛傳：「柯，斧柄也。」引申為尺度。王筠句讀：「《考工記》『柯長三尺』……是因以為尺度之名也。」《周禮·考工記·》：「車人之事，半矩謂之宣，一宣有半謂之欘，一欘有半謂之柯，一柯有半謂之磬折。」鄭玄注：「伐木之，柄長三尺。」又法。與法則義近。例如：柯斧喻法規；柯亭指法則、法度。

〔註22〕郝懿行義疏：「柯與矩皆法之所從出，因亦訓法矣。」

「憲」，法令。與法則義近。《左傳‧襄公二十八年》：「此君之憲令，而小國之望也。」杜預注：「憲，法也。」《漢書‧韋賢傳》：「明明群司，執憲靡顧。」顏師古注：「言執天子法，無所顧望也。」

「矩」，法度，法則。《論語‧為政》：「七十而從心所欲，不逾矩。」三國魏曹植《嬌志》：「覆之燾之，順天之矩。」

本組詞都有「法則」義，語義相近。

本組詞語音、語義都有親緣關係，為同源詞。

二、範，法

範：並紐談部；法：幫紐盍部。

並幫旁紐；談盍對轉；「範、法」語音相近。

「範」，從車，笵（fàn）省聲。古代遇大事出車，先輾過祭壇及祭牲的一種祭祀活動。本義是出行前祭路神的儀式。《說文‧車部》：「範，範軷也。從車，笵省聲。讀與犯同。」桂馥義證：「範軷也者，當為犯軷。範、犯聲相近。」朱駿聲通訓定聲：「按：範軷，祖道之祭也。」引申為典範，法則。《書‧洪範》：「天乃錫禹洪範九疇，彝倫攸敘。」《後漢書‧楊震傳》：「師範之功，昭於內外，庶官之務，勞亦勤止。」

「法」，本作「灋」。從水，標記法律、法度公平如水；從廌（zhì），即解廌，神話傳說中的一種神獸，據說它能辨別曲直，在審理案件時能用角去觸理曲的人。本義是刑法。《說文‧廌部》：「灋，刑也。平之如水，從水；廌，所以觸不直者；去之，從去。」《易‧蒙》：「利用刑人，以正法也。」《書‧呂刑》：「苗民弗用靈，制以刑，惟作五虐之刑曰法。」引申為法則。《左傳‧成公十二年》：「今吾子之言，亂之道也，不可以為法。」《鹽鐵論‧相刺》：「居則為人師，用則為世法。」

本組詞都有「法則」義，語義相近。

本組詞語音、語義都有親緣關係，為同源詞。

三、律，則

律：來紐物部；則：精紐職部。

來精鄰紐；物職通轉；「律、則」語音相近。

「律」，法律，法令。與法則義近。《廣韻・術韻》：「律，律法也。」《正字通・彳部》：「律，刑律也。」《易・師》：「師出以律，否臧凶。」孔穎達疏：「律，法也……師出之時，當須以其法制整齊之，故云『師出以律』也。」《文心雕龍・議對》：「田（佃）谷先曉于農，斷訟務精於律。」

「則」，金文從鼎，從刀。小篆從貝，從刀。本義是按等級區劃物體。《說文・刀部》：「則，等畫物也。從刀，從貝。貝，古之物貨也。」《漢書・敘傳下》：「《坤》作墜勢，高下九則。」顏師古注引劉德曰：「九則，九州土田上中下九等也。」引申為法典，規章。與法則義近。《增韻・德韻》：「凡制度、品式皆曰則。」《周禮・天官・大宰》：「以八則治都鄙……」鄭玄注：「則，亦法也。」《國語・魯語上》：「毀則者為賊，掩賊者為臧，竊寶者為宄，用宄之財者為奸。」韋昭注：「則，法也。」

本組詞都有「法則」義，語義相近。

本組詞語音、語義都有親緣關係，為同源詞。

1.17　黃髮、齯齒、鮐背、耇、老，壽〔註23〕也。

老：來紐幽部；壽：禪紐幽部。

來禪準旁紐；幽部疊韻；「老、壽」語音相近。

「老」，甲骨文從老人手裡拿著拐杖。本義是年齡大，衰老。《說文・老部》：「老，考也。七十曰老。從人、毛、匕。言鬚髮變白也。」《論語・季氏》：「及其老也，血氣既衰，戒之在得。」邢昺疏：「老，謂五十以上。」《楚辭・離騷》：「老冉冉其將至兮，恐修名之不立。」王逸注：「七十曰老。」

「壽」，年齡大，長壽。《書・洪範》：「九，五福，一曰壽。」孔穎達疏：「壽，年得長也。」《呂氏春秋・察今》：「病變而藥不變，向之壽民，今為殤子矣。」

「老、壽」都有「年齡大」義，語義相近。

「老、壽」語音、語義都有親緣關係，為同源詞。

〔註23〕《說文・老部》：「壽，久也。從老省，𠷎聲。」《詩・小雅・天保》：「如月之恒，如日之升，如南山之壽，不騫不崩。」

1.18　允、孚、亶、展、諶、誠、亮〔註24〕、詢，信也。

一、允，諶

允：喻紐文部；諶：禪紐侵部。

喻禪旁紐；文侵通轉；「允、諶」語音相近。

「允」，甲骨文上為以（㠯）字，下為兒（人）字。以是任用，用人不貳就是允。本義是誠信。《方言》卷一：「允，信也。齊魯之間曰允。」《說文·兒部》：「允，信也。从兒，㠯聲。」《書·堯典》：「允釐百工，庶績咸熙。」《史記·五帝本紀》作「信飭百官」。《書·舜典》：「命汝作納言，夙夜出納朕命，惟允。」孔傳：「（惟允，）必以信。」《史記·五帝本紀》「允」作「信」。

「諶（chén）」，从言，甚聲。本義是相信。與誠信義通。《說文·言部》：「諶，誠諦也。从言，甚聲。《詩》曰：『天難諶斯。』」《書·君奭》：「天命不易，天難諶。」唐李昇《遺詔》：「天不爾諶，祐於有德。」

本組詞都有「誠信」義，語義相通。

本組詞語音、語義都有親緣關係，為同源詞。

二、亶，展，亮

亶：端紐元部；展：端紐元部；亮：來紐陽部。

「亶、展」雙聲疊韻；端來旁紐；元陽通轉；「亶、展、亮」語音相近。

「亶（dǎn）」，从㐭（lǐn），旦聲。本義是倉廩穀物多。《說文·㐭部》：「亶，多穀也。从㐭，旦聲。」徐灝注箋：「穀多則倉廩實。」桂馥義證：「按：亶，㐭庾之實，許氏所謂多穀也。」林義光《文源》：「从㐭，取多穀之意。」《詩·小雅·十月之交》：「擇三有事，亶侯多藏。」又誠信，誠實。《書·盤庚中》：「乃話民之弗率，誕告用亶其有眾。」孔傳：「大告用誠於眾。」陸德明釋文：「亶，誠也。」孔穎達疏：「用誠心於其所有之眾人。」《詩·大雅·板》：「靡聖管管，不實於亶。」毛傳：「亶，誠也。」鄭玄箋：「不能用實於誠信之言，言行相違也。」

「展」，誠實。與誠信義近。《方言》卷一：「展，信也。吳淮沇之間曰展。」《詩·邶風·雄雉》：「展矣君子，實勞我心。」毛傳：「展，誠也。」《國語·楚語下》：「展而不信，愛而不仁。」韋昭注：「展，誠也。」

〔註24〕清段玉裁《說文解字注·兒部》：「亮，明也。各本無，此依《六書故》所據唐本補。」

「亮」，本義是明亮。《玉篇·兒部》：「亮，明也。」《後漢書·蘇竟傳》：「且火德承堯，雖昧必亮。」李賢注：「亮，明也。」又誠信，誠實。《方言》卷一：「諒，信也。眾信曰諒，周南、召南、衛之語也。」《孟子·告子下》：「君子不亮，惡乎執？」趙岐注：「亮，信也。」《後漢書·袁紹劉表傳贊》：「既云天工，亦資人亮。」李賢注：「亮，信也。」

本組詞都有「誠信」義，語義相近。

本組詞語音、語義都有親緣關係，為同源詞。

三、誠，詢，信

誠：禪紐耕部；詢：心紐真部；信：心紐真部。

禪心鄰紐；耕真通轉；「詢、信」雙聲疊韻；「誠、詢、信」語音相近。

「誠」，從言，成聲。本義是誠信，誠實。《方言》卷一：「訦，信也。燕代東齊曰訦。」《說文·言部》：「誠，信也。從言，成聲。」《易·乾》：「修辭立其誠，所以居業也。」孔穎達疏：「誠，謂誠實也。」《漢書·趙廣漢傳》：「行之發於至誠。」

「詢」，從言，旬聲。本義是詢問，請教。《玉篇·言部》：「詢，諮也。」《詩·大雅·板》：「先民有事，詢於芻蕘。」又信，確實。與誠信義通。《方言》卷一：「恂，信也。宋衛汝潁之間曰恂。」

「信」，從人，從言。本義是誠實，誠信。《說文·言部》：「信，誠也。從人，從言。會意。」《詩·衛風·氓》：「信誓旦旦，不思其反。」孔穎達疏：「言其懇惻款誠。」《左傳·莊公十年》：「犧牲玉帛，弗敢加也，必以信。」引申為相信，信任。《詩·邶風·擊鼓》：「於嗟洵兮，不我信兮。」《論語·公冶長》：「始吾於人也，聽其言而信其行。」

本組詞都有「誠信」義，語義相通。

本組詞語音、語義都有親緣關係，為同源詞。

1.19 展、諶、允、慎、亶，誠也。

一、展，亶

展：端紐元部；亶：端紐元部。

「展、亶」雙聲疊韻；「展、亶」語音相近。

「展」，誠實。《方言》卷一：「展，信也。吳淮汭之間曰展。」《詩·邶風·雄雉》：「展矣君子，實勞我心。」毛傳：「展，誠也。」《國語·楚語下》：「展而不信，愛而不仁。」韋昭注：「展，誠也。」

「亶（dǎn）」，從㐭（lǐn），旦聲。本義是倉廩穀物多。《說文·㐭部》：「亶，多穀也。從㐭，旦聲。」徐灝注箋：「穀多則倉廩實。」桂馥義證：「按：亶，㐭庾之實，許氏所謂多穀也。」林義光《文源》：「從㐭，取多穀之意。」《詩·小雅·十月之交》：「擇三有事，亶侯多藏。」又誠信，誠實。《書·盤庚中》：「乃話民之弗率，誕告用亶其有眾。」孔傳：「大告用誠於眾。」陸德明釋文：「亶，誠也。」孔穎達疏：「用誠心於其所有之眾人。」《詩·大雅·板》：「靡聖管管，不實於亶。」毛傳：「亶，誠也。」鄭玄箋：「不能用實於誠信之言，言行相違也。」

本組詞都有「誠實」義，語義相近。

本組詞語音、語義都有親緣關係，為同源詞。

二、諶，允

諶：禪紐侵部；允：喻紐文部。

禪喻旁紐；侵文通轉；「諶、允」語音相近。

「諶（chén）」，從言，甚聲。本義是相信。與誠實義通。《說文·言部》：「諶，誠諦也。從言，甚聲。《詩》曰：『天難諶斯。』」《書·君奭》：「天命不易，天難諶。」唐李昇《遺詔》：「天不爾諶，祐於有德。」

「允」，甲骨文上為以（㠯）字，下為兒（人）字。以是任用，用人不貳就是允。本義是誠信。與誠實義近。《方言》卷一：「允，信也。齊魯之間曰允。」《說文·兒部》：「允，信也。從兒，㠯聲。」《書·堯典》：「允釐百工，庶績咸熙。」《史記·五帝本紀》作「信飭百官」。《書·舜典》：「命汝作納言，夙夜出納朕命，惟允。」孔傳：「（惟允，）必以信。」《史記·五帝本紀》「允」作「信」。

本組詞都有「誠實」義，語義相通。

本組詞語音、語義都有親緣關係，為同源詞。

三、慎，誠

慎：禪紐真部；誠：禪紐耕部。

禪紐雙聲；真耕通轉；「慎、誠」語音相近

「慎」，从心，真聲。本義是謹慎，慎重。《說文·心部》：「慎，謹也。从心，真聲。」《廣雅·釋詁四》：「慎，敕也。」王念孫疏證：「慎與敕同義。」《易·乾》：「括囊無咎，慎不害也。」孔穎達疏：「曰其謹慎，不與物競，故不被害也。」又確實，實在。與誠實義通。《詩·小雅·巧言》：「昊天已威，予慎無罪。」毛傳：「慎，誠也。」鄭玄箋：「我誠無罪而罪我。」

「誠」，从言，成聲。本義是誠信，誠實。《方言》卷一：「訦，信也。燕代東齊曰訦。」《說文·言部》：「誠，信也。从言，成聲。」《易·乾》：「修辭立其誠，所以居業也。」孔穎達疏：「誠，謂誠實也。」《漢書·趙廣漢傳》：「行之發於至誠。」

本組詞都有「誠實」義，語義相通。

本組詞語音、語義都有親緣關係，為同源詞。

1.20　謔、浪、笑、敖，戲謔〔註25〕也。

謔：曉紐沃部；敖：疑紐宵部。

曉疑旁紐；沃宵對轉；「謔、敖」語音相近。

「謔（xuè）」，从言，虐聲。本義是開玩笑，嘲弄。《說文·言部》：「謔，戲也。从言，虐聲。《詩》曰：『善戲謔兮。』」《詩·邶風·終風》：「謔浪笑敖，中心是悼。」《詩·鄭風·溱洧》：「維士與女，伊其相謔，贈之以芍藥。」《宋史·李沆傳附李維傳》：「嗜酒善謔，而好為詩。」

「敖」，从出，从放。本義是出遊，閒遊。後作「遨」。《說文·放部》：「敖，出遊也。从出，从放。」《詩·邶風·柏舟》：「微我無酒，以敖以遊。」毛傳：「非我無酒，可以敖遊忘憂也。」又開玩笑，嘲弄。《廣雅·釋詁三》：「敖，戲也。」《管子·四稱》：「誅其良臣，敖其婦女。」《史記·天官書》：「箕為敖客，曰口舌。」司馬貞索隱引宋均曰：「敖，調弄也。箕以簸揚，調弄象也；箕又受物，有去去來來，客之象也。」

「戲」，从戈，虘（xī）聲。本義是兵器名。《說文·戈部》：「戲，兵也。」段玉裁注：「兵械之名也。」朱駿聲通訓定聲：「戲，兵也。與我、戠同義。」

〔註25〕「戲謔」，疑為「戲」。可能是受被釋詞「謔」字影響而衍「謔」字。《說文·言部》：「謔，戲也。」

又嘲弄，開玩笑。《論語・陽貨》：「偃之言是也。前言戲之耳。」《國語・晉語九》：「還自衛，三卿宴於藍臺，智襄子戲韓康子而侮段規。」

「謔、敖」都有「嘲弄」義，語義相近。

「謔、敖」語音、語義都有親緣關係，為同源詞。

1.21　粵、于〔註26〕、爰，曰也。　爰、粵，于也。

粵：匣紐月部；于：匣紐魚部；爰：匣紐元部；曰：匣紐月部。

匣紐雙聲；月魚通轉，月元對轉；「粵、曰」同音；「粵、于、爰、曰」語音相近。

「粵」，句首、句中助詞，無實在意義。《書・大誥》：「粵其聞日，宗室之俊有四百人，民獻儀九萬夫，予敬以終於此謀繼嗣圖功。」《文選・班固〈幽通賦〉》：「尚粵其幾，淪神域兮。」

「于」，句首、句中助詞，無實在意義。《詩・小雅・六月》：「王于出征，以佐天子。」《詩・大雅・江漢》：「于疆於理，至於南海。」

「爰」，甲骨文從兩手相援引，中間一畫表示媒介。本義是引，援引。後作「援」。《說文・受部》：「爰，引也。从受，从于。籀文以為車轅字。」段玉裁注：「此與《手部》『援』音義相同。」王筠句讀：「此說與『援』同，則『援』者，累增字也。」《史記・六國年表》「（秦厲共公六年）綿諸乞援。」裴駰集解：「《音義》曰：『援，一作爰。』」又句首、句中助詞，無實在意義。《書・盤庚上》：「我王來，既爰宅於茲，重我民，無盡劉。」《詩・邶風・擊鼓》：「爰居爰處，爰喪其馬。」

「曰」，甲骨文下象口形，加上的短橫表示聲氣或舌頭。本義是說，說道。《說文・曰部》：「曰，詞也。从口，乙聲。亦象口氣出也。」段玉裁注：「詞者，意內而言外也。有是意而有是言。亦謂之曰，亦謂之云，云曰雙聲也。」《詩・

〔註26〕《說文・亏部》：「亏，于也。象氣之舒亏。從丂，從一。一者，其氣平之也。凡亏之屬皆從亏。今變隸作于。」李孝定《甲骨文字集釋》：「契文不從丂、一，其字形何以作于，無義可說。卜辭用于與經典于字同義，皆以示所在。」「于」，甲骨文象笙形，本義疑為大笙，一種簧管樂器，形似笙而略大。後作「竽」。《說文・竹部》：「竽，管三十六簧也。從竹，亏聲。」《周禮・春官・笙師》：「笙師掌教龡竽、笙、塤、龠、簫、篪、笛、管、舂牘、應、雅，以教械樂。」鄭玄注引鄭司農云：「竽，三十六簧；笙十三簧。」賈公彥疏：「竽，長四尺二寸。」假借為介詞、助詞等。

鄭風·女曰雞鳴》:「女曰雞鳴,士曰昧旦。」又句首、句中助詞,無實在意義。《詩·秦風·渭陽》:「我送舅氏,曰至渭陽。」《詩·小雅·采薇》:「曰歸曰歸,歲亦莫止。」

「粵、于、爰、曰」都可以用作句首、句中助詞,無實在意義,語義相近。

「粵、于、爰、曰」語音、語義都有親緣關係,為同源詞。

1.22 爰、粵、于、那、都、繇,於也。

爰:匣紐元部;粵:匣紐月部;于:匣紐魚部;於:影紐魚部。

匣紐雙聲,匣影鄰紐;元月對轉,元魚、月魚通轉,魚部疊韻;「爰、粵、于、於」語音相近。

「爰」,甲骨文從兩手相援引,中間一畫表示媒介。本義是引,援引。後作「援」。《說文·受部》:「爰,引也。从受,从于。籀文以爲車轅字。」段玉裁注:「此與《手部》『援』音義相同。」王筠句讀:「此說與『援』同,則『援』者,累增字也。」《史記·六國年表》「(秦厲共公六年)綿諸乞援。」裴駰集解:「《音義》曰:『援,一作爰。』」又句首、句中助詞,無實在意義。《書·盤庚上》:「我王來,既爰宅於茲,重我民,無盡劉。」《詩·邶風·擊鼓》:「爰居爰處,爰喪其馬。」

「粵」,句首、句中助詞,無實在意義。《書·大誥》:「粵其聞日,宗室之俊有四百人,民獻儀九萬夫,予敬以終於此謀繼嗣圖功。」《文選·班固〈幽通賦〉》:「尚粵其幾,淪神域兮。」

「于」,句首、句中助詞,無實在意義。《詩·小雅·六月》:「王于出征,以佐天子。」《詩·大雅·江漢》:「于疆於理,至於南海。」

「於」,句首、句中助詞,無實在意義。《廣韻·魚韻》:「於,語辭也。」《書·舜典》:「百姓昭明,協和萬邦,黎民於變時雍。」《春秋·定公五年》:「於越入吳。」杜預注:「於,發聲也。」

「爰、粵、于、於」都可以用作句首、句中助詞,無實在意義,語義相近。

「爰、粵、于、於」語音、語義都有親緣關係,為同源詞。

1.23　敆、郃、盍、翕、仇、偶、妃、匹、會，合也。〔註27〕

一、敆，翕，合

敆：匣紐緝部；翕：曉紐緝部；合：匣紐緝部。

「敆、合」同音；匣曉旁紐；緝部疊韻；「敆、翕、合」語音相近。

「敆（hé）」，从攴（pū），从合，合亦聲。本義是會合。同「合」。《說文·攴部》：「敆，合會也。从攴，从合，合亦聲。」段玉裁注：「今俗云敆縫。」徐灝注箋：「合、敆，古今字。」今有俗語敆夥。

「翕（xī）」，从羽，合聲。本義是閉合，收斂。含有會合義。《說文·羽部》：「翕，起也。从羽，合聲。」段玉裁注：「翕从合者，鳥將起必斂翼也。」《荀子·議兵》：「代翕代張，代存代亡。」楊倞注：「翕，斂也。」《韓非子·喻老》：「將欲翕之，必固張之。」

「合」，从亼（jí），三面合閉；从口。本義是閉合，合攏。《說文·亼部》：「合，合口也。从亼，从口。」徐鍇繫傳作「亼口也」。朱芳圃《殷周文字釋叢》：「字象器蓋相合之形。」《莊子·秋水》：「公孫龍口呿而不合，舌舉而不下，乃逸而走。」引申為會合，聚合。《論語·憲問》：「桓公九合諸侯，不以兵車，管仲之力也。」《國語·楚語下》：「於是乎合其州鄉朋友婚姻，比爾兄弟親戚。」韋昭注：「合，會也。」又結合。《韓非子·飾邪》：「君臣也者，以計合者也。」又匹配，配偶。《詩·大雅·大明》：「文王周載，天作之合。」毛傳：「合，配也。」

本組詞都有「會合」義，語義相通。

本組詞語音、語義都有親緣關係，為同源詞。

二、盍，會

盍：匣紐盍部；會：匣紐月部。

匣紐雙聲；盍月通轉；「盍、會」語音相近。

「盍（hé）」，也作「盇」。从大，从血。本義是覆蓋。《說文·血部》：「盇，覆也。从血、大。」段玉裁注：「皿中有血而上覆之，覆必大於下，故从大。」引申為合，聚合。與會合義近。《易·豫》：「由豫，大有得，勿疑朋盍簪。」王

〔註27〕郭璞注：「皆謂對合也。」陸德明釋文：「敆音閤；郃，胡臘切。」邢昺疏：「郃者，和合也。」秦漢間，「合」用作地名、水名，加「邑」旁，成為「郃」。《說文·邑部》：「郃，左馮翊郃陽縣。從邑，合聲。《詩》曰：『在郃之陽。』」

· 61 ·

弨注：「盍，合也。」唐杜甫《杜位宅守歲》：「盍簪喧櫪馬，列炬散林鴉。」仇兆鼇注：「盍簪，取朋友聚合之意。」

「會」，會合，聚合。《廣雅·釋詁三》：「會，聚也。」《書·禹貢》：「雷、夏既澤，灉沮會同。」孔穎達疏：「謂二水會合而同入此澤也。」《詩·小雅·車攻》：「赤芾金舄，會同有繹。」

本組詞都有「會合」義，語義相近。

本組詞語音、語義都有親緣關係，為同源詞。

1.24　仇、讎、敵、妃、知、儀，匹〔註28〕也。

敵：定紐錫部；知：端紐支部。

定端旁紐；錫支對轉；「敵、知」語音相近。

「敵」，匹敵，對等。《廣雅·釋詁一》：「敵，輩也。」《孫子·謀攻》：「倍則分之，敵則能戰之。」《戰國策·秦策五》：「秦人援魏以拒楚，楚人援韓以拒秦，四國之兵敵，而未能復戰也。」高誘注：「敵，強弱等也。」

「知」，相當，匹敵。《詩·檜風·隰有萇楚》：「夭之沃沃，樂子之無知。」鄭玄箋：「知，匹也。」

「匹」，匹敵，相當。《廣雅·釋詁四》：「匹，二也。」《詩·大雅·文王有聲》：「築城伊淢，作豐伊匹。」毛傳：「匹，配也。」鄭玄箋：「築豐邑之城，大小適與成偶。」

「敵、知」都有「匹敵」義，語義相近。

「敵、知」語音、語義都有親緣關係，為同源詞。

1.26　紹、胤、嗣、續、纂、緌、績、武、係，繼也。

一、胤，績

胤：喻紐真部；績：精紐錫部。

喻精鄰紐；真錫通轉；「胤、績」語音相近。

〔註28〕《說文·匸部》：「匹，四丈也。從八、匸。八揲一匹，八亦聲。」王筠句讀：「古之布帛，自兩頭卷之，一匹兩卷，故古謂之兩，漢謂之匹也。」林義光《文源》：「匹，不從八，象布一匹數揲之形。」《急就篇》：「貰貸賣買販肆便，資貨市贏匹幅全。」顏師古注：「四丈曰匹。」「匹」，金文疑似山崖凹凸不平形或布的摺皺。本義疑為計算布帛的單位，四丈為匹。

「胤（yìn）」，從肉，表示血統關係；從八，表示分；從幺，表示繼續。本義是子孫相承。《說文・肉部》：「胤，子孫相承續也。從肉；從八，象其長也；從幺，象重累也。」朱駿聲通訓定聲：「按：從八猶從分，分祖父之遺體也。從幺如絲之繼續也。會意。」《國語・周語下》：「胤也者，子孫蕃育之謂也。」引申為繼承，延續。《書・洛誥》：「王如弗敢及天基命定命，予乃胤保大相東土，其基作民明辟。」孔傳：「我乃繼文、武安天下之道。」《文選・揚雄〈劇秦美新〉》：「是以發秘府，覽書林，遙集乎文雅之囿，翺翔乎禮樂之場，胤殷周之失業，紹唐虞之絕風。」李善注：「胤，續也。」

「績」，從糸，責聲。本義是績麻，把麻等纖維搓成線繩。《說文・糸部》：「績，緝也。從糸，責聲。」段玉裁注：「績之言積也，積短為長，積少為多。」《國語・魯語下》：「公父文伯退朝，朝母。其母方績。」引申為繼承，延續。《左傳・昭公元年》：「子盍亦遠績禹功而大庇民乎！」《穀梁傳・成公五年》：「伯尊其無績乎？攘善也。」范寧注：「績或作續，謂無繼嗣。」

本組詞都有「延續」義，語義相近。

本組詞語音、語義都有親緣關係，為同源詞。

二、係，繼

係：見紐支部；繼：見紐質部。

見紐雙聲；支質通轉；「係、繼」語音相近。

「係」，繼續，延續。《後漢書・鄭弘傳》：「汎海而至，風波艱阻，沈溺相係。」南朝宋謝靈運《擬魏太子鄴中詩八首・阮瑀》：「傾酤係芳醑，酌言豈終始。」

「繼」，甲骨文從兩股相聯的絲線截斷又接起來。小篆從糸，從䰍。本義是繼續，延續。《說文・糸部》：「繼，續也。從糸、䰍。一曰反𢇍為繼。」《廣韻・霽韻》：「繼，紹繼。」《論語・堯曰》：「興滅國，繼絕世。」《楚辭・離騷》：「溘吾游此春宮兮，折瓊枝以繼佩。」

本組詞都有「延續」義，語義相近。

本組詞語音、語義都有親緣關係，為同源詞。

1.27 忥、謐、溢、蟄、慎、貉、謐、頠、頠〔註29〕、密、寧、靜〔註30〕也。

一、貉，頠

貉：明紐鐸部；頠：疑紐歌部。

明疑鄰紐；鐸歌通轉；「貉、頠」語音相近。

「貉（mò）」，从豸（zhì），長脊的野獸；各聲。本義是一種野獸，通稱貉子。《說文·豸部》：「貉，北方豸種。从豸，各聲。」「貊（貉），似狐，善睡獸。」《正字通·豸部》：「貉，似狸，銳頭，尖鼻，斑色，毛深厚溫滑，可以為裘。」《論語·鄉黨》：「狐貉之厚以居。」又安靜。《詩·大雅·皇矣》：「維此王季，諦度其心，貉其德音，其德克明。」陳奐傳疏：「貉，靜也。《爾雅·釋詁》文，《左傳》、《禮記》、《韓詩》皆作『莫其德音』，《釋文》引《韓詩》『莫，定也』，《玉篇》『嘆，靜也』，嘆與莫同。」

「頠（wěi）」，从頁，危聲。本義是頭俯仰自如。《說文·頁部》：「頠，頭閑習也。从頁，危聲。」徐鍇繫傳：「閑習謂低仰便也。」又安靜。元周伯琦《天馬行應制作》：「聳身直欲凌雲霄，盤辟丹墀卻閑頠。」

「靜」，安靜，寧靜。《廣韻·靜韻》：「靜，安也。」《詩·邶風·柏舟》：「靜言思之，寤辟有摽。」毛傳：「靜，安也。」孔穎達疏：「安靜而思念之。」《國語·晉語八》：「畫選男德以象穀明，宵靜女德以伏蠱慝。」

本組詞都有「安靜」義，語義相近。

本組詞語音、語義都有親緣關係，為同源詞。

二、謐，密，寧

謐：明紐質部；密：明紐質部；寧：泥紐耕部。

「謐、密」同音；明泥鄰紐；質耕通轉；「謐、密、寧」語音相近。

「謐（mì）」，从言，䀜聲。本義是安寧，寂靜。與安靜義近。《說文·言部》：「謐，靜語也。从言，䀜聲。一曰無聲也。」《廣韻·質韻》：「謐，安也。」《三國志·魏志·東夷傳序》：「而後海表謐然，東夷屈服。」《素問·五運行大

〔註29〕郝懿行義疏：「閑習與靜義亦相成。」
〔註30〕郝懿行義疏：「靜訓審，審諦者必安靜。故《詩》傳、箋並云：『靜，安也。』……故《楚辭·招魂》篇注：『無聲曰靜』，是也。通作靖。」

論》：「其德為濡，其化為盈，其政為謐，其令雲雨，其變動注，其眚淫潰。」

「密」，從山，宓（mì）聲。本義是形狀像堂屋的山。《說文‧山部》：「密，山如堂者。從山，宓聲。」《尸子‧綽子》：「松柏之鼠，不知堂密之有美樅。」又靜默。與安靜義近。《集韻‧質韻》：「密，默也。」《書‧舜典》：「帝乃殂落，百姓如喪考妣。三載，四海遏密八音。」孔傳：「密，靜也。」《漢書‧揚雄傳下》：「乃展民之所詘，振民之所乏，規億載，恢帝業，七年之間而天下密如也。」顏師古注：「密，靜也。」

「寧」，從丂，寍聲。本義是安定，安寧。《廣韻‧青韻》：「寧，安也。」《書‧大禹謨》：「野無遺賢，萬邦咸寧。」孔傳：「賢才在位，天下安寧。」引申為安靜，寂靜。《莊子‧大宗師》：「攖寧也者，攖而後成者也。」成玄英疏：「攖，擾動也；寧，寂靜也。」《呂氏春秋‧仲冬》：「君子齊戒，處必弇，身欲寧，去聲色，禁嗜欲，安形性。」高誘注：「寧，靜也。」

本組詞都有「安靜」義，語義相近。

本組詞語音、語義都有親緣關係，為同源詞。

1.28 隕、磒、湮、下、降、墜、摽、蘦，落也。

隕：匣紐文部；磒：匣紐文部；湮：影紐文部。

「隕、磒」同音；匣影鄰紐；文部疊韻；「隕、磒、湮」語音相近。

「隕」，從阜（fù），與山、土、上下有關；員聲。本義是墜落。與落下義近。《說文‧𨸏部》：「隕，從高下也。從𨸏，員聲。」《易‧姤》：「以杞包瓜，含章，有隕自天。」《左傳‧莊公七年》：「四月辛卯，夜，恒星不見。夜中，星隕如雨。」陸德明釋文：「隕，落也。」

「磒（yǔn）」，從石，員聲。本義是墜落。與落下義近。同「隕」。《說文‧石部》：「磒，落也。從石，員聲。《春秋傳》曰：『磒石于宋五。』」段玉裁注：「磒與隕音義同。隕者，從高下也。」今本《左傳‧僖公十六年》作「隕石于宋五」。《列子‧周穆王》：「化人移之，王若磒虛焉。」張湛注：「磒，墜也。」

「湮（yān）」，從水，垔（yīn）聲。本義是沉沒，埋沒。與落下義近。《說文‧水部》：「湮，沒也。從水，垔聲。」《廣韻‧真韻》：「湮，落也。」《國語‧周語下》：「故亡其氏姓，踣斃不振，絕後無主，湮替隸圉。」韋昭注：「湮，沒也。」《文選‧司馬相如〈封禪文〉》：「紛綸威蕤，湮滅而不稱者，不可勝數。」

李善注：「湮，沒也。」

「落」，從艸，洛聲。本義是樹葉脫落。《說文・艸部》：「落，凡草曰零，木曰落。從艸，洛聲。」唐慧琳《一切經音義》卷六引《說文》作「草木凋衰也」。《禮記・王制》：「草木零落，然後入山林。」《楚辭・離騷》：「惟草木之零落兮，恐美人之遲暮。」引申為掉落，下降。與落下義近。《漢書・宣帝紀》：「朕惟耆老之人，髮齒墮落。」宋蘇軾《後赤壁賦》：「山高月小，水落石出。」

「隕、磒、湮」都有「落下」義，語義相近。

「隕、磒、湮」語音、語義都有親緣關係，為同源詞。

1.29 命、令、禧〔註31〕、畛、祈、請〔註32〕、謁、訊、誥，告也。

一、命，令

命：明紐耕部；令：來紐耕部。

明來鄰紐；耕部疊韻；「命、令」語音相近。

「命」，從口，從令，令亦聲。表示用口發佈命令。本義是命令。《說文・口部》：「命，使也。從口，從令。」朱駿聲通訓定聲：「在事為令，在言為命，散文則通，對文則別。令當訓使也，命當訓發號也。」《列子・湯問》：「帝感其誠，命誇娥氏二子負二山，一厝朔東，一厝雍南。」引申為告訴，奉告。《書・大誥》：「即命曰：『有大艱於西土，西土人亦不靜。』」鄭玄注：「命龜，告以所問事。」楊樹達《書說》：「命，謂命龜。」《國語・吳語》：「吾問於王孫包胥，既命孤矣。敢訪諸大夫。」韋昭注：「命，告之。」

「令」，甲骨文上面是亼（jí），下面是跪著的人。表示集聚眾人，發佈命令。本義是發出命令。《說文・卩部》：「令，發號也。從亼、卩。」《詩・齊風・東方未明》：「倒之顛之，自公令之。」毛傳：「令，告也。」引申為詔令，文告。《史記・秦始皇本紀》：「命為制，令為告。」《文心雕龍・詔策》：「詔命動民，若天下之有風矣。降及七國，並稱曰令。」發出命令、文告含有告訴義。

〔註31〕 「禧」，疑為「祮」。可能是因為「禧」與「祮」的古文形體相似而誤。「禧」無告義。「祮（gào）」，從示，告聲。本義是告祭祖先。《說文・示部》：「祮，告祭也。從示，告聲。」

〔註32〕 《說文・言部》：「請，謁也。從言，青聲。」《墨子・號令》：「豪傑之外多交諸侯者，常請之。」

本組詞都有「告訴」義，語義相通。

本組詞語音、語義都有親緣關係，為同源詞。

二、誥，告

誥：見紐覺部；告：見紐覺部。

「誥、告」同音。

「誥（gào）」，从言，告聲。本義是告訴。《說文・言部》：「誥，告也。从言，告聲。」段玉裁注：「以言告人，古用此字，今則用告字。以此誥為上告下之字。」《易・姤》：「天下有風、姤，后以施命誥四方。」《國語・楚語上》：「近臣諫，遠臣謗，輿人誦，以自誥也。」

「告」，从牛、从口，用牛作為犧牲告祭神祇、祖先等。本義疑為向……禱告。《書・金縢》：「乃告大王、王季、文王。」孔傳：「告謂祝辭。」引申為報告，下告上。《廣韻・沃韻》：「告，告上曰告，發下曰誥。」《詩・大雅・江漢》：「經營四方，告成于王。」孔穎達疏：「告其成功于宣王。」又告訴。《廣雅・釋詁一》：「告，語也。」《書・盤庚下》：「今予其敷心腹腎腸，歷告爾百姓于朕志。」孔傳：「言輸誠於百官以告志。」《左傳・隱公元年》：「公語之故，且告之悔。」又向公眾通知情況、事件、規定、法令等的書面形式，如文告、通告、告敕、告詞。

本組詞都有「告訴」義，語義相近。

本組詞語音、語義都有親緣關係，為同源詞。

三、請，訊

請：清紐耕部；訊：心紐真部。

清心旁紐；耕真通轉；「請、訊」語音相近。

「請」，告訴。《儀禮・鄉射禮》：「主人答，再拜，乃請。」鄭玄注：「請，告也，告賓以射事。」《禮記・投壺》：「請賓曰：『順投為入，比投不釋。』」鄭玄注：「請，猶告也。」

「訊」，从言，卂（xùn）聲。本義是詢問。《說文・言部》：「訊，問也。从言，卂聲。」《詩・小雅・正月》：「召彼故老，訊之占夢。具曰予聖，誰知烏之雌雄？」毛傳：「訊，問也。」鄭玄箋：「君臣在朝，侮慢元老，召之不問政事，但問占夢。」引申為告訴。《詩・小雅・雨無正》：「凡百君子，莫肯用訊。」鄭

玄箋：「訊，告也。」晉嵇康《贈兄秀才入軍詩》十八首之十一：「仰訊高雲，俯托輕波。」

本組詞都有「告訴」義，語義相近。

本組詞語音、語義都有親緣關係，為同源詞。

1.30 永〔註33〕、悠、迥、遠、遐、邁、闊，遠也。 永、悠、迥、遠，遐也。

永：匣紐陽部；遐：匣紐魚部；闊：溪紐月部；遠：匣紐元部。

匣紐雙聲，匣溪旁紐；陽魚、月元對轉，陽月通轉；「永、遐、闊、遠」語音相近。

「永」，久遠，深長。與長遠義近。《書·堯典》：「日永星火，以正仲夏。」《詩·周南·卷耳》：「我姑酌彼金罍，維以不永懷。」

「遐」，從辵（chuò），叚（jiǎ）聲。本義是遠，長。與長遠義近。《說文·辵部》：「遐，遠也。從辵，叚聲。」《書·太甲下》：「若升高，必自下；若陟遐，必自邇。」《詩·小雅·天保》：「降爾遐福，維日不足。」鄭玄箋：「遐，遠也。」

「闊」，從門，活聲。本義是疏遠。與長遠義通。《說文·門部》：「闊，疏也。從門，活聲。」《詩·邶風·擊鼓》：「于嗟闊兮，不我活兮。」鄭玄箋：「離散相遠。」孔穎達疏：「與我相疏遠。」《太玄·斷》：「爾仇不闊，乃後有銖。」范望注：「闊，遠也。」

「遠」，從辵（chuò），袁聲。本義是遙遠。與長遠義近。《說文·辵部》：「遠，遼也。從辵，袁聲。」《詩·豳風·七月》：「取彼斧斨，以伐遠揚。」毛傳：「遠，枝遠也。」孔穎達疏：「言『遠，枝遠』者，謂長枝去人遠也。」引申為久遠。《論語·學而》：「慎終追遠，民德歸厚矣。」又疏遠。《詩·小雅·伐木》：「籩豆有踐，兄弟無遠。」

「永、遐、闊、遠」都有「長遠」義，語義相通。

「永、遐、闊、遠」語音、語義都有親緣關係，為同源詞。

〔註33〕《說文·永部》：「永，長也。象水巠理之長。《詩》曰：『江之永矣。』」段玉裁注：「永，引申，凡長皆曰永。」高鴻縉《中國字例》：「按：此『永』字，即潛行水中之『泳』字之初文。原從人在水中行，由文人做生意，故托以寄游泳之意……後人借用為長永，久而為借意所專，乃加水旁作『泳』以還其原。」「永」，甲骨文疑似從人在水中游泳，本義疑為游泳。

1.31 虧、壞、圯、坯，毀也。

壞：匣紐微部；毀：曉紐微部。

匣曉旁紐；微部疊韻；「壞、毀」語音相近。

「壞」，毀壞，衰敗。《廣韻・怪韻》：「壞，敗也。」《左傳・成公十年》：「（大厲）壞大門及寢門而入，公懼，入於室，又壞戶。」《論語・陽貨》：「君子三年不為禮則禮壞，三年不為樂則樂崩。」

「毀」，從臼，從土，從攴（pū）。本義是毀壞，破壞。《說文・土部》：「毀，缺也。從土，毇省聲。」段玉裁注：「缺者，器破也。因為凡破之稱。」《小爾雅・廣言》：「毀壞也。」《易・繫辭上》：「乾坤毀，則無以見《易》。」《孫子・謀攻》：「毀人之國，而非久也。」

「壞、毀」都有「毀壞」義，語義相近。

「壞、毀」語音、語義都有親緣關係，為同源詞。

1.32 矢、雉、引〔註34〕、延、順、薦〔註35〕、劉、繹、尸、旅，陳也。

一、矢，雉，引，尸，陳

矢：審紐脂部；雉：定紐脂部；引：喻紐真部；尸：審紐脂部；陳：定紐真部。

審定、定喻準旁紐，審喻旁紐，定紐雙聲；脂部、真部疊韻，脂真對轉；「矢、尸」同音；「矢、雉、引、尸、陳」語音相近。

「矢」，甲骨文象鏑栝羽之形。本義是箭。《方言》卷九：「箭，自關而東謂之矢。」《說文・矢部》：「矢，弓弩矢也。從入，象鏑栝羽之形。古者夷牟初作矢。」《周禮・夏官・司馬》：「司弓矢掌六弓、四弩、八矢法。」又陳列。《左傳・隱公五年》：「春，公矢魚於堂。」杜預注：「矢，亦陳也。」又陳述。《書・大禹謨》：「皋陶矢厥謨，禹成厥功，帝舜申之。」孔傳：「矢，陳也。」孔穎達疏：「皋陶為帝，舜陳其謀。」與鋪陳義通。

「雉」，從隹（zhuī），表示鳥；矢聲。本義是鳥名，俗稱野雞、山雞。《玉篇・隹部》：「雉，野雞也。」《易・旅》：「射雉，一矢亡，終以譽命。」又計

〔註34〕王引之述聞：「《王制》、《內則》竝曰：『凡三王養老皆引年』，引年者，陳敘其年齒之多寡也。」

〔註35〕郝懿行義疏：「薦進與延引義近，薦、藉與鋪陳義近，故又為陳也。」

算城牆面積的單位，長三丈、高一丈為一雉。城牆是向長和高兩個方向延伸的，與鋪陳義通。《左傳·隱公元年》：「都城過百雉，國之害也。」杜預注：「一雉之牆長三丈，高一丈。」《公羊傳·定公十二年》：「雉者何？五板而堵，五堵而雉，百雉而城。」

「引」，從弓；從｜，表示箭。箭在弦上，即將射發。本義是拉開弓。《說文·弓部》：「引，開弓也。從弓、｜。」《戰國策·楚策四》：「臣為王引弓，虛發而下鳥。」又陳述，陳列。與鋪陳義通。《文選·潘岳〈悼亡詩〉》：「衾裳一毀撤，千載不復引。」李善注：「《爾雅》：『引，陳也。』」

「尸」，甲骨文象人平臥形。本義是古代祭祀時代表死者受祭的活人（一般由臣子或死者的晚輩充當）。《詩·小雅·楚茨》：「鼓鐘送尸，神保聿歸。」鄭玄箋：「尸，節神者也。」引申為陳尸，陳列。與鋪陳義近。《說文·尸部》：「尸，陳也。象臥之形。」《白虎通·崩薨》：「尸之為言失也，陳也，失氣亡神，形體獨陳。」《國語·晉語六》：「殺三郤而尸諸朝，納其室以分婦人。」《太玄·沈》：「血如剛，沈於額，前尸後喪。」俞樾平議：「尸當訓陳，言前雖陳列之，後終喪失也。」

「陳」，從阜，東聲。本義為陳列，排列。與鋪陳義近。《說文·皀部》：「陳，宛丘，舜後媯滿之所封。從皀、從木，申聲。」徐灝注箋：「陳之本義即謂陳列，因為國名所專，後人昧其義耳。」《廣雅·釋詁一》：「陳，列也。」《玉篇·阜部》：「陳，布也。」《書·洪範》：「我聞，在昔，鯀堙洪水，汨陳其五行。」孔傳：「汨，亂也。治水失道，亂陳其五行也。」孔穎達疏：「言五行陳列皆亂也。」《論語·季氏》：「陳力就列，不能者止。」又述說，陳述。《書·咸有一德》：「伊尹既復政厥辟，將告歸，乃陳戒于德。」孔穎達疏：「乃陳言戒王。於德，以一德戒王也。」

本組詞都有「鋪陳」義，語義相通。

本組詞語音、語義都有親緣關係，為同源詞。

二、順，薦

順：神紐文部；薦：精紐文部。

神精鄰紐；文部疊韻；「順、薦」語音相近。

「順」，陳列。與鋪陳義近。《儀禮·士冠禮》：「洗有篚，在西，南順。」

清洪頤煊《讀書叢錄》:「《士冠禮》:『洗有篚,在西,南順。』鄭注:『篚亦盛勺觶陳於洗西。』《特牲饋食禮》:『及兩鉶,芼設于豆南南陳。』南陳即南順也。」

「薦」,從艸,從廌。本義是獸吃的一種草。《說文·廌部》:「薦,獸之所食草。從廌,從艸。古者神人以廌遺黃帝。帝曰:『何食?何處?』曰:『食薦;夏處水澤,冬處松柏。』」王筠句讀:「薦、薦皆為席下之艸。」《莊子·齊物論》:「民食芻豢,麋鹿食薦。」又陳說,陳設。與鋪陳義通。《禮記·雜記》:「凡侍祭喪者,告兵祭,薦而不食。」《左傳·昭公二十年》:「若有德之君,外內不廢,上下無怨,動無違事,其祝史薦信,無愧心矣。」杜預注:「君有功德,祝史陳說之,無所愧。」

本組詞都有「鋪陳」義,語義相通。

本組詞語音、語義都有親緣關係,為同源詞。

三、延,繹,旅

延:喻紐元部;繹:喻紐鐸部;旅:來紐魚部。

喻紐雙聲,喻來準雙聲;元鐸、元魚通轉,鐸魚對轉;「延、繹、旅」語音相近。

「延」,長,久。《說文·延部》:「延,長行也。從延,丿聲。」段玉裁注:「本義訓長行,引申則專訓長。《方言》曰:『延,長也。凡施於年者謂之延。』又曰:『延,徧也。』」王筠句讀:「《釋詁》:『延,長也。』云行者,為其從夊也。」《書·召誥》:「我不敢知曰:不其延。惟不敬厥德,乃早墜厥命。」引申為鋪陳。《國語·晉語七》:「始合諸侯於虛杅以救宋,使張老延君譽于四方,且觀道逆者。」韋昭注:「延,陳也。陳君之稱譽于四方。」

「繹」,陳列,陳述。與鋪陳義通。《書·君陳》:「出入自爾師虞,庶言同則繹。」孔傳:「眾言同則陳而布之。」《禮記·射義》:「射之為言者繹也,或曰舍也。繹者,各繹己之志也。」孔穎達疏:「繹,陳也,言陳己之志。」

「旅」,甲骨文從眾人站在旗下。本義是軍隊編制的一級,五百人為一旅。《說文·㫃部》:「旅,軍之五百人為旅。從㫃,從从。从,俱也。」《孫子·謀攻》:「凡用兵之法,全國為上,破國次之;全軍為上,破軍次之;全旅為上,破旅次之;全卒為上,破卒次之;全伍為上,破伍次之。」引申為陳列。與鋪

陳義近。《詩・小雅・賓之初筵》：「籩豆有楚，殽核維旅。」毛傳：「旅，陳也。」
《漢書・敘傳下》：「周穆觀兵，荒服不旅。」顏師古注引張晏曰：「旅，陳也。」

本組詞都有「鋪陳」義，語義相近。

本組詞語音、語義都有親緣關係，為同源詞。

1.35 績、緒、采、業、服、宜、貫、公，事也。

一、采，事

采：清紐之部；事：牀紐之部。

清牀準旁紐；之部疊韻；「采、事」語音相近。

「采」，甲骨文上象手形，下象樹木及其果實形。表示以手在樹上採摘果實和葉子。本義是摘取。《說文・木部》：「采，捋取也。从木，从爪。」段玉裁注：「《大雅》曰：『捋采其劉。』《周南・芣苢》傳曰：『采，取也。』又曰：『捋，取也。』是采、捋同訓也。」羅振玉《增訂殷虛書契考釋》：「象取果於木之形，故从爪、果，或省果从木。取果為采，引申而為樵采及凡采擇。」《詩・邶風・谷風》：「采葑采菲，無以下體。」引申為事情，事業。《書・堯典》；「帝曰：『疇諮若予采？』」孔傳：「采，事也。復求誰能順我事者。」

「事」，甲骨文從中、從又。本義是官職，職務。《說文・史部》：「事，職也。从史，之省聲。」《國語・魯語上》：「卿大夫佐之，受事焉。」韋昭注：「事，職事也。」引申為事情，事業。《禮記・大學》：「物有本末，事有終始。」《論語・八佾》：「子入太廟，每事問。」又從事，侍奉。《論語・學而》：「事父母，能竭其力；事君，能致其身。」《論語・顏淵》：「回雖不敏，請事斯語矣。」

本組詞都有「事情」義，語義相近。

本組詞語音、語義都有親緣關係，為同源詞。

二、業，宜，貫

業：疑紐盍部；宜：疑紐歌部；貫：見紐元部。

疑紐雙聲，疑見旁紐；盍歌、盍元通轉，歌元對轉；「業、宜、貫」語音相近。

「業」，從丵（zhuó）；從巾，巾象版形。本義是樂器架子上鋸齒狀用來懸

掛樂器的大板。《說文・丵部》:「業,大版也。所以飾縣鍾鼓。捷業如鋸齒,以白畫之。象其鉏鋙相承也。从丵,从巾。巾象版。《詩》曰:『巨業維樅。』」段玉裁注:「枸以懸鐘鼓,業以覆枸為飾。」《詩・周頌・有瞽》:「設業設虡,崇牙樹羽。」毛傳:「業,大板也,所以飾枸為懸也。」孔穎達疏:「業,大板也。」又功業,事業,基業。與事情義近。《易・繫辭上》:「聖德大業,至矣哉?」三國蜀諸葛亮《出師表》:「先帝創業未半,而中道崩殂。」

「宜」,適宜的事情。含有事情義。《禮記・月令》:「天子乃與公卿大夫飭國典,論時令,以待來歲之宜。」晉嵇康《述志詩》二首之一:「悠悠非我匹,疇肯應俗宜。」

「貫」,从貝,與錢財有關;从毌(guàn),象穿物之形;毌亦聲。本義是穿錢的繩子,即錢串。《說文・毌部》:「貫,錢貝之貫也。从毌、貝。」段玉裁注:「錢貝之貫,故其子从毌、貝,會意也。」王筠句讀:「毌亦聲。」《詩・小雅・何人斯》:「及爾如貫,諒不我知。」鄭玄箋:「我與女俱為王臣,其相比次,如物之在繩索之貫,原始繩索使用也。」又事情。《周禮・夏官・職方氏》:「乃辨九州之國,使同貫利。」鄭玄注:「貫,事也。」《漢書・武帝紀》:「九變複貫,知言之選。」顏師古注:「貫,事也。」

本組詞都有「事情」義,語義相通。

本組詞語音、語義都有親緣關係,為同源詞。

1.36　永、羕、引、延、融、駿,長也。

羕:喻紐陽部;延:喻紐元部;長:定紐陽部。

喻紐雙聲,喻定準旁紐;陽元通轉,陽部疊韻;「羕、延、長」語音相近。

「羕(yàng)」,从永,羊聲。本義是水流長。《說文・永部》:「羕,水長也。从永,羊聲。」《詩・周南・漢廣》:「江之永矣,不可方思。」《說文》據《韓詩》引作「江之羕矣」。引申為長,長大。《廣韻・漾韻》:「羕,長大也。」明楊慎《丹鉛雜錄・羕與永通》:「《博古圖》『永寶用享』作『羕寶用享』。」

「延」,長,久。《說文・延部》:「延,長行也。从延,丿聲。」段玉裁注:「本義訓長行,引申則專訓長。《方言》曰:『延,長也。凡施於年者謂之延。』又曰:『延,徧也。』」王筠句讀:「《釋詁》:『延,長也。』云行者,為其从辵也。」《書・召誥》:「我不敢知曰:不其延。惟不敬厥德,乃早墜厥命。」《楚

辭・離騷》：「悔相道之不察兮，延佇乎吾將反。」

「長」，甲骨文象人披長髮之形，以具體表抽象，表示長短的長。本義是長，兩點距離大。與「短」相對。《說文・長部》：「長，久遠也。从兀，从匕。兀者，高遠意也。久則變化。亾聲。亾者，倒亡也。」《詩・秦風・蒹葭》：「溯洄從之，道阻且長。」《左傳・昭公五年》：「其十家九縣，長轂九百；其餘四十縣，遺守四千。」

「羡、延、長」都有「長」義，語義相近。

「羡、延、長」語音、語義都有親緣關係，為同源詞。

1.37　喬、嵩、崇，高也。　崇，充也。

一、喬，高

喬：群紐宵部；高：見紐宵部。

群見旁紐；宵部疊韻；「喬、高」語音相近。

「喬」，从夭，象人（大）行走形；从高省；高亦聲。本義是高而上曲。含有高義。《說文・夭部》：「喬，高而曲也。从夭，从高省。」段玉裁注：「會意。以其曲，故从夭。」《書・禹貢》：「筱簜既敷，厥草惟夭，厥木惟喬。」《詩・鄭風・漢廣》：「南有喬木，不可休思。」

「高」，甲骨文象樓臺重疊之形。從高的字多與高大或建築有關。本義是高，離地面遠，從下向上距離大。與「低」相對。《說文・高部》：「高，崇也。象臺觀高之形。从冂、口。與倉、舍同意。」《禮記・樂記》：「窮高極遠，而測深厚。」《荀子・勸學》：「不登高山，不知天之高也。」

本組詞都有「高」義，語義相通。

本組詞語音、語義都有親緣關係，為同源詞。

二、嵩，崇

嵩：心紐冬部；崇：牀紐冬部。

心牀準旁紐；冬部疊韻；「嵩、崇」語音相近。

「嵩」，从山，从高。本義是山大而高。《釋名・釋山》：「山大而高。」《廣韻・東韻》：「嵩，山高也。」《潛夫論・慎微》：「是故積上不止，必致嵩山之高；積下不已，必極黃泉之深。」引申為高。《漢書・揚雄傳》：「瞰帝唐之嵩

高兮，脈隆周之大寧。」顏師古注：「嵩，亦高也。」晉陸機《赴洛道中作》：「頓轡倚嵩岩，側聽悲風響。」「嵩」作為山名，在先秦時稱作「崇山」或「崧高」。漢碑及漢代著作中始見「嵩」字。後分為二詞，「嵩」專指中嶽嵩山。

「崇」，從山，宗聲。本義是山大而高。《說文·山部》：「崇，嵬高也。從山，宗聲。」段玉裁改「嵬高」為「山大而高」。徐灝注箋：「崇，經傳中泛言崇高者，其字亦作嵩。……後世小學不明，遂以崇為泛稱，嵩為中嶽。」《國語·周語下》：「鯀也，融降於崇山。」引申為高。《儀禮·鄉射禮》：「大侯之崇，見鵠於參。」《禮記·檀弓上》：「於是封之，崇四尺。」

本組詞都有「高」義，語義相近。

本組詞語音、語義都有親緣關係，為同源詞。

1.38　犯、奢、果、毅、克、捷、功、肩、堪，勝也。

一、奢，捷

奢：審紐魚部；捷：從紐盍部。

審從鄰紐；魚盍通轉；「奢、捷」語音相近。

「奢」，從大，者聲。本義是奢侈，揮霍無度。《說文·奢部》：「奢，張也。從大，者聲。」徐灝注箋：「奢者侈靡放縱之義。故曰『張』，言其張大也。」《韓非子·十過》：「常以儉得之，以奢失之。」引申為勝過，過分。《老子》第二十九章：「……是以聖人去甚去奢去泰。」《文選·張衡〈西京賦〉》：「彼肆人之男女，麗美奢乎許史。」李善注引薛綜曰：「言長安市井之人，被服皆過此二家。」

「捷」，從手，疌聲。本義是戰利品，獵獲物。《說文·手部》：「捷，獵也。軍獲得也。從手，疌聲。《春秋傳》曰：『齊人來獻戎捷。』」《廣韻·葉韻》：「捷，獲也。」《春秋·莊公三十一年》：「六月，齊侯來獻戎捷。」引申為勝利，成功。與勝過義通。《玉篇·手部》：「捷，克也，勝也。」《詩·小雅·采薇》：「豈敢定居，一月三捷。」毛傳：「捷，勝也。」《漢書·衛青傳》：「大將軍青躬率戎士，師大捷。」

「勝」，從力，朕（zhèn）聲。本義是經得起，能承擔。《說文·力部》：「勝，任也。從力，朕聲。」段玉裁注：「凡能舉之，能克之，皆曰勝。」《詩·商頌·玄鳥》：「武丁孫子，武王靡不勝。」毛傳：「勝，任也。」又戰勝，打敗。《正

字通・力部》：「勝，負之對也。」《詩・周頌・武》：「嗣武受之，勝殷遏劉，耆定爾功。」又勝過，超過。《論語・雍也》：「質勝文則野，文勝質則史。」

本組詞都有「勝過」義，語義相通。

本組詞語音、語義都有親緣關係，為同源詞。

二、克，堪

克：溪紐職部；堪：溪紐侵部。

溪紐雙聲；職侵通轉；「克、堪」語音相近。

「克」，甲骨文從人肩扛物。以肩任物曰克。本義是勝任。《說文・克部》：「克，肩也。象屋下刻木之形。」徐鍇繫傳：「肩者，任也……能勝此物謂之克。」《易・蒙》：「九二，包蒙，吉；納婦，吉；子克家。」孔穎達疏：「即是子孫能克荷家事，故云子克家也。」《詩・豳風・伐柯》：「伐柯如何？匪斧不克。」引申為攻下，戰勝，打敗。與勝過義通。《左傳・僖公四年》：「以此攻城，何城不克？」《韓非子・初見秦》：「是故秦戰未嘗不克，攻未嘗不取，所當未嘗不破。」

「堪」，從土，甚聲。本義是地面突起處。《說文・土部》：「堪，地突也。從土，甚聲。」段玉裁注：「地之突出者曰堪。」《莊子・大宗師》：「堪壞得之，以襲昆侖。」又經得起，能忍受。與勝過義通。《論語・雍也》：「人不堪其憂，回也不改其樂。」《荀子・正論》：「老者不堪其勞而休也。」

本組詞都有「勝過」義，語義相通。

本組詞語音、語義都有親緣關係，為同源詞。

1.39　勝、肩、戡、劉、殺，克也。

戡：溪紐侵部；克：溪紐職部。

溪紐雙聲；侵職通轉；「戡、克」語音相近。

「戡」，從戈，甚聲。本義是刺，殺。《說文・戈部》：「戡，刺也。從戈，甚聲。」引申為用武力平定，攻克。與戰勝義近。《書・西伯既戡黎》：「西伯既勘黎，祖伊恐，奔告于王。」孔傳：「戡亦勝也。」晉史援《後漢史君頌》：「匪君之忠，敦能戡亂。」

「克」，甲骨文從人肩扛物。以肩任物曰克。本義是勝任。《說文・克部》：「克，肩也。象屋下刻木之形。」徐鍇繫傳：「肩者，任也……能勝此物謂之克。」

《易·蒙》:「九二,包蒙,吉;納婦,吉;子克家。」孔穎達疏:「即是子孫能克荷家事,故云子克家也。」《詩·豳風·伐柯》:「伐柯如何?匪斧不克。」引申為攻下,戰勝,打敗。《左傳·僖公四年》:「以此攻城,何城不克?」《韓非子·初見秦》:「是故秦戰未嘗不克,攻未嘗不取,所當未嘗不破。」

「戡、克」都有「戰勝」義,語義相近。

「戡、克」語音、語義都有親緣關係,為同源詞。

1.40　劉、獮、斬、剌,殺也。

一、斬,殺

斬:莊紐談部;殺:山紐月部。

莊山旁紐;談月通轉;「斬、殺」語音相近。

「斬」,砍殺。《釋名·釋喪制》:「斫頭曰斬,斬腰曰腰斬。」《正字通·斤部》:「斬,斷也。」《周禮·秋官·掌戮》:「掌戮,掌斬殺賊諜而搏之。」鄭玄注:「斬以鈇鉞,若今要(腰)斬也;殺以刀刃,若今棄市也。」《墨子·備城門》:「民室杵木瓦石,可以蓋城之備者,盡上之,不從令者斬。」

「殺」,甲骨文在人(大)的下方做上一個被剁的記號,表示殺。小篆從殳(shū),表示兵器;杀聲。本義是殺戮。《說文·殺部》:「殺,戮也。从殳,杀聲。」《穀梁傳·昭公十三年》:「殺其君,虔於乾溪。」《孟子·梁惠王上》:「殺人以梃與刃,有以異乎?」

本組詞都有「殺」義,語義相近。

本組詞語音、語義都有親緣關係,為同源詞。

二、獮,剌

獮:心紐脂部;剌:清紐錫部。

心清旁紐;脂錫通轉;「獮、剌」語音相近。

「獮(xiǎn)」,同「獂」。從犬,璽聲。本義是秋天出獵。《說文·犬部》:「獂,秋田也。从犬,璽聲。」《集韻·獂韻》:「《說文》:『獂,秋田也。』或作獮。」《周禮·春官·肆師》:「獮之日,涖卜來歲之戒。」鄭玄注:「秋田為獮。」引申為殺。《國語·周語上》:「獮於既烝,狩于畢時。」《文選·張衡〈西京賦〉》:「白日未及移其晷,已獮其什七八。」李善注引薛綜曰:「獮,殺

也。言日景未移，禽獸什已殺七八矣。」

「刺」，从刀，从朿，朿亦聲。本義是用銳利的東西戳入或穿透。《說文·刀部》：「刺，直傷人也。从刀，从朿，朿亦聲。」《廣韻·昔韻》：「刺，穿也。」《孟子·梁惠王上》：「……是何異於刺人而殺之？」引申為殺，行刺。《公羊傳·僖公二十八年》：「刺之者何？殺之也。殺之則曷為謂之刺之？內諱殺大夫，謂之刺之也。」《史記·刺客列傳》：「（豫讓）乃變名姓為刑人，入宮塗廁，中挾匕首，欲以刺襄子。」

本組詞都有「殺」義，語義相近。

本組詞語音、語義都有親緣關係，為同源詞。

1.41 亹亹、蠠沒〔註36〕、孟、敦、勖、釗、茂、劭、勔，勉也。

一、亹亹，蠠沒

亹亹：明紐微部；蠠沒：明紐物部。

明紐雙聲；微物對轉；「亹亹、蠠沒」語音相近。

「亹（wěi）亹」，勤勉不倦的樣子。與努力義近。《詩·大雅·文王》：「亹亹文王，令聞不已。」《漢書·張敞傳》：「今陛下游意於太平，勞精於政事，亹亹不舍晝夜。」

「蠠（mǐn）沒」，也作「黽勉」、「密勿」等。勤勉，努力。《詩·邶風·谷風》：「黽勉同心，不宜有怒。」明劉基《朱伯言硯銘》：「維予之悾悾，或蠠沒以攻，無貽爾慚。」

本組詞都有「努力」義，語義相近。

本組詞語音、語義都有親緣關係，為同源詞。

二、孟，勔，勉

孟：明紐陽部；勔：明紐元部；勉：明紐元部。

明紐雙聲；陽元通轉；「勔、勉」同音；「孟、勔、勉」語音相近。

「孟」，从子，皿聲。本義是妾媵生的長子、長女。含有排行第一義。正妻生的長子、長女稱伯。後來伯、孟統稱長子。《方言》卷十二：「孟，姊也。」

〔註36〕郭璞注：「蠠沒，猶黽勉。」邢昺疏：「蠠沒猶黽勉者，以其聲相近，方俗語有輕重耳。」

《說文・子部》:「孟,長也。从子,皿聲。」《左傳・隱公元年》:「(傳)惠公
元妃孟子。孟子卒,繼室以聲子,生隱公。」孔穎達疏:「孟、伯,俱長也。」
又勉力,努力。《文選・班固〈幽通賦〉》:「盍孟晉以迨羣兮,辰倏忽其不再。」
李善注引曹大家曰:「孟,勉也。」章炳麟《駁康有為論革命書》:「人心進化,
孟晉不已。」

「勔(miǎn)」,同「恲」。勤勉,勸勉。與努力義近。《說文・心部》:「恲,
勉也。从心,面聲。字亦作勔。」《廣韻・獮韻》:「勔,勤勉。」《字彙・力部》:
「勔,勤勉為勔。」漢張衡《思玄賦》:「勔自強而不息兮,蹈玉階之嶢崢。」

「勉」,从力,免聲。本義是努力,盡力。《說文・力部》:「勉,彊也。从
力,免聲。」《論語・子罕》:「出則事公卿,入則事父兄,喪事不敢不勉,不為
酒困,何有於我哉?」《楚辭・離騷》:「勉升降以上下兮,求矩矱之所同。」引
申為鼓勵,勸勉。《管子・立政》:「上不加勉,而民自盡竭。」《論衡・答佞》:
「知力耕可以得穀,勉貿可以得貨。」

　　本組詞都有「努力」義,語義相近。

　　本組詞語音、語義都有親緣關係,為同源詞。

三、釗,劭

釗:照紐宵部;劭:禪紐宵部。

照禪旁紐;宵部疊韻;「釗、劭」語音相近。

「釗(zhāo)」,从金,表示金屬;从刀;刀亦聲。本義是磨損,削損。《說
文・刀部》:「釗,刓也。从刀,从金。周康王名。」朱駿聲通訓定聲:「刀亦聲。」
承培元引經證例:「刓,摶也。……謂摩去器芒角也。」《玉篇・金部》:「釗,
剽也。」又勸勉。《方言》卷一:「釗,勉也。秦晉曰釗。」明宋濂《補雩壇祝
舞歌辭》:「閟沉碭,駕以猋。俯下士,無不釗。」

「劭(shào)」,从力,召聲。本義是勉勵,勸勉。《說文・力部》:「劭,勉
也。从力,召聲。讀若舜樂《韶》。」《漢書・成帝紀》:「先帝劭農,薄其租稅,
寵其強力,令與孝弟同科。」顏師古注引晉灼曰:「劭,勸勉也。」《新唐書・
邢君牙傳》:「吐蕃歲犯邊,君牙劭耕講戰以為備,戎不能侵。」

　　本組詞都有「勸勉」義,語義相近。

　　本組詞語音、語義都有親緣關係,為同源詞。

1.42 騖、務、昏、暓，強也。

騖：明紐侯部；務：明紐侯部。

「騖、務」同音。

「騖（wù）」，从馬，孜（wù）聲。本義是縱橫馳騁。《說文·馬部》：「騖，亂馳也。从馬，孜聲。」《廣韻·遇韻》：「騖，馳也，奔也，驅也。」《韓非子·外儲說右下》：「代御執轡持策，則馬咸騖矣。」又力求，強求。與勤勉義近。宋王安石《與劉原父書》：「方今萬事所以難合而易壞，常以諸賢無意耳，如鄙宗夷甫輩稍稍騖於世矣。」《宋史·程灝傳》：「病學者厭卑近而騖高遠，卒無成焉。」

「務」，从力，表示要致力於某事；孜（wù）聲。本義是專力從事。與勤勉義近。《說文·力部》：「務，趣也。从力，孜聲。」徐鍇繫傳：「言趣赴此事也。」段玉裁注：「趣者，疾走也。務者，言其促疾於事也。」《管子·乘馬》：「是故事者生於慮，成於務，失於傲；不慮則不生，不務則不成，不傲則不失。」《論語·雍也》：「子曰：『務民之義，敬鬼神而遠之，可謂知矣。』」

「強」，勉力，勤勉。《集韻·養韻》：「強，勉也。」《墨子·天志上》：「上強聽治，則國家治矣；下強從事，則財用足矣。」《孟子·梁惠王下》：「君如彼何哉？強為善而已矣。」《淮南子·修務訓》：「是故田者不強，囷倉不盈。」

「騖、務」都有「勤勉」義，語義相近。

「騖、務」語音、語義都有親緣關係，為同源詞。

1.43 卬〔註37〕、吾、台、予、朕〔註38〕、身、甫、余、言，我也。

一、卬，吾，我

卬：疑紐陽部；吾：疑紐魚部；我：疑紐歌部。

疑紐雙聲；陽魚對轉，陽歌、魚歌通轉；「卬、吾、我」語音相近。

「卬（áng）」，第一人稱代詞，我。俞正燮《癸巳類稿·複語解》及章炳麟《新方言·釋言》皆以為即俗「俺」字的本原。《書·大誥》：「越予沖人，不卬自恤。」陸德明釋文：「卬，我也。」《詩·邶風·匏有苦葉》：「招招舟

〔註37〕郭璞注：「卬，猶姎也，語之轉耳。」邢昺疏：「《說文》云：女人稱我曰姎。由其語轉，故曰卬。」

〔註38〕郭璞注：「古者貴賤皆自稱朕。」「今人亦自呼為身。」邢昺疏：「身，即我也。」

子，人涉卬否。」毛傳：「卬，我也。」

「吾」，從口，五聲。本義是我，第一人稱代詞。《說文・口部》：「吾，我自稱也。從口，五聲。」《論語・學而》：「吾日三省吾身：為人謀而不忠乎？與朋友交而不信乎？傳不習乎？」《楚辭・涉江》：「哀南夷之莫吾知兮，且余濟乎江湘。」

「我」，甲骨文字形象兵器形。本義為武器。朱芳圃《殷周文字釋叢》：「『我』象長柄而有三齒之器，即『錡』之初文，原為兵器。」李孝定《甲骨文字集釋》：「契文『我』象兵器之形。以其柲似戈故與戈同，非從戈也⋯⋯卜辭均假為施身自謂之詞。」假借為第一人稱代詞，自稱，我。《詩・小雅・采薇》：「昔我往矣，楊柳依依；今我來思，雨雪霏霏。」《莊子・齊物論》：「今者吾喪我，汝知之乎？」

本組詞都可以用作第一人稱代詞，表示「我」義，語義相近。

本組詞語音、語義都有親緣關係，為同源詞。

二、台，朕

台：喻紐之部；朕：定紐侵部。

喻定準旁紐；之侵通轉；「台、朕」語音相近。

「台（yí）」，第一人稱代詞，我。《書・湯誓》：「非台小子，敢行稱亂。有夏多罪，天命殛之。」唐盧肇《漢堤詩》：「流災降慝，大曷台怒。」宋王禹稱《奠故節度使文》：「魂且有之，察台深意。」

「朕」，第一人稱代詞，我。《書・皋陶謨》：「皋陶曰：『朕言惠，可底行。』」《詩・大雅・抑》：「莫捫朕舌，言不可逝矣。」《楚辭・離騷》：「帝高陽之苗裔兮，朕皇考曰伯庸。」

本組詞都可以用作第一人稱代詞，表示「我」義，語義相近。

本組詞語音、語義都有親緣關係，為同源詞。

三、予，余

予：喻紐魚部；余：喻紐魚部。

「予、余」同音。

「予」，本義是授予，給予。《說文・予部》：「予，推予也。象相予之形。」段玉裁注：「予、與古今字⋯⋯象以手推物之形。」《詩・小雅・采菽》：「君子

來朝，何錫予之？」又第一人稱代詞，我。《詩・衛風・河廣》：「誰謂宋遠？跂予望之。」鄭玄箋：「予，我也。」《孟子・公孫丑下》：「王如用予，則豈徒齊民安？天下之民舉安。」

「余」，第一人稱代詞，我。《詩・邶風・谷風》：「不念昔者，伊余來塈。」鄭玄箋：「我始來之時安息我。」《楚辭・離騷》：「皇覽揆余初度兮，肇錫余以嘉名。」

本組詞都可以用作第一人稱代詞，表示「我」義，語義相近。

本組詞語音、語義都有親緣關係，為同源詞。

1.45　台、朕、賚、畀、卜、陽〔註39〕，予也。

一、台，朕

台：喻紐之部；朕：定紐侵部。

喻定準旁紐；之侵通轉；「台、朕」語音相近。

「台（yí）」，第一人稱代詞，我。《書・湯誓》：「非台小子，敢行稱亂。有夏多罪，天命殛之。」唐盧肇《漢堤詩》：「流災降戾，大曷台怒。」宋王禹稱《奠故節度使文》：「魂且有之，察台深意。」

「朕」，第一人稱代詞，我。《書・皋陶謨》：「皋陶曰：『朕言惠，可底行。』」《詩・大雅・抑》：「莫捫朕舌，言不可逝矣。」《楚辭・離騷》：「帝高陽之苗裔兮，朕皇考曰伯庸。」

本組詞都可以用作第一人稱代詞，表示「我」義，語義相近。

本組詞語音、語義都有親緣關係，為同源詞。

二、陽，予

陽：喻紐陽部；予：喻紐魚部。

喻紐雙聲；陽魚對轉；「陽、予」語音相近。

「陽」，本義是山的南面水的北面。《周禮・秋官・柞氏》：「夏日至，令刊陽木而火之。」賈公彥疏引《爾雅》：「山南曰陽。」《玉篇・阜部》：「陽，山南水北也。」又第一人稱代詞，我。「陽」與「吾」、「我」、「卬」音近，因此「陽」很可能和「卬」一樣是「吾」的方言變體。

〔註39〕郭璞注：「《魯詩》曰：『陽如之何？』今巴、濮之人自呼阿陽。」

「予」，本義是授予，給予。《說文·予部》：「予，推予也。象相予之形。」段玉裁注：「予、與古今字……象以手推物之形。」《詩·小雅·采菽》：「君子來朝，何錫予之？」又第一人稱代詞，我。《詩·衛風·河廣》：「誰謂宋遠？跂予望之。」鄭玄箋：「予，我也。」《孟子·公孫丑下》：「王如用予，則豈徒齊民安？天下之民舉安。」

本組詞都可以用作第一人稱代詞，表示「我」義，語義相近。

本組詞語音、語義都有親緣關係，為同源詞。

1.46 肅、延、誘、薦、餤、晉、寅〔註40〕、藎，進也。

一、肅，誘

肅：心紐覺部；誘：喻紐幽部。

心喻鄰紐；覺幽對轉；「肅、誘」語音相近。

「肅」，从聿，从𣶒。本義是恭敬。《說文·聿部》：「肅，持事振敬也。从聿在𣶒上，戰戰兢兢也。」《廣韻·屋韻》：「肅，恭也，敬也。」《左傳·文公十八年》：「高辛氏有才子八人：伯奮、仲堪、叔獻、季仲、伯虎、仲熊、叔豹、季狸，忠肅共懿，宣慈惠和，天下之民謂之八元。」引申為恭敬地引進。含有前進義。《禮記·曲禮上》：「客至於寢門，則主人請入為席，然後出迎客，客固辭，主人肅客而入。」鄭玄注：「肅，進也。」明陶宗儀《輟耕錄》：「門外有客至，西瑛出肅客。」

「誘」，教導，引導。與前進義通。《玉篇·言部》：「誘，引也，相勸動也。」《廣韻·有韻》：「誘，導也，教也。」《書·大誥》：「肆予大化，誘我友邦君。」孔傳：「導我友國諸侯。」《論語·子罕》：「夫子循循然善誘人，博我以文，約我以禮，欲罷不能。」

本組詞都有「前進」義，語義相通。

本組詞語音、語義都有親緣關係，為同源詞。

二、延，餤

延：喻紐元部；餤：定紐談部。

〔註40〕郝懿行義疏：「寅者，《釋名》云：『演也，演生物也。』《漢書·律曆志》云：『引達於寅。』然則引導演長，俱進之意。」

喻定準旁紐；元談通轉；「延、餤」語音相近。

「延」，長，久。《說文·延部》：「延，長行也。从延，丿聲。」段玉裁注：「本義訓長行，引申則專訓長。《方言》曰：『延，長也。凡施於年者謂之延。』又曰：『延，徧也。』」王筠句讀：「《釋詁》：『延，長也。』云行者，為其从彳也。」《書·召誥》：「我不敢知曰：不其延。惟不敬厥德，乃早墜厥命。」又引進。含有前進義。《書·顧命》：「逆子釗于南門之外，延入翼室。」《儀禮·特牲饋食禮》：「尸至於階，祝延尸。」鄭玄注：「延，進。」

「餤（dàn）」，同「啖」。進食，吃。與前進義通。《詩·小雅·巧言》：「盜言孔甘，亂是用餤。」毛傳：「餤，進也。」宋蘇軾《惠州一絕》：「日啖荔枝三百顆，不辭長作嶺南人。」

本組詞都有「前進」義，語義相通。

本組詞語音、語義都有親緣關係，為同源詞。

三、晉，寅，進

晉：精紐真部；寅：喻紐真部；進：精紐真部。

精喻鄰紐；真部疊韻；「晉、進」同音；「晉、寅、進」語音相近。

「晉」，从日，从臸。本義是進。與前進義近。《說文·日部》：「晉，進也。日出萬物進。从日，从臸。《易》曰：『明出地上，晉。』」段玉裁注：「臸者，到也。以日出而作，會意。隸作晉。」《易·晉彖》：「晉，進也，明出地上，順而麗乎大明，柔進而上行。」孔穎達疏：「『晉，進也』者，以今釋古。古之晉字即以進長為義。恐後世不曉，故以進釋之。」《文選·班固〈幽通賦〉》：「盍孟晉以迨羣兮，辰倏忽其不再。」李善注引曹大家曰：「孟，勉也。晉，進也。」

「寅」，恭敬。《字彙·宀部》：「寅，恭也。」《書·堯典》：「分命羲仲，宅嵎夷曰暘谷，寅賓出日。」孔傳：「寅，敬。賓，導。」孔穎達疏：「恭敬導引將出之日。」又前進。《詩·小雅·六月》：「元戎十乘，以先啟行。」毛傳：「殷曰寅車。」鄭玄箋：「寅，進也。」

「進」，甲骨文上面是隹，象小鳥形；下面是止（趾）。鳥腳只能前進不能後退，故用以表示前進。本義是向前，前進。《說文·辵部》：「進，登也。从辵，閵省聲。」高鴻縉《中國字例》：「（甲骨文）字從隹，從止，會意。止即

腳，隹腳能進不能退，故以取意……周人變為隹辵，意亦同。不當為形聲。」《詩・大雅・常武》：「進厥虎臣，闞如虓虎。」鄭玄箋：「進，前也。」引申為引進，舉薦。《周禮・夏官・大司馬》：「進賢興功，以作邦國。」《呂氏春秋・論人》：「貴則觀其所進，富則觀其所養。」高誘注：「進，薦也。」

本組詞都有「前進」義，語義相近。

本組詞語音、語義都有親緣關係，為同源詞。

1.47　羞、饈、迪、烝，進也。

羞：心紐幽部；迪：定紐覺部。

心定鄰紐；幽覺對轉；「羞、迪」語音相近。

「羞」，進獻。與前進義通。《說文・丑部》：「羞，進獻也。从羊，羊，所進也；从丑，丑亦聲。」《周禮・天官・宰夫》：「以式法掌祭祀之戒具，與其薦羞，从大宰而禮滌濯。」《左傳・隱公三年》：「可薦於鬼神，可羞於王公。」杜預注：「羞，進也。」

「迪」，从辵（chuò），由聲。本義是道，道理。《說文・辵部》：「迪，道也。从辵，由聲。」《楚辭・九章・懷沙》：「易初本迪兮，君子所鄙。」王逸注：「迪，道也。」引申為前進。《書・泰誓》：「爾眾士，其尚迪果毅，以登乃辟。」孔傳：「迪，進也。」《漢書・敘傳》：「武功既抗，亦迪斯文。」顏師古注引劉德曰：「迪，進也。」

「進」，甲骨文上面是隹，象小鳥形；下面是止（趾）。鳥腳只能前進不能後退，故用以表示前進。本義是向前，前進。《說文・辵部》：「進，登也。从辵，閵省聲。」高鴻縉《中國字例》：「（甲骨文）字從隹，從止，會意。止即腳，隹腳能進不能退，故以取意……周人變為隹辵，意亦同。不當為形聲。」《詩・大雅・常武》：「進厥虎臣，闞如虓虎。」鄭玄箋：「進，前也。」引申為引進，舉薦。《周禮・夏官・大司馬》：「進賢興功，以作邦國。」《呂氏春秋・論人》：「貴則觀其所進，富則觀其所養。」高誘注：「進，薦也。」又進獻。《戰國策・齊策一》：「令初下，群臣進諫，門庭若市。」三國蜀諸葛亮《出師表》：「至於斟酌損益，進盡忠言，則攸之、禕、允之任也。」

「羞、迪」都有「前進」義，語義相通。

「羞、迪」語音、語義都有親緣關係，為同源詞。

1.48 詔、亮、左〔註41〕、右〔註42〕、相，導〔註43〕也。 詔、相、導、左、右、助，勵〔註44〕也。 亮、介、尚，右也。 左、右，亮也。

一、相，左，助，勵

相：心紐陽部；左：精紐歌部；助：牀紐魚部；勵：來紐魚部。

心精旁紐，心牀、精牀準旁紐，心來、精來、牀來鄰紐；陽歌、歌魚通轉，陽魚對轉，魚部疊韻；「相、左、助、勵」語音相近。

「相」，從木，從目。本義是察看，仔細看。《說文·目部》：「相，省視也。從目，從木。《易》曰：『地可觀者，莫可觀於木。』《詩》曰：『相鼠有皮。』」段玉裁注：「《釋詁》、《毛傳》皆云：『相，視也。』此別之云『省視』，謂察視也。」《書·盤庚上》：「相時憸民，猶胥顧於箴言。」陸德明釋文引馬融曰：「相，視。」又輔佐，扶助。與幫助義近。《廣韻·漾韻》：「相，扶也。」《集韻·漾韻》：「相，助也。」《詩·大雅·生民》：「誕后稷之穡，有相之道。」《左傳·昭公元年》：「樂桓子相趙文子，欲求貨於叔孫而為之請，使請帶焉，弗與。」

「左」，甲骨文象左手形。本義是左手。《詩·王風·君子陽陽》：「君子陽陽，左執簧，右招我由房，其樂只且。」金文從手，從工。輔佐，幫助。後作「佐」。《玉篇·左部》：「左，助也。」《易·泰》：「輔相天地之宜，以左右民。」孔穎達疏：「左右，助也。」《詩·商頌·長發》：「實維阿衡，實左右商王。」

「助」，從力，表示助人要用力；且（zǔ）聲。本義是幫助，輔助。《說文·力部》：「助，左也。從力，且聲。」《詩·小雅·車功》：「射夫既同，助我舉柴。」《國語·越語下》：「助天為虐者，不祥。」

〔註41〕《說文·左部》：「左，手相左助也。從𠂇、工。」段玉裁注：「左者，今之佐字。《說文》無佐也。𠂇者，今之左字。」

〔註42〕《說文·口部》：「右，助也。從口，從又。」段玉裁注：「又者，手也。手不足以口助之，故曰助也。今人以左右為𠂇又字，則又制佐佑為左右字。」朱駿聲通訓定聲：「字亦作佑。」

〔註43〕邢昺疏：「教導即贊勉也，故又為勵。《說文》云：『勵，助也。』不以力助用心助也。」

〔註44〕郝懿行義疏：「勵者，……教導所以為贊助。」

「勴（lù）」，贊助，勉勵。與幫助義近。清譚嗣同《代大人撰贈奉政大夫任居墓誌銘並敘》：「贈君連遘閔凶，痡瘁負土，歛窆用舉，卒未嘗勴於人。」

「導」，從寸，與手有關；道聲。本義是以手引導，帶領。《說文·寸部》：「導，引也。從寸，道聲。」《孟子·離婁下》：「有故而去，則君使人導之出疆。」引申為贊勉，輔助。與幫助義近。《北史·令狐整傳》：「獎勵撫導，遷者如歸。」

本組詞都有「幫助」義，語義相近。

本組詞語音、語義都有親緣關係，為同源詞。

二、亮，尚

亮：來紐陽部；尚：禪紐陽部。

來禪準旁紐；陽部疊韻；「亮、尚」語音相近。

「亮」，本義是明亮。《玉篇·兒部》：「亮，明也。」《後漢書·蘇竟傳》：「且火德承堯，雖昧必亮。」李賢注：「亮，明也。」又輔助。與幫助義近。《書·畢命》：「惟公懋德，克勤小物，弼亮四世。」孔傳：「言公勉行德，能勤小物，輔佐文武成康四世。」《漢書·敘傳》：「婉孌董公，惟亮天功。」顏師古注：「亮，助也。」

「尚」，佐助。與幫助義近。《廣韻·漾韻》：「尚，佐也。」《易·泰》：「包荒得尚於中行，以光大也。」《詩·大雅·抑》：「肆皇天弗尚，如彼泉流，無淪胥以亡。」王引之述聞：「言皇天不右助之也。」

「右」，甲骨文象右手形。本義是右手。《國語·越語》：「范蠡乃左提鼓，右援枹，以應使者……」金文從手，從口。輔佐，幫助。後作「佑」。《書·益稷》：「予欲左右有民，汝翼。」孔傳：「左右，助也。」《左傳·襄公十年》：「王叔陳生與伯輿爭政。王右伯輿，王叔陳生怒而出奔。」杜預注：「右，助。」

本組詞都有「幫助」義，語義相近。

本組詞語音、語義都有親緣關係，為同源詞。

1.49 緝、熙、烈、顯〔註45〕、昭、皓、潁，光也。

顯：曉紐元部；光：見紐陽部。

〔註45〕邢昺疏：「顯者，光明也。」郝懿行義疏：「顯、昭，上文並云光也。光與見義相成。顯者，古文作㬎，從日中絲。是有光明著見之義。」

曉見旁紐；元陽通轉；「顯、光」語音相近。

「顯」，甲骨文從絲、從見。金文從日、從絲、從見。《說文・頁部》：「顯，頭明飾也。从頁，㬎聲。」段玉裁注：「頭明飾者，冕弁充耳之類。」王紹蘭段注補訂：「冕服采飾即頭明飾之謂。」林義光《文源》：「顯，訓頭明飾無所考。《說文》：『㬎，眾微杪也。從日中視絲，古文以爲顯字。』日中視絲，正顯明之象。……象人面在日下視絲之形。絲本難視，持向日下視之乃明也。」光明，明顯。《廣雅・釋詁四》：「顯，明也。」《詩・大雅・抑》：「無曰不顯，莫予云覯。」鄭玄箋：「顯，明也。」《禮記・中庸》：「天之所以為天也，於乎不顯。」孔穎達疏：「顯謂光明。」

「光」，甲骨文從火在人上。本義是光亮，光明。《說文・火部》：「光，明也。从火在人上，光明意也。」《廣雅・釋詁四》：「光，明也。」《左傳・莊公二十二年》：「光，遠而自他有耀者也。」《楚辭・九歌・雲中君》：「蹇將憺兮壽宮，與日月兮齊光。」王逸注：「光，明也。」

「顯、光」都有「光明」義，語義相近。

「顯、光」語音、語義都有親緣關係，為同源詞。

1.50 劼、鞏、堅、篤、掔、虔、膠，固〔註46〕也。

一、堅，掔

堅：見紐真部；掔：溪紐真部。

見溪旁紐；真部疊韻；「堅、掔」語音相近。

「堅」，從土，表示與土有關；臤（qiān）聲。本義是堅硬。《說文・臤部》：「堅，剛也。从臤，从土。」王筠句讀：「當云从土、臤，臤亦聲。」《呂氏春秋・誠廉》：「四為壞五，為石可破也，而不可奪堅；丹可磨也，而不可奪赤。」引申為結實，牢固。唐玄應《一切經音義》卷三引《字書》：「堅，謂堅牢。」《論語・子罕》：「仰之彌高，鑽之彌堅。」《韓非子・難勢》：「譽其盾之堅，物莫能陷也。」

「掔（qiān）」，從手，與手有關；臤（qiān）聲。本義是固緊，使牢固。

〔註46〕《說文・口部》：「固，四塞也。從口，古聲。」段玉裁注：「凡堅牢曰固。」《論語・季氏》：「今夫顓臾，固而近于費。」何晏集解引馬融曰：「固謂城郭完堅，兵甲利也。」

含有牢固義。《說文・手部》:「掔,固也。从手,臤聲。讀若《詩》『赤舄掔掔』。」《墨子・迎敵祠》:「令命昏緯狗、纂馬,掔緯。」

本組詞都有「牢固」義,語義相通。

本組詞語音、語義都有親緣關係,為同源詞。

二、虔,固

虔:群紐元部;固:見紐魚部。

群見旁紐;元魚通轉;「虔、固」語音相近。

「虔」,从虍(hū),表示虎頭;从文。本義是虎行走的樣子。《說文・虍部》:「虔,虎行兒。从虍,文聲。讀若矜。」段玉裁注:「按:『聲』當是衍字。虎行而箸其文,此會意。」又堅固。與牢固義近。《詩・大雅・韓奕》:「虔共爾位,朕命不易。」《詩・商頌・長發》:「武王載斾,有虔秉鉞。」

「固」,从口(wéi,「圍」的古體字),象四周圍起形;古聲。本義是堅固,牢固。《玉篇・口部》:「固,堅固也。」《詩・小雅・天保》:「天保定爾,亦孔之固。」毛傳:「固,堅也。」孔穎達疏:「言天之安定,汝王位亦甚堅固矣。」《荀子・王霸》:「如是則兵勁城固,敵國畏之。」

本組詞都有「牢固」義,語義相近。

本組詞語音、語義都有親緣關係,為同源詞。

1.51 疇、孰,誰也。

疇:定紐幽部;孰:禪紐覺部。

定禪準旁紐;幽覺對轉;「疇、孰」語音相近。

「疇」,从田,壽聲。本義是已耕作的田地。《說文・田部》:「疇,耕治之田也。从田,象耕屈之形。」《左傳・襄公三十年》:「取我衣冠而褚(貯)之,取我田疇而伍之。」又誰,什麼人。《書・堯典》:「帝曰:『疇若予工?』」孔傳:「疇,誰。」唐杜甫《九日寄岑參》:「安得誅雲師,疇能補天漏?」

「孰」,小篆左上是享,左下是羊,表示食物是羊肉;右邊是丮(jí),表示手持。手持熟食來吃。本義是食物熟。後作「熟」。《說文・丮部》:「𩱏,食飪也。从丮,𩰪聲。《易》曰:『孰飪。』」段玉裁注:「後人乃分別熟為生熟,孰為誰孰矣。」《字彙・子部》:「孰,古惟孰字,後人以此字為誰孰字,而於生孰字下加火以別之。」又誰,什麼人。《論語・公冶長》:「……女與回也孰

愈？」《戰國策·齊策一》：「吾孰與城北徐公美？」

「誰」，誰，什麼人。《左傳·隱公元年》：「若闕地及泉，隧而相見，其誰曰不然？」《論語·微子》：「鳥獸不可與同群，吾非斯人之徒與而誰與？」

「疇、孰」都有「誰」義，語義相近。

「疇、孰」語音、語義都有親緣關係，為同源詞。

1.52 皇皇、皇皇〔註47〕、藐藐、穆穆、休、嘉、珍、禕、懿、鑠，美〔註48〕也。

皇：匣紐陽部；皇：匣紐陽部。

「皇、皇」雙聲疊韻；「皇皇、皇皇」語音相近。

「皇（wǎng）皇」，美盛鮮明的樣子。含有美好義。《詩·魯頌·泮水》：「烝烝皇皇，不吳不揚。」鄭玄箋：「『皇皇』當作『皇皇』。」

「皇皇」，美盛鮮明的樣子。含有美好義。《詩·大雅·假樂》：「穆穆皇皇，宜君宜王。」

「美」，美好。《荀子·王霸》：「其民願，其俗美。」《楚辭·離騷》：「紛吾既有此內美兮，又重之以修能。」

「皇皇、皇皇」都有「美好」義，語義相近。

「皇皇、皇皇」語音、語義都有親緣關係，為同源詞。

1.53 諧、輯、協，和也。 關關、嗈嗈，音聲和也。 龤〔註49〕、燮，和也。

一、協，和

協：匣紐盍部；和：匣紐歌部。

匣紐雙聲；盍歌通轉；「協、和」語音相近。

「協」，本作「劦」。甲骨文從三耒，表示合力並耕的意思。本義是合，共

〔註47〕郭璞注：「皆美盛之貌。」邢昺疏：「釋曰皆謂美盛也。《少儀》云：『祭祀之美，齊齊皇皇。』鄭玄云：『皇皇讀如歸往之往。』彼言皇皇，則此皇皇也。」

〔註48〕「美」，甲骨文疑似人頭上有羽飾。本義疑為漂亮。金文從羊，從大，大是人的變形。《說文·羊部》：「美，甘也。從羊，從大。羊在六畜主給膳也。美與善同意。」段玉裁注：「甘者五味之一，而五味之美皆曰甘。」《孟子·盡心下》：「膾炙與羊棗孰美？」

〔註49〕郝懿行義疏：「《說文》云：『龤，同思之和。』……《釋文》：『龤，本又作協。』」

同。《說文》：「協，眾之同和也。从劦，从十。」《玉篇·劦部》：「協，合也。」《書·盤庚下》：「爾無共怒，協比讒言予一人。」孔傳：「汝無共怒我，合比凶人而妄言。」引申為和，和諧。《書·湯誓》：「夏王率遏眾力，率割夏邑，有眾率怠弗協。」《國語·周語上》：「先時五日，瞽告有協風至。」韋昭注：「協，和也。」

「和」，從口，禾聲。本義是應和，跟著唱。《說文·口部》：「和，相譍也。从口，禾聲。」《廣韻·過韻》：「和，聲相應。」《戰國策·燕策》：「高漸離擊築，荊軻和而歌，為變徵之聲，士皆垂淚涕泣。」引申為和諧，協調。《廣雅·釋詁三》：「和，諧也。」《易·乾》：「乾道變化，各正性命，保合大和乃利貞。」王弼注：「不和而剛暴。」《禮記·中庸》：「發而皆中節，謂之和。」

本組詞都有「和諧」義，語義相近。

本組詞語音、語義都有親緣關係，為同源詞。

二、關關，和

關：見紐元部；和：匣紐歌部。

見匣旁紐；元歌對轉；「關關、和」語音相近。

「關關」，鳥和鳴聲。《詩·周南·關雎》：「關關雎鳩，在河之洲。」毛傳：「關關，和聲也。」又和諧安適的樣子。唐錢起《暇日覽舊詩因以題詠》：「逍遙心地得關關，偶被功名涴我閒。」

「和」，從口，禾聲。本義是應和，跟著唱。《說文·口部》：「和，相譍也。从口，禾聲。」《廣韻·過韻》：「和，聲相應。」《易·中孚》：「鳴鶴在陰，其子和之。」《戰國策·燕策》：「高漸離擊築，荊軻和而歌，為變徵之聲，士皆垂淚涕泣。」引申為和諧，協調。《廣雅·釋詁三》：「和，諧也。」《易·乾》：「乾道變化，各正性命，保合大和乃利貞。」王弼注：「不和而剛暴。」《禮記·中庸》：「發而皆中節，謂之和。」

本組詞都有「應和、和諧」義，語義相通。

本組詞語音、語義都有親緣關係，為同源詞。

三、龤，和

龤：匣紐盍部；和：匣紐歌部。

匣紐雙聲；盍歌通轉；「龤、和」語音相近。

「勰（xié）」，同「協」。和諧，協調。南朝梁陸璉《皇太子釋奠》:「昭圖勰軌，道清萬國。」

「和」，從口，禾聲。本義是應和，跟著唱。《說文·口部》:「和，相䧹也。從口，禾聲。」《廣韻·過韻》:「和，聲相應。」《戰國策·燕策》:「高漸離擊築，荊軻和而歌，為變徵之聲，士皆垂淚涕泣。」引申為和諧，協調。《廣雅·釋詁三》:「和，諧也。」《易·乾》:「乾道變化，各正性命，保合大和乃利貞。」王弼注:「不和而剛暴。」《禮記·中庸》:「發而皆中節，謂之和。」

本組詞都有「和諧」義，語義相近。

本組詞語音、語義都有親緣關係，為同源詞。

1.54 從、申、神、加、弼、崇，重也。

一、從，重

從：從紐東部；重：定紐東部。

從定準雙聲；東部疊韻；「從、重」語音相近。

「從」，甲骨文象二人相從形，後加辵。本義是隨行，跟隨。《說文·從部》:「從，隨行也。從辵、从，从亦聲。」《周禮·秋官·司儀》:「君館客，客辟，介受命，遂送，客從，拜辱於朝。」引申為多，重疊。《詩·大雅·既醉》:「釐爾女士，從以孫子。」唐杜甫《題桃樹》:「小徑升堂舊不斜，五株桃樹亦從遮。」仇兆鼇注:「從，一作重。」

「重」，重視，尊重。《禮記·緇衣》:「臣儀行，不重辭。」鄭玄注:「重，猶尚也。」三國魏曹丕《典論·論文》:「古人賤尺璧而重寸陰，懼乎時之過已。」又重複，重疊。《玉篇·壬部》:「重，疊也。」《易·乾》:「九三，重剛而不中。」孔穎達疏:「上下俱陽，故重剛也。」《周禮·考工記·匠人》:「殷人重屋，堂修七尺，堂崇三尺，四阿重屋。」

本組詞都有「重疊」義，語義相近。

本組詞語音、語義都有親緣關係，為同源詞。

二、申，神

申：審紐真部；神：神紐真部。

審神旁紐；真部疊韻；「申、神」語音相近。

「申」，重複，再。與尊重義通。《書‧堯典》：「申命羲叔宅南交……」孔傳：「申，重也。」晉陸機《辨亡論》：「而加之以篤固，申之以節儉。」

「神」，從示，申聲，甲骨文、金文或從申。本義是天神。《說文‧示部》：「神，天神，引出萬物者也。從示、申。」徐灝注箋：「天地生萬物，物有主之者曰神。」《書‧微子》：「今殷民乃攘竊神祇之犧牷牲用以容，將食無災。」陸德明釋文：「天曰神，地曰祇。」引申為尊重。《荀子‧非相》：「寶之珍之，貴之神之。」楊倞注：「神之，謂不敢慢也。」《論衡‧自紀》：「玉少石多，多者不為珍；龍少魚眾，少者固為神。」

本組詞都有「尊重」義，語義相通。

本組詞語音、語義都有親緣關係，為同源詞。

1.55　觳〔註50〕、悉、卒、泯、忽、滅、罄、空、畢、殬〔註51〕、殲、拔〔註52〕、殄，盡也。

一、觳，空

觳：匣紐屋部；空：溪紐東部。

匣溪旁紐；屋東對轉；「觳、空」語音相近。

「觳（hú）」，從角，㱿聲。本義是貯酒器。《說文‧角部》：「觳，盛觶巵也。一曰射具。从角，㱿聲。讀若斛。」段玉裁注：「『盛』字當是衍文。『觶巵』，謂大巵。觶者，酒器之大者也。……小者曰巵，可以飲；大巵曰觳，可貯酒漿，以待酌也。觶之大極於觳。」《玉篇‧角部》：「觳，盛酒巵也。」酒完了則為盡。引申為盡，完。

「空」，窮盡。與完義近。《詩‧小雅‧大東》：「小東大東，杼柚其空。」毛傳：「空，盡也。」《論語‧薄葬》：「竭財以事神，空家以送終。」

本組詞都有「完」義，語義相近。

本組詞語音、語義都有親緣關係，為同源詞。

二、悉，盡

悉：心紐質部；盡：從紐真部。

〔註50〕郭璞注：「觳，今直語耳，忽然盡貌。」
〔註51〕郭璞注：「今江東呼厭極為殬。」
〔註52〕郝懿行義疏：「樹根悉拔，故為盡。」

心從旁紐；質真對轉；「悉、盡」語音相近。

「悉」，从采（biàn），表示辨別；从心。心中加以辨別，很詳細。本義是詳盡。《說文·采部》：「悉，詳盡也。从心，从采。」《玉篇·采部》：「悉，詳也。」漢賈誼《論積貯疏》：「古之治天下，至纖至悉也，故其畜積足恃。」引申為盡，全。《戰國策·韓策一》：「料大王之卒，悉之不過三十萬。」《漢書·蕭何傳》：「為上在軍，拊循勉百姓，悉所有佐軍，如陳豨時。」顏師古注：「悉，盡也，盡所有糧食資用出以佐軍也。」

「盡」，甲骨文從手持刷子洗刷器皿。盛東西的器皿只有空了才能洗刷。本義是器物中空。《說文·皿部》：「盡，器中空也。从皿，聿聲。」羅振玉《增訂殷虛書契考釋》：「（甲骨文）從又持禾，從皿，象滌器形。食盡器斯滌矣，故有終盡之意。」引申為完，竭盡。《易·繫辭上》：「書不盡言，言不盡意。」《禮記·哀公問》：「今之君子，好實無厭，淫德不倦，荒怠敖慢，固民是盡。」孔穎達疏：「盡謂竭盡。」又全，都。《集韻·准韻》：「盡，悉也。」楊樹達《詞詮》卷六：「盡，表數副詞。悉也，皆也。」《左傳·昭公二年》：「周禮盡在魯矣。」《史記·李將軍列傳》：「士卒不盡飲，廣不近水；士卒不盡食，廣不嘗食。」

本組詞都有「全」義，語義相近。

本組詞語音、語義都有親緣關係，為同源詞。

三、卒，殄

卒：精紐物部；殄：定紐文部。

精定鄰紐；物文對轉；「卒、殄」語音相近。

「卒」，古文象衣服形。本義是隸役穿的一種衣服。《說文·衣部》：「卒，隸人給事者衣為卒。卒，衣有題識者。」朱駿聲通訓定聲：「本訓當為衣名因即命著此衣之人為卒也。古以染衣題識，若『救火衣』及『亭長著絳衣』之類。亦謂之褚。今兵役民壯，以絳緣衣，當胸與背題字，其遺制也。」王筠句讀：「卒衣題識，乃異其章服，以別其為罪人也。」又盡，全。與完義通。《詩·大雅·桑柔》：「降此蟊賊，稼穡卒癢。」鄭玄箋：「卒，盡。」明余繼登《典故紀聞》卷十六：「其子孫年深，亦多更名避地，不可卒識。」

「殄（tiǎn）」，从歹（è），表示剔解後的殘骨，多與死傷有關，隸變後从歹；

彡聲。本義是盡，滅絕。與完義近。《說文・歺部》：「殄，盡也。从歺，彡聲。」王筠釋例：「『殄』之古文，蓋从倒人，以會『靡有孑遺』之意。」《書・舜典》：「朕聖讒說殄行，震驚朕師。」孔傳：「殄，絕；言我疾讒說絕君子之行而動驚我眾，欲遏絕之。」《後漢書・班彪傳附班固傳》：「草木無餘，禽獸殄夷。」李賢注：「殄，盡也。」

本組詞都有「完」義，語義相通。

本組詞語音、語義都有親緣關係，為同源詞。

四、泯，畢

泯：明紐真部；畢：幫紐質部。

明幫旁紐；真質對轉；「泯、畢」語音相近。

「泯（mǐn）」，从水，民聲。本義是滅，盡。與完義近。《說文新附・水部》：「泯，滅也。从水，民聲。」《廣韻・真韻》：「泯，沒也。」《詩・大雅・桑柔》：「亂生不夷，靡國不泯。」毛傳：「泯，滅也。」《後漢書・崔琦傳》：「家國泯絕，宗廟燒燔。」

「畢」，甲骨文上面象網形，下面是柄，古時用以捕捉鳥獸、老鼠之類的器具。金文又在上面加個田，意思是田獵所用的網。本義是打獵用的有長柄的網。《說文・華部》：「畢，田罔也。从華，象畢形。微也。或曰：由聲。」段玉裁據《韻會》改作「田網也。从田，从華，象形。或曰田聲」，並注：「畢與華同，故取華象形。各本作『象畢形微也』，有誤，今正。」「各本田誤由。」《禮記・月令》：「（季春之月）田獵、罝罘、羅罔、畢翳、餧獸之藥，毋出九門。」鄭玄注：「小而柄長謂之畢。」又盡，全。與完義通。楊樹達《詞詮》卷一：「畢，表數副詞，皆也。」《書・泰誓中》：「惟戊午，王次於河朔，群后以師畢會。」孔傳：「諸侯盡會次也。」《禮記・月令》：「（仲春之月）是月也，耕者少舍，乃修闔扇。寢廟畢備。」鄭玄注：「畢，猶皆也。」

本組詞都有「完」義，語義相通。

本組詞語音、語義都有親緣關係，為同源詞。

五、滅，拔

滅：明紐月部；拔：並紐月部。

明並旁紐；月部疊韻；「滅、拔」語音相近。

「滅」，甲骨文之字形從火、戌聲。本義疑為熄滅。《篇海類編‧地理類‧水部》：「滅，火熄也。」《書‧盤庚上》：「若火之燎于原，不可向邇，其猶可撲滅。」小篆從水，㓾（xuè）聲。盡，絕。與完義近。《說文‧水部》：「滅，盡也。从水，㓾聲。」《周禮‧夏官‧大司馬》：「大司馬之職，掌建邦國之九法，以佐王平邦國……外內亂，鳥獸行，則滅之。」《穀梁傳‧襄公六年》：「家有既亡，國有既滅。」

「拔」，从手，犮（bá）聲。本義是抽出，連根拔出。與完義通。《說文‧手部》：「拔，擢也。从手，犮聲。」《增韻‧末韻》：「拔，抽也。」《易‧泰》：「初九，拔茅茹，以其匯，征吉。」王弼注：「茅之為物，拔其根而相牽引者也。」《漢書‧武帝紀》：「秋七月，大風拔木。」

本組詞都有「完」義，語義相通。

本組詞語音、語義都有親緣關係，為同源詞。

六、罄，䃂

罄：溪紐耕部；䃂：溪紐錫部。

溪紐雙聲；耕錫對轉；「罄、䃂」語音相近。

「罄（qìng）」，从缶，殸（qìng）聲。本義是器中空。與完義近。《說文‧缶部》：「罄，器中空也。从缶，殸聲。殸，古文磬字。」徐灝注箋：「罄，器中空則物盡，故罄有盡義，引申為凡空之稱。」《廣韻‧徑韻》：「罄，盡也。」《詩‧小雅‧蓼莪》：「瓶之罄矣，維罍之恥。」毛傳：「罄，盡也。」《舊唐書‧李密傳》：「罄南山之竹，書罪未窮。」

「䃂（qì）」，从缶，𣪠聲。本義是器中盡。與完義近。《說文‧缶部》：「䃂，器中盡也。从缶，𣪠聲。」

本組詞都有「完」義，語義相近。

本組詞語音、語義都有親緣關係，為同源詞。

1.56　苞〔註53〕、蕪、茂，豐也。

苞：幫紐幽部；茂：明紐幽部；豐：滂紐冬部。

幫明滂旁紐；幽部疊韻，幽冬對轉；「苞、茂、豐」語音相近。

〔註53〕邢昺疏引孫炎曰：「物叢生曰苞。」

「苞」，從艸，包聲。本義是苞草，可製席子和草鞋。《說文·艸部》：「苞，草也。南陽以為粗履。從艸，包聲。」《詩·曹風·下泉》：「冽彼下泉，浸彼苞稂。」引申為叢生。與茂盛義通。《詩·唐風·鴇羽》：「肅肅鴇羽，集於苞栩。」孔穎達疏：「謂叢生也。」《詩·小雅·斯干》：「如竹苞矣，如松茂矣。」

「茂」，從艸，戊聲。本義是草木繁盛。含有茂盛義。《說文·艸部》：「茂，艸豐盛。從艸，戊聲。」《玉篇·艸部》：「茂，草木盛。」《詩·小雅·天保》：「如松柏之茂，無不爾或承。」《楚辭·離騷》：「冀枝葉之峻茂兮，願竢時乎吾將刈。」

「豐」，甲骨文上面象一器物盛有玉形，下面是豆（盛器）。故「豐」本是盛有貴重物品的禮器。這由「豊」字可以得到證明。古文「豐」、「豊」是同一個字。本義是豆器所盛豐滿。《說文·豐部》：「豐，豆之豐滿者也。從豆，象形。一曰《鄉飲酒》有豐侯者。」徐灝注箋：「豐謂豆所盛實豐滿。」《書·高宗肜日》：「嗚呼，王司敬民，罔非天胤，典祀無豐于昵。」又茂盛。《詩·小雅·湛露》：「湛湛露斯，在彼豐草。」朱熹注：「豐，茂也。」《禮記·曲禮下》：「水曰清滌，酒曰清酌，黍曰薌合，粱曰薌萁，稷曰明粢，稻曰嘉蔬，韭曰豐本，鹽曰鹹鹺，玉曰嘉玉，幣曰量幣。」鄭玄注：「豐，茂也。」

「苞、茂、豐」都有「茂盛」義，語義相通。

「苞、茂、豐」語音、語義都有親緣關係，為同源詞。

1.57　撨［註54］、斂、屈、收、戢、蒐［註55］、裒、鳩、樓，聚也。

一、撨，收，蒐

撨：精紐幽部；收：審紐幽部；蒐：山紐幽部。

精審鄰紐，精山準旁紐，審山準雙聲；幽部疊韻；「撨、收、蒐」語音相近。

「撨（jiū）」，從手，秋聲。本義是束。《說文·手部》「撨，束也。從手，秋聲。《詩》曰：『百祿是撨。』」引申為聚集。《方言》卷二：「自關而西秦晉之間……斂物而細謂之撨。」《詩·商頌·長發》：「敷政優優，百祿是撨。」《後漢書·馬融傳》：「撨斂九藪之動物，繯橐四野之飛征。」李賢注：「撨，聚也。」

〔註54〕郭璞注：「《禮記》曰：秋之言撨。撨，斂也。」
〔註55〕郭璞注：「蒐者，以其聚人眾也。」

· 97 ·

「收」，从攴（pū），丩（jiū）聲。本義是逮捕，拘押。《說文·攴部》：「收，捕也。从攴，丩聲。」《詩·大雅·瞻卬》：「此宜無罪，女反收之。」毛傳：「收，拘收也。」又聚集，收集。《詩·周頌·維天之命》：「假以溢我，我其收之。」毛傳：「收，聚也。」孔穎達疏：「收者，斂聚之義，故為聚也。」《禮記·郊特牲》：「既蠟而收，民息已，故既蠟，君子不興功。」

「蒐（sōu）」，从艸，从鬼。本義是茜草。《說文·艸部》：「蒐，茅蒐，茹藘。人血所生，可以染絳。从艸，从鬼。」《山海經·中山經》：「又西一百二十里，曰厘山，其陽多玉，其陰多蒐。」引申為聚集。《左傳·成公十六年》：「搜乘、補卒，秣馬、利兵，修陳、固列，蓐食、申禱，明日復戰！」宋徐夢莘《三朝北盟會編》卷九十三：「任賢使能，信賞必罰，蒐卒豐財，以謀大舉。」

本組詞都有「聚集」義，語義相近。

本組詞語音、語義都有親緣關係，為同源詞。

二、摟，聚

摟：來紐侯部；聚：從紐侯部。

來從鄰紐；侯部疊韻；「摟、聚」語音相近。

「摟」，從手，婁聲。本義是聚集，拉攏。《說文·手部》：「摟，曳聚也。从手，婁聲。」徐鍇繫傳：「曳也，聚也。」段玉裁注：「此當作曳也，聚也。」《孟子·告子下》：「五霸者，摟諸侯以伐諸侯者也。」趙岐注：「五霸強摟諸侯以伐諸侯，不以王命也。」唐柳宗元《問答》：「而摟他人之力，以自為固。」

「聚」，小篆從三人，表示人多；取聲。本義是會合，聚集。《說文·似部》：「聚，會也。从乑，取聲。邑落雲聚。」《易·繫辭上》：「方以類聚，物以群分。」孔穎達疏：「方謂法術性行以類共聚，固方者則同聚也。」《管子·君臣上》：「雖有湯武之德，復合於市人之言，是以明君順人心安情性，而發於眾心之所聚，是以令出而不稽，刑設而不用。」引申為徵收。《論語·先進》：「季氏富於周公，而求也為之聚斂而附益之。」唐柳宗元《捕蛇者說》：「其始太醫以王命聚之，歲賦其二。」

本組詞都有「聚集」義，語義相近。

本組詞語音、語義都有親緣關係，為同源詞。

1.58 肅、齊、遄、速、亟、屢、數、迅，疾也。

一、齊，迅，疾

齊：從紐脂部；迅：心紐真部；疾：從紐質部。

從心旁紐，從紐雙聲；脂真質對轉；「齊、迅、疾」語音相近。

「齊」，甲骨文、早期金文從禾麥之穗上平。一說是「稷」的初文。本義是整齊。《說文‧齊部》：「齊，禾麥吐穗上平也。象形。」段玉裁注：「禾麥隨地之高下為高下，似不齊而實齊，參差其上者，蓋明其不齊而齊也。引申為凡齊等之義。」《廣雅‧釋言》：「齊，整也。」《易‧說卦》：「（萬物）齊乎巽。巽，東南也。齊也者，言萬物之絜齊也。」又疾，敏捷。與迅速義近。《荀子‧修身》：「齊給便利，即節之以動止。」楊倞注：「齊給便利，皆捷速也。」《商君書‧弱民》：「齊疾而均，速若飄風。」

「迅」，从辵（chuò），卂（xùn）聲。本義是疾速。與迅速義近。《說文‧辵部》：「迅，疾也。从辵，卂聲。」《論語‧鄉黨》：「迅雷風烈必變。」邢昺疏：「迅，急疾也。」《漢書‧溝洫志》：「河湯湯兮激潺湲，北渡回兮迅流難。」顏師古注：「迅，疾也。」

「疾」，甲骨文從大（人），從矢。人腋下中箭。本義是輕微的傷病。《說文‧疒部》：「疾，病也。从疒，矢聲。」段玉裁注：「矢能傷人，矢之去甚速，故从矢會意。」王國維《觀堂集林‧毛公鼎銘考釋》：「疾之本字，象人亦下著矢形，古多戰爭，人著矢則疾矣。」《韓非子‧喻老》：「君有疾在腠理，不治將恐深。」引申為急速。與迅速義近。《易‧繫辭上》：「唯神也，故不疾而速，不行而至。」孔穎達疏：「不須急疾，而事速成。」《禮記‧樂記》：「奮疾而不拔，極幽而不隱。」

本組詞都有「迅速」義，語義相近。

本組詞語音、語義都有親緣關係，為同源詞。

二、速，屢，數

速：心紐屋部；屢：來紐侯部；數：山紐侯部。

心來、來山鄰紐，心山準雙聲；屋侯對轉，侯部疊韻；「速、屢、數」語音相近。

「速」，从辵（chuò），束聲。本義是迅速。《方言》卷二：「速，疾也。東

齊海岱之間曰速。」《說文·辵部》:「速,疾也。从辵,束聲。」《周禮·考工記·總目》:「不微至,無以為戚速也。」《論語·子路》:「欲速則不達,見小利則大事不成。」

「屢」,从尸,婁聲。本義是多次。《說文新附·尸部》:「屢,數也。按:今之婁字本是屢空字,此字後人所加。从尸,未詳。」《詩·小雅·正月》:「屢顧爾僕,不輸爾載。」鄭玄箋:「屢,數也。」引申為急速。與迅速義近。《玉篇·尸部》:「屢,疾也。」《禮記·樂記》:「臨事而屢斷,勇也。」漢王粲《柳賦》:「嘉甘棠之不伐,畏取累於此樹。苟遠跡而退之,豈駕遲而不屢。」

「數」,从攴(pū),婁聲。本義是點數,計算。《說文·攴部》:「數,計也。从攴,婁聲。」《周禮·地官·廩人》:「以歲之上下數邦用,以知足否,以詔穀用,以治年之凶豐。」鄭玄注:「數,猶計也。」引申為疾速。與迅速義近。《禮記·曾子問》:「不知其已之遷數,則豈如行哉。」《莊子·天地》:「鑿木為機,後重前輕,挈水若抽,數如泆湯,其名為橰。」陸德明釋文:「數如,所角反。李云:『急速如湯沸溢也。』」

本組詞都有「迅速」義,語義相近。

本組詞語音、語義都有親緣關係,為同源詞。

1.59　寁、駿、肅、亟、遄,速也。

寁:精紐談部;遄:禪紐元部。

精禪鄰紐;談元通轉;「寁、遄」語音相近。

「寁(zǎn)」,从宀,疌聲。本義是快捷,迅速。《說文·宀部》:「寁,居之速也。从宀,疌聲。」王筠釋例:「夫居之安,乃是物情,屋之速豈物情哉!故知寁字之意,重速不重居也,與疌同意同音。」《廣韻·葉韻》:「寁,亟也。」《詩·鄭風·遵大路》:「無我惡兮,不寁故也。」毛傳:「寁,速也。」

「遄(chuán)」,快,疾速。與迅速義近。《易·損》:「已事遄往。」《詩·邶風·泉水》:「遄臻于衛,不瑕有害。」毛傳:「遄,疾也。」《詩·鄘風·相鼠》:「人而無禮,胡不遄死?」毛傳:「遄,速也。」

「速」,从辵(chuò),束聲。本義是迅速。《方言》卷二:「速,疾也。東齊海岱之間曰速。」《說文·辵部》:「速,疾也。从辵,束聲。」《周禮·考工記·總目》:「不微至,無以為戚速也。」《論語·子路》:「欲速則不達,見小

利則大事不成。」

「疌、遄」都有「迅速」義，語義相近。

「疌、遄」語音、語義都有親緣關係，為同源詞。

1.60　壑、阬、滕、徵、隍、漮，虛也。

一、壑，阬，隍，漮，虛

壑：曉紐鐸部；阬：溪紐陽部；隍：匣紐陽部；漮：溪紐陽部；虛：曉紐魚部。

曉溪匣旁紐，曉紐、溪紐雙聲；鐸陽魚對轉，陽部疊韻；「壑、阬、隍、漮，虛」語音相近。

「壑」，從叡，从土。本義是山谷。山谷中為虛空。與空虛義通。或作「叡」。《廣韻・鐸韻》：「壑，谷也。」《國語・晉語八》：「是虎目而豕喙，鳶肩而牛腹，谿壑可盈，是不可饜也，必以賄死。」唐王維《桃源行》：「自謂經過舊不迷，安知峰壑今來變。」

「阬（kēng）」，從阜（fù），與山、土、上下有關；亢聲。本義是土坑，窪地，地洞。與空虛義通。同「坑」。《說文・𨸏部》：「阬，門也。從𨸏，亢聲。」宋本「門」作「閬」。段玉裁注：「閬者，門高大之貌也。引申之，凡孔穴之大皆曰閬。阬，《釋詁》云：『虛也。』地之孔穴虛處及閬同，故曰閬也。」《玉篇・阜部》：「阬，亦作坑。」《莊子・天運》：「在谷滿谷，在坑滿阬。」陸德明釋文：「阬，《爾雅》云：『虛也。』」《後漢書・馬融傳》：「于時營圍恢廓，充斥川谷，罘罝羅羉，彌綸阬澤，皋牢陵山。」

「隍」，從阜（fù），與山、土、上下有關；皇聲。本義是沒有水的護城壕。與空虛義通。《說文・𨸏部》：「隍，城池也。有水曰池，無水曰隍。從𨸏，皇聲。」《易・泰》：「城復于隍，勿用師，自邑告命貞吝。」孔穎達疏：「子夏傳云：『隍是城下池也。』」《文選・班固〈兩都賦序〉》：「京師修宮室，浚城隍，起苑囿，以備制度。」李善注引《說文》曰：「城池無水曰隍。」

「漮」，從水，康聲。本義是水虛，水的中心有空處。與空虛義通。《方言》卷十三：「漮，空也。」《說文・水部》：「漮，水虛也。從水，康聲。」段玉裁注：「《爾雅音義》引作『水之空也』……虛，（顏）師古引作『空』。康者，穀

皮中空之謂，故从康之字皆訓為虛。……《詩》『酌彼康爵』箋云：『康，虛也。』」「水之空，謂水之中心有空虛。」明楊慎《藝林伐山》卷七：「《方言》：康之為言空也。注：漮㝩，空貌。亦邱墟之空無也……今澂江有魚，滇人呼為漮㝩魚，其魚亦乾而中空。」

「虛」，小篆從丘，表示山丘；虍（hū）聲。本義是大丘，土山。《說文‧丘部》：「虛，大丘也。崑崙丘謂之崑崙虛。古者九夫爲井，四井爲邑，四邑爲丘。丘謂之虛。从丘，虍聲。」《詩‧鄘風‧定之方中》：「升彼虛矣，以望楚矣。」引申為空虛。《廣雅‧釋詁三》：「虛，空也。」《荀子‧宥坐》：「中而正，滿而覆，虛而欹。」《史記‧平准書》：「非數十百巨萬，府庫益虛。」

本組詞都有「空虛」義，語義相通。

本組詞語音、語義都有親緣關係，為同源詞。

二、滕，徵

滕：定紐蒸部；徵：端紐蒸部。

定端旁紐；蒸部疊韻；「滕、徵」語音相近。

「滕」，从水，朕聲。本義是水向上湧。《說文‧水部》：「滕，水超湧也。从水，朕聲。」《玉篇‧水部》：「滕……水超湧也。」《詩‧小雅‧十月之交》：「百川沸滕，山塚崩。」又虛。張口放言，即說空話、虛言。與空虛義通。朱駿聲通訓定聲：「滕，……與溝壑、阬塹、隍池同類也。」《易‧咸》：「咸其輔頰舌，滕口說也。」孔穎達疏：「所競者口，無復心實，故曰滕口說也。」唐韋瓘《宣州南陵縣大農陂記》：「范君獨判於心，不畏滕口。」

「徵」，从微省，从壬。本義是徵召。同「徵」。《說文‧壬部》：「徵，召也。从微省，壬爲徵。行於微而文達者，即徵之。」《周禮‧地官‧縣正》：「各掌其縣之政令徵比，以頒田里，以分職事。」鄭玄注：「徵，徵召也。」《龍龕手鑑‧彳部》：「徵，召也，明也，成也，虛也，證也，又姓。」或作「懲」。清虛。含有空虛義。《易‧損蒙》：「君子以懲忿窒欲。」陸德明釋文：「徵，直升反，止也。鄭云：猶清也。劉云：懲，清也。」

本組詞都有「空虛」義，語義相通。

本組詞語音、語義都有親緣關係，為同源詞。

1.61　黎、庶、烝、多、醜、師〔註56〕、旅，眾也。

一、黎，師

黎：來紐脂部；師：山紐脂部。

來山鄰紐；脂部疊韻；「黎、師」語音相近。

「黎」，从黍，利省聲。本義是黍膠。以黍米製成，用以黏履。《說文・黍部》：「黎，履黏也。从黍，称省聲。称，古文利。作履黏以黍米。」段玉裁注：「眾之義行而履黏之義廢矣。」又眾多。《書・益稷》：「萬邦黎獻，共惟帝臣。」孔傳：「獻，賢也。萬國眾賢，共為帝臣。」《詩・大雅・桑柔》：「民靡有黎，具禍以燼。」王引之述聞：「黎者，眾也，多也。……言民多死於禍亂，不復如前日之眾多。」

「師」，从帀（zā），从𠂤。本義是軍隊編制的一級，二千五百人為一師。《說文・帀部》：「師，二千五百人為師。从帀，从𠂤。𠂤，四帀，眾意也。」《周禮・地官・小司徒》：「五人為伍，五伍為兩，四兩為卒，五卒為旅，五旅為師，五師為軍。」鄭玄注：「師，二千五百人為師，五百人為旅。」引申為眾人。含有眾多義。《詩・大雅・韓奕》：「溥彼韓城，燕師所完。」毛傳：「師，眾也。」《楚辭・天問》：「不任汩鴻，師何以尚之？」王逸注：「師，眾也。」

本組詞都有「眾多」義，語義相通。

本組詞語音、語義都有親緣關係，為同源詞。

二、庶，多，旅

庶：審紐鐸部；多：端紐歌部；旅：來紐魚部。

審端、審來準旁紐，端來旁紐；鐸魚對轉，鐸歌、歌魚通轉；「庶、多、旅」語音相近。

「庶」，眾多。《易・晉》：「康侯用錫馬蕃庶，晝日三接。」孔穎達疏：「賜以車馬蕃多而眾庶。」《禮記・孔子閒居》：「庶物露生，無非教也。」孔穎達疏：「庶，眾也。言眾物感此神氣風雷之刑露見而生。」

「多」，甲骨文從兩個夕，表示數量大。本義是多，數量大。與「少」相對。《說文・多部》：「多，重也。从重夕。夕者，相繹也，故為多。重夕爲多，重日爲疊。」《詩・周頌・訪落》：「維予小子，未堪家多難。」鄭玄箋：「多，眾

也。」《荀子‧致仕》:「臨事接民,而以義變應,寬裕而多容,恭敬以先之,政之始也。」

「旅」,甲骨文從眾人站在旗下。本義是軍隊編制的一級,五百人為一旅。《說文‧㫃部》:「旅,軍之五百人為旅。从㫃,从从。从,俱也。」《孫子‧謀攻》:「凡用兵之法,全國為上,破國次之;全軍為上,破軍次之;全旅為上,破旅次之;全卒為上,破卒次之;全伍為上,破伍次之。」引申為眾,眾多。《左傳‧昭公三年》:「小人之利也,敢煩里旅。」杜預注:「旅,眾也。不敢勞眾為己宅。」《說苑‧辨物》:「不群居,不旅行。」

本組詞都有「眾多」義,語義相近。

本組詞語音、語義都有親緣關係,為同源詞。

三、醜,眾

醜:穿紐幽部;眾:照紐冬部。

穿照旁紐;幽冬對轉;「醜、眾」語音相近。

「醜」,眾,眾多。《詩‧小雅‧出車》:「執訊獲醜,薄言還歸。」鄭玄箋:「醜,眾。」《文選‧潘勖〈冊魏公九錫文〉》:「致屆官渡,大殲醜類。」李善注:「醜,眾。」

「眾」,甲骨文從許多人在烈日下。本義是眾人,大家。《廣韻‧送韻》:「眾,多也。三人為眾。」《周禮‧春官‧大宗伯》:「大師之禮用眾也,大均之禮恤眾也,大田之禮簡眾也,大役之禮任眾也,大封之禮合眾也。」《論語‧衛靈公》:「眾惡之,必察焉。」引申為眾多。《莊子‧齊物論》:「狙公賦芧,曰:『朝三而暮四。』眾狙皆怒。曰:『然則朝四而暮三。』眾狙皆悅。名實未虧而喜怒為用,亦因是也。」《商君書‧弱民》:「今夫人眾兵強,此帝王之大資也。」

本組詞都有「眾多」義,語義相近。

本組詞語音、語義都有親緣關係,為同源詞。

1.62 洋〔註57〕、觀、裒、眾、那,多也。

洋:喻紐陽部;那:泥紐歌部;多:端紐歌部。

〔註57〕郝懿行義疏:「以洋為多,古今通語。《詩‧閟宮》傳:『洋洋,眾多也。』」

喻泥、喻端準旁紐，泥端旁紐；陽歌通轉，歌部疊韻；「洋、那、多」語音相近。

「洋」，从水，羊聲。本義是洋水，古水名。《說文・水部》：「洋，水。出齊臨朐高山，東北入巨定。从水，羊聲。」《山海經・西山經》：「洋水出焉，而西南流注于醜塗之水。」又盛多，廣大。與多義近。唐顏師古《匡謬正俗》卷六：「山東俗謂眾為洋。」《詩・衛風・碩人》：「河水洋洋，北流活活。」毛傳：「洋洋，盛大也。」《詩・魯頌・閟宮》：「萬舞洋洋，孝孫有慶。」

「那（nuó）」，多。《詩・小雅・桑扈》：「不戢不難，受福不那。」毛傳：「那，多也。」馬瑞辰通釋：「『不』為語詞，『受福不那』，猶言降福孔多。」《全唐文紀事》卷六十：「高宗曰：『此人那解我意，遂有此句。』詔加兩階。」

「多」，甲骨文從兩個夕，表示數量大。本義是多，數量大。與「少」相對。《說文・多部》：「多，重也。从重夕。夕者，相繹也，故為多。重夕爲多，重日爲疊。」《詩・周頌・訪落》：「維予小子，未堪家多難。」鄭玄箋：「多，眾也。」《荀子・致仕》：「臨事接民，而以義變應，寬裕而多容，恭敬以先之，政之始也。」

「洋、那、多」都有「多」義，語義相近。

「洋、那、多」語音、語義都有親緣關係，為同源詞。

1.63 流、差〔註 58〕、柬，擇也。

差：初紐歌部；擇：定紐鐸部。

初定鄰紐；歌鐸通轉；「差、擇」語音相近。

「差」，差錯，失當。《說文・左部》：「差，貳也。差不相值也。从左，从𠂹。」《書・呂刑》：「察亂於差，非從惟從。」孔傳：「察囚辭，其難在於差錯，非從其偽辭，惟從其本情。」又選擇。《詩・小雅・吉日》：「吉日庚午，既差我馬。」毛傳：「差，擇也。」《文選・宋玉〈高唐賦〉》：「差時擇日，簡輿玄服。」

「擇」，从手，睪（yì）聲。本義是選擇，挑選。《說文・手部》：「擇，柬選也。从手，睪聲。」《廣韻・陌韻》：「擇，選擇。」《儀禮・士昏禮》：「吾子有

〔註 58〕「差」，金文疑似從來（禾）、左（右）聲，疑為「搓」的初文。

命，且以倍數而擇之，某不敢辭。」《淮南子·俶真訓》：「於是萬民乃始慊觟離
跂，各欲行其知偽，以求鑿枘於世，而錯擇名利。」

「差、擇」都有「選擇」義，語義相近。

「差、擇」語音、語義都有親緣關係，為同源詞。

1.64　戰、栗、震、驚、戁、竦、恐、慴，懼也。

一、戰，戁

戰：照紐元部；戁：泥紐元部。

照泥準旁紐；元部疊韻；「戰、戁」語音相近。

「戰」，从戈，單聲。本義是戰鬥，作戰。《說文·戈部》：「戰，鬥也。从
戈，單聲。」商承祚《十二家吉金圖錄》：「古者以田獵習戰陳……戰从獸者，
示戰爭如獵獸也。」《左傳·莊公十年》：「忠之屬也，可以一戰。戰則請從。」
引申為恐懼，害怕。《廣雅·釋言》：「戰，憚也。」《國語·晉語五》：「是故伐
備鐘鼓，聲其罪也；戰以錞于、丁寧，儆其民也。」王引之述聞：「戰讀為憚，
憚懼也。」《呂氏春秋·審應》：「公子逤相周，申向說之而戰。」高誘注：「戰，
懼也。」

「戁（nán）」，从心，難聲。本義是恭敬。《說文·心部》：「戁，敬也。从
心，難聲。」段玉裁注：「敬者，肅也。」《字彙·心部》：「戁，恭也。」又恐
懼。《廣韻·潸韻》：「戁，悚也。」《詩·商頌·長發》：「敷奏其勇，不震不動，
不戁不竦，百祿是總。」毛傳：「戁，恐；竦，懼也。」《太玄·勤》：「太陰凍
冱，戁創於外。微陽邸冥，㪍力於內。」司馬光集注引吳祕曰：「戁，悚懼也。」

「懼」，从心，瞿聲。本義是恐懼，害怕。《說文·心部》：「懼，恐也。从
心，瞿聲。」《正字通·心部》：「懼，恐怖也。」《易·繫辭下》：「其出入以度，
外內使知懼。」孔穎達疏：「使知畏懼凶咎而不為也。」《論語·子罕》：「仁者
不憂，勇者不懼。」邢昺疏：「勇者果敢，故不恐懼。」

本組詞都有「恐懼」義，語義相近。

本組詞語音、語義都有親緣關係，為同源詞。

二、震，慴

震：照紐文部；慴：照紐緝部。

照紐雙聲；文緝通轉；「震、慴」語音相近。

「震」，從雨，辰聲。雷、雨常常並作，故從雨。本義是疾雷。《說文・雨部》：「震，劈歷，振物者。從雨，辰聲。《春秋傳》曰：『震夷伯之廟。』」《公羊傳・隱公九年》：「三月癸酉，大雨震電。」孔穎達疏：「何休云：『震，雷也。電，霆也。』」引申為驚恐，恐懼。《易・震》：「震驚百里，驚遠而懼邇也。」《史記・孝武本紀》：「依依震於怪物，欲止不敢。」

「慴（shè）」，從心，習聲。本義是恐懼，害怕。《說文・心部》：「慴，懼也。從心，習聲。讀若疊。」《集韻・葉韻》：「慴，恐也。」《莊子・達生》：「死生驚懼，不入乎其胸中，是故物而不慴。」陸德明釋文：「慴，懼也。」晉傅玄《惟漢行》：「張良慴坐側，高祖變龍顏。」

本組詞都有「恐懼」義，語義相近。

本組詞語音、語義都有親緣關係，為同源詞。

1.65　痛、瘏、虺隤、玄黃、劬勞、咎、頓、癉〔註59〕、瘉、瘰〔註60〕、瘚、瘨〔註61〕、癙、痙〔註62〕、癢、疧、疷、閔、逐、疚、瘝、瘩、痱、癉、瘵〔註63〕、瘼〔註64〕、癠，病也。

一、痡，瘼，病

痡：滂紐魚部；瘼：明紐鐸部；病：並紐陽部。

滂明並旁紐；魚鐸陽對轉；「痡、瘼、病」語音相近。

「痡（pū）」，從疒，甫聲。本義是疲勞致病。與疾病義近《說文・疒部》：「痡，病也。從疒，甫聲。」《詩・周南・卷耳》：「我僕痡矣，云何籲矣。」孔穎達疏引孫炎曰：「痡，人疲不能行之病。」唐李德裕《幽州紀聖功碑銘並序》：「或生靈減耗，士馬痡傷。」

〔註59〕邢昺疏：「癉者，勞苦之病也。」邵晉涵正義：「癉為勞劇之病也。」

〔註60〕鄭樵注：「瘰即瘵也。」

〔註61〕陸德明釋文：「舍人云：『疾、瘨、痙、癢皆心憂悳之病也。』孫炎云：『瘨者，畏之病也。』」

〔註62〕陸德明釋文：「舍人云：『疾、瘨、痙、癢皆心憂悳之病也。』」邢昺疏：「舍人曰：『痙，心憂悳之病也。』」《字彙・疒部》：「痙，憂病。」

〔註63〕郭璞注：「今江東呼病曰瘵。」

〔註64〕郭璞注：「東齊（呼病）曰瘼。」

「瘼（mò）」，从疒，莫聲。本義是病。《方言》卷三：「瘼，病也。東齊海岱之間曰瘼。」《說文·疒部》：「瘼，病也。从疒，莫聲。」《詩·小雅·四月》：「亂離瘼矣，爰其適歸。」毛傳：「瘼，病。」

「病」，从疒，丙聲。本義是疾病，重病。《說文·疒部》：「病，疾加也。从疒，丙聲。」《玉篇·疒部》：「病，疾甚也。」《論語·子罕》：「子產病，子路使門人為臣。」何晏集解：「包曰：『疾甚曰病。』」《漢書·昭帝紀》：「後元二年二月，上疾病，遂立昭帝為太子，年八歲。」顏師古注：「疾甚曰病。」引申為生病。《韓非子·外儲說左上》：「軍人有病疽者，吳起跪而自吮其膿，傷者之母泣。」又毛病，過失。《莊子·讓王》：「學而不能行謂之病。」又疲勞。《孟子·公孫丑上》：「今日病矣，予助苗長矣！」又憂慮。《論語·衛靈公》：「君子病無能焉，不病人之不己知也。」

本組詞都有「疾病」義，語義相近。

本組詞語音、語義都有親緣關係，為同源詞。

二、瘏，癙，臠，痒，瘥，癉，瘵

瘏：定紐魚部；癙：審紐魚部；臠：來紐元部；痒：邪紐陽部；瘥：從紐歌部；癉：端紐元部；瘵：莊紐月部。

定來端、邪從旁紐，定審、邪從準旁紐，定從、端莊準雙聲；魚部、元部疊韻，魚陽、元歌月對轉，魚元通轉；「瘏、癙、臠、痒、瘥、癉、瘵」語音相近。

「瘏（tú）」，从疒，者聲。本義是疲勞而病。與疾病義近。《說文·疒部》：「瘏，病也。从疒，者聲。」《詩·周南·卷耳》：「陟彼砠矣，我馬瘏矣。」毛傳：「瘏，病也。」《楚辭·九歎·思古》：「髮披披以鬤鬤兮，躬劬勞而瘏悴。」王逸注：「瘏，病也。……言己履涉風露，頭髮解亂而身罷病也。」

「癙（shǔ）」，从疒，鼠聲。本義是內心憂鬱而產生的疾病。與疾病義近。《集韻·語韻》：「癙，憂病。」《詩·小雅·正月》：「哀我小心，癙憂以痒。」朱熹注：「癙憂，幽憂。」《山海經·中山經》：「（脫扈之山）有草焉，其狀如葵葉而赤華，莢實，實如棕莢，名曰植楮，可以已癙，食之不眯。」

「臠（luán）」，病體拘曲。含有疾病義。通作「攣」。《史記·范雎蔡澤列傳》：「先生曷鼻，巨肩、魋顏、蹙齃，膝攣。」裴駰集解：「攣，兩膝曲也。」

唐柳宗元《捕蛇者說》：「然得而臘之以為餌，可以已大風、攣踠、瘻癘，去死肌，殺三蟲。」

「癢」，癰瘡。與疾病義通。《集韻·漾韻》：「癢，創也。」《周禮·天官·疾醫》：「夏時有癢疥疾，秋時有瘧寒疾。」《禮記·曲禮上》：「頭有創則沐，身有瘍則浴。」陸德明釋文：「瘍，本又作癢。」

「瘥（cuó）」，小病。與疾病義近。《詩·小雅·節南山》：「天方薦瘥，喪亂弘多。」鄭玄箋：「天氣方今又重以疫病。」《左傳·昭公十九年》：「寡君之二三臣，箚瘥夭昏。」杜預注：「大死曰箚，小疫曰瘥，短折曰夭，未名曰昏。」

「癉（dǎn）」，病，風病。《集韻·緩韻》：「癉，風病。」又同「癉」。積勞成疾。含有疾病義。《詩·大雅·板》：「上帝板板，下民卒癉。」

「瘵（zhài）」，從疒，祭聲。本義是病。《說文·疒部》：「瘵，病也。從疒，祭聲。」《詩·大雅·瞻卬》：「邦靡有定，士民其瘵。」宋王安石《乞退表》：「念其服勞之久，憫其攖瘵之深。」

本組詞都有「疾病」義，語義相通。

本組詞語音、語義都有親緣關係，為同源詞。

三、尵穨，瘽，鰥，疚

尵穨：曉紐微部；瘽：群紐文部；鰥：見紐文部；疚：見紐之部。

曉群見旁紐，見紐雙聲；微文對轉，文部疊韻，微之、文之通轉；「尵穨、瘽、鰥、疚」語音相近。

「尵（huī）穨」，因勞累而致病。與疾病義近。「穨」或作「隤」。《詩·周南·卷耳》：「陟彼崔嵬，我馬尵穨。」《楚辭·九思·逢尤》：「車軏折兮馬尵穨，蠡悵立兮涕滂沱。」

「瘽（qín）」，從疒，堇聲。本義是勞累而病。與疾病義近。《說文·疒部》：「瘽，病也。從疒，堇聲。」《漢書·文帝紀》：「農，天下之本，務莫大焉。今瘽身從事，而有租稅之賦，是謂本末者無以異也。」

「鰥（guān）」，從魚，眔聲。本為魚名，即鯤鯤，又名鱤魚。《說文·魚部》：「鰥，魚也。從魚，眔聲。」《孔叢子·抗志》：「衛人釣於河，得鰥魚焉，其大盈車。」又同「瘝（guān）」。病。《書·康誥》：「王曰：『嗚呼！小子封，恫瘝乃身。敬哉！』」孔傳：「瘝，病。」

「疚」，從疒，久聲。本義是久病。含有疾病義。《釋名・釋疾病》：「疚，久也，久在體中也。」《集韻・宥韻》：「疚，久病也。」《詩・小雅・采薇》：「憂心孔疚，我行不來。」毛傳：「疚，病也。」《韓非子・顯學》：「與人相若也，無饑饉疾疚禍罪之殃，獨以貧窮者，非侈則墮。」

本組詞都有「疾病」義，語義相通。

本組詞語音、語義都有親緣關係，為同源詞。

四、疵，瘠

疵：從紐支部；瘠：從紐脂部。

從紐雙聲；支脂通轉；「疵、瘠」語音相近。

「疵（cī）」，從疒，此聲。本義是病。《說文・疒部》：「疵，病也。從疒，此聲。」《老子》第十章：「滌除玄覽，能無疵乎！」《素問・本病論》：「民病溫疫，疵發風生。」

「瘠（jì）」，從疒，齊聲。本義是病。《禮記・玉藻》：「親瘠，色容不盛，此孝子之疏節也。」鄭玄注：「瘠，病也。」宋文天祥《告先太師墓文》：「翦為囚虜，形影獨存。仰葉不瘠，竟北其轅。」

本組詞都有「疾病」義，語義相近。

本組詞語音、語義都有親緣關係，為同源詞。

五、悶，痗，痱

悶：明紐文部；痗：明紐之部；痱：並紐微部。

明紐雙聲，明並旁紐；文之、之微通轉，文微對轉；「悶、痱、痗」語音相近。

「悶」，從門，文聲。本義是弔唁。《說文・門部》：「悶，弔者在門也。從門，文聲。」又疾病。《詩・豳風・鴟鴞》：「恩斯勤斯，鬻子之悶斯。」《荀子・禮論》：「經纏聽息之時，則夫忠臣孝子亦知其悶已。」俞樾平議：「亦知其悶已，猶言亦知其病已。病謂疾甚也。」

「痗（mèi）」，從疒，每聲。本義是病。《詩・衛風・伯兮》：「願言思伯，使我心痗。」毛傳：「痗，病也。」《文選・謝靈運〈遊南亭〉》：「久痗昏墊苦，旅館眺郊歧。」李善注：「痗，病也。」

「痱（fèi）」，從疒，非聲。本義是偏癱病。與疾病義近。《說文・疒部》：

「痱，風病也。从疒，非聲。」《靈樞經・熱病》：「痱之為病也，身無痛者，四肢不收，智亂不甚，其言微知，可治。」《史記・魏其武安侯列傳》：「魏其良久乃聞，聞即恚，病痱，不食欲死。」司馬貞索隱：「痱，風病也。」

本組詞都有「疾病」義，語義相近。

本組詞語音、語義都有親緣關係，為同源詞。

1.66　恙、寫、悝、盱、繇、慘、恤、罹〔註65〕，憂〔註66〕也。

一、恙，罹

恙：喻紐陽部；罹：來紐歌部。

喻來準雙聲；陽歌通轉；「恙、罹」語音相近。

「恙」，从心，羊聲。本義是憂慮。與擔憂義近。《說文・心部》：「恙，憂也。从心，羊聲。」《戰國策・齊策四》：「歲亦無恙耶？民亦無恙耶？」《史記・平津侯主父列傳》：「君不幸罹霜露之病，何恙不已，乃上書歸侯，乞骸骨，是章朕不德也。」司馬貞索隱：「恙，憂也。」

「罹（lí）」，憂患，苦難。與擔憂義近。《廣韻・支韻》：「罹，心憂罹。」《詩・王風・兔爰》：「我生之後，逢此百罹。」毛傳：「罹，憂。」唐柳宗元《佩韋賦》：「苟縱直而不羈兮，乃變罹而禍仍。」

「憂」，金文從以手掩面，或從頁、從心。小篆從夊，惪聲。本義是擔憂，憂愁，憂慮。本作「惪」。《說文・心部》：「惪，愁也。从心，从頁。」朱駿聲通訓定聲：「經傳皆以憂為之，而惪字廢矣。」《玉篇・心部》：「憂，愁也。」《詩・魏風・園有桃》：「心之憂矣，其誰知之？」引申為憂患。《論語・季氏》：「今夫顓臾，固而近于費，今不取，後世必為子孫憂。」《呂氏春秋・開春》：「君子在憂，不救不祥。」

本組詞都有「擔憂」義，語義相近。

本組詞語音、語義都有親緣關係，為同源詞。

二、悝，慘

悝：來紐之部；慘：清紐侵部。

〔註65〕郭璞注：「憂思慘毒。」郝懿行義疏：「憂、苦義相成。」
〔註66〕邢昺疏：「憂者，愁思也。」

來清鄰紐；之侵通轉；「悝、慘」語音相近。

「悝（lǐ）」，憂傷。含有擔憂義。《玉篇‧心部》：「悝，悲也。」《廣韻‧止韻》：「悝，憂也。《詩》云：『悠悠我悝。』」《詩‧小雅‧十月之交》作「悠悠我里」。《詩‧大雅‧雲漢》：「瞻卬昊天，云如何里？」

「慘」，從心，參聲。本義是狠毒，兇殘。《說文‧心部》：「慘，毒也。從心，參聲。」《荀子‧議兵》：「宛鉅鐵弛，慘如蜂蠆。」楊倞注：「言其中人之慘毒也。」又憂愁。與擔憂義近。《玉篇‧心部》：「慘，愁也。」《詩‧陳風‧月出》：「月出照兮，佼人燎兮，舒夭紹兮，勞心慘兮。」陸德明釋文：「慘，憂也。」《詩‧小雅‧白華》：「念子懆懆，視我邁邁。」陸德明釋文：「（懆懆）愁不申也。亦作慘慘。」

本組詞都有「擔憂」義，語義相通。

本組詞語音、語義都有親緣關係，為同源詞。

1.67 倫〔註67〕、勩、邛、勑、勤、愉〔註68〕、庸〔註69〕、癉，勞也。

一、勩，癉

勩：喻紐月部；癉：端紐元部。

喻端準旁紐；月元對轉；「勩、癉」語音相近。

「勩（yì）」，從力，貰聲。本義是辛勞。與勞苦義近。《說文‧力部》：「勩，勞也。《詩》曰：『莫知我勩。』從力，貰聲。」《詩‧小雅‧雨無正》：「正大夫離居，莫知我勩。」毛傳：「勩，勞也。」唐戴叔倫《南野》：「身勩竟亡疲，團團欣在目。」

「癉（dàn）」，從疒，單聲。本義是勞苦而病。與勞苦義近。《說文‧疒部》：「癉，勞病也。從疒，單聲。」《廣雅‧釋詁四》：「癉，苦也。」《詩‧大雅‧

〔註67〕 「倫」本與勞無關，「倫」疑為「偷」，可能是因為字形相似而疑。「偷」，苟且，怠慢。與「勞苦」語義相反。《老子》第四十一章：「建德若偷，質真若渝。」俞樾平議：「建當讀為健。……健德若偷，言剛健之德，反若偷惰也……」《禮記‧表記》：「安肆曰偷。」鄭玄注：「偷，苟且也。」

〔註68〕 邢昺疏：「謂勞苦也。」王引之述聞：「愉之言瘉也。上文曰：瘉，病也。凡勞與病事相類。」

〔註69〕 邢昺疏：「庸者，民功曰庸。」《說文‧用部》：「庸，用也。從用，從庚。庚，更事也。《易》曰：『先庚三日。』」朱駿聲通訓定聲：「庸，事可施行謂之用，行而有繼謂之庸。」

板》：「上帝板板，下民卒癉。」毛傳：「癉，病也。」《太平廣記》卷三百九十六引康駢《劇談錄》：「睹茲天厲，將癉下民。」

「勞」，辛勤，勞苦。《詩·邶風·凱風》：「棘心夭夭，母氏劬勞。」《文選·孔融〈薦禰衡表〉》：「遭遇厄運，勞謙日仄。」李周翰注：「言勤勞謙恭，日晚不食，以求賢也。」引申為慰勞。《孟子·滕文公上》：「勞之來之，匡之直之，輔之翼之。」又功勞。《國語·吳語》：「吳王夫差既退于黃池，乃使王孫苟告勞于周。」

本組詞都有「勞苦」義，語義相近。

本組詞語音、語義都有親緣關係，為同源詞。

二、愉，庸

愉：喻紐侯部；庸：喻紐東部。

喻紐雙聲；侯東對轉；「愉、庸」語音相近。

「愉」，從心，俞聲。本義是快樂，喜悅。《說文·心部》：「愉，樂也。薄也。從心，俞聲。《論語》曰：『私覿，愉愉如也。』」段玉裁注：「此薄也當作薄樂也，轉寫奪樂字，謂淺薄之樂也。」《莊子·在宥》：「桀之治天也，使天下瘁瘁焉，人苦其性，是不愉也。」成玄英疏：「愉，樂也。」又勞困而病。與勞苦義近。《詩·小雅·正月》：「父母生我，胡俾我瘉。」

「庸」，甲骨文從庚，表示敲擊樂器；用聲。後作「鏞」。假借為使用。《禮記·內則》：「子婦未孝未敬，勿庸疾怨。」鄭玄注：「庸之言用也。」又功勞，功勳。與勞苦義通。《左傳·僖公二十七年》：「《書》曰：『賦納以言，明試以功，車服以庸。』」杜預注：「庸，功也。」《國語·晉語七》：「無功庸者，不敢居高位。」

本組詞都有「勞苦」義，語義相通。

本組詞語音、語義都有親緣關係，為同源詞。

1.68　勞、來、強、事〔註70〕、謂、勠、篤，勤也。

一、來，事

來：來紐之部；事：牀紐之部。

〔註70〕邢昺疏：「謂勤勞也。」

來牀鄰紐；之部疊韻；「來、事」語音相近。

「來」，甲骨文象麥子形。本義是麥。小麥叫麥，大麥叫麰。《說文·來部》：「來，周所受瑞麥來麰也。一來二縫，象芒束之形。天所來也，故爲行來之來。《詩》曰：『詒我來麰。』」徐灝注箋：「來本爲麥名。……古來麥字只作來，假借爲行來之來，後爲借義所專，……而來之本義廢矣。」羅振玉《增訂殷虛書契考釋》：「卜辭中諸來字皆象形。其穗或垂或否者，麥之莖強，與禾不同……假借爲往來字。」《詩·周頌·臣工》：「如何新畬？于皇來牟。」孔穎達疏：「歎其受麥瑞而得豐年也。」假借爲來。又勤勉，勸勉。與辛勞義近。《詩·小雅·大東》：「東人之子，職勞不來；西人之子，粲粲衣服。」毛傳：「來，勤也。」鄭玄箋：「東人勞苦而不見謂勤。」《禮記·中庸》：「凡爲天下國家有九經……來百工也。」王引之述聞：「來讀勞來之來謂勸勉之也。來字本作勑。」《墨子·尚賢下》：「垂其股肱之力，而不相勞來也。」孫詒讓間詁：「《說文·力部》云：『勑，勞勑也。』勞來即勞勑。」

「事」，甲骨文從中、從又。本義是官職，職務。《說文·史部》：「事，職也。从史，之省聲。」《國語·魯語上》：「卿大夫佐之，受事焉。」韋昭注：「事，職事也。」引申爲勤勞。與辛勞義近。《韓非子·外儲說左上》：「用咫尺之木，不費一朝之事，而引三十石之任致遠。」

本組詞都有「辛勞」義，語義相近。

本組詞語音、語義都有親緣關係，爲同源詞。

二、謂，勤

謂：匣紐物部；勤：群紐文部。

匣群旁紐；物文對轉；「謂、勤」語音相近。

「謂」，援助，盡心竭力。與辛勞義近。《詩·小雅·隰桑》：「心乎愛矣，遐不謂矣。」鄭玄箋：「謂，勤。」《晏子春秋·內篇諫下》：「故節於身，謂於民。」

「勤」，从力，堇聲。本義是辛勞。《說文·力部》：「勤，勞也。从力，堇聲。」《書·金縢》：「昔公勤勞王家，惟予沖人弗及知。」《詩·周頌·賚》：「文王既勤止，我應受之。」毛傳：「勤，勞。」《楚辭·天問》：「何勤子屠母，而死分竟地？」

本組詞都有「辛勞」義，語義相近。

本組詞語音、語義都有親緣關係，為同源詞。

1.70 懷、惟、慮、願、念、怒，思也。

一、惟，念，思

惟：喻紐微部；念：泥紐侵部；思：心紐之部。

喻泥準旁紐，喻心、泥心鄰紐；微侵之通轉；「惟、念、思」語音相近。

「惟」，從心，隹（zhuī）聲。本義是思考，想。《說文·心部》：「惟，凡思也。從心，隹聲。」《詩·大雅·生民》：「載謀載惟，取蕭祭脂。」鄭玄箋：「惟，思也。」《楚辭·九章·抽思》：「數惟蓀之多怒兮，傷余心之憂憂。」《漢書·鄒陽傳》：「願大王留意詳惟之。」顏師古注：「惟，思也。」

「念」，甲文從心，人聲。金文從心、人聲或從心、含（今）聲。小篆從心，今聲。本義是思念，懷念。《說文·心部》：「念，常思也。從心，今聲。」朱駿聲通訓定聲：「謂長久思之。」《詩·大雅·文王》：「王之藎臣，無念爾祖。」引申為思考，考慮。《書·洪範》：「凡厥庶民，有猷，有為，有守，汝則念之。」孫星衍疏引馬融曰：「凡其眾民有謀有為，有所執守，當思念其行，有所趣舍也。」《史記·廉頗藺相如列傳》：「顧吾念之，強秦之所以不敢加兵於趙者，徒以吾兩人在也。」

「思」，從心，從囟（xìn），囟亦聲。囟，腦子。古人認為心腦合作產生思想。本義是思考，想。《說文·心部》：「思，容也。從心，囟聲。」徐灝注箋：「人之精髓在腦，腦主記識，故思從囟。」《集韻·志韻》：「思，慮也。」《論語·為政》：「學而不思則罔，思而不學則殆。」引申為思慕，想念。《詩·周南·關雎》：「求之不得，寤寐思服。」《戰國策·趙策四》：「已行，非弗思也，祭祀必祝之。」又情思。《詩·小雅·雨無正》：「鼠思泣血，無言不疾。」

本組詞都有「思考」義，語義相近。

本組詞語音、語義都有親緣關係，為同源詞。

二、慮，願

慮：來紐魚部；願：疑紐元部。

來疑鄰紐；魚元通轉；「慮、願」語音相近。

「慮」，從思，虍（hū）聲。本義是計議，謀劃。《方言》卷一：「慮，謀思

也。」《說文·思部》:「慮,謀思也。从思,虍聲。」《古今韻會舉要·御韻》:「慮,思有所圖曰慮。」《詩·小雅·雨無正》:「昊天疾威,弗慮弗圖。」鄭玄箋:「慮、圖,皆謀也。」引申為思考,考慮。《論語·衛靈公》:「人無遠慮,必有近憂。」何晏集解引王肅曰:「君子常思患而預防之。」《史記·司馬相如列傳》:「興必慮衰,安必思危。」

「願」,從頁,原聲。本義是大頭。《說文·頁部》:「願,大頭也。从頁,原聲。」宋公孫願繹字碩父。又思念。與思考義近。《廣韻·願韻》:「願,念也。」《詩·衛風·伯兮》:「其雨其雨,杲杲出日。願言思伯,甘心首疾。」鄭玄箋:「願,念也。我念思伯,心不能已。」

本組詞都有「思考」義,語義相近。

本組詞語音、語義都有親緣關係,為同源詞。

1.72 禋、祀、祠、蒸、嘗、禴,祭也。

一、祀,祠,蒸

祀:邪紐之部;祠:邪紐之部;蒸:照紐蒸部。

「祀、祠」同音;邪照鄰紐;之蒸對轉;「祀、祠、蒸」語音相近。

「祀」,從示,巳聲。本義是祭,永久祭祀。《說文·示部》:「祀,祭無已也。从示,巳聲。」徐鍇繫傳:「《老子》曰『子孫祭祀不輟』是也。」《書·洪範》:「八政:一曰食,二曰貨,三曰祀,四曰司空,五曰司徒,六曰司寇,七曰賓,八曰師。」《禮記·祭法》:「夫聖王之制祭祀也,法施於民則祀之,以死勤事則祀之,以勞定國則祀之,能御大菑則祀之,能捍大患則祀之。」

「祠」,從示,司聲。本義是春祭,祭名。含有祭祀義。《說文·示部》:「春祭曰祠,品物少,多文辭也。从示,司聲。仲春之月,祠不用犧牲,用圭璧及皮幣。」《廣韻·之韻》:「祠,祭名。」《詩·小雅·天保》:「禴祠烝嘗,于公先王。」毛傳:「春曰祠,夏曰禴,秋曰嘗,冬曰烝。公,事也。」《禮記·月令》:「仲春之月祠不用犧牲,用圭璧及皮幣。」

「蒸」,從艸,烝聲。本義是去皮的麻秸。《說文·艸部》:「蒸,折麻中榦也。从艸,烝聲。」凡用麻秸、葭葦、竹木為燭皆曰蒸。又作「烝」,冬祭,祭名。含有祭祀義。古代祭祀時以牲之全體置於俎上。《國語·魯語上》:「夏父弗忌為宗,蒸,將躋僖公。」韋昭注:「凡祭祀,秋曰嘗,冬曰蒸。此八月

而言蒸，用蒸禮也。凡四時之祭，蒸為備。」《楚辭・天問》：「何獻蒸肉之膏，而後帝不若。」

本組詞都有「祭祀」義，語義相通。

本組詞語音、語義都有親緣關係，為同源詞。

二、嘗，禴，祭

嘗：禪紐陽部；禴：喻紐盍部；祭：精紐月部。

禪喻旁紐，禪精、喻精鄰紐；陽盍月通轉；「嘗、禴、祭」語音相近。

「嘗」，從旨，表示滋味美；尚聲。本義是辨別滋味，品嘗。《說文・旨部》：「嘗，口味之也。從旨，尚聲。」《禮記・曲禮下》：「君有疾，飲藥，臣先嘗之。」又秋祭，祭名。含有祭祀義。《詩・小雅・天保》：「禴祠烝嘗，于公先王。」毛傳：「秋曰嘗。」《左傳・桓公五年》：「始殺而嘗，既蟄而烝。」

「禴（yuè）」，同「礿」。夏祭。含有祭祀義。《說文・示部》：「礿，夏祭也。從示，勺聲。」《集韻・藥韻》：「礿，或作禴。」《易・萃》：「孚乃利用禴，無咎。」王弼注：「禴，殷春祭名也，四時祭之省者也。」《詩・小雅・天保》：「禴祠烝嘗，于公先王。」毛傳：「春曰祠，夏曰禴，秋曰嘗，冬曰烝。」

「祭」，甲骨文左邊是牲肉，左邊是又（手），中間象祭桌形。表示以手持肉祭祀神靈。本義是祭祀。《說文・示部》：「祭，祭祀也。從示，以手持肉。」段玉裁注：「此合三字會意也。」徐灝注箋：「無牲而祭曰薦，薦而加牲曰祭……渾言則有牲無牲皆曰祭也。」《穀梁傳・成公十七年》：「祭者，薦其時也，薦其敬也，薦其美也，非享味也。」《論語・鄉黨》：「祭於公，不宿肉。祭肉不出三日。」

本組詞都有「祭祀」義，語義相通。

本組詞語音、語義都有親緣關係，為同源詞。

1.73　儼、恪、祗、翼、諲、恭、欽、寅、熯，敬也。

一、儼，恪

儼：疑紐談部；恪：溪紐鐸部。

疑溪旁紐；談鐸通轉；「儼、恪」語音相近。

「儼」，恭敬，莊重。《玉篇・人部》：「儼，矜莊貌。」《集韻・儼韻》：「儼，

恭也。」《詩·陳風·澤陂》:「有美一人,碩大且儼。」毛傳:「儼,矜莊貌。」《禮記·曲禮下》:「毋不敬,儼若思。」鄭玄注:「儼,矜莊貌。」《楚辭·離騷》:「湯禹儼而求合兮,摯咎繇而能調。」

「恪」,從心,各聲。本義是恭敬,謹慎。同「愙」。《說文·心部》:「愙,敬也。從心,客聲。《春秋傳》曰:『以陳備三愙。』」《集韻·鐸韻》:「愙,或作恪。」《書·盤庚上》:「先王有服,恪謹天命。」孔傳:「敬謹天命。」《禮記·祭義》:「嚴威儼恪,非所以事親也。」孔穎達疏:「儼,謂儼正;恪,謂恭敬。」

「敬」,從攴(pū),以手執杖或執鞭,表示敲打;從苟(jí),有緊急、急迫之義。本義是恭敬,端肅。恭在外表,敬存內心。《說文·苟部》:「敬,肅也。從攴、苟。」《玉篇·苟部》:「敬,恭也。」《易·坤》:「君子敬以直內,義于方外。」孔穎達疏:「內謂心也,用此恭敬以直內。」《儀禮·聘禮》:「入門主敬,升堂主慎。」《禮記·少儀》:「賓客主恭,祭祀主敬。」

本組詞都有「恭敬」義,語義相近。

本組詞語音、語義都有親緣關係,為同源詞。

二、祗,寅

祗:照紐脂部;寅:喻紐真部。

照喻旁紐;脂真對轉;「祗、寅」語音相近。

「祗(zhī)」,從示,氐(dǐ)聲。本義是恭敬。《說文·示部》:「祗,敬也。從示,氐聲。」《書·金縢》:「四方之民,罔不祗畏。」《史記·魯周公世家》作「四方之民,罔不敬畏」。《左傳·僖公三十三年》:「父不慈,子不祗,兄不友,弟不共,不相及也。」《楚辭·離騷》:「湯語儼而祗敬兮,周論道而莫差。」王逸注:「祗,敬也。言殷湯、夏禹、周之文王,受命之君,皆畏天敬賢。」

「寅」,恭敬。《字彙·宀部》:「寅,恭也。」《書·堯典》:「分命羲仲,宅嵎夷曰暘谷,寅賓出日。」孔傳:「寅,敬。賓,導。」孔穎達疏:「恭敬導引將出之日。」《書·無逸》:「嚴恭寅畏,天命自度。」《後漢書·孝殤帝紀》:「兢兢寅畏。」李賢注:「寅,敬也。」

本組詞都有「恭敬」義,語義相近。

本組詞語音、語義都有親緣關係,為同源詞。

1.74　朝、旦、夙、晨、晙 ﹝註71﹞，早也。

一、夙，早

夙：心紐覺部；早：精紐幽部。

心精旁紐；覺幽對轉；「夙、早」語音相近。

「夙（sù）」，从夕，表示夜間；从丮（jí），表示以手持物。天不亮就起來做事情，表示早。本義是早晨。《說文・夕部》：「夙，早敬也。从丮，持事。雖夕不休。早敬者也。」胡以煒《說文古文考》：「象人執事於月下，侵月而起，故其誼為早。」《玉篇・夕部》：「夙，旦也。」《書・舜典》：「夙夜惟寅，直哉惟清。」孔傳：「夙，早也。言早夜敬思其職，典禮施政教，使正直而清明。」《詩・召南・行露》：「豈不夙夜，謂行多露。」

「早」，小篆上面是日，下面是甲。甲的最早寫法象十形，指皮開裂，或東西破裂。天將破曉，太陽衝破黑暗而裂開湧出。本義是早晨。《說文・日部》：「早，晨也。从日在甲上。」徐鍇繫傳：「甲，十干之首；又象人頭。」段玉裁注：「甲象人頭，在其上，則早之意也。」《詩・召南・小星》：「肅肅宵征，夙夜在公。」鄭玄箋：「夙，早也。……或早或夜，在於君所。」唐韓愈《原毀》：「早夜以思，去其不如舜者，就其如舜者。」

本組詞都有「早晨」義，語義相近。

本組詞語音、語義都有親緣關係，為同源詞。

二、晨，晙

晨：禪紐文部；晙：精紐文部。

禪精鄰紐；文部疊韻；「晨、晙」語音相近。

「晨」，从臼，从辰，辰亦聲。本義是清晨，早晨。《說文・晨部》：「晨，早昧爽也。从臼，从辰。辰，時也。辰亦聲。丮夕為夙，臼辰為晨，皆同意。」《詩・小雅・庭燎》：「夜如何其，夜鄉晨，庭燎有輝。」鄭玄箋：「晨，明也。」《韓非子・解老》：「時雨降集，曠野閒靜，而以昏晨犯山川，則風露之爪角害之。」

「晙（jùn）」，从日，夋（qūn）聲。本義是早，明。與早晨義近。《說文新附・日部》：「晙，明也。从日，夋聲。」清錢大昕《潛研堂文集・答問七》：「晙

﹝註71﹞郭璞注：「晙，亦明也。」邢昺疏：「晙，亦明之早也。」

者，明之早也。《書·咎繇謨》:『夙夜浚明有家。』《史記·夏本紀》作『蚤夜翊明有家』。則浚與翊義同。翊或為翼。《釋言》:『翼，明也。』則浚亦有明義，晙即浚之異文。」

本組詞都有「早晨」義，語義相近。

本組詞語音、語義都有親緣關係，為同源詞。

1.75 頲、竢、替〔註72〕、戾、厎、止、徯，待也。

一、竢，止，待

竢：牀紐之部；止：照紐之部；待：定紐之部。

牀照鄰紐，牀定準雙聲，照定準旁紐；之部疊韻；「竢、止、待」語音相近。

「竢（sì）」，从立，矣聲。本義是等待。同「俟」。《說文·立部》:「竢，待也。从立，矣聲。」《廣韻·止韻》:「『竢』，同『俟』。」《國語·晉語四》:「質將善，而賢良贊之，則濟可竢也。」《漢書·賈誼傳》:「恭承嘉惠兮，竢罪長沙。」顏師古注:「竢，古俟字。」

「止」，甲骨文上象腳趾形，下象腳面和腳掌形。本義是足，腳。「趾」的本字。《說文·止部》:「止，下基也。象草木出有址，故以止為足。」徐灝注箋:「凡从止之字，其義皆為足趾。……有足跡，文作止，正象足趾之形……三趾者，與手之列多略不過三同例。」《廣韻·止韻》:「止，足也。」《儀禮·士昏禮》:「御衽於奧，媵衽良席在東，皆有枕，北止。」鄭玄注:「止，足也。」引申為停止。與等待義通。《廣韻·止韻》:「止，停也。」《呂氏春秋·下賢》:「萬乘之主見布衣之士，一日三至而弗得見，亦可以止矣。」《韓詩外傳》卷九:「樹欲靜而風不止，子欲養而親不待也。」

「待」，从彳（chì），寺聲。本義是等待，等候。《說文·彳部》:「待，竢也。从彳，寺聲。」段玉裁注:「今人易其語曰等。」《左傳·隱公元年》:「多行不義，必自斃，子姑待之。」《莊子·漁父》:「竊待於下風，幸聞咳唾之音以卒相丘也。」

本組詞都有「等待」義，語義相通。

本組詞語音、語義都有親緣關係，為同源詞。

〔註72〕郝懿行義疏:「朁，通作替。」「蓋廢有止義，止有待義，故又訓待也。」

二、替，戾，底

替：透紐質部；戾：來紐質部；底：照紐脂部。

透來旁紐，透照、來照準旁紐；質部疊韻，質脂對轉；「替、戾、底」語音相近。

「替」，從竝，白聲。本義是廢棄，廢除。《說文・竝部》：「朁，廢，一偏下也。從竝，白聲。」《詩・大雅・召旻》：「彼疏斯粺，胡不自替？」又等待，逗留。《國語・晉語九》：「夫事君者，諫過而賞善，薦可而替否，獻能而進賢。」

「戾」，從戶，從犬。本義是彎曲。《說文・犬部》：「戾，曲也。從犬出戶下。戾者，身曲戾也。」《呂氏春秋・盡數》：「飲必小咽，端直無戾。」又安定，止息。與等待義通。《廣雅・釋詁四》：「戾，定也。」《書・康誥》：「今惟民不靜，未戾厥心，迪屢未同，爽惟天其罰殛我，我其不怨。」孔傳：「今天下民不安，未定其心於周。」《左傳・襄公二十九年》：「其必使子產息之，乃猶可以戾，不然將亡矣。」杜預注：「戾，定也。」

「底（dǐ）」，從厂，氐聲。本義是細的磨刀石。同「砥」。《說文・厂部》：「底，柔石也。從厂，氐聲。砥，底或從石。」邵瑛群經正字：「今經典多從或體。亦有作底者……《詩・大東》『周道如砥』，《孟子・萬章》作『周道如底』。」《漢書・梅福傳》：「故爵祿束帛者，天下之底石，高祖所以屬以磨鈍。」顏師古注：「底，細石也。」又達至，終止。與等待義通。《玉篇・厂部》：「底，至也。」《書・皋陶謨》：「朕言惠，可底行。」孔傳：「其所陳九德以下之言，順于古道，可致行。」《書・禹貢》：「覃懷底績，至於衡漳。」《史記・夏本紀》作「覃懷致功」。《詩・小雅・小旻》：「我視謀猶，伊于胡底。」鄭玄箋：「底，至也。」《孟子・離婁上》：「舜盡事親之道，而瞽瞍底豫，瞽瞍底豫而天下化，瞽瞍底豫而天下之為父子者定。」趙岐注：「底，致也；豫，樂也。」

本組詞都有「等待」義，語義相通。

本組詞語音、語義都有親緣關係，為同源詞。

1.76　嚩、幾、裁、殆，危 [註73] 也。

裁：精紐之部；殆：定紐之部。

[註73]　《說文・危部》：「危，在高而懼也。從厃，自卪止之。」《荀子・解蔽》：「處一危之，其榮滿側。」楊倞注：「危，謂不自安，戒懼之謂也。」

精定鄰紐；之部疊韻；「烖、殆」語音相近。

「烖（zāi）」，从火，弋聲。本義是災禍。與危險義通。同「災」。《說文·火部》：「烖，天火曰烖。从火，弋聲。」《書·舜典》：「眚災肆赦。」《史記·五帝本紀》作「眚烖過赦」。《周禮·春官·大宗伯》：「以凶禮哀邦國之憂，以喪禮哀死亡，以荒禮哀凶箚，以弔禮哀禍烖，以禬禮哀圍敗，以恤禮哀寇亂。」

「殆」，从歹，台聲。本義是危險。《說文·歹部》：「殆，危也。从歹，台聲。」《詩·小雅·正月》：「民今方殆，視民夢夢。」鄭玄箋：「方，且也。民今且危亡。」《孫子·謀攻》：「知己知彼，百戰不殆。」《漢書·樊噲傳》：「是日微樊噲奔入營讓項羽，沛公幾殆。」顏師古注：「殆，危也。」

「危」，人處在危險的境地。本義是危險，不安全。《左傳·昭公十八年》：「小國忘守則危，況有災乎？」《韓非子·十過》：「亡弗不能存，危弗能安。」王引之述聞：「危有二義，一為危險之危，『幾、烖、殆』是也；一為詭詐之詭，『嚬』是也。嚬蓋譌之別體。」

「烖，殆」都有「危險」義，語義相通。

「烖，殆」語音、語義都有親緣關係，為同源詞。

1.77　譏，汔也。

譏：群紐微部；汔：曉紐物部。

群曉旁紐；微物對轉；「譏、汔」語音相近。

「譏（qí）」，接近。通作「幾」。《呂氏春秋·大樂》：「有知不見之見、不聞之聞、無狀之狀者，則幾於知之矣。」

「汔（qì）」，將近，接近。《集韻·迄韻》：「汔，幾也。」《易·井》：「汔至亦未繘井，羸其瓶。」孔穎達疏：「汔，幾也；幾，近也。」《詩·大雅·民勞》：「民亦勞止，汔可小康。」鄭玄箋：「汔，幾也。」

「譏、汔」都有「接近」義，語義相近。

「譏、汔」語音、語義都有親緣關係，為同源詞。

1.78　始、肆、古〔註74〕，故也。

古：見紐魚部；故：見紐魚部。

〔註74〕《說文·古部》：「古，故也。從十、口。識前言者也。」

「古、故」同音。

「古」，過去已久的年代，往昔。與「今」相對。與原來義通。《字彙·口部》：「古，遠代也。」《易·繫辭下》：「古者包犧氏之王天下也，仰則觀象於天，俯則觀法於地。」《呂氏春秋·察今》：「故察己則可以知人，察今則可以知古。古今一也，人與我同耳。」

「故」，从攴（pū），取役使之意；古聲。本義是緣故，原因。《說文·攴部》：「故，使為之也。从攴，古聲。」段玉裁注：「今俗云原故是也，凡為之必有使之者，使之而為之即成故事矣。」《左傳·莊公十年》：「既克，公問其故。」又原來，舊。《廣韻·暮韻》：「故，舊也。」《楚辭·招魂》：「魂兮歸來，反故居些。」王逸注：「故，古也。」《史記·孫子吳起列傳》：「故楚之貴戚，盡欲害吳起。」

「古、故」都有「原來」義，語義相通。

「古、故」語音、語義都有親緣關係，為同源詞。

1.80 惇、亶、祜、篤、竺、仍、肶、埤、竺〔註75〕、腹，厚也。

一、篤，竺

篤：端紐覺部；竺：端紐覺部。

「篤、竺」同音。

「篤（dǔ）」，从馬，竹聲。本義是馬行走穩健而遲緩。《說文·馬部》：「篤，馬行頓遲也。从馬，竹聲。」又敦厚。與厚實義近。《詩·唐風·椒聊》：「彼其之子，碩大且篤。」毛傳：「篤，厚也。」《史記·五帝本紀》：「堯九男，皆益篤。」張守節正義：「篤，惇也。」

「竺」，同「篤（dǔ）」。厚。與厚實義近。《書·微子之命》：「予嘉乃德，曰篤不忘。」陸德明釋文：「竺，本又作篤。」《楚辭·天問》：「稷維元子，帝何竺之？」漢佚名《平與令薛君碑》：「化未期月，邁此竺旻。」

「厚」，从厂（hǎn），與懸崖有關；从旱，旱亦聲。本義是厚，厚實。與「薄」相對。《說文·旱部》：「厚，山陵之厚也。从旱，从厂。」《詩·小雅·正月》：「謂天蓋高，不敢不局；謂地蓋厚，不敢不蹐。」《莊子·養生主》：「彼節者有

〔註75〕陸德明釋文：「竺，字又作篤。」

間，而刀刃者無厚。」引申為豐厚。《墨子‧尚賢上》：「蓄祿不厚，則民不信。」又忠厚。《史記‧高祖本紀》：「周勃重厚少文，然安劉氏者必勃也。」又優待，推崇。《史記‧廉頗藺相如列傳》：「不如因而厚遇之，使歸趙。」

本組詞都有「厚實」義，語義相近。

本組詞語音、語義都有親緣關係，為同源詞。

二、肶，埤

肶：並紐脂部；埤：並紐支部。

並紐雙聲；脂支通轉；「肶、埤」語音相近。

「肶（pí）」，同「膍（pí）」。厚。與厚實義近。《說文‧肉部》：「膍，牛百葉也。从肉，㐹聲。一曰鳥膍胵。」《詩‧小雅‧采菽》：「樂之君子，福祿膍之。」毛傳：「膍，厚也。」陸德明釋文引《韓詩》作「肶」。

「埤（pí）」，从土，卑聲。本義是增加。與厚實義通。《說文‧土部》：「埤，增也。从土，卑聲。」段玉裁注：「凡从卑之字，皆取自卑加高之意。」《詩‧邶風‧北門》：「王事適我，政事一埤益我。」毛傳：「埤，厚也。」南朝宋鮑照《登大雷岸與妹書》：「削長埤短，可數萬里。」

本組詞都有「厚實」義，語義相通。

本組詞語音、語義都有親緣關係，為同源詞。

1.81　載、謨、食、詐，偽也。

謨：明紐魚部；偽：疑紐歌部。

明疑鄰紐；魚歌通轉；「謨、偽」語音相近。

「謨（mó）」，从言，莫聲。本義是計謀，謀劃。與人為義通。《說文‧言部》：「謨，議謀也。从言，莫聲。《虞書》曰：『咎繇謨。』」徐鍇繫傳：「慮一事、畫一計為謀，泛議將定，其謀曰謨。《大禹》、《皋陶》，皆泛謨也。」《書‧皋陶謨》：「允迪厥德，謨明弼諧。」孔傳：「謨，謀也。」《史記‧夏本紀》作「謀明輔和」。《莊子‧大宗師》：「古之真人，不逆寡，不雄成，不謨士。」

「偽」，从人，从為，為亦聲。本義是欺騙，作假。《說文‧人部》：「偽，詐也。从人，為聲。」《孟子‧萬章上》：「然則舜偽喜者與？」趙岐注：「偽，詐也。」引申為人為。《廣雅‧釋詁二》：「偽，為也。」《荀子‧性惡》：「人之

性惡，其善者偽也。」《論衡‧明雩》：「天至賢矣，時未嘗雨，偽請求之，故妄下其雨，人君聽請之類也。」

「譌、偽」都有「人為」義，語義相通。

「譌、偽」語音、語義都有親緣關係，為同源詞。

1.82　話、猷、載、行〔註76〕、訛〔註77〕，言也。

話：匣紐月部；行：匣紐陽部；訛：疑紐歌部；言：疑紐元部。

匣紐、疑紐雙聲，匣疑旁紐；月陽通轉，月歌元對轉；「話、行、訛、言」語音相近。

「話」，從言，會聲。或從言，昏聲。本義是話語。與言語義近。《詩‧大雅‧抑》：「慎而出話，敬而威儀。」《左傳‧文公六年》：「著之話言，為之律度。」

「行」，甲骨文象四通八達的道路形。本義是道路。羅振玉《增訂殷虛書契考釋》：「象四達之衢，人之所行也。」《詩‧豳風‧七月》：「女執懿筐，遵彼微行。」毛傳：「微行，牆下徑也。」又言語。清洪頤煊《讀書叢錄》卷八：「《左氏哀元年傳》：『因吳太宰嚭以行成。』服虔注：『行成，求成也。』《管子‧山權數篇》：『行者，道民之利害也。』是皆行為言也。」

「訛（é）」，從言，化聲。本義是謠言。含有言語義。本作「譌」。《說文‧言部》：「譌，譌言也。從言，爲聲。《詩》曰：『民之譌言。』」《詩‧小雅‧沔水》：「民之訛言，甯莫之懲。」鄭玄箋：「訛，偽也。」《漢書‧成帝紀》：「京師無故訛言大水至，吏民驚恐，奔走乘城。」

「言」，甲骨文下面是舌，下面一橫表示言從舌出。言是張口伸舌講話的象形。從言的字多與說話有關。本義是說，說話。《說文‧言部》：「直言曰言，論難曰語。從口，辛聲。」《國語‧周語上》：「國人莫敢言，道路以目。」引申為話，言語。《廣韻‧元韻》：「言，言語也。」《詩‧鄭風‧將仲子》：「父母之言，亦可畏也。」《國語‧周語上》：「口之宣言也，善敗於是乎興。」又用作句首、句中助詞，無實在意義。《詩‧召南‧草蟲》：「陟彼南山，言采其蕨。」《詩‧邶風‧柏舟》：「靜言思之，寤辟有摽。」

〔註76〕郭璞注：「今江東通謂語為行。」
〔註77〕郭璞注：「世以妖言為訛。」

「話、行、訛、言」都有「言語」義，語義相通。

「話、行、訛、言」語音、語義都有親緣關係，為同源詞。

1.83 遘、逢，遇〔註78〕也。 遘、逢、遇，遌〔註79〕也。 遘、逢、遇、遌，見也。

一、遘，遇

遘：見紐侯部；遇：疑紐侯部。

見疑旁紐；侯部疊韻；「遘、遇」語音相近。

「遘（gòu）」，从辵（chuò），與行走、道路有關；冓（gòu）聲。本義是遇，遇見。《說文·辵部》：「遘，遇也。从辵，冓聲。」《書·金縢》：「惟爾元孫某，遘厲虐疾。」陸德明釋文：「遘，遇也。」《楚辭·哀時命》：「哀時命之不及古人兮，夫何予生之不遘時！」

「遇」，从辵（chuò），禺聲。本義是偶然相逢，不期而會。與遇見義近。《說文·辵部》：「遇，逢也。从辵，禺聲。」《書·胤征》：「入自北門，乃遇汝鳩、汝方。」孔傳：「不期而會曰遇。」《公羊傳·隱公八年》：「春，宋公、衛侯遇之垂。」《論語·微子》：「子路從而後，遇丈人，以杖荷蓧。」

本組詞都有「遇見。」義，語義相近。

本組詞語音、語義都有親緣關係，為同源詞。

二、遌，見

遌：疑紐鐸部；見：見紐元部。

疑見旁紐；鐸元通轉；「遌、見」語音相近。

「遌（è）」，从辵（chuò），从咢（xiāo），咢亦聲。本義是意外相遇。與遇見義近。同「遻（è）」。《說文·辵部》：「遌，相遇驚也。从辵，从咢，咢亦聲。」《集韻·鐸韻》：「遌，隸作遻。」《莊子·達生》：「死生驚懼不入乎其胸中，是故遌物而不慴。」陸德明釋文：「遌，音悟。郭音愕。《爾雅》云：『遌，忤也。』郭云：『謂干觸。』」《列子·黃帝》；「死生驚懼不入乎其胸，是故遌物而不慴。」殷敬順釋文：「心不欲見而見曰遌。」《穆天子傳》卷六：「辛未，

〔註78〕郭璞注：「偶爾相值遇。」
〔註79〕郭璞注：「行而相值即見。」

獵菹之獸。於是白鹿一遯，椉（乘）逸出走。」郭璞注：「言突圍出。遯，觸也。」

「見」，甲骨文上面是目，下面是人。在人的頭上加只眼睛，就是為了突出眼睛的作用。本義是看見，看到。《說文·見部》：「見，視也。从儿，从目。」段玉裁注：「用目之人也，會意。」「析言之，有視而不見者；渾言之，則視與見一也。」《禮記·大學》：「視而不見，聽而不聞。」引申為遇見。《左傳·桓公元年》：「宋華父督見孔父之妻于路，目逆而送之。」《韓非子·喻老》：「王壽負書而行，見徐馮于周途。」

本組詞都有「遇見」義，語義相近。

本組詞語音、語義都有親緣關係，為同源詞。

1.84 顯、昭、覲、釗〔註80〕、覯，見也。

顯：曉紐元部；見：匣紐元部。

曉匣旁紐；元部疊韻；「顯、見」語音相近。

「顯」，光明，明顯。《廣雅·釋詁四》：「顯，明也。」《詩·大雅·抑》：「無曰不顯，莫予云覯。」鄭玄箋：「顯，明也。」《禮記·中庸》：「天之所以為天也，於乎不顯。」孔穎達疏：「顯謂光明。」又見，看見。《詩·周頌·敬之》：「天維顯思，命不易哉。」毛傳：「顯，見。」陳奐傳疏：「顯，猶視也。」元王實甫《西廂記》第一本第一折：「九曲風濤何處顯，則除是此地偏。」王季思注：「毛西河曰：『何處顯只作何處見解，故曰此地偏，言偏見得也。』」

「見」，甲骨文上面是目，下面是人。在人的頭上加只眼睛，就是為了突出眼睛的作用。本義是看見，看到。《說文·見部》：「見，視也。从儿，从目。」段玉裁注：「用目之人也，會意。」「析言之，有視而不見者；渾言之，則視與見一也。」《禮記·大學》：「視而不見，聽而不聞。」引申為進見，會見。《韓非子·喻老》：「扁鵲見蔡桓公。」又顯示，顯露。《廣韻·霰韻》：「見，露也。」《集韻·霰韻》：「見，顯也。」《易·乾》：「見龍在田，利見大人。」《戰國策·燕策》：「發圖，圖窮而匕首見。」

〔註80〕郭璞注：「逸《書》曰：『釗我周王。』」郝懿行義疏：「梅《書》作『昭我周王』，《孟子（·滕文公下）》作『紹我周王』，趙岐注以為『願見周王』。……梅作『昭』，郭作『釗』，蓋『紹』之叚借。紹有介紹之義，與見義近。」

「顯、見」都有「看見」義，語義相近。

「顯、見」語音、語義都有親緣關係，為同源詞。

1.85 監、瞻、臨、涖、頫、相，視也。

一、瞻，相

瞻：照紐談部；相：心紐陽部。

照心鄰紐；談陽通轉；「瞻、相」語音相近。

「瞻」，从目，詹聲。本義是向前或上、下看。《說文·目部》：「瞻，臨視也。从目，詹聲。」《廣韻·監韻》：「瞻，瞻視。」《篇海類編·身體類·目部》：「瞻，仰視曰瞻。」《詩·邶風·雄雉》：「瞻彼日月，悠悠我思。」《楚辭·離騷》：「瞻前而顧後兮，相顧民之計極。」引申為觀察。《禮記·月令》：「瞻肥瘠，察物色，必比類；量大小，視長短，皆中度。」

「相」，从木，从目。本義是察看，仔細看。與看義近。《說文·目部》：「相，省視也。从目，从木。《易》曰：『地可觀者，莫可觀於木。』《詩》曰：『相鼠有皮。』」段玉裁注：「《釋詁》、《毛傳》皆云：『相，視也。』此別之云『省視』，謂察視也。」《書·盤庚上》：「相時憸民，猶胥顧於箴言。」陸德明釋文引馬融曰：「相，視。」《詩·鄘風·相鼠》：「相鼠有皮，人而無儀。」毛傳：「相，視也。」

「視」，从見，从示，示亦聲。本義是看。《說文·見部》：「視，瞻也。从見、示。」段玉裁注：「《目部》曰：『瞻，臨視也。』視不必皆臨，則瞻與視小別矣，渾言不別也。」《墨子·辭過》：「目不能徧視，手不能徧操。」《韓非子·外儲說右上》：「鳥以數十目視人，人以二目視鳥，奈何不謹廩也？」引申為察看，考察。《左傳·莊公十年》：「下視其轍，登軾而望之。」《戰國策·齊策一》：「窺鏡而自視，又弗如遠甚。」

本組詞都有「看」義，語義相近。

本組詞語音、語義都有親緣關係，為同源詞。

二、臨，涖

臨：來紐侵部；涖：來紐緝部。

來紐雙聲；侵緝對轉；「臨、涖」語音相近。

　　「臨」，金文右邊是人，左上角象人眼形，左下角象眾多的器物形。表示人俯視器物。本義是從高處往低處察看。與看義近。《說文・臥部》：「臨，監臨也。从臥，品聲。」林義光《文源》：「品眾物也，象人俯視眾物形。」《詩・大雅・大明》：「上帝臨女，無貳爾心。」鄭玄箋：「臨，視也。」漢賈誼《過秦論》：「踐華為城，因河為池，據億丈之城，臨不測之谿以為固。」

　　「涖（lì）」，臨視。與看義近。《周禮・春官・大宗伯》：「凡祀大神、享大鬼、祭大示，帥執事而卜日，宿眠滌濯，涖玉鬯，省牲鑊，奉玉齍，詔大號，治其大禮，詔相王之大禮。」鄭玄注：「涖，視也。」《儀禮・士喪禮》：「族長涖卜及宗人吉服立於門西東面南上。占者三人，在其南北上，卜人及執燋席者在塾西。」

　　本組詞都有「看」義，語義相近。

　　本組詞語音、語義都有親緣關係，為同源詞。

1.87　孔、魄〔註81〕、哉、延、虛、無〔註82〕、之、言，間也。

一、魄，無

魄：滂紐鐸部；無：明紐魚部。

滂明旁紐；鐸魚對轉；「魄、無」語音相近。

　　「魄」，从鬼，與靈魂、鬼怪有關；白聲。本義是陰神。迷信的人指人體中依附於形體而顯現的精神。形體與精神之間有間隙。與空隙義通。《說文・鬼部》：「魄，陰神也。从鬼，白聲。」《左傳・昭公七年》：「人生始化曰魄。」南朝齊孔稚珪《北山移文》：「及其鳴騶入穀，鶴書赴隴，形馳魄散，志變神動。」

　　「無」，甲骨文從人持舞具。卜辭、金文中「無、舞」同字。本義為跳舞或舞蹈。《說文・舛部》：「舞，樂也。用足相背，从舛；無聲。」又間隙。與空隙義近。《老子》第十一章：「三十輻共一轂，當其無，有車之用。埏埴以為器，當其無，有器之用。鑿戶牖以為室，當其無，有室之用。」高亨正詁：「無，謂輪之空處；有，謂輪之實體。」

〔註81〕郝懿行義疏：「人始生而體魄具，耳目口鼻皆開竅於陰而為魄之所藏也。」「月之空缺陰映蔽光謂之為魄。《書》『哉生魄』亦其義也。」

〔註82〕郭璞注：「虛、無，皆有間隙。」郝懿行義疏：「無者，有之間也。」

本組詞都有「空隙」義，語義相通。

本組詞語音、語義都有親緣關係，為同源詞。

二、虛，間

虛：曉紐魚部；間：見紐元部。

曉見旁紐；魚元通轉；「虛、間」語音相近。

「虛」，小篆從丘，表示山丘；虍（hū）聲。本義是大丘，土山。《說文·丘部》：「虛，大丘也。崑崙丘謂之崑崙虛。古者九夫爲井，四井爲邑，四邑爲丘。丘謂之虛。从丘，虍聲。」《詩·鄘風·定之方中》：「升彼虛矣，以望楚矣。」引申為空虛，空隙。《廣雅·釋詁三》：「虛，空也。」《荀子·宥坐》：「中而正，滿而覆，虛而欹。」《淮南子·泛論訓》：「若循虛而出入，則亦無能履也。」高誘注：「虛，孔竅也。」

「間」，古作「閒」。金文從門，從月。本義是縫隙，空隙。《說文·門部》：「閒，隙也。从門，中見月。」徐鍇繫傳：「大門當夜閉，閉而見月光，是有間隙也。」段玉裁注：「開門月入，門有縫而月光可入。」朱駿聲通訓定聲：「古文從門從外。按從內而見外，則有閒也。」《墨子·經說上》：「閒謂夾者也，然則中有閒隙，據兩邊夾者而言也。閒有中義。」孫詒讓閒詁引張惠言云：「就其夾之而言則謂有閒，就其夾者而言則謂之閒。」《莊子·養生主》：「彼節者有間，而刀刃者無厚。」

本組詞都有「空隙」義，語義相近。

本組詞語音、語義都有親緣關係，為同源詞。

三、哉，之

哉：精紐之部；之：照紐之部。

精照準雙聲；之部疊韻；「哉、之」語音相近。

「哉」，從口，𢦏（從戈、才聲）聲。本為語氣詞，表示感歎、肯定、疑問、測度、祈使等語氣，相當於「啊、呢、嗎、吧」等。位於語句之間，有停頓作用。《說文·口部》：「哉，言之閒也。从口，𢦏聲。」桂馥義證：「言之閒，即辭助。」《玉篇·口部》：「哉，語助。」《易·乾》：「大哉，乾元！」《書·堯典》：「我其試哉！女于時，觀厥刑于二女。」《詩·王風·君子于役》：「君子于役，不知其期，曷至哉？」

「之」，甲骨文從止、從一。本義是往，到……去。《小爾雅・廣詁》：「之，適也。」《詩・鄘風・載馳》：「百爾所思，不如我所之。」又助詞，位於詞語之間，有舒緩、停頓作用。王引之《經傳釋詞》卷九：「之，言之間也。」《左傳・襄公十四年》：「余弟死，而子來，是而子殺予之弟也。」《左傳・哀公十一年》：「二子之不欲戰也宜，政在季氏。」《列子・說符》：「天之於民厚矣！」

本組詞都可以表示句中的間隙、停頓，語義相近。

本組詞語音、語義都有親緣關係，為同源詞。

四、言，間

言：疑紐元部；間：見紐元部。

疑見旁紐；元部疊韻；「言、間」語音相近。

「言」，甲骨文下面是舌，下面一橫表示言從舌出。言是張口伸舌講話的象形。從言的字多與說話有關。本義是說，說話。《說文・言部》：「直言曰言，論難曰語。从口，辛聲。」《國語・周語上》：「國人莫敢言，道路以目。」又句首、句中助詞，無實在意義，表示語句中的間隙、停頓。楊樹達《詞詮》卷七：「言，語中助詞。無義。」《詩・邶風・泉水》：「駕言出遊，以寫我憂。」《詩・大雅・桑柔》：「維此聖人，瞻言百里。」

「間」，古作「閒」。金文從門，從月。本義是縫隙，空隙。《說文・門部》：「閒，隙也。从門，中見月。」徐鍇繫傳：「大門當夜閉，閉而見月光，是有間隙也。」段玉裁注：「開門月入，門有縫而月光可入。」朱駿聲通訓定聲：「古文從門從外。按從內而見外，則有閒也。」《墨子・經說上》：「閒謂夾者也，然則中有閒隙，據兩邊夾者而言也。閒有中義。」孫詒讓間詁引張惠言云：「就其夾之而言則謂有閒，就其夾者而言則謂之閒。」《莊子・養生主》：「彼節者有間，而刀刃者無厚。」又表示語句中的間隙、停頓。

本組詞都可以表示句中的間隙、停頓，語義相近。

本組詞語音、語義都有親緣關係，為同源詞。

1.88 瘥、幽、隱、匿、蔽、竄，微也。

匿：泥紐職部；微：明紐微部。

泥明鄰紐；職微通轉；「匿、微」語音相近。

「匿」，隱藏，躲避。與隱蔽義近。《廣雅・釋詁四》：「匿，藏也。」「匿，

隱也。」《國語·周語中》:「武不可覿,文不可匿。」韋昭注:「匿,隱也。」
《漢書·灌夫傳》:「(竇嬰)乃匿其家,竊出上書。」顏師古注:「匿,避也。」

「微」,从彳,敳聲。本義是隱蔽,藏匿。《說文·彳部》:「微,隱行也。从
彳,敳聲。」段玉裁注:「(《左傳·哀公十六年》杜預注與《爾雅·釋詁》)皆
言隱不言行。」《禮記·學記》:「其言也,約而達,微而臧,罕譬而喻,可謂繼
志矣。」《左傳·哀公十六年》:「白公奔山而縊,其徒微之。」杜預注:「微,
匿也。」孔穎達疏引郭璞曰:「微謂逃藏也。」

「匿、微」都有「隱蔽」義,語義相近。

「匿、微」語音、語義都有親緣關係,為同源詞。

1.89 訖、徽、妥、懷、安、按、替、戾、底、廢、尼、定、曷、遏,止也。

一、訖,徽,懷

訖:見紐物部;徽:曉紐微部;懷:匣紐微部。

見曉匣旁紐;物微對轉,微部疊韻;「訖、徽、懷」語音相近。

「訖(qì)」,从言,气聲。本義是停止,終止。《說文·言部》:「訖,止也。
从言,气聲。」《禮記·祭統》:「防其邪物,訖其嗜欲。」鄭玄注:「訖,猶止
也。」《穀梁傳·僖公九年》:「毋雍泉,毋訖糴,毋易樹子,毋以妾為妻,毋使
婦人與國事!」《漢書·穀永傳》:「災異訖息。」顏師古注:「訖,止也。」

「徽」,从糸,與絲、線、繩有關;从微省。本義是繩索。《說文·糸部》:
「徽,衺幅也。一曰三糾繩也。从糸,微省聲。」段玉裁注:「三糾,謂三合而
糾之也。《丩部》曰:糾,三合繩。」《玉篇·糸部》:「徽,大索也。」《易·坎》:
「系用徽纆,寘于叢棘。」陸德明釋文引劉(表)曰:「三股為徽,兩股為纆,
皆繩名。」又停止,靜止。晉陸機《挽歌詩》:「悲風徽行軌,傾雲結流藹。」

「懷」,初文从衣、从淚。小篆從心、褱(huái)聲。本義是想念,懷念。
《說文·心部》:「懷,念思也。从心,褱聲。」段玉裁注:「念思者,不忘之思
也。」《詩·周南·卷耳》:「嗟我懷人,寘彼周行。」毛傳:「思君子,官賢人,
置周之列位。」又至,來。與停止義通。《方言》卷一:「懷,至也。齊楚之會
郊或曰懷。」《詩·齊風·南山》:「既曰歸止,曷又懷止?」鄭玄箋:「懷,來
也。」《後漢書·張衡傳》:「或不速而自懷,或羨旃而不臻。」李賢注:「懷,

來也。」

「止」，甲骨文上象腳趾形，下象腳面和腳掌形。本義是足，腳。「趾」的本字。《說文・止部》：「止，下基也。象草木出有址，故以止為足。」徐灝注箋：「凡從止之字，其義皆為足趾。……有足跡，文作止，正象足趾之形……三趾者，與手之列多略不過三同例。」《廣韻・止韻》：「止，足也。」《儀禮・士昏禮》：「禦衽於奧，媵衽良席在東，皆有枕，北止。」鄭玄注：「止，足也。」引申為停止。《廣韻・止韻》：「止，停也。」《易・艮》：「時止則止，時行則行，動靜不失其時，其道光明。」《韓詩外傳》卷九：「樹欲靜而風不止，子欲養而親不待也。」

本組詞都有「停止」義，語義相通。

本組詞語音、語義都有親緣關係，為同源詞。

二、安，按

安：影紐元部；按：影紐元部。

「安、按」同音。

「安」，從宀，從女。表示無危險。本義是安定，安全。《玉篇・宀部》：「安，安定也。」《詩・小雅・常棣》：「喪亂既平，既安且寧。」又止，靜止。與停止義近。《戰國策・秦策五》：「賈願出使四國，必絕其謀而安其兵。」高誘注：「安，止。」《文心雕龍・定勢》：「圓者規體，其勢也自轉；方者矩形，其勢也自安。」

「按」，從手，安聲。本義是壓。《說文・手部》：「按，下也。從手，安聲。」段玉裁注：「以守抑之使下也。《印部》云：『抑，按也。』」《管子・霸言》：「按強助弱，圉暴止貪，存亡定危。」引申為抑制，止住。與停止義近。《廣韻・翰韻》：「按，抑也；止也。」《詩・大雅・皇矣》：「爰整其旅，以按徂旅，以篤於周祜。」毛傳：「按，止也。」《史記・絳侯周勃世家》：「壁門士吏謂從屬車騎曰：『將軍約，軍中不得驅馳。』於是天子乃按轡徐行至營。」

本組詞都有「停止」義，語義相近。

本組詞語音、語義都有親緣關係，為同源詞。

三、替，戾，底，尼，定

替：透紐質部；戾：來紐質部；底：端紐脂部；尼：泥紐脂部；定：定紐耕

部。

透來端泥定旁紐；質部、脂部疊韻，質脂對轉，質耕、脂耕通轉；「替、戾、底、尼、定」語音相近。

「替」，从竝，白聲。本義是廢棄，廢除。《說文·竝部》：「朁，廢，一偏下也。从竝，白聲。」《詩·大雅·召旻》：「彼疏斯粺，胡不自替？」又等待，逗留。與停止義通。《左傳·僖公七年》：「記奸之位，君盟替矣。」《國語·晉語九》：「夫事君者，諫過而賞善，薦可而替否，獻能而進賢。」

「戾」，从戶，从犬。本義是彎曲。《說文·犬部》：「戾，曲也。从犬出戶下。戾者，身曲戾也。」《呂氏春秋·盡數》：「飲必小咽，端直無戾。」又安定，止息。與停止義近。《廣雅·釋詁四》：「戾，定也。」《書·康誥》：「今惟民不靜，未戾厥心，迪屢未同，爽惟天其罰殛我，我其不怨。」孔傳：「今天下民不安，未定其心於周。」《左傳·襄公二十九年》：「其必使子產息之，乃猶可以戾，不然將亡矣。」杜預注：「戾，定也。」

「底」，从广，氐聲。本義是物體的下層，下面。《說文·广部》：「底，止居也。一曰下也。从广，氐聲。」《廣韻·薺韻》：「底，下也。」《文選·宋玉〈高唐賦〉》：「不見其底，虛聞松聲。」又止住，停滯。與停止義近。《左傳·昭公元年》：「勿使有所壅閉湫底，以露其體。」杜預注：「底，止也。」孔穎達疏：「服虔云：『底，止也。』」《國語·晉語四》：「今戾久矣，戾久將底。」韋昭注：「底，止也。」

「尼」，甲骨文從兩個人親昵。小篆从尸，匕聲。本義是親近，親昵。後作「昵」。《說文·尸部》：「尼，从後近之也。从尸，匕聲。」段玉裁注：「尼訓近，故古以為親昵字。」林義光《文源》：「按：匕、尼不同音。匕，人之反文，尸亦人字，象二人相昵形，實昵之本字。」《尸子》卷下：「悅尼而來遠。」又停止，制止。《玉篇·尼部》：「尼，止也。」《孟子·梁惠王上》：「行或使之，止或尼之。」《山海經·大荒北經》：「其所所尼，即為源澤，不辛乃苦，百獸莫能處。」郭璞注：「尼，止也。」

「定」，从宀（mián），从正，正亦聲。本義是安定，使安定。《說文·宀部》：「定，安也。从宀，从正。」徐鍇繫傳：「定，安也。从宀，正聲。」朱駿聲通訓定聲：「正亦聲。」《易·家人》：「……正家而天下定矣。」又停止，停息。《玉篇·宀部》：「定，住也，息也。」《詩·小雅·采薇》：「我戍未定，

靡使歸聘。」鄭玄箋：「定，止也。我方守於北狄，未得止息。」《荀子・儒效》：「反而定三革，偃五兵。」楊倞注：「定，息。」

本組詞都有「停止」義，語義相通。

本組詞語音、語義都有親緣關係，為同源詞。

1.90　豫、射〔註83〕，厭也。

豫：喻紐魚部；射：喻紐鐸部。

喻紐雙聲；魚鐸對轉；「豫、射」語音相近。

「豫」，從象，予聲。本義是大象。《說文・象部》：「豫，象之大者。賈侍中說：不害於物。從象，予聲。」段玉裁注：「此豫之本義，故其字從象也。」《老子》第十五章：「豫焉若冬涉川，猶兮若畏四鄰。」范應元注：「豫，象屬。」又厭煩，厭足。與厭倦義近。《莊子・應帝王》：「去！汝鄙人也，何問之不豫也！」《楚辭・九章・惜誦》：「行婞直而不豫兮，玄功用而不就。」王逸注：「豫，厭也。」

「射」，甲骨文、金文從張弓發箭。後訛變。本義是開弓放箭。《說文・矢部》：「躲，弓弩發於身而中於遠也。從矢，從身。」《左傳・桓公五年》：「祝聃射王中肩，王亦能軍。」又厭倦，厭棄。「斁（yì）」的古字。《詩・小雅・車舝》：「式燕且譽，好爾無射。」鄭玄箋：「射，厭也……我愛好王無有厭也。」《禮記・大傳》引《詩》作「無斁」。

「厭」，厭倦，憎惡，嫌棄。《詩・小雅・小旻》：「我龜既厭，不我告猶。」鄭玄箋：「卜筮數而瀆龜，龜靈厭之，不復告其所圖之吉凶。」《後漢書・劉盆子傳》：「赤眉眾雖數戰勝，而疲敝厭兵，皆日夜愁泣，思欲東歸。」

「豫、射」都有「厭倦」義，語義相近。

「豫、射」語音、語義都有親緣關係，為同源詞。

1.91　烈、績，業也。

烈：來紐月部；業：疑紐盍部。

來疑鄰紐；月盍通轉；「烈、業」語音相近。

「烈」，從火，列聲。本義是火勢猛。《說文・火部》：「烈，火猛也。從火，

〔註83〕陸德明釋文：「字又作斁，同。」

剡聲。」《左傳‧昭公二十年》:「夫火烈,民望而畏之,故鮮死焉。」又功績,功業。《詩‧周頌‧武》:「于皇武王,無競維烈!」毛傳:「烈,業也。」《漢書‧王莽傳上》:「成王不能共事天地,修文、武之烈。」

「業」,从丵(zhuó);从巾,巾象版形。本義是樂器架子上鋸齒狀用來懸掛樂器的大板。《說文‧丵部》:「業,大版也。所以飾縣鍾鼓。捷業如鋸齒,以白畫之。象其鉏鋙相承也。从丵,从巾。巾象版。《詩》曰:『巨業維樅。』」段玉裁注:「枸以懸鐘鼓,業以覆枸為飾。」《詩‧周頌‧有瞽》:「設業設虡,崇牙樹羽。」毛傳:「業,大板也,所以飾枸為懸也。」孔穎達疏:「業,大板也。」又功業,基業。《易‧繫辭上》:「聖德大業,至矣哉?」三國蜀諸葛亮《出師表》:「先帝創業未半,而中道崩殂。」

「烈、業」都有「功業」義,語義相近。

「烈、業」語音、語義都有親緣關係,為同源詞。

1.93 功、績〔註84〕、質、登、平、明、考、就,成也。

績:精紐錫部;質:端紐質部;成:禪紐耕部。

精端準雙聲,精禪鄰紐,端禪準旁紐;錫質、質耕通轉,錫耕對轉;「績、質、成」語音相近。

「績」,从糸,責聲。本義是績麻,把麻等纖維搓成線繩。《說文‧糸部》:「績,緝也。从糸,責聲。」段玉裁注:「績之言積也,積短為長,積少為多。」《國語‧魯語下》:「公父文伯退朝,朝母。其母方績。」又功業,成績。與完成義通。《廣韻‧錫韻》:「績,功業也。」《書‧堯典》:「允釐百工,庶績咸熙。」孔傳:「績,功也;言眾功皆廣。」《詩‧大雅‧文王有聲》:「豐水東注,維禹之績。」毛傳:「績,業皇大也。」

「質」,从貝,所(zhì)聲。本義是典當,抵押,以財物或人作保證。《說文‧戊部》:「質,就也。从貝,从所。」段玉裁注:「《韻會》作『所聲』。」朱駿聲通訓定聲:「以錢受物曰贅,以物受錢曰質。」《戰國策‧趙策四》:「於是為長安君約車百乘,質於齊,齊兵乃出。」又成。與完成義近。《禮記‧曲禮上》:「疑事毋質,直而勿有。」

〔註84〕郝懿行義疏:「績,取緝績之名,與成實之義近。」

「成」，甲骨文從戊，從丁或|（杵）。斧、杵具備就可以做成事情。本義是完成，實現。《說文‧戊部》：「成，就也。从戊，丁聲。」《玉篇‧戊部》：「成，畢也。」《書‧益稷》：「簫韶九成，鳳凰來儀。」《詩‧周南‧樛木》：「樂只君子，福履成之。」毛傳：「成，就也。」引申為成長，成熟。《呂氏春秋‧明理》：「人民淫爍不固，禽獸胎消不殖，草木庳小不滋，五穀萎敗不成。」又和解，講和。《左傳‧桓公六年》：「楚武王侵隨，使薳章求成焉。」又平定，平服。《春秋‧桓公二年》：「公會齊侯、陳侯、鄭伯于稷，以成宋亂。」

「績、質、成」都有「完成」義，語義相通。

「績、質、成」語音、語義都有親緣關係，為同源詞。

1.94 桯、梗、較、頲〔註85〕、庭、道，直〔註86〕也。

頲：透紐耕部；庭：定紐耕部。

透定旁紐；耕部疊韻；「頲、庭」語音相近。

「頲（tǐng）」，從頁，廷聲。本義是頭挺直的樣子。《說文‧頁部》：「頲，狹頭頲也。从頁，廷聲。」引申為正直。清徐鼒《小腆紀年附考》卷十一：「（張煌言）神骨清頲，豪邁不羈。」

「庭」，從广（yǎn），廷聲。广，就山岩架成的屋。本義是正室，廳堂。《說文‧广部》：「庭，宮中也。从广，廷聲。」段玉裁注：「宮者，室也，室之中曰庭。」朱駿聲通訓定聲：「庭，今俗謂之廳……按：堂、寢、正室皆曰庭。」《論語‧季氏》：「嘗獨立，鯉趨而過庭。」邢昺疏：「夫子曾獨立于堂，鯉疾趨而過其中庭。」引申為正，直。《詩‧小雅‧大田》：「播厥百穀，既庭且碩。」毛傳：「庭，直也。」《文選‧張衡〈西京賦〉》：「徒觀其城郭之制，則旁開三門，參途夷庭。」李善注引薛綜曰：「庭，猶正也。」

「直」，甲骨文從目上一直豎，表示正面直視。本義是筆直，不彎曲。與「曲」相對。《荀子‧勸學》：「木直中繩，輮以為輪，其曲中規。」引申為正，端正。《廣雅‧釋詁一》：「端、直，正也。」《字彙‧目部》：「直，正也。」《禮記‧玉藻》：「君子之容舒遲，見所尊者齊。足容重，手容恭，目容端，口容

〔註85〕郝懿行義疏：「頲者，《說文》云：『狹頭頲也。』訓直者，頭容直也。」
〔註86〕《說文‧乚部》：「直，正見也。從乚，從十，從目。」徐鍇繫傳：「乚，隱也，今十目所見是直也。」《玉篇‧乚部》：「直，不曲也。」

止，聲容靜，頭容直，氣容肅，立容德，色容莊，坐如尸，燕居告溫溫。」鄭玄注：「直，不傾顧也。」又挺直。《孟子‧滕文公下》：「且夫枉尺而直尋者，以利言也。」

「頲、庭」都有「正、直」義，語義相近。

「頲、庭」語音、語義都有親緣關係，為同源詞。

1.96　豫、寧、綏、康、柔，安也。

康：溪紐陽部；安：影紐元部。

溪影鄰紐；陽元通轉；「康、安」語音相近。

「康」，安樂，安定。《詩‧唐風‧蟋蟀》：「無已大康，職思其居。」毛傳：「康，樂也。」《楚辭‧離騷》：「日康娛以自忘兮，厥首用夫顛隕。」

「安」，從宀，從女。表示無危險。本義是安定，安全。《玉篇‧宀部》：「安，安定也。」《詩‧小雅‧常棣》：「喪亂既平，既安且寧。」引申為安逸，安樂。《論語‧學而》：「君子食無求飽，居主安。」晉陶潛《歸去來兮辭》：「依南窗以寄傲，審容膝之易安。」

「康、安」都有「安樂」義，語義相近。

「康、安」語音、語義都有親緣關係，為同源詞。

1.97　平〔註87〕、均、夷〔註88〕、弟，易〔註89〕也。

夷：喻紐脂部；弟：定紐脂部；易：喻紐錫部。

〔註87〕《說文‧亏部》：「平，語平舒也。從亏，從八。八，分也。爰禮說。」段玉裁注：「引申為凡安舒之稱。」《玉篇‧干部》：「平，舒也。」《詩‧小雅‧伐木》：「矧伊人矣，不求友生，神之聽之，終和且平。」《漢語大字典》認為「平」象天平形。「平」，金文疑似平整糧食或土地的耙子，有的耙子橫樑上有齒，橫樑旁邊有糧食或沙土，豎梁為手柄。用平整糧食或土地的工具表示平整、整治。本義疑為平整、整治（糧食或土地）。《列子‧湯問》：「吾與汝畢力平險，指通豫南，達于漢陰，可乎？」「乎」，金文也疑似平整糧食或土地的耙子，本義疑為平整、整治糧食或土地時發出的呼呼聲，後作「呼」。

〔註88〕《說文‧大部》：「夷，平也。從大，從弓。東方之人也。」《書‧堯典》：「分命羲仲，宅嵎夷，曰暘谷。」「夷」，我国古代東部民族名。殷代分佈在今山東省、江蘇省一帶。後泛指中原以外的各族。

〔註89〕《說文‧易部》：「易，蜥易，蝘蜓，守宮也。象形。《祕書》說：日月為易，象陰陽也。一曰從勿。」徐灝注箋：「蜥蜴連名。單呼之或謂之蜥，或謂之蜴。易，即蜴之本字。」段玉裁注：「《蟲部》蜥下曰：『蜥，易也。』蝘下曰：『在壁曰蝘蜓，在艸曰蜥易。』」「易」，甲骨文繁體從兩手持匜與皿，簡體從匜及其陰影。本義疑為交換。

喻定準旁紐，喻紐雙聲；脂部疊韻，脂錫通轉；「夷、弟、易」語音相近。

「夷」，平坦。《老子》第五十三章：「大道甚夷，而民好徑。」《韓非子·五蠹》：「十仞之城，樓季弗能逾者，峭也；千仞之山，跛牂易牧者，夷也。」《淮南子·原道訓》：「馳騁夷道，釣射鷫鸘之謂樂乎？」

「弟」，甲骨文從繩索圍繞於弋（豎立有杈的短木樁）。繩索捆束木樁，就出現了一圈一圈的次第。本義是次第，次序。後作「第」。《說文·弟部》：「弟，韋束之次第也。从古字之象。」段玉裁注：「以韋束物，如輈五束、衡三束之類。束之不一，則有次第也。引申之為凡次第之弟，為豈弟之弟。」朱芳圃《殷周文字釋叢》：「弟象繩索束弋之形。繩之束弋，輾轉圍繞，勢如螺旋，而次弟之義生焉。」《呂氏春秋·原亂》：「亂必有弟。大亂五，小亂三。」又平，平坦。《易·渙》：「渙有丘，匪夷所思。」陸德明釋文：「荀作『匪弟』。」《詩·大雅·泂酌》：「豈弟君子，民之父母。」

「易」，平易，平坦。《銀雀山漢墓竹簡·孫臏兵法》：「故易則利車，險則利徒。」《文選·枚乘〈七發〉》：「羈堅轡，附易路。」

「平」，平坦。《詩·小雅·黍苗》：「原隰既平，泉流既清。」孔傳：「土治曰平，水治曰清。」《列子·湯問》：「子子孫孫無窮匱也，而山不加增，何苦而不平。」

「夷、弟、易」都有「平坦」義，語義相近。

「夷、弟、易」語音、語義都有親緣關係，為同源詞。

1.99 希、寡、鮮，罕也。 鮮，寡也。

寡：見紐魚部；罕：曉紐元部。

見曉旁紐；魚元通轉；「寡、罕」語音相近。

「寡」，金文從宀，從頁。本義是獨居。《小爾雅·廣義》：「凡無妻無夫通謂之寡。」《左傳·襄公二十七年》：「齊崔杼生成及強而寡，娶郭姜，生明。」引申為少。《說文》：「寡，少也。从宀，从頒。頒，分賦也，故為少。」《易·謙》：「君子以裒多益寡，稱物平施。」《論語·為政》：「多聞闕疑，慎言其餘，則寡尤。多見闕殆，慎行其餘，則寡悔。言寡尤，行寡悔，祿在其中矣。」邢昺疏：「寡，少也。」

「罕」，小篆從網，干聲。本義是捕鳥用的長柄小網。古字為「䍐」。《說

文‧網部》：「罕，網也。从網，干聲。」段玉裁注：「按：罕之制蓋似畢。小網長柄。」《廣雅‧釋器》：「罕，率也。」王念孫疏證：「《說文》：『率，捕鳥畢也。象絲罔，上下其竿柄也。』」《史記‧天官書》：「畢曰罕車，主弋獵。」《文選‧張衡〈西京賦〉》：「飛罕瀟箭。」呂向注：「罕，鳥網也。」引申為少，稀少。《玉篇‧網部》：「罕，稀疏也。俗作罕。」《正字通‧網部》：「罕，少也。」《禮記‧少儀》：「罕見曰聞名，亟見曰朝夕。」鄭玄注：「罕，希也。」《論語‧子罕》：「子罕言利與命與仁。」何晏注：「罕者，希也。」

「寡、罕」都有「少」義，語義相近。

「寡、罕」語音、語義都有親緣關係，為同源詞。

1.104　槙、翰、儀，榦〔註90〕也。

儀：疑紐歌部；榦：見紐元部。

疑見旁紐；歌元對轉；「儀、榦」語音相近。

「儀」，从人，義聲。本義是儀容。《詩‧大雅‧烝民》：「令儀令色，小心翼翼。」鄭玄箋：「善威儀，善顏色。」又築牆時豎立在兩邊的木柱。同「檥。」

「榦」，从木，倝（gàn）聲。本義是築牆時豎立在夾板兩邊起固定作用的木柱。《說文‧木部》：「榦，築牆耑木也。从木，倝聲。」徐鍇繫傳：「築牆兩旁木也，所以製版者。」段玉裁注：「舊說皆謂槙為兩耑木，榦為夾版兩邊木……舊說析言之，《爾雅》與許皆渾言之也。」《書‧費誓》：「魯人三郊三遂，峙乃楨榦，甲戌，我為築。」《左傳‧宣公十一年》：「平板榦，稱畚築。」

「儀、榦」都有「築牆立木」義，語義相近。

「儀、榦」語音、語義都有親緣關係，為同源詞。

1.105　弼、裴、輔、比，俌也。

一、弼，比

弼：並紐質部；比：幫紐脂部。

並幫旁紐；質脂對轉；「弼、比」語音相近。

〔註90〕郝懿行義疏：「《說文》云：榦，築牆木也。」王引之述聞：「槙、翰、儀、榦，皆謂立木也。《說文》：『檥，榦也。』經傳通作儀。」

「弼」，從弜，丙聲。本義是輔助。《說文·弜部》：「弼，輔也。重也。從弜，丙聲。」《字彙·弓部》：「弼，輔也，助也，正也。」《書·益稷》：「予違汝弼，汝無面從，退有後言。」孔傳：「我違道，汝當以義輔正我。」漢曹操《求言令》：「夫治世御眾，建立輔弼，戒在面從。」《三國志·吳志·陸遜傳》：「瑩父綜納言先帝，傅弼文皇。」

「比」，輔助。《易·比》；「比，輔也，下順從也。」孔穎達疏：「比者，人來相輔助也。」《詩·唐風·有杕之杜》：「嗟行之人，胡不比焉？」鄭玄箋：「比，輔也。」《國語·齊語》：「桓公召而與之語，訾相其質，足以成事。」韋昭注：「比，輔也。」

本組詞都有「輔助」義，語義相近。

本組詞語音、語義都有親緣關係，為同源詞。

二、輔，俌

輔：並紐魚部；俌：幫紐魚部。

並幫旁紐；魚部疊韻；「輔、俌」語音相近。

「輔」，從車，甫聲。本義是車輪旁的直木。輔所以益輻，使之能重載。《說文·車部》：「輔，人頰車也。從車，甫聲。」《詩·小雅·正目》：「其車既載，乃棄爾輔。」孔穎達疏：「此云『乃棄爾輔』，則輔是可解脫之物，蓋如今人縛杖於輔，以防輔事也。」引申為輔助，佐助。《廣雅·釋詁二》：「輔，助也。」《孫子·謀攻》：「輔周則國必強，輔隙則國必弱。」《孟子·梁惠王上》：「願夫子輔吾志，明以教我。」

「俌（fǔ）」，從人，甫聲。本義是輔助。後作「輔」。《說文·人部》：「俌，輔也。從人，甫聲。」段玉裁注：「謂人之俌，猶車之輔也。」《古今逸史·三墳·歸藏易》：「君相信任惟正，相君俌位惟忠，相官統治惟公，官相代位惟勤，民官撫愛惟仁，官民事上惟業。」宋蘇軾《與李方叔書》：「漢有善銅出白陽，取為鏡，清而明，左龍右虎俌之。」

本組詞都有「輔助」義，語義相近。

本組詞語音、語義都有親緣關係，為同源詞。

1.106　疆〔註91〕、界〔註92〕、邊、衞、圉〔註93〕，垂〔註94〕也。

疆：見紐陽部；界：見紐月部；衞：匣紐月部；圉：疑紐魚部。

見紐雙聲，見匣疑旁紐；陽月、月魚通轉，月部疊韻，陽魚對轉；「疆、界、衞、圉」語音相近。

「疆」，甲骨文從二田，表示田的邊界。本義是國界，邊界。本作「畕」。《說文・畕部》：「畺，界也。从田；三，其界畫也。」羅振玉《增訂殷虛書契考釋》：「（甲骨文）從弓，從畕⋯⋯此古者以弓紀步之證。」「界畫之誼已明。」《禮記・曲禮下》：「大夫私行，出疆必請，反必有獻。」孔穎達疏：「疆，界也。」《左傳・桓公十七年》：「夏，及齊師戰于奚，疆事也。」

「界」，從田，介聲。本義是地界，邊界。或作「畍」。《說文・田部》：「畍，境也。从田，介聲。」段玉裁注：「界之言介也。介者，畫也；畫者，介也。象田四界，聿所以畫之。」邵瑛群經正字：「今經典作界。」《詩・周頌・思文》：「無此疆爾界，陳常于時夏。」《孟子・公孫丑下》：「域民不以封疆之界，固國不以山溪之險。」

「衞」，從韋，從帀，從行。本義是保衞，防護。同「衛」。《說文・行部》：「衞，宿衞也。从韋、帀，从行。行，列衞也。」《玉篇・行部》：「衞，護也。」《戰國策・趙策四》：「願令得補黑衣之數，以衞王宮。」又邊陲，邊遠的地方。與邊界義近。《周禮・春官・巾車》：「革路，龍勒，條纓五就，建大白，以即戎，以封四衞。」鄭玄注：「四衞，四方諸侯守衞者，蠻服以內。」《文選・何晏〈景福殿賦〉》：「侯衞之班，藩服之職。」李善注：「《周書》有侯、衞、藩服。」

「圉（yǔ）」，從囗，從幸。本義是牢獄。後作「圄」。《說文・幸部》：「圉，囹圉，所以拘罪人也。从幸，从囗。一曰圉，垂也。一曰圉人，掌馬者。」王筠釋例：「圉下云『囹圉』，小徐、《集韻》、《類篇》引皆同，毛初印本，孫、鮑二本，《五音韻譜》皆作『囹圄』，蓋圉為古字，圄為後作。」《漢書・王襃傳》：「昔周公躬吐捉之勞，故有圉空之隆。」顏師古注：「一飯三吐食，一沐

〔註91〕郝懿行義疏：「疆者，《說文》作畺，或作疆，云：『界也』。」

〔註92〕邢昺疏：「謂四垂也。」

〔註93〕邢昺疏引孫炎曰：「圉，國之四垂也。」

〔註94〕「垂」，疑似樹木枝葉垂下的樣子。本義疑為低下，垂下。《莊子・說劍》：「吾王所見劍士，皆蓬頭突鬢垂冠，曼胡之纓，短後之衣，瞋目而語難。」

三捉髮，以賓賢士，故能成太平之化，刑措不用，圄圄空虛也。」又邊境。與邊界義近。《詩・大雅・召旻》：「……我居圉卒荒。」毛傳：「圉，垂也。」《左傳・隱公十一年》：「寡人之使吾子處此，不唯許國之為，亦聊以固吾圉也。」杜預注：「圉，邊垂也。」

「垂」，邊疆，邊際。與邊界義近。後作「陲」。《說文・土部》：「垂，遠邊也。从土，𠂹聲。」朱駿聲通訓定聲：「書傳皆以陲為之。」《字彙・土部》：「垂，疆也。」《荀子・臣道》：「邊境之臣處，則疆垂不喪。」楊倞注：「垂，與陲同。」《戰國策・秦策四》：「今大國之地，半天下有二垂。」

「疆、界、衞、圉」都有「邊界」義，語義相近。

「疆、界、衞、圉」語音、語義都有親緣關係，為同源詞。

1.107　昌、敵、彊、應、丁，當也。

一、昌，當

昌：穿紐陽部；當：端紐陽部。

穿端準旁紐；陽部疊韻；「昌、當」語音相近。

「昌」，美，善，精當。與恰當義近。《說文・日部》：「昌，美言也。从日，从曰。一曰日光也。《詩》曰：『東方昌矣。』」《書・大禹謨》：「禹拜昌言。」孔傳：「以皋陶言為當，故拜受而然之。」《漢書・揚雄傳上》：「圖累承彼洪族兮，又覽累之昌辭。」顏師古注：「昌，美也。」

「當」，相當，對等。《呂氏春秋・孟夏紀》：「行爵出祿，必當其位。」高誘注：「當，直也。」又阻擋。《漢書・溝洫志》：「昔大禹治水，山陵當路者毀之。」又擋住，抵擋。《莊子・人間世》：「汝不知夫螳螂乎？怒其臂以當車轍。」又值，遇到。《國語・魯語上》：「居官者，當事不避難。」又恰當，適合。《呂氏春秋・義賞》：「故善教者，不以賞罰而教成，教成而賞罰弗能禁。用賞罰不當亦然。」

本組詞都有「恰當」義，語義相近。

本組詞語音、語義都有親緣關係，為同源詞。

二、敵，丁

敵：定紐錫部；丁：端紐耕部。

定端旁紐；錫耕對轉；「敵、丁」語音相近。

「敵」，抵擋，對抗。與阻擋義近。《易·艮》：「上下敵應，不相與也。」《孟子·梁惠王上》：「以一服八，何以異于鄒敵楚哉？」

「丁」，當，遭逢。與阻擋義通。《詩·大雅·雲漢》：「耗斁下土，寧丁我躬。」毛傳：「丁，當也。」《楚辭·九歎·惜賢》：「丁時逢殃可奈何兮，勞心悁悁涕滂沱兮。」

本組詞都有「阻擋」義，語義相通。

本組詞語音、語義都有親緣關係，為同源詞。

1.108　淳、肩、搖、動、蠢、迪、俶、厲，作也。

一、迪，俶

迪：定紐覺部；俶：穿紐覺部。

定穿準旁紐；覺部疊韻；「迪、俶」語音相近。

「迪」，从辵（chuò），由聲。本義是道，道理。《說文·辵部》：「迪，道也。从辵，由聲。」《楚辭·九章·懷沙》：「易初本迪兮，君子所鄙。」王逸注：「迪，道也。」又動，作。《書·多方》：「爾乃迪屢不靜，爾心未愛。」孫星衍疏：「迪者，《釋詁》云『作也。』……迪屢猶言屢迪。汝數作不靜，汝心無憂順之意。」《沛相楊統碑》：「直南蠻蠢迪，王師出征。」

「俶（chù）」，動，作。《方言》卷十二：「俶，動也。」《詩·大雅·崧高》：「有俶其城，寢廟既成。」毛傳：「俶，作也。」唐柳宗元《至小丘西小石潭記》：「日光下徹，影布石上，怡然不動；俶爾遠逝，往來翕忽，似與游者相樂。」

本組詞都有「動」義，語義相近。

本組詞語音、語義都有親緣關係，為同源詞。

二、厲，作

厲：來紐月部；作：精紐鐸部。

來精鄰紐；月鐸通轉；「厲、作」語音相近。

「厲」，从厂（hàn），與懸崖有關；蠆省聲。本義是磨刀石。後作「礪」。《說文·厂部》：「厲，旱石也。从厂，蠆省聲。」段玉裁注：「旱石者，剛於柔石者也。字亦作厲、作礪。」朱駿聲通訓定聲：「精者曰厎，粗者曰厲。《漢

書・地理志》：『述禹貢砥厲砮丹。』《詩・公劉》：『取厲取鍛。』《禮・內則》：『刀礪。』《西山經》：『苕水其中多砥厲。』《中山經》：『陰山多礪石。』」《玉篇・厂部》：「厲，磨石也。」《詩・大雅・公劉》：「篤公劉，於豳斯館。涉渭為亂，取厲取鍛。」陸德明釋文：「厲，本又作礪。」孔穎達疏：「取其礪石，取其鍛具，所以鍛礪斧斤，利其器用，伐取材木，乃為宮室。」引申為作，為。《方言》卷六：「厲，為也。甌越曰印，吳曰厲。」又振奮，振作。《管子・七法》：「兵弱而士不厲，則戰不勝而守不固。」尹知章注：「厲，奮也。」《戰國策・齊策六》：「（田單）明日乃厲氣循城，立於矢石之所。」

「作」，產生，興起。《說文・人部》：「作，起也。从人，从乍。」《易・乾》：「雲從龍，風從虎，聖人作而萬物睹。」陸德明釋文：「鄭云：作，起也。」引申為振作。《左傳・莊公十年》：「一鼓作氣，再而衰，三而竭。」又作，為。《書・洪範》：「無有作惡，遵王之路。」又製造。《孫臏兵法・勢備》：「黃帝作劍，以陣象之。」

本組詞都有「為、振作」義，語義相近。

本組詞語音、語義都有親緣關係，為同源詞。

1.109 茲、斯、諮、呰〔註95〕、已，此〔註96〕也。

斯：心紐支部；呰：精紐支部；此：清紐支部。

心精清旁紐；支部疊韻；「斯、呰、此」語音相近。

「斯」，从斤，表示斧子；其聲，其所以盛木杮。本義是劈開。《說文・斤部》：「斯，析也。从斤，其聲。」《詩・陳風・墓門》：「墓門有棘，斧以斯之。」又這，這個。《詩・大雅・抑》：「白圭之玷，尚可磨也；斯言之玷，不可為也。」《論語・子罕》：「子在川上曰：『逝者如斯夫！不捨晝夜。』」

「呰（jǐ）」，从口，此聲。本義是詆毀，誹謗。也作「訾」。《說文・口部》：「呰，苛也。从口，此聲。」段玉裁注：「苛亦當作訶。玄應引作訶。凡言呰毀當用呰。」桂馥義證：「苛也者，謂詆毀也。經典或借訾字。」《廣韻・紙韻》：「呰，口毀。」三國魏曹植《與楊德祖書》：「昔田巴毀五帝，罪三王，呰五霸

〔註95〕郭璞注：「呰、已皆方俗異語。」邢昺疏：「呰、已與此，皆音相近，故得為『此』也。」
〔註96〕邢昺疏：「此者，對彼之稱。言近在是也。」

於稷下，一旦而服千人。」又這。

「此」，這，這個。呂叔湘《文言虛字・附錄》:「此，這個。指人，指物，指地，指時，指事。」《詩・周頌・振鷺》:「在彼無惡，在此無斁。」《史記・李將軍列傳》:「此言雖小，可以喻大也。」

「斯、皆、此」都有「這」義，語義相近。

「斯、皆、此」語音、語義都有親緣關係，為同源詞。

1.110　嗟、諮，瑳〔註97〕也。

嗟：精紐歌部；瑳：精紐歌部。

「嗟、瑳」同音。

「嗟」，嘆詞，表示感歎。《玉篇・口部》:「嗟，嗟歎也。」《詩・周南・卷耳》:「嗟我懷人，寘彼周行。」《文選・吳都賦》李善注引《爾雅》舊注:「嗟，楚人發語端也。」唐韓愈《師說》:「嗟乎，師道之不傳也久矣。」又歎息，讚歎。《易・離》:「日昃之離，不鼓缶而歌，則大耋之嗟，凶。」唐李白《夢遊天姥吟留別》:「忽魂悸以魄動，怳驚起而長嗟。」《宋史・王質傳》:「見其所為文，嗟賞之。」

「瑳」，同「嗟」。嘆詞，表示感歎。《太玄・樂》:「極樂之幾，不移日而悲，則哭泣之瑳資。」范望注:「瑳資，憂哀之貌也。」

「嗟、瑳」都表示感歎，語義相近。

「嗟、瑳」語音、語義都有親緣關係，為同源詞。

1.111　閑、狎、串〔註98〕、貫，習也。

狎：匣紐盍部；串：見紐元部；貫：見紐元部。

匣見旁紐；盍元通轉；「串、貫」同音；「狎、串、貫」語音相近。

「狎（xiá）」，從犬，甲聲。本義是馴犬。《說文・犬部》:「狎，犬可習也。從犬，甲聲。」漢賈誼《新書》卷九:「故欲以刑罰慈民，辟其猶以鞭狎狗也，雖久弗親矣。」引申為習慣，熟悉。《左傳・襄公四年》:「邊鄙不聳，民狎其野。」杜預注:「狎，習也。」《國語・周語中》:「未狎君政，故未承命。」韋

〔註97〕郭璞注:「今河北人云瑳歎。」
〔註98〕邢昺疏:「便習也。」

昭注：「狎，習也。」

「串」，習慣，習俗。《正字通·丨部》：「串，狎習也。」《荀子·大略》：「國法禁拾遺，惡民之串以無分得也。」楊倞注：「串，習也。」《南史·宗慤傳》：「宗軍人串噉粗食。」

「貫」，從貝，與錢財有關；从毌（guàn），象穿物之形；毌亦聲。本義是穿錢的繩子，即錢串。《說文·毌部》：「貫，錢貝之貫也。从毌、貝。」段玉裁注：「錢貝之貫，故其子从毌、貝，會意也。」王筠句讀：「毌亦聲。」《詩·小雅·何人斯》：「及爾如貫，諒不我知。」鄭玄箋：「我與女俱為王臣，其相比次，如物之在繩索之貫，原始繩索使用也。」又學習，複習。《國語·魯語下》：「書而講貫，夕而習複。」韋昭注：「貫，習也。」又習慣。後作「慣」。《孟子·滕文公下》：「我不貫與小人乘，請辭。」趙岐注：「貫，習也。」

「習」，从羽，與鳥飛有關；从白。本義是鳥反復地試飛。《說文·習部》：「習，數飛也。从羽，从白。」《禮記·月令》：「季夏三月，溫風始至，蟋蟀居壁，鷹乃學習，腐草為螢。」引申為學習。《禮記·學記》：「五年視博習親師，七年視論學取友。」孔穎達疏：「博習，謂廣博學習也。」又複習，溫習。《論語·學而》：「學而時習之，不亦說乎？」皇侃義疏：「習是修故之稱也。」又熟悉，通曉。《戰國策·齊策四》：「誰習計會，能為文收責于薛者乎？」又習性，習慣。《論語·陽貨》：「性相近也，習相遠也。」《荀子·大略》：「政教習俗，相順而後行。」

「狎、串、貫」都有「習慣」義，語義相近。

「狎、串、貫」語音、語義都有親緣關係，為同源詞。

1.112 曩〔註99〕、塵、佇、淹、留，久也。

曩：泥紐陽部；佇：定紐魚部。

泥定旁紐；陽魚對轉；「曩、佇」語音相近。

「曩（nǎng）」，从日，襄聲。本義是以往，過去。一般表示過去較久的時間。與長久義通。《說文·日部》：「曩，曏也。从日，襄聲。」《禮記·檀弓

〔註99〕 郝懿行義疏：「曩者，《釋言》云：『曏也。』《說文》云：『曏，不久也。』今按：對遠日言，則曏為不久；對今日言，則曏又為久。故《廣雅》云：『曩，久也，曏也。』曏與曏同。」

上》：「曩者，爾心或開予。」《左傳‧襄公二十四年》：「曩者志入而已，今則怯也。」《韓非子‧外儲說左下》：「寡人曩不知子，今知矣。」

「佇（zhù）」，从人；从宁（zhù），表示堆積物；宁亦聲。人在堆積物旁。本義是久立。含有長久義。《說文‧人部》：「佇，久立也。从人，从宁。」《詩‧邶風‧燕燕》：「瞻望弗及，佇立以泣。」毛傳：「佇立，久立也。」《楚辭‧離騷》：「悔相道之不察兮，延佇乎吾將反。」王逸注：「佇，立貌。」

「久」，象以物灼臥著的人體之形。本義是灸灼。後作「灸」。《說文‧久部》：「久，以後灸之。象人兩脛後有距也。《周禮》曰：『久諸牆以觀其橈。』」楊樹達《積微居小學述林》：「古人治病，燃艾灼體謂之灸，久即灸之初字也。字形從臥人，人病則臥牀也。末畫象以物灼體之形。」《儀禮‧既夕禮》：「皆木桁，久之。」又長久，時間長。《廣韻‧有韻》：「久，長久也。」《論語‧述而》：「久矣，吾不復夢見周公。」《後漢書‧列女傳》：「久行懷思，無它異也。」

「曩、佇」都有「長久」義，語義相通。

「曩、佇」語音、語義都有親緣關係，為同源詞。

1.113　逮、及、暨，與也。

及：群紐緝部；暨：群紐物部。

群紐雙聲；緝物通轉；「及、暨」語音相近。

「及」，甲骨文從人，從手。表示後面的人趕上來用手抓住前面的人。本義是追上。《說文‧又部》：「及，逮也。从又，从人。」徐鍇繫傳：「及前人也。」徐灝注箋：「此與逮同意。」《國語‧晉語二》：「往言不可及也，且人中心唯無忌之，何可敗也！子將何如？」韋昭注：「及，追也。」又連詞，與，和。《詩‧豳風‧七月》：「六月食鬱及薁，七月亨葵及菽。」《左傳‧隱公元年》：「初，鄭武公娶于申，曰武姜，生莊公及共叔段。」

「暨（jì）」，从旦，既聲。本義是太陽初升，微露於地平線。《說文‧旦部》：「暨，日頗見也。从旦，既聲。」段玉裁注：「頗，頭偏也。頭偏則不能全見其面，故謂事之略然者曰頗。日頗見者，見而不全也。」王筠句讀：「頗見，略見也。」朱駿聲通訓定聲：「暨，日出地平謂之旦；暨者，乍出微見也。」又連詞，及，和。《春秋‧定公元年》：「宋公之弟辰暨宋仲佗、石彄出奔陳。」《公羊傳‧隱公元年》：「會、及、暨，皆與也。」《史記‧秦始皇本紀》：「地

東至海暨朝鮮，西至臨洮、羌中，南至北向戶，北據河為塞，並陰山至遼東。」

「與」，連詞，和，同。《儀禮·大射禮》：「工人士與梓人升自北階兩楹之間。」鄭玄注：「工人士、梓人，皆司空之屬，能正方圓者。」《列子·湯問》：「吾與汝畢力平險，指通豫南，達于漢陰，可乎？」《論語·子罕》：「子罕言利與病與仁。」

「及、暨」都可以作連詞，都有「和」義，語義相近。

「及、暨」語音、語義都有親緣關係，為同源詞。

1.114 騭、假、格、陟、躋、登，陞也。

騭：照紐職部；陟：端紐職部；登：端紐蒸部；陞：審紐蒸部。

照端準雙聲，端紐雙聲，照審旁紐，端審準旁紐；職部、蒸部疊韻，職蒸對轉；「騭、陟、登、陞」語音相近。

「騭（zhì）」，從馬，陟聲。本義是公馬。《說文·馬部》：「騭，牡馬也。從馬，陟聲。」《顏氏家訓·書證》：「鄴下博士見難云：『《駉》頌既美僖公牧於坰野之事，何限騲騭乎？』」引申為升。《玉篇·馬部》：「騭，升也。」《書·洪範》：「惟天陰騭下民，相協厥居。」陸德明釋文引馬融注：「騭，升也。」

「陟（zhì）」，甲骨文從阜，從步。左邊是山坡，右邊是兩隻向上的腳，表示由低處向高處走。本義是登，升。與「降」相對。《說文·㫄部》：「陟，登也。從㫄，從步。」羅振玉《增訂殷虛書契考釋》：「此字之意但示二足上行，不復別左右足。」李孝定《甲骨文字集釋》：「或從步……但象其上升之形。」《詩·周南·卷耳》：「陟彼高崗，我馬玄黃。」《詩·周頌·閔予小子》：「念茲皇祖，陟降庭止。」

「登」，從癶，從豆。本義是升，自下而上。《說文·癶部》：「登，上車也。從癶、豆。象登車形。」徐鍇繫傳：「豆非俎豆字象形耳……兩手捧登車之物也。登車之物，王謂之『乘石』。」段玉裁注：「引申之，凡上升曰登。」《玉篇·癶部》：「登，升也。」《易·明夷》：「初登於天，後入於地。」《楚辭·九章·惜誦》：「欲釋階而登天兮，猶有曩之態也。」

「陞」，同「升」。登，上升。《易·序》：「聚而上者謂之陞……」《詩·小雅·天保》：「如月之恒，如日之陞。」《大唐三藏取經詩話·入大梵天王宮》：「便請下界法師玄奘陞座講經。」

「驔、陟、登、陞」都有「升」義，語義相近。

「驔、陟、登、陞」語音、語義都有親緣關係，為同源詞。

1.115　揮、盉、歇、涸，竭〔註100〕也。

歇：曉紐月部；涸：匣紐鐸部；竭：群紐月部。

曉匣群旁紐；月鐸通轉，月部疊韻；「歇、涸、竭」語音相近。

「歇」，從欠，曷（hé）聲。歇息與出氣有關，故從欠。本義是休息。《說文·欠部》：「歇，息也。一曰氣越泄。從欠，曷聲。」段玉裁注：「息者，鼻息也。息之義引申為休息，故歇之義引申為止歇。」唐白居易《賣炭翁》：「牛困人饑日已高，市南門外泥中歇。」又竭，盡。《方言》卷十二：「歇，涸也。」《左傳·宣公十二年》：「得臣猶在，憂未歇也。」杜預注：「歇，盡也。」唐李賀《傷心行》：「燈青蘭膏歇，落照飛蛾舞。」

「涸」，從水，固聲。本義是水乾。《說文·水部》：「涸，渴也。從水，固聲。讀若狐貈之貈。」《玉篇·水部》：「涸，水竭也。」《莊子·大宗師》：「泉涸，魚相與處於陸，相呴以濕，相濡以沫，不如相忘於江湖。」引申為竭，盡。《玉篇·水部》：「涸，盡也。」《管子·牧民》：「措國於不傾之地，積於不涸之倉，藏於不竭之府。」尹知章注：「涸，竭也。」明郎瑛《七修類稿·義理類·脾胃視聽》：「男子八八六十四歲，女人七七四十九歲，氣血既衰，耳目之聰明減矣；積日又久，氣血涸矣。故人至上壽，雖無疾病亦死。」

「竭」，盡，窮盡。《禮記·大傳》：「序以昭繆，別之以禮義，人道竭矣。」鄭玄注：「竭，盡也。」《左傳·莊公十年》：「一鼓作氣，再而衰，三而竭。」

「歇、涸、竭」都有「盡」義，語義相近。

「歇、涸、竭」語音、語義都有親緣關係，為同源詞。

1.116　抵、拭、刷，清也。

抵：照紐真部；清：清紐耕部。

照清鄰紐；真耕通轉；「抵、清」語音相近。

「抵（zhèn）」，從手，臣聲。本義是賑濟，救濟。《說文·手部》：「抵，給

〔註100〕《說文·立部》：「竭，負舉也。從立，曷聲。」段玉裁注：「凡手不能舉者，負而舉之。」《禮記·禮運》：「五行之動，迭相竭也。」鄭玄注：「竭，猶負載也。」

也。从手，臣聲。一曰約也。」王筠校錄：「『給也』云者，《漢書》用『振』，今人用『賑』，而『挋』其正字也。」又擦乾。與清除義通。《儀禮・士喪禮》：「乃沐櫛，挋用巾。」《禮記・喪大記》：「沐用瓦盤，挋用巾。」「浴用絺巾，挋用浴衣。」孔穎達疏：「挋，拭。」

「清」，从水，青聲。青，碧綠透徹，也有表意作用。本義是水清。《說文・水部》：「清，朖也。澂水之貌。从水，青聲。」段玉裁注：「朖者，明也。澂而後明，故云澂水之貌。」《玉篇・水部》：「請，澄也，潔也。」《詩・魏風・伐檀》：「坎坎伐檀兮，寘之河之干兮，河水清且漣漪。」引申為清除。《漢書・晁錯傳》：「請誅晁錯，以清君側。」《文選・張衡〈西京賦〉》：「迾卒清候，武士赫怒。」李善注：「清候，清道候望也。」

「挋、清」都有「清除」義，語義相通。

「挋、清」語音、語義都有親緣關係，為同源詞。

1.121　**廞、熙，興也。**

廞：曉紐侵部；熙：曉紐之部；興：曉紐蒸部。

曉紐雙聲；侵之、侵蒸通轉，之蒸對轉；「廞、熙、興」語音相近。

「廞（xīn）」，从广，欽聲。本義是陳設。《說文・广部》：「廞，陳輿服於庭也。从广，欽聲。讀若歆。」《小爾雅・廣言》：「廞，陳也。」《周禮・天官・司裘》：「大喪，廞裘皮車。」孫詒讓正義：「凡器物之陳而不用者謂之廞，亦可謂之陳……其用者謂之陳不可謂之廞。」又興，作，興起。《周禮・春官・笙師》：「大喪，廞其樂器。」鄭玄注：「廞，興也。興謂作之。」明宋濂《潛溪錄》：「政事精明，諸廢廞舉。」

「熙」，从火，巸聲。本義是曬乾。《說文・火部》：「熙，燥也。从火，巸聲。」段玉裁注：「燥者，熙之本義。」王筠句讀：「言曬之使燥。」《文選・盧諶〈贈劉琨〉》：「仰熙丹崖，俯澡綠水。」李善注：「《說文》曰：『熙，燥也。』謂暴燥也。」又興起，興盛。《書・堯典》：「允釐百工，庶績咸熙。」陸德明釋文：「熙，興也。」《史記・五帝本紀》作「眾功皆興」。《後漢書・竇武傳》：「是以君臣並熙，名奮百世。」李賢注：「熙，盛也。」

「興」，从舁（yú），表示共舉；从同，表示同力。本義是興起。《說文・舁部》：「興，起也。从舁，从同。同力也。」《易・同人》：「伏戎於莽，升其

高陵，三歲不興。」孔穎達疏：「亦不能興起也。」《詩・大雅・綿》：「百堵皆興，鼛鼓弗勝。」鄭玄箋：「興，起也。」引申為昌盛，繁盛。《玉篇・舁部》：「興，盛也。」《書・太甲下》：「與治同道罔不興，與亂同事罔不亡。」《詩・小雅・天保》：「天保定爾，以莫不興。」鄭玄箋：「興，盛也。」

「歟、熙、興」都有「興起」義，語義相近。

「歟、熙、興」語音、語義都有親緣關係，為同源詞。

1.122　衛〔註101〕、瘕、假，嘉也。

衛：匣紐月部；假：見紐魚部；嘉：見紐歌部。

匣見旁紐，見紐雙聲；月魚、魚歌通轉，月歌對轉；「衛、假、嘉」語音相近。

「衛」，同「衞」。从韋、帀，从行。本義是保衛，防護。《說文・行部》：「衞，宿衞也。从韋、帀，从行。行，列衞也。」《玉篇・行部》：「衞，護也。」《戰國策・趙策四》：「願令得補黑衣之數，以衞王宮。」又美好。

「假」，从人；叚（jiǎ）聲；叚亦兼表字義。本義是借。《說文・人部》：「假，非真也。从人，叚聲。一曰至也。《虞書》曰：『假於上下。』」段玉裁注：「《又部》曰：『叚，借也。』然則假與叚義略同。」《集韻・禡韻》：「假，以物貸人也。」《左傳・成公二年》：「唯器與名，不可以假人。」孔穎達疏：「唯車服之器與爵號之名不可以借人也。」又嘉，美好。《詩・大雅・假樂》：「假樂君子，顯顯令德。」毛傳：「假，嘉也。」《禮記・中庸》引作「嘉樂君子」。《詩・周頌・雝》：「假哉皇考，綏予孝子。」毛傳：「假，嘉也。」

「嘉」，从壴（zhù），加聲。本義是善，美。與美好義近。《說文・壴部》：「嘉，美也。从壴，加聲。」段玉裁注：「壴者，陳樂也。故嘉从壴。」《詩・豳風・東山》：「其新孔嘉，其舊如之何？」鄭玄箋：「嘉，善也。」《文選・張衡〈西京賦〉》：「嘉木樹庭，芳草如積。」

「衛、假、嘉」都有「美好」義，語義相近。

「衛、假、嘉」語音、語義都有親緣關係，為同源詞。

〔註101〕鄭樵注：「今時俗訝其物則曰衛。」

1.123　廢、稅、赦，舍也。

稅：審紐月部；赦：審紐鐸部；舍：審紐魚部。

審紐雙聲；月鐸、月魚通轉，鐸魚對轉；「稅、赦、舍」語音相近。

「稅」，從禾，兌（duì）聲。本義是田賦。《說文·禾部》：「稅，租也。從禾，兌聲。」《六書故·植物二》：「稅，田賦也。」《周禮·秋官·司寇》：「掌邦國之通事而結其交好，以論九稅之利，九禮之親，九牧之維，九禁之難，九戎之威。」又舍，釋放，放置。與捨棄義近。也作「說」。《方言》卷七：「稅，舍車也。宋趙陳魏之間謂之稅。」《玉篇·禾部》：「稅，放置也。」《左傳·莊公九年》：「管仲請囚，鮑叔受之，及堂阜而稅之。」陸德明釋文：「稅，本又作說。」《呂氏春秋·慎大》：「乃稅馬於華山，稅牛於桃林。」高誘注：「稅，釋也。」《韓非子·十過》：「昔者衛靈公將之晉，至濮水之上，稅車而放馬，設舍而宿。」

「赦」，從攴（pū），赤聲。本義是捨棄，放置，釋放。《說文·攴部》：「赦，置也。從攴，赤聲。」《易·解》：「……君子以赦過宥罪。」《周禮·秋官·司刺》：「掌三刺、三宥、三赦之法，以贊司寇聽獄訟。」

「舍」，甲骨文上象屋頂形，中象樑柱形，下象基石形。本義是客館。《說文·亼部》：「舍，市居曰舍。從亼、屮，象屋也。口象築也。」段玉裁注：「《食部》曰：『館，客舍也。』客舍者何也，謂市居也……此市字非買賣所之，謂賓可所之也。」《儀禮·覲禮》：「天子賜舍。」鄭玄注：「賜舍，猶致館也。」又放下，丟棄。與捨棄義近。《廣韻·馬韻》：「舍，同捨。」《易·賁》：「賁其趾，舍車而徒。」《荀子·勸學》：「鍥而不舍，金石可鏤。」楊倞注：「舍與捨同。」

「稅、赦、舍」都有「捨棄」義，語義相近。

「稅、赦、舍」語音、語義都有親緣關係，為同源詞。

1.124　棲、遲、憩、休、苦、呬〔註102〕、䰟〔註103〕、呬〔註104〕，息也。

一、棲，遲

〔註102〕郭璞注：「呬、䰟、呬，皆氣息貌。」陸德明釋文：「《字林》以為喟，丘愧反。」郝懿行義疏：「呬者，喟之假音也。」

〔註103〕邢昺疏：「止息也。」

〔註104〕郭璞注：「今東齊呼息為呬也。」

棲：心紐脂部；遲：定紐脂部。

心定鄰紐；脂部疊韻；「棲、遲」語音相近。

「棲」，从木，妻聲。本義是鳥類停留，歇息。與休息義近。本作「西」。《說文·西部》：「西，鳥在巢上。象形。日在西方而鳥棲，故因以為東西之西。」《詩·王風·君子于役》：「雞棲於塒，日之夕矣。」《水經注·江水》：「江之左岸，絕岸壁立數百丈，飛鳥所不能棲。」宋陸游《過小孤山大孤山》：「……山有棲鶻甚多。」

「遲」，从辵（chuò），犀聲。本義是慢慢走。《說文·辵部》：「遲，徐行也。从辵，犀聲。」徐灝注箋：「孔廣居曰：古文當從尼。」《玉篇·辵部》：「遲，舒行貌。」《詩·邶風·谷風》：「行道遲遲，中心有違。」毛傳：「遲遲，舒行貌。」引申為休息。《詩·陳風·衡門》：「衡門之下，可以棲遲。」毛傳：「棲遲，息也。」孔穎達疏：「舍人曰：『棲遲，行步之息也。』」

「息」，从心，从自，自亦聲。自，鼻子。古人以為氣是從心裡通過鼻子呼吸的。本義是喘息，呼吸。《說文·心部》：「息，喘也。从心，从自，自亦聲。」段玉裁注：「《口部》曰：『喘，疾息也。』喘為息之疾者，析言之。此云息者喘也，渾言之。人之氣急曰喘，舒曰息。」《增韻·職韻》：「息，一呼一吸為一息。」《莊子·逍遙遊》：「野馬也，塵埃也，生物之以息相吹也。」成玄英疏：「天地之間，生物氣息，更相吹動。」《漢書·蘇武傳》：「武氣絕，半日復息。」引申為歎息。《楚辭·離騷》：「長太息以掩涕兮，哀民生之多艱！」又停止。《廣韻·職韻》：「息，止也。」《易·乾》：「天行健，君子以自強不息。」又休息。《廣雅·釋言》：「息，休也。」《詩·大雅·民勞》：「民亦勞止，汔可小息。」《墨子·非樂上》：「饑者不得食，寒者不得衣，勞者不得息。」

本組詞都有「休息」義，語義相近。

本組詞語音、語義都有親緣關係，為同源詞。

二、憩，欪

憩：溪紐職部；欪：溪紐物部；。

溪紐雙聲；職物通轉；「憩、欪」語音相近。

「憩（qì）」，从舌，息聲。本義是休息。與喘息義通。同「愒」。《說文·心部》：「愒，息也。从心，曷聲。」《集韻·祭韻》：「愒，……或作憩。」《詩·

召南・甘棠》：「勿翦勿敗，召伯所憩。」毛傳：「憩，息也。」晉陶淵明《歸去來兮辭》：「策扶老以流憩，時翹首而遐觀。」

「欯（kuì）」，同「喟（kuì）」。歎息。與喘息義通。《說文・口部》：「喟，大息也。」《玉篇・欠部》：「欯，大息也。」《集韻・怪韻》：「喟，《說文》：『大息也。』或作欯。」清謝振定《登太華山記》：「中丞言：『經華者數矣，有登覽之志而羈於官，弗克果願，未知何日遂。』言已欯然。」章炳麟《檢論・訂下》：「欯然歎曰：『余其未知羑里、國人之事。』」

本組詞都有「喘息」義，語義相通。

本組詞語音、語義都有親緣關係，為同源詞。

三、齂，呬

齂：曉紐質部；呬：曉紐質部。

「齂、呬」雙聲疊韻；「齂、呬」語音相近。

「齂（xiè）」，從鼻，隸聲。本義是鼻息，鼾聲。《說文・鼻部》：「齂，臥息也。從鼻，隸聲。」《廣韻・怪韻》：「齂，臥息。」又止息。清董文驥《錢氏三世家傳序》：「然方兩公之初罷也，黨籍立宣政之碑……往往朝拜杖，夕拂衣，當路相慶，乃得齂泗耳。」與喘息義通。

「呬（xì）」，從口，四聲。本義是喘息，噓氣。《方言》卷二：「呬，息也。東齊曰呬。」《說文・口部》：「呬，東夷謂息為呬。從口，四聲。《詩》曰：『犬夷呬矣。』」明劉侗、于奕正《帝京景物略・春場》：「六九五十四，口中呬暖氣。」

本組詞都有「喘息」義，語義相通。

本組詞語音、語義都有親緣關係，為同源詞。

1.125　供、峉、共，具也。

供：見紐東部；共：見紐東部；具：群紐侯部。

「供、共」同音；見群旁紐；東侯對轉；「供、共、具」語音相近。

「供」，從人，共聲。本義是陳設或供給。與備辦義近。《說文・人部》：「供，設也。從人，共聲。一曰供給。」段玉裁注：「設者，施陳也……凡《周禮》皆以共為供，《尚書》一經，訓奉、訓待者皆作共。」《後漢書・班彪傳附班固傳》：「乃盛禮樂供帳，置乎雲龍之庭。」李賢注：「供帳，供設帷帳也。」

《廣雅‧釋言》：「供，養也。」《孟子‧梁惠王上》：「王之諸臣皆足以供之，而王豈為是哉？」《韓非子‧解老》：「凡與之所以大用者，外供甲兵而內給淫奢也。」

「共」，甲骨文從兩手捧著甕。本義是共同。《說文‧共部》：「共，同也。從廿、卄。」《韓非子‧外儲說右上》：「仁義者，與天下共其所有而同其利者也。」又同「供」。供給。與備辦義近。《左傳‧僖公四年》：「爾貢包茅不入，王祭不共，無以縮酒。」《墨子‧非攻下》：「布粟之絕則委之，幣帛不足則共之。」

「具」，甲骨文上面是鼎，下面是雙手。表示雙手捧著盛有食物的鼎器（餐具）。本義是準備，備辦。《說文‧収部》：「具，共置也。從卄，從貝省。古以貝爲貨。」段玉裁注：「共、供，古今字。當從人部作供。」《儀禮‧士相見禮》：「凡侍坐于君子，君子欠伸，問日之早晏，以食具告。」《左傳‧隱公元年》：「繕甲兵，具卒乘，將襲鄭。」《史記‧留侯世家：「願沛公且留壁，使人先行，為五萬人具食。」

「供、共、具」都有「備辦」義，語義相近。

「供、共、具」語音、語義都有親緣關係，為同源詞。

1.127 娠、蠢〔註105〕、震、戁、妯、騷、感、訛、蹶，動也。

一、娠，蠢，震

娠：審紐文部；蠢：穿紐文部；震：照紐文部。

審穿照旁紐；文部疊韻；「娠、蠢、震」語音相近。

「娠（shēn）」，從女，辰聲。本義是懷孕。孕婦腹內有動感。與搖動義通。《說文‧女部》：「娠，女妊身動也。從女，辰聲。《春秋傳》曰：『後緡方娠。』一曰宮婢女隸謂之娠。」段玉裁注：「妊而身動曰娠……渾言之則妊娠不別。」唐玄應《一切經音義》卷一：「懷胎為娠。」《左傳‧哀公元年》：「後緡方娠，逃出自竇，歸於有仍，生少康焉。」杜預注：「娠，懷身也。」《漢書‧高帝紀上》：「是時雷電晦冥，父太公往視，則見交龍於上。已而有娠，遂產高祖。」

「蠢」，從蚰，春聲。本義是蟲動。《說文‧蚰部》：「蠢，蟲動也。從蚰，

〔註105〕郭璞注：「謂動作也。」

春聲。」段玉裁注：「形聲中有會意。」晉傅玄《陽春賦》：「幽蟄蠢動，萬物樂生。」引申為騷動，動亂。與搖動義通。《方言》卷十三：「蠢，作也。」《玉篇·蟲部》：「蠢，動也，作也。」《詩·小雅·采芑》：「蠢爾蠻荊，大邦為讎。」朱熹注：「蠢者，動而無知之貌。」《左傳·昭公二十四年》：「今王室實蠢蠢焉，吾小國懼矣。」杜預注：「蠢蠢，動擾貌。」《莊子·天地》：「蠢動而相使，不以為賜。」陸德明釋文：「蠢，動也。」

「震」，從雨，辰聲。雷、雨常常並作，故從雨。本義是疾雷。《說文·雨部》：「震，劈歷，振物者。從雨，辰聲。《春秋傳》曰：『震夷伯之廟。』」《公羊傳·隱公九年》：「三月癸酉，大雨震電。」孔穎達疏：「何休云：『震，雷也。電，霆也。』」引申為震動。與搖動義近。《詩·魯頌·閟宮》：「不虧不崩，不震不騰。」毛傳：「震，動也。」《國語·周語上》：「幽王二年，西周三川皆震。」韋昭注：「震，動也。地震故三川亦動也。」

「動」，金文從辛從目、重聲。小篆從力，重聲。本義是行動，發作。《說文·力部》：「動，作也。從力，重聲。」《孟子·滕文公上》：「為民父母，使民盼盼然，將終歲勤動，不得以養其父母。」趙岐注：「動，作也。」引申為搖動，震動。與「靜」相對。《詩·商頌·長發》：「膚奏其勇，不震不動。」《呂氏春秋·論威》：「其藏於民心，捷於肌膚也，深痛執固，不可搖盪，物莫之能動。」

本組詞都有「搖動」義，語義相通。

本組詞語音、語義都有親緣關係，為同源詞。

二、妯，騷

妯：透紐幽部；騷：心紐幽部。

透心鄰紐；幽部疊韻；「妯、騷」語音相近。

「妯（zhóu）」，從女，由聲。本義是擾動。與搖動義通。《方言》卷六：「妯，擾也。人不靜曰妯。齊、宋曰妯。」郭璞注：「謂躁擾也。」《說文·女部》：「妯，動也。從女，由聲。」《詩·小雅·鼓鐘》：「淮有三洲，憂心且妯。」毛傳：「妯，動也。」

「騷」，從馬，蚤聲。本義是騷擾，騷動。與搖動義通。《說文·馬部》：「騷，擾也。一曰摩馬。從馬，蚤聲。」段玉裁注：「人曰搔，馬曰騷，其意一也。摩馬，如今人之刷馬。」《六書故·動物一》：「騷，馬驚擾也。引之為

騷動、騷擾。」《詩・大雅・常武》:「徐方繹騷,震驚徐方。」毛傳:「騷,動也。」《國語・鄭語》:「申、繒、西戎方強,王室方騷。」

本組詞都有「搖動」義,語義相近。

本組詞語音、語義都有親緣關係,為同源詞。

三、訛,蹶

訛:疑紐歌部;蹶:見紐月部。

疑見旁紐;歌月對轉;「訛、蹶」語音相近。

「訛(é)」,從言,化聲。本義是謠言。本作「譌」。《說文・言部》:「譌,譌言也。從言,為聲。《詩》曰:『民之譌言。』」《詩・小雅・沔水》:「民之訛言,甯莫之懲。」鄭玄箋:「訛,偽也。」又行動,移動。與搖動義通。《詩・小雅・無羊》:「或降于阿,或飲于池,或寢或訛。」毛傳:「訛,動也。」

「蹶」,從足,厥聲。本義是倒下,跌倒。《說文・足部》:「蹶,僵也。從足,厥聲。一曰跳也。」徐灝注箋:「蹶,又為興起之義,與僵僕義相反而相成,蓋蹶者必起也。」《廣韻・月韻》:「蹶,失腳。」《篇海類編・身體類・足部》:「蹶,跌也。」《淮南子・精神訓》:「形勞而不休則蹶,精用而不已則竭。」高誘注:「蹶,顛。」又動。與搖動義近。《詩・大雅・板》:「天之方蹶,無然泄泄。」毛傳:「蹶,動也。」陳奐傳疏:「蹶訓動,猶擾亂也。」《文選・宋玉〈風賦〉》:「蹶石伐木,梢殺林莽。」

本組詞都有「搖動」義,語義相通。

本組詞語音、語義都有親緣關係,為同源詞。

1.130 郡、臻、仍、迺、侯,乃[註106]也。

仍:日紐蒸部;迺:泥紐之部;乃:泥紐之部。

日泥準雙聲;蒸之對轉;「迺、乃」同音;「仍、迺、乃」語音相近。

「仍」,從人,乃聲。本義是依照,沿襲。《說文・人部》:「仍,因也。從人,乃聲。」《玉篇・人部》:「仍,就也。」《論語・先進》:「仍舊貫,如之何?」又於是。《詩・大雅・常武》:「鋪敦淮濆,仍執醜虜。」吳昌瑩《經詞衍釋》:

〔註106〕《說文・乃部》:「乃,曳詞之難也。象氣之出難。凡乃之屬皆从乃。」「乃」,甲骨文及後世古文字疑似乳房側面形,本義疑為乳房。後作「奶」。假借為副詞,才;於是。

「言乃執也。」《史記·匈奴列傳》:「漢復遣大將軍衛青將六將軍,兵十餘萬騎,乃再出定襄數百里擊匈奴。」《漢書·匈奴傳》作「仍再出定襄數百里擊匈奴」。《南史·宋武帝紀》:「帝叱之,皆散,仍收藥而反。」

「迺(nǎi)」,從乃省,西聲。本義是驚訝聲。《說文·乃部》:「卥,驚聲也。從乃省,西聲。籀文卥不省。或曰卥,往也。」段玉裁注:「驚聲者,驚訝之聲。與乃字音義俱別。《詩》、《書》、《史》、《漢》發語多用此字作迺,而流俗多改為乃。」《正字通·辵部》:「迺、乃音義並同,故經傳雜用之。」又於是。《詩·大雅·公劉》:「迺場迺疆,迺積迺倉。」《史記·夏本紀》:「迺召湯而囚之夏台,已而釋之。」

「乃」,於是,就。王引之《經傳釋詞》卷六:「乃,猶於是也。」《書·堯典》:「乃命羲和,欽若昊天。」蔡沈集傳:「乃者,繼事之辭。」《左傳·宣公四年》:「椒也知政,乃速行矣,無及於難。」

「仍、迺、乃」都有「於是」義,語義相近。

「仍、迺、乃」語音、語義都有親緣關係,為同源詞。

1.131 迪、繇、訓,道也。

迪:定紐覺部;道:定紐幽部。

定紐雙聲;覺幽對轉;「迪、道」語音相近。

「迪」,從辵(chuò),由聲。本義是道,道理。《說文·辵部》:「迪,道也。從辵,由聲。」《書·大禹謨》:「惠迪吉,從逆凶。」孔傳:「迪,道也。」《楚辭·九章·懷沙》:「易初本迪兮,君子所鄙。」王逸注:「迪,道也。」

「道」,從辵(chuò),首聲。本義是供行走的道路。《說文·辵部》:「道,所行道也。從辵,從𩠐。一達謂之道。」《論語·陽貨》:「道聽而途說,德之棄也。」《史記·項羽本紀》:「從此道至吾軍,不過二十里耳。」引申為道理,事理,規律。《易·說卦》:「是以立天之道曰陰與陽,立地之道曰柔與剛,立人之道曰仁與義。」《禮記·中庸》:「道也者,不可須臾離也。」朱熹注:「道者,日用事物當行之理。」

「迪、道」都有「道理」義,語義相近。

「迪、道」語音、語義都有親緣關係,為同源詞。

1.132　僉、咸、胥，皆也。

僉：清紐談部；胥：心紐魚部。

清心旁紐；談魚通轉；「僉、胥」語音相近。

「僉（qiān）」，從亼（jí），表示集合；從吅（xuān），從从，都表示人多。本義是皆，都。《說文·亼部》：「僉，皆也。從亼，從吅，從从。《虞書》曰：『僉曰伯夷。』」楊樹達《積微居小學述林》：「人各一口，二人二口，二口相合，故為僉也。二口猶言多口，不必限於二也。」《書·堯典》：「帝曰：『諮，四嶽！湯湯洪水方割，蕩蕩懷山襄陵，浩浩滔天。下民其諮，有能俾乂？』僉曰：『於，鯀哉！』」孔傳：「僉，皆也。」《後漢書·張衡轉》：「戒庶寮以夙會兮，僉恭職而並迓。」李賢注：「僉，皆也。」

「胥（xū）」，從肉，疋（shū）聲。本義是蟹醬。《說文·肉部》：「胥，蟹醢也。從肉，疋聲。」《釋名·釋飲食》：「蟹胥，取蟹藏之，使骨肉解之，胥胥然也。」《周禮·天官·庖人》：「共祭祀之好羞。」鄭玄注：「謂四時所為膳食，若荊州之魚羞魚，青州之蟹胥。雖非常物，進之孝也。」陸德明釋文：「胥，蟹醬也。」又皆，都。《方言》卷七：「僉，胥，皆也。自山而東，五國之郊曰僉，東齊曰胥。」《詩·小雅·角弓》：「爾之遠矣，民胥然矣。」鄭玄箋：「胥，皆也。言王女不親骨肉，則天下之人皆知之。」《文選·揚雄〈甘泉賦〉》：「雲飛揚兮雨滂沛，於胥德兮麗萬世。」李善注：「君臣皆有聖德，故華麗至於萬世也。」。

「皆」，從比，有並的意思；從白。本義是都，全。《說文·白部》：「皆，俱詞也。從比，從白。」林義光《文源》：「從白非義，從白之字古多從口……二人合一口，僉同之象，從口之字古多變從日。」《易·解》：「天地解而雷雨作，雷雨作而百果草木皆甲坼。」《左傳·隱公元年》：「小人有母，皆嘗小人之食矣，未嘗君之羹。」《論語·顏淵》：「四海之內，皆兄弟也。」

「僉、胥」都有「都」義，語義相近。

「僉、胥」語音、語義都有親緣關係，為同源詞。

1.133　育、孟、耆、艾、正、伯，長也。

孟：明紐陽部；伯：幫紐鐸部。

明幫旁紐；陽鐸對轉；「孟、伯」語音相近。

　　「孟」，从子，皿聲。本義是妾媵生的長子、長女。含有排行第一義。正妻生的長子、長女稱伯。後來伯、孟統稱長子。《方言》卷十二：「孟，姊也。」《說文・子部》：「孟，長也。从子，皿聲。」《左傳・隱公元年》：「（傳）惠公元妃孟子。孟子卒，繼室以聲子，生隱公。」孔穎達疏：「孟、仲、叔、季，兄弟姊妹長幼之別字也。孟、伯，俱長也。」《白虎通義・姓名》：「適長稱伯，伯禽是也。庶長稱孟，以魯大夫孟氏。」

　　「伯」，正妻生的長子、長女。含有排行第一義。《字彙・人部》：「伯，兄曰伯。」《詩・邶風・泉水》：「問我諸姑，遂及伯姊。」《儀禮・士冠禮》：「曰伯某甫仲叔季，唯其所當。」

　　「長」，甲骨文象人披長髮之形，以具體表抽象，表示長短的長。本義是長，兩點距離大。與「短」相對。余永梁《殷墟文字考續考》：「長，實像人髮長貌，引申為長久之義。」《詩・秦風・蒹葭》：「溯洄從之，道阻且長。」又年長。《論語・先進》：「以吾一日長乎爾，毋吾以也。」又排行第一。《集韻・養韻》：「長，孟也。」《易・說卦》：「震一索而得男，故謂之長男。」《史記・李斯列傳》「始皇有二十八子，長子扶蘇以數直諫上，上使監兵上郡。」又生長，成長。《莊子・馬蹄》：「禽獸成群，草木遂長。」又首領，長官。《呂氏春秋・誠廉》：「世為長侯，守殷常祀。」

　　「孟、伯」都有「排行第一」義，語義相通。

　　「孟、伯」語音、語義都有親緣關係，為同源詞。

1.135　厤、秭[註107]、算，數也。

　　厤：來紐錫部；秭：精紐脂部。

　　來精鄰紐；錫脂通轉；「厤、秭」語音相近。

　　「厤」，从厂，秝聲。本義是治理。後作「歷」。《說文・厂部》：「厤，治也。从厂，秝聲。」段玉裁注：「調和，即治之義也。」王筠句讀：「此治玉、治金之治，謂磨厲之也。」又同「曆」。數目，數量。《玉篇・日部》：「曆，古本作厤。」《易・革》：「……君子以治曆明時。」孔穎達疏：「天時變革，故須曆數，所以君子觀茲《革》象，修治曆數，以明天時也。」《管子・海王》：「終

月，大男食鹽五升少半，大女食鹽三升少半，吾子食鹽二升少半，此其大曆也。」

「秭（zǐ）」，從禾，朿聲。本義是計量穀物的單位，禾五稷。《說文·禾部》：「秭，五稷爲秭。從禾，朿聲。一曰數億至萬曰秭。」段玉裁注：「禾二百秉也。」引申為數目，數量。各家說法不一。《廣韻·旨韻》：「秭，千億也。」《詩·周頌·豐年》：「豐年多黍多稌，亦有高廩，萬億及秭。」毛傳：「數萬至萬曰億，數億至億曰秭。」《孫子算經》卷上：「凡大數之法，萬萬曰億，萬萬億曰兆，萬萬兆曰京，萬萬京曰垓，萬萬垓曰。」

「數」，從攴（pū），婁聲。本義是計算，點數。《說文·攴部》：「數，計也。從攴，婁聲。」《周禮·地官·廩人》：「以歲之上下數邦用，以知足否，以詔穀用，以治年之凶豐。」鄭玄注：「數，猶計也。」引申為數目，數量。《集韻·過韻》：「數，枚也。」《戰國策·趙策四》：「竊憐愛之，願令得補黑衣之數。」唐白居易《琵琶行（並序）》：「五陵少年爭纏頭，一曲紅綃不知數。」

「秝、秭」都有「數目」義，語義相近。

「秝、秭」語音、語義都有親緣關係，為同源詞。

1.137　艾、歷、覛、胥，相也。

一、歷，覛

歷：來紐錫部；覛：明紐錫部。

來明鄰紐；錫部疊韻；「歷、覛」語音相近。

「歷」，從止，秝（lì）聲。本義是經過。《說文·止部》：「歷，過也。從止，秝聲。」《廣韻·錫韻》：「歷，經歷也。」《書·畢命》：「既歷三紀，世變風移。」又察看。《方言》卷十三：「裔、歷，相也。」《禮記·郊特牲》：「簡其車賦，而歷其卒伍。」王引之述聞：「歷，謂閱視之也。」《大戴禮記·文王官人》：「變官民能，歷其才藝。」王引之述聞：「歷其才藝，謂相其才藝也。」

「覛（mì）」，從辰，從見。本義是斜視。《說文·辰部》：「覛，衺視也。從辰，從見。」引申為看，察看。《國語·周語上》：「古者，太史順時覛土。」韋昭注：「覛，視也。」《後漢書·杜篤傳》：「規龍首，撫未央，覛平樂，儀建章。」

本組詞都有「察看」義，語義相近。

本組詞語音、語義都有親緣關係，為同源詞。

二、胥，相

胥：心紐魚部；相：心紐陽部。

心紐雙聲；魚陽對轉；「胥、相」語音相近。

「胥（xū）」，從肉，疋（shū）聲。本義是蟹醬。《說文·肉部》：「胥，蟹醢也。」《周禮·天官·庖人》：「共祭祀之好羞。」鄭玄注：「謂四時所為膳食，若荊州之魚差魚，青州之蟹胥。雖非常物，進之孝也。」陸德明釋文：「胥，蟹醬也。」又察看，觀察。《詩·大雅·公劉》：「篤公劉，于胥斯原。」毛傳：「胥，相也。」《管子·大匡》：「吾不蚤死，將胥有所定也。」

「相」，從木，從目。本義是察看，仔細看。《說文·目部》：「相，省視也。從目，從木。《易》曰：『地可觀者，莫可觀於木。』《詩》曰：『相鼠有皮。』」段玉裁注：「《釋詁》、《毛傳》皆云：『相，視也。』此別之云『省視』，謂察視也。」《書·盤庚上》：「相時憸民，猶胥顧於箴言。」陸德明釋文引馬融曰：「相，視。」《書·召誥》：「惟太保先周公相宅，越若來三月，惟丙午朏。」《詩·鄘風·相鼠》：「相鼠有皮，人而無儀。」

本組詞都有「察看」義，語義相近。

本組詞語音、語義都有親緣關係，為同源詞。

1.138　乂、亂、靖、神〔註108〕、弗、漏，治也。

一、乂，亂

乂：疑紐月部；亂：來紐元部。

疑來鄰紐；月元對轉；「乂、亂」語音相近。

「乂（yì）」，從丿，從乀。本義是割草或收割穀類植物。又作「刈」。《說文·丿部》：「乂，芟艸也。從丿、從乀，相交。」引申為治理。《書·堯典》：「下民其咨，有能俾乂。」孔傳：「乂，治也。」《漢書·武五子傳》：「保國乂民，可不敬與？」顏師古注：「乂，治也。」

「亂」，金文從爪，從又，中像架子上纏著絲。表示用手整理架子上的亂絲。本義是治理。《說文·乙部》：「亂，治也。從乙。乙，治之也；從𡬠。」

《說文‧受部》：「𤔔，治也。幺子相亂，受治之也。讀若亂同。一曰理也。」
楊樹達《積微居小學述林》：「余謂字當從爪從又，爪、又皆謂手也。𤔔從爪、
從又者，人以一手持絲，又一手持互以收之。絲易亂，以互收之，則有條不
紊，故字訓治訓理也。如此則形義密合無間，許君之誤說顯然矣。」《玉篇‧
乙部》：「亂，理也。」《書‧盤庚中》：「茲予有亂政同位，具乃貝玉。」孔傳：
「亂，治也。此我有治政之臣同位。」《書‧泰誓》：「予有亂臣十人，同心同
德。」孔傳：「我治理之臣雖少而心德同。」

「治」，從水，台聲。本義是水名，在山東。《說文‧水部》：「治，水。出
東萊曲城陽丘山，南入海。從水，台聲。」段玉裁注：「今治水名小沽河，自
掖縣馬鞍山南流至平度州東南，與出登州府黃縣之大沽河合流，逕即墨，至
膠州之麻灣口入海。」《漢書‧地理志上》：「東萊郡，高帝置。屬青州。戶十
萬三千二百九十二，口五十萬二千六百九十三。縣十七：掖，莽曰掖通。睡，
有之罘山祠。居上山，聲洋水所出。東北入海。平度，莽曰利盧。黃，有萊山
松林萊君祠。莽曰意母。臨朐，有海水祠。莽曰監朐。曲成，有參山萬里沙
祠。陽丘山，治水所出，南至沂入海。」又治理，統治。《孟子‧滕文公上》：
「或勞心，或勞力。勞心者治人，勞力者治於人。治於人者食人，治人者食於
人。」《呂氏春秋‧察今》：「治國無法則亂，守法而弗變則悖，悖亂不可以持
國。」又社會安定、太平。《荀子‧天論》：「禹以治，桀以亂，治亂非天也。」

本組詞都有「治理」義，語義相近。

本組詞語音、語義都有親緣關係，為同源詞。

二、靖，神

靖：從紐耕部；神：神紐真部。

從神準雙聲；耕真通轉；「靖、神」語音相近。

「靖」，從立，青聲。本義是立容安靜。《說文‧立部》：「靖，立竫也。從
立，青聲。一曰細皃。」段玉裁注：「謂立容安竫也。」《左傳‧昭公二十五
年》：「靖以待命猶可，動必憂。」又治理。《廣韻‧靜韻》：「靖，理也。」《詩‧
小雅‧菀柳》：「俾予靖之，後予邁焉。」毛傳：「靖，治。」《詩‧周頌‧昊天
有成命》：「于緝熙，單厥心，肆其靖之。」

「神」，從示，申聲，甲骨文、金文或從申。本義是天神。《說文‧示部》：

「神，天神，引出萬物者也。从示、申。」徐灝注箋：「天地生萬物，物有主之者曰神。」《書・微子》：「今殷民乃攘竊神祇之犧牷牲用以容，將食無災。」陸德明釋文：「天曰神，地曰祇。」又治理。《荀子・王制》：「上以飾賢良，下以養百姓而安樂之。夫是之謂大神。」

　　本組詞都有「治理」義，語義相近。

　　本組詞語音、語義都有親緣關係，為同源詞。

1.139　頤、艾、育，養〔註109〕也。

　　艾：疑紐月部；養：喻紐陽部。

　　疑喻鄰紐；月陽通轉；「艾、養」語音相近。

　　「艾」，從艸，乂聲。本義是艾蒿。菊科，多年生草本植物。又叫冰臺。《說文・艸部》：「艾，冰臺也。从艸，乂聲。」《詩・王風・采葛》：「彼采艾兮，一日不見，如三歲兮。」又養育。《方言》卷一：「胎，養也。汝、穎、梁、宋之間曰胎，或曰艾。」《詩・小雅・鴛鴦》：「君子萬年，福祿艾之。」《國語・周語上》：「樹於有禮，艾人必豐。」

　　「養」，小篆從食，羊聲。養育，供養。《說文・食部》：「養，供養也。从食，羊聲。」《玉篇・食部》：「養，畜也。」顧野王按：「謂蓄養也。」《書・大禹謨》：「德為善政，政在養民。」《禮記・郊特牲》：「凡食養陰氣也，凡飲養陽氣也。」保養。《左傳・成公十三年》：「敬在養神，篤在守業。」

　　「艾、養」都有「養育」義，語義相近。

　　「艾、養」語音、語義都有親緣關係，為同源詞。

1.140　汱、渾〔註110〕、隕，墜也。

　　渾：匣紐文部；隕：匣紐文部。

　　「渾、隕」雙聲疊韻；「渾、隕」語音相近。

　　「渾」，從水，軍聲。本義是水噴湧聲。《說文・水部》：「渾，混流聲也。从水，軍聲。一曰洿下貌。」《玉篇・水部》：「渾，水噴湧之聲。」《史記・司

〔註109〕「養」，甲骨文、金文疑似從手拿草喂羊。本義疑為飼養。《周禮・夏官・司馬》：「圉人掌養馬芻牧之事，以役圉師。」

〔註110〕郝懿行義疏：「渾者，水流之墜也。《說文》云：『混流聲也，一曰洿下貌。』洿下，亦沉墜之義也。」

馬相如列傳》：「汨乎渾流，順阿而下，赴隘陝之口。」《文選·張協〈七命〉》：「溟海渾濩湧其後。」李善注引《說文》曰：「渾，流聲也。」水湧流是從一點向另一點移動，與墜落有相通之處。

「隕」，從阜（fù），與山、土、上下有關；員聲。本義是墜落。《說文·𨸏部》：「隕，從高下也。從𨸏，員聲。」《易·姤》：「以杞包瓜，含章，有隕自天。」《左傳·莊公七年》：「四月辛卯，夜，恒星不見。夜中，星隕如雨。」陸德明釋文：「隕，落也。」

「墜」，從土，隊聲。墜落到地上，故從土。本義是落下，墜落。《說文新附·土部》：「墜，陊也。從土，隊聲。古通用磙。」《列子·天瑞》：「杞國有人，憂天地崩墜。」《楚辭·離騷》：「朝飲木蘭之墜露兮，夕餐秋菊之落英。」

「渾、隕」都有「墜落」義，語義相通。

「渾、隕」語音、語義都有親緣關係，為同源詞。

1.141 際、接、炎，捷也。

一、際，接

際：精紐月部；接：精紐盍部。

精紐雙聲；月盍通轉；「際、接」語音相近。

「際」，從阜（fù），祭聲。本義是縫隙。《說文·𨸏部》：「際，壁會也。從𨸏，祭聲。」段玉裁注：「兩牆相合之縫也。」《廣雅·釋詁二》：「際，合也。」《墨子·備穴》：「柱善塗亓竇際，勿令泄。」孫詒讓間詁：「（際，）畢云：縫也。」引申為交會，會合。《廣雅·釋詁四》：「際，會也。」《易·泰》：「無往不復，天地際也。」《淮南子·精神訓》：「與道為際，與德為鄰。」又達到，連接。《淮南子·原道訓》：「高不可際，深不可測。」高誘注：「際，至也。」唐韓愈《暮行河堤上》：「衰草際黃雲，感歎愁我神。」

「接」，從手，妾聲。本義是交接，會合。《說文·手部》：「接，交也。從手，妾聲。」徐灝注箋：「接者，相引以手之義，引申為凡交接之稱。」《廣雅·釋詁二》：「際，接也。」《禮記·表記》：「君子之接如水，小人之接如醴。」鄭玄注：「接，或為交。」孔穎達疏：「言君子相接不用墟言，如兩水相交，尋合而已。」《國語·吳語》：「兩君偃兵接好，日中為期。」韋昭注：「接，合也。」引申為連接。《管子·八觀》：「食谷水，巷鑿井；場圃接，樹木茂。」

《戰國策・秦策五》：「……故使工人為木材以接手。」

本組詞都有「會合、連接」義，語義相近。

本組詞語音、語義都有親緣關係，為同源詞。

二、翜，捷

翜：山紐盍部；捷：從紐盍部。

山從準旁紐；盍部疊韻；「翜、捷」語音相近。

「翜（shà）」，從羽，夾聲。本義是快，迅速。《說文・羽部》：「翜，捷也。飛之疾也。從羽，夾聲。讀若澀。一曰俠也。」段玉裁注：「今俗語霎時者，當作此。」

「捷」，獵獲物，戰利品。《說文・手部》：「捷，獵也。軍獲得也。從手，疌聲。《春秋傳》曰：『齊人來獻戎捷。』」《左傳・莊公三十一年》：「六月，齊侯來獻戎捷。」引申為敏捷，迅速。《小爾雅・廣詁》：「捷，疾也。」《荀子・君子》：「長幼有序，則事業捷成而有所休。」楊倞注：「捷，速也。」《呂氏春秋・貴卒》：「吳起之智，可謂捷矣。」

本組詞都有「迅速」義，語義相近。

本組詞語音、語義都有親緣關係，為同源詞。

1.142　毖、神、溢，慎也。

神：神紐真部；慎：禪紐真部。

神禪旁紐；真部疊韻；「神、慎」語音相近。

「神」，從示，申聲，甲骨文、金文或從申。本義是天神。《說文・示部》：「神，天神，引出萬物者也。從示、申。」徐灝注箋：「天地生萬物，物有主之者曰神。」《書・微子》：「今殷民乃攘竊神祇之犧牷牲用以容，將食無災。」陸德明釋文：「天曰神，地曰祇。」引申為尊重。與謹慎義通。《荀子・非相》：「寶之珍之，貴之神之。」楊倞注：「神之，謂不敢慢也。」《論衡・自紀》：「玉少石多，多者不為珍；龍少魚眾，少者固為神。」

「慎」，從心，真聲。本義是謹慎，慎重。《說文・心部》：「慎，謹也。從心，真聲。」《廣雅・釋詁四》：「慎，敕也。」王念孫疏證：「慎與敕同義。」《易・乾》：「括囊無咎，慎不害也。」孔穎達疏：「曰其謹慎，不與物競，故不被害也。」《儀禮・聘禮》：「入門主敬，升堂主慎。」

「神、慎」都有「謹慎」義，語義相通。

「神、慎」語音、語義都有親緣關係，為同源詞。

1.145　阻、艱，難也。

阻：莊紐魚部；難：泥紐元部。

莊泥鄰紐；魚元通轉；「阻、難」語音相近。

「阻」，從阜（fù），與山、土、上下有關；且（zǔ）聲。本義是險要之處。《說文·𨸏部》：「阻，險也。從𨸏，且聲。」《周禮·夏官·司險》：「司險掌九州之圖，以周知川澤之阻。」引申為艱難。《書·舜典》：「黎民阻饑，汝后稷，播時百穀。」孔傳：「阻，難。」《詩·邶風·雄雉》：「我之懷矣，自詒伊阻。」毛傳：「阻，難也。」鄭玄箋：「此自遺以是患難。」

「難」，從隹（zhuī），與鳥有關；堇聲。本義是支翅鳥。同「鸛」。《說文·鳥部》：「鸛，鳥也。從鳥，堇聲。」《廣韻·寒韻》：「難，《說文》作鸛，鳥也。」又困難，艱難。《玉篇·隹部》：「難，不易之稱。」《廣韻·寒韻》：「難，艱也，不易稱也。」《書·皋陶謨》：「禹曰：『籲，咸若時，惟帝其難之。知人則哲，能官人。』」孔傳：「言帝堯亦以知人安民為難。」《玉台新詠·古詩為焦仲卿妻作》：「非為織作遲，君家婦難為。」

「阻、難」都有「艱難」義，語義相近。

「阻、難」語音、語義都有親緣關係，為同源詞。

1.146　剡、畧〔註111〕，利也。

剡：喻紐談部；畧：來紐鐸部。

喻來準雙聲；談鐸通轉；「剡、畧」語音相近。

「剡（yǎn）」，從刀，炎聲。本義是銳利，鋒利。《說文·刀部》：「剡，銳利也。從刀，炎聲。」《廣雅·釋詁四》：「剡，銳也。」《楚辭·九章·橘頌》：「曾枝剡棘，圓果摶兮。」王逸注：「剡，利也。」《文選·張衡〈東京賦〉》：「乘鑾輅而駕蒼龍，介馭間以剡耜。」

「畧（lüè）」，鋒利。也作「略」。《玉篇·㓞部》：「畧，今作略。」唐顏師古《匡謬正俗》引張揖《古今字詁》：「『略』，古作『畧』。」《詩·周頌·載芟》：

〔註111〕郝懿行義疏：「畧、利，一聲之轉。」

「有略其耜，俶載南畝。」

「利」，从禾，从刀。表示以刀斷禾的意思。本義是鋒利。《說文·刀部》：「利，銛也。从刀。和然後利，从和省。《易》曰：『利者，義之和也。』」《玉篇·刀部》：「利，剡也。」《易·繫辭上》：「二人同心，其利斷金。」《荀子·勸學》：「故木受繩則直，金就礪則利。」

「剡、銛」都有「鋒利」義，語義相近。

「剡、銛」語音、語義都有親緣關係，為同源詞。

1.147 **允、任、壬，佞也。**

允：喻紐文部；任：日紐侵部；壬：日紐侵部。

喻日旁紐；文侵通轉；「任、壬」同音；「允、任、壬」語音相近。

「允」，甲骨文上為㠯（吕）字，下為兒（人）字。㠯是任用，用人不貳就是允。本義是誠信。《方言》卷一：「允，信也。齊魯之間曰允。」《說文·兒部》：「允，信也。从兒，㠯聲。」《書·舜典》：「命汝作納言，夙夜出納朕命，惟允。」孔傳：「（惟允，）必以信。」《史記·五帝本紀》「允」作「信」。又奸佞，巧言諂媚。《書·多士》：「惟天不畀允罔固亂，弼我，我其敢求位？」孫星衍疏：「允者，《釋詁》云：『佞也。』」《逸周書·寶典》：「五死勇干武，六展允干信。」

「任」，奸佞，巧言諂媚。《書·堯典》：「食哉惟時，柔遠能邇，惇德允元而難任人，蠻夷率服。」孔傳：「任，佞。」《商君書·慎法》：「破勝党任，節去言談。」《後漢書·致惲傳》：「昔虞舜輔堯，四罪咸服，讒言弗庸，孔任不行，故能作股肱，帝用有歌。」李賢注：「任，佞也。」

「壬（rén）」，天干的第九位。《說文·壬部》：「壬，位北方也。陰極陽生，故《易》曰：『龍戰於野。』戰者，接也。象人裏妊之形。承亥壬以子，生之敘也。與巫同意。壬承辛，象人脛。脛，任體也。」《書·益稷》：「予創若時，娶于塗山，辛、壬、癸、甲。啟呱呱而泣。予弗子，惟荒度土功。」孔傳：「辛日娶妻，至於甲日，復往治水，不以私害公。」孫星衍疏：「辛、壬、癸、甲，日干紀日之名。」又巧言諂媚，奸佞。《書·皋陶謨》：「安民則惠，黎民懷之。能哲而惠，何憂乎驩兜，何遷乎有苗，何畏乎巧言令色孔壬？」孔傳：「言有苗、驩兜之徒甚佞如此，堯畏其亂政，故遷放之。」宋司馬光《與王介甫第三書》：「至於闢邪說，難壬人，果能如是，乃國家生民之福也。」

「佞（ning）」，從女，仁聲。本義是巧言善辯。《說文·女部》：「佞，巧讇高材也。從女，信省。」段玉裁注：「小徐作仁聲，大徐作从信省。按：今音佞，乃定切，故徐鉉、張次立疑仁非聲。考《晉語》：『佞之見佞，果喪其田；詐之見詐，果喪其賂。』古音佞與田韻，則仁聲是也。」《書·呂刑》：「非佞折獄，惟良折獄。」孔傳：「非口才可以斷獄，惟平良可以斷獄。」又巧言諂媚，奸佞。《論語·衛靈公》：「放鄭聲，遠佞人。」《淮南子·覽冥訓》：「黜讒佞之端，息巧辯之說。」《資治通鑒·後周世宗顯德二年》：「唐主性和柔，好文章，而喜人佞己，由是諂諛之人多進用，政事日亂。」

「允、任、壬」都有「巧言諂媚」義，語義相近。

「允、任、壬」語音、語義都有親緣關係，為同源詞。

1.148　俾、拼、抨，使也。〔註112〕　俾、拼、抨、使，從也。

俾：幫紐支部；抨：滂紐耕部。

幫滂旁紐；支耕對轉；「俾、抨」語音相近。

「俾（bǐ）」，從人，卑聲。本義是門役。《說文·人部》：「俾，益也。從人，卑聲。一曰俾，門侍人。」張舜徽約注：「俾之言卑也。……謂侍門之人為俾，即古人所云應門五尺之童，猶女之卑者為婢也。」《書·君奭》：「海隅出日，罔不率俾。」又使，讓。《詩·小雅·天保》：「俾爾單厚，何福不除。」《詩·大雅·民勞》：「式遏寇虐，無俾民憂。」毛傳：「俾，使也。」又順從。王引之述聞：「俾者，從也，猶《魯頌（閟宮）》言『至於海邦，莫不捧從』也。」

「抨」，從手，平聲。本義是彈，開弓射丸。《說文·手部》：「抨，撣也。從手，平聲。」段玉裁注：「彈，大徐誤作撣，今依小徐及玄應正。彈者，開弓也。開弓者，弦必反於直，故凡有所糾正謂之彈。」鈕樹玉校錄：「《繫傳》、《韻會》、《一切經音義》卷九引竝作『彈也』。」唐李賀《猛虎行》：「長戈莫舂，強弩莫抨。」又使，讓。《漢書·揚雄傳上》：「抨雄鳩以作媒兮，何百離而曾不壹耦！」顏師古注：「抨，使也。」《文選·張衡〈思玄賦〉》：「抨巫咸作占夢兮，乃貞吉之元符。」李善注引舊注：「抨，使也。」又隨從。與順從義近。

「使」，讓，致使。《詩·鄭風·狡童》：「維子之故，使我不能餐兮。」《左

〔註112〕郭璞注：「四者又為隨從。」

傳‧定公五年》：「使楚人先與吳人戰，而自稷會之，大敗夫□王於沂。」又順從。《詩‧小雅‧雨無正》：「云不可使，得罪于天子；亦云可使，怨及朋友。」鄭玄箋：「不可使者，不正不從也；可使者，雖不正從也。」《管子‧小匡》：「請為關內之侯，而桓公不從也。」

「從」，甲骨文象二人相從形，後加辵。本義是隨行，跟隨。《說文‧從部》：「从，隨行也。从辵、从，从亦聲。」《周禮‧秋官‧司儀》：「君館客，客辟，介受命，遂送，客從，拜辱於朝。」引申為順從，依從。《禮記‧郊特牲》：「婦人，從人者也。幼從父兄，嫁從夫，夫死從子。」《左傳‧昭公十一年》：「不道不共，不昭不從，無守氣矣。」

「俾、伻」都有「讓、順從」義，語義相近。

「俾、伻」語音、語義都有親緣關係，為同源詞。

1.152　珍、享，獻也。

享：曉紐陽部；獻：曉紐元部。

曉紐雙聲；陽元通轉；「享、獻」語音相近。

「享」，本作「亯」。从高省，曰象進獻熟物形。本義是祭獻，祭祀。用食物進獻祖先、鬼神等，使其享受。含有進獻義。《說文‧亯部》：「享，獻也。从高省，曰象進孰物形。《孝經》曰：『祭則鬼亯之。』」《詩‧商頌‧殷武》：「昔有成湯，自彼氐羌，莫敢不來享。」鄭玄箋：「享，獻也。」《禮記‧曲禮下》：「五官致貢曰享。」鄭玄注：「享，獻也。致其歲終之功於王，謂之獻也。」

「獻」，進獻。《廣雅‧釋詁二》：「獻，進也。」《玉篇‧犬部》：「獻，奉也；進也；上也。」《字彙‧犬部》：「獻，凡以物相饋，下之於上曰獻。」《詩‧豳風‧七月》：「……四之日其蚤，獻羔祭韭。」《周禮‧夏官‧大司馬》：「禮凡薦腥謂之獻，獻禽以祭祖。」

「享、獻」都有「進獻」義，語義相通。

「享、獻」語音、語義都有親緣關係，為同源詞。

1.155　徂、在，存〔註113〕也。

在：從紐之部；存：從紐文部。

〔註113〕邢昺疏：「存，至察也。」《說文‧子部》：「存，恤問也。从子，才聲。」

從紐雙聲；之文通轉；「在、存」語音相近。

「在」，甲骨文作才。金文從土，才聲。表示草木初生在土上。本義是存在。《說文・土部》：「在，存也。從土，才聲。」《論語・學而》：「父在，觀其志；父沒，觀其行。」《論語・里仁》：「父母在，不遠遊。」《淮南子・原道訓》：「無所不充，則無所不在。」高誘注：「在，存也。」

「存」，存在。《玉篇・子部》：「存，在也。」《公羊傳・隱公三年》：「諸侯記卒記葬，有天子存，不得必其時也。」何休注：「存，在。」《列子・湯問》：「雖我之死，有子存焉。」

「在、存」都有「存在」義，語義相近。

「在、存」語音、語義都有親緣關係，為同源詞。

1.156　在、存、省、士〔註114〕，察也。

在：從紐之部；存：從紐文部；士：牀紐之部。

從紐雙聲，從牀準雙聲；之文通轉，之部疊韻；「在、存、士」語音相近。

「在」，甲骨文作才。金文從土，才聲。表示草木初生在土上。本義是存在。《說文・土部》：「在，存也。從土，才聲。」《淮南子・原道訓》：「無所不充，則無所不在。」高誘注：「在，存也。」又省視，觀察。《書・舜典》：「在璿璣玉衡，以齊七政。」孔傳：「在，察也。」《大戴禮記・曾子立事》：「存往者，在來者。」王聘珍解詁：「存，恤也；在，察也。」

「存」，觀察，審察。《荀子・修身》：「見善，修然必以自存。」《晉書・王羲之》：「……君其存之。」

「士」，本義是未婚男子。《字彙・士部》：「士，未婚亦曰士。」清俞正燮《癸巳類稿・釋十補儀禮篇名義》：「士者，古人年少未婚娶之通名。」《易・大過》：「枯楊生華，老婦得其士夫，無咎無譽。」又法官。與觀察義通。《篇海類編・人物類・士部》：「士，察也，理也，故治獄者謂之士。」《周禮・秋官・司寇》：「士師下大夫四人，鄉士上士八人，中士十有六人，旅下士三十有二人。」鄭玄注：「士，察也，主察獄訟之事者。」孫詒讓正義：「古通以士為刑官之稱。」《孟子・告子下》：「管夷吾舉于士，孫叔敖舉于海。」

〔註114〕郭璞注：「士，理官，亦主聽察。」《說文・士部》：「士，事也。數始於一，終於十。從一從十。孔子曰：『推十合一為士。』」

「察」，從宀（mián），祭聲。本義是詳審，細究。《說文・宀部》；「察，覆也。從宀、祭。」徐鍇繫傳：「祭，覆審也。從宀，祭聲。」段玉裁注：「從宀者，取覆而審之；從祭為聲，亦取祭必詳察之意。」《左傳・莊公十年》：「小大之獄，雖不能察，必以情。」杜預注：「察，審也。」引申為觀察，仔細看。《易・繫辭上》：「仰以觀於天文，俯以察於地理。」《楚辭・離騷》：「覽察草木其猶未得兮，豈珵美之能當？」王逸注：「察，視也。」《史記・魏公子列傳》：「微察公子，公子顏色愈和。」

「在、存、士」都有「觀察」義，語義相通。

「在、存、士」語音、語義都有親緣關係，為同源詞。

1.157　烈、栵，餘也。

烈：來紐月部；餘：喻紐魚部。

來喻準雙聲；月魚通轉；「烈、餘」語音相近。

「烈」，從火，列聲。本義是火勢猛。《說文・火部》：「烈，火猛也。從火，剠聲。」《左傳・昭公二十年》：「夫火烈，民望而畏之。」又殘餘，遺留。《詩・大雅・雲漢》：「宣王承厲王之烈，內有撥亂之志。」

「餘」，從食，余聲。本義是豐足，寬裕。《說文・食部》：「餘，饒也。從食，余聲。」《戰國策・秦策五》：「今力田疾作，不得暖衣餘食。」韋昭注：「餘，饒。」引申為殘餘，遺留。《玉篇・食部》：「餘，殘也。」《左傳・成公二年》：「請收合餘燼，背城借一。」《史記・田儋列傳》：「儋弟田榮收儋餘兵東走東阿。」

「烈、餘」都有「殘餘」義，語義相近。

「烈、餘」語音、語義都有親緣關係，為同源詞。

1.158　迓，迎也。

迓：疑紐魚部；迎：疑紐陽部。

疑紐雙聲；魚陽對轉；「迓、迎」語音相近。

「迓（yà）」，同「訝」。迎接。「迓」為俗字。《說文・言部》：「訝，相迎也。從言，牙聲。《周禮》曰：『諸侯有卿訝發。』」段玉裁注：「鉉增『迓』字，云：『迓或從辵。』為十九文之一。按：『迓』，俗字，出於許後。」《書・盤庚

中》：「予迓續乃命玉天。」孔傳：「迓，迎也。」《公羊傳・成公二年》：「客或
跛或眇，於是使跛者迓跛者，使眇者迓眇者。」

「迎」，从辵（chuò），卬（áng）聲。本義是遇，相逢。《方言》卷一：「逢、
逆，迎也。自關而東曰逆，自關而西或曰迎，或曰逢。」《說文・辵部》：「迎，
逢也。从辵，卬聲。」段玉裁注：「夆，牾也；逢，遇也。其理一也。」引申
為迎接，歡迎。《詩・大雅・大明》：「親迎於渭，造舟為梁。」《淮南子・時則
訓》：「立春之日，天子親率三公、九卿、大夫以迎歲於東郊。」

「迓、迎」都有「迎接」義，語義相近。

「迓、迎」語音、語義都有親緣關係，為同源詞。

1.159 元、良〔註115〕，首也。

元：疑紐元部；良：來紐陽部。

疑來鄰紐；元陽通轉；「元、良」語音相近。

「元」，甲骨文象人形，上面一橫指明頭的部位。上一短橫是後加上去的。
本義是頭。《左傳・僖公三十三年》：「（先軫）免胄入狄師，死焉。狄人歸其元，
面如生。」杜預注：「元，首也。」引申為開始，第一。《公羊傳・隱公元年》：
「元年者何？君之始年也。」《新五代史・漢本紀論》：「人君即位稱元年，常事
爾……其謂一為元，亦未嘗有法，蓋古人之語爾。」徐無黨注：「古謂歲之一月，
亦不云一，而曰正月……大抵古人言數多不云一，不獨謂年為元也。」

「良」，善良。《詩・小雅・角弓》：「民之無良，相怨一方。」鄭玄箋：「良，
善也。」引申為美好，精良。與第一義近。《左傳・襄公三年》：「吳人伐楚，
取駕。駕，良邑也。」《山海經・西山經》：「瑾瑜之玉為良。」郭璞注：「良，
言最善也。」

「首」，甲骨文、金文象人頭有頭髮形。本義是頭。《說文・首部》：「首，
百同。古文百也。巛象髮，謂之鬊，鬊即巛也。」首與百同，都指頭。《說文・
百部》：「百，頭也。象形。」《廣韻・有韻》：「首，頭也。」《楚辭・九歌・國
殤》：「帶長劍兮挾秦弓，首身離兮心不懲。」引申為第一。《漢書・匡衡傳》：
「孔子著之《孝經》首章，蓋至德之本也。」《明史・戚繼光傳》：「綸上功，繼
光首，顯、大猷次之。」

〔註115〕《說文・富部》：「良，善也。從富省，亡聲。」

「元、良」都有「第一」義，語義相近。

「元、良」語音、語義都有親緣關係，為同源詞。

1.160　薦、摯，臻也。

摯：照紐質部；臻：莊紐真部。

照莊準雙聲；質真對轉；「摯、臻」語音相近。

「摯」，从手，从執。本義是握持。《說文·手部》：「摯，握持也。从手，从執。」桂馥義證：「握持也者，《釋詁》拱執也。執即摯。」孫海波《甲骨文編》：「象罪人被執以手抑之之形。」《文選·宋玉〈高唐賦〉》：「股戰脅息，安敢妄摯。」又至，到。《書·西伯戡黎》：「天曷不降威，大命不摯。」孔傳：「摯，至也。」《史記·殷本紀》作「大命胡不至」。

「臻（zhēn）」，从至，秦聲。本義是至，到，到達。《說文·至部》：「臻，至也。从至，秦聲。」《詩·邶風·泉水》：「遄臻于衛，不瑕有害。」毛傳：「臻，至也。」《周禮·考工記·匠人》：「時文思索，允臻其極。」鄭玄注：「臻，至也。」

「摯、臻」都有「到」義，語義相近。

「摯、臻」語音、語義都有親緣關係，為同源詞。

1.163　即，尼也。

即：精紐質部；尼：泥紐脂部。

精泥鄰紐；質脂對轉；「即、尼」語音相近。

「即」，甲骨文從坐人（後訛為卩）面對食器（皀）。小篆從皀，卩聲。本義是走近去吃東西。《說文·皀部》：「即，即食也。从皀，卩聲。」徐鍇繫傳：「即，猶就也，就食也。」林義光《文源》：「卩，即人字。即，就也……象人就食形。」《易·鼎》：「鼎有實，我仇有疾，不我能即。」高亨今注：「《說文》：『即，就食也。』此用其本義。」引申為接近，靠近。與親近義近。《玉篇·皀部》：「即，就也。」《詩·衛風·氓》：「匪來貿絲，來即我謀。」鄭玄箋：「即，就也。」《論語·子張》：「君子有三變，望之儼然，即之也溫，聽其言也厲。」邢昺疏：「就近之則顏色溫和。」

「尼」，甲骨文從兩個人親昵。小篆從尸，匕聲。本義是親近，親昵。後作

「昵」。《說文·尸部》：「尼，从後近之也。从尸，匕聲。」段玉裁注：「尼訓近，故古以為親昵字。」林義光《文源》：「按：匕、尼不同音。匕，人之反文，尸亦人字，象二人相昵形，實昵之本字。」《尸子》卷下：「悅尼而來遠。」

「即、尼」都有「親近」義，語義相近。

「即、尼」語音、語義都有親緣關係，為同源詞。

1.164　尼，定也。

尼：泥紐脂部；定：定紐耕部。

泥定旁紐；脂耕通轉；「尼、定」語音相近。

「尼」，甲骨文從兩個人親昵。小篆從尸，匕聲。本義是親近，親昵。後作「昵」。《說文·尸部》：「尼，从後近之也。从尸，匕聲。」段玉裁注：「尼訓近，故古以為親昵字。」林義光《文源》：「按：匕、尼不同音。匕，人之反文，尸亦人字，象二人相昵形，實昵之本字。」《尸子》卷下：「悅尼而來遠。」又安定，平和。《廣雅·釋詁一》：「尼，安也。」《隸釋·祝睦後碑》：「乘蕢遠遜，竟界尼康。」又停止，制止。《玉篇·尼部》：「尼，止也。」《孟子·梁惠王上》：「行或使之，止或尼之。」《山海經·大荒北經》：「其所所尼，即為源澤，不辛乃苦，百獸莫能處。」郭璞注：「尼，止也。」

「定」，从宀（mián），从正，正亦聲。本義是安定，使安定。《說文·宀部》：「定，安也。从宀，从正。」徐鍇繫傳：「定，安也。从宀，正聲。」朱駿聲通訓定聲：「正亦聲。」《易·家人》：「……正家而天下定矣。」《禮記·月令》：「身欲寧，去聲色，禁嗜欲，安形性，事欲靜，以待陰陽之所定。」

「尼、定」都有「安定」義，語義相近。

「尼、定」語音、語義都有親緣關係，為同源詞。

1.165　邇、幾、暱，近也。

幾：見紐微部；暱：疑紐職部；近：群紐文部。

見疑群旁紐；微職、職文通轉，微文對轉；「幾、暱、近」語音相近。

「幾（jī）」，从𢆶，从戍。本義是細微，隱微。《說文·𢆶部》：「幾，微也。殆也。从𢆶，从戍。戍，兵守也。𢆶而兵守者，危也。」《易·繫辭下》：「幾者，動之微，吉之先見者也。」韓康伯注：「吉凶之章，始於微兆。」引申為

接近，達到。《禮記・樂記》：「……知樂則幾於禮矣。」《莊子・天道》：「意幾乎後言，夫兼愛不亦迂乎！」又幾乎，差不多，表示非常接近。《易・小畜》：「婦貞厲，月幾望。」《漢書・高帝紀上》：「豎儒幾敗乃公事！」顏師古注：「幾，近也。」

「暱（nì）」，從日，匿（nì）聲。本義是親暱，親近。與接近義近。又作「昵」。《說文・日部》：「暱，日近也。從日，匿聲。《春秋傳》曰：『私降暱燕。』」《詩・小雅・菀柳》：「上帝甚蹈，無自暱焉。」《左傳・隱公元年》：「不義不暱，厚將崩。」陸德明釋文：「暱，親也。」

「近」，從辵（chuò），與行走、道路有關；斤聲。本義是附近。《說文・辵部》：「近，附也。從辵，斤聲。」《玉篇・辵部》：「近，不遠也。」《墨子・經說下》：「行者必先近而後遠，遠近修也，先後久也。」孫詒讓間詁：「『遠近修也』，『先後久也』，相對為文，以地之相去言曰修，以時之相去言曰久。」引申為接近。《禮記・祭義》：「貴有德，何為也？為其近於道也。」《後漢書・方術傳下・蘇子訓》：「適見鑄此，已近五百歲矣。」又親近。《書・五子之歌》：「民可近，不可下。民惟邦本，本固邦寧。」孔傳：「近，謂親之。」隋李密《陳情表》：「外無期功強近之親，內無應門五尺之僮。」

「幾、暱、近」都有「接近」義，語義相近。

「幾、暱、近」語音、語義都有親緣關係，為同源詞。

1.166　妥，安坐也。〔註116〕

妥：透紐歌部；坐：從紐歌部。

透從鄰紐；歌部疊韻；「妥、坐」語音相近。

「妥」，安坐。含有坐義。《詩・小雅・楚茨》：「以妥以侑，以介景福。」毛傳：「妥，安坐也。」《儀禮・士相見禮》：「妥而後傳言。」鄭玄注：「妥，安坐也。傳言，猶出言也。」

「坐」，甲骨文從人席地跪坐。本義是坐。人的止息方式之一。古人席地而坐，兩膝著地，臀部壓在腳跟上。《說文・土部》：「坐，止也。從土，從畱省。土，所止也。此與畱同意。」林義光《文源》：「象二人對坐土上形。」《禮記・玉藻》：「退則坐取屨，隱闢而後屨，坐左納右，坐右納左。」孔穎達疏：

〔註116〕或作：「妥，坐也。」

「坐，跪也。」《左傳‧昭公二十七年》：「執羞者坐行而入，執鈹者夾承之。」杜預注：「坐行，膝行。」

「妥、坐」都有「坐」義，語義相通。

「妥、坐」語音、語義都有親緣關係，為同源詞。

1.168 貉、嗼〔註117〕、安，定也。

貉：明紐鐸部；嗼：明紐鐸部。

「貉、嗼」雙聲疊韻；「貉、嗼」語音相近。

「貉（mò）」，从豸（zhì），長脊的野獸；各聲。本義是一種野獸，通稱貉子。《說文‧豸部》：「貉，北方豸種。从豸，各聲。」「貃（貉），似狐，善睡獸。」《正字通‧豸部》：「貉，似狸，銳頭，尖鼻，斑色，毛深厚溫滑，可以為裘。」《論語‧鄉黨》：「狐貉之厚以居。」又安靜。與安定義近。《詩‧大雅‧皇矣》：「維此王季，諦度其心，貉其德音，其德克明。」陳奐傳疏：「貉，靜也。《爾雅‧釋詁》文，《左傳》、《禮記》、《韓詩》皆作『莫其德音』，《釋文》引《韓詩》『莫，定也』，《玉篇》『嗼，靜也』，嗼與莫同。」

「嗼（mò）」，从口，莫聲。本義是寂靜。與安定義近。《說文‧口部》：「嗼，嗾嗼也。从口，莫聲。」《廣雅‧釋詁一》：「嗼，安也。」《呂氏春秋‧首時》：「饑馬盈廄，嗼然，未見芻也。」高誘注：「嗼然，無聲。」漢嚴忌《哀時命》：「聊竄端而匿跡兮，嗼寂默而無聲。」

「定」，从宀（mián），从正，正亦聲。本義是安定，使安定。《說文‧宀部》：「定，安也。从宀，从正。」徐鍇繫傳：「定，安也。从宀，正聲。」朱駿聲通訓定聲：「正亦聲。」《易‧家人》：「……正家而天下定矣。」《禮記‧月令》：「身欲寧，去聲色，禁嗜欲，安形性，事欲靜，以待陰陽之所定。」

「貉、嗼」都有「安定」義，語義相近。

「貉、嗼」語音、語義都有親緣關係，為同源詞。

1.171 卒、猷、假、輟，已也。

卒：精紐物部；已：喻紐之部。

精喻鄰紐；物之通轉；「卒、已」語音相近。

〔註117〕郭璞注：「嗼，靜定。」黃侃音訓：「貉嗼音義並同，實一字也。」

「卒」，古文象衣服形。本義是隸役穿的一種衣服。《說文・衣部》：「卒，隸人給事者衣為卒。卒，衣有題識者。」王筠句讀：「卒衣題識，乃異其章服，以別其為罪人也。」朱駿聲通訓定聲：「本訓當為衣名因即命著此衣之人為卒也。古以染衣題識，若『救火衣』及『亭長著絳衣』之類。亦謂之褚。今兵役民壯，以絳緣衣，當胸與背題字，其遺制也。」又終，完畢。與停止義通。《詩・豳風・七月》：「無衣無褐，何以卒歲？」鄭玄箋：「卒，終也。」《禮記・奔喪》：「三日五哭，卒，主人出送賓。」鄭玄注：「卒，猶止也。」

「已」，止，停止。《廣韻・止韻》：「已，止也。」《詩・鄭風・風雨》：「風雨如晦，雞鳴不已。」鄭玄箋：「已，止也。」《國語・楚語上》：「吾欲已子張之諫，若何？」引申為完成，完畢。《易・損》：「已事遄往，無咎，酌損之。」《國語・齊語》：「有司已於事而竣。」

「卒、已」都有「停止」義，語義相通。

「卒、已」語音、語義都有親緣關係，為同源詞。

1.172　求、酋〔註118〕、在、卒、就，終也。

一、酋，就，終

酋：從紐幽部；就：從紐覺部；終：照紐冬部。

從紐雙聲，從照鄰紐；幽覺冬對轉；「酋、就、終」語音相近。

「酋」，終，盡。《詩・大雅・卷阿》：「豈弟君子，俾爾彌爾性，似先公酋矣。」毛傳：「酋，終也。」又完成，成就。《漢書・敘傳上》：「《說難》既酋，其身囚。」

「就」，從京，表示高；從尤，表示特別。本義是到……去，趨向，往。《說文・京部》：「就，就高也。從京，從尤。尤，異於凡也。」桂馥義證：「就高也者，《孟子》：『為高必因丘陵。』《九經字樣》：『就，人所居高也。』就字從之。馥按：此言人就高以居也。」孔廣居注：「京，高丘也。古時洪水橫流，故高丘之異於凡者人就之。」《易・乾》：「水就濕，火就燥。」又終，盡。《國語・越

語下》：「先人就世，不穀即位。」韋昭注：「就世，終世也。」晉向秀《思舊賦》：「（嵇康）臨當就命，顧視日影，索琴而彈之。」又成功，完成。《詩・周頌・敬之》：「日就月將，學有緝熙于光明。」孔穎達疏：「日就，謂學之使每日有成就。」《戰國策・齊策四》：「三窟已就，君姑高枕為樂矣。」

「終」，甲骨文象一束絲兩頭結紮末端形。小篆從糸（mì），冬聲。本義是把絲纏緊。《說文・糸部》：「終，絿絲也。从糸，冬聲。」林義光《文源》：「（甲骨文）象兩端有結形。」《睡虎地秦墓竹簡・封診式》：「丙死（屍）縣其室東內中北廇權，南鄉（向），以枲索大如大指，旋通繫頸，旋終在項。」引申為結局，終止。《易・繫辭下》：「《易》之為書也，原始要終，以為質也。」《國語・魯語上》：「終則講於會，以正班爵之義。」韋昭注：「終，畢也。」又成就，完成。《左傳・昭公十三年》：「不明棄共，百事不終，所由傾覆也。」杜預注：「百事不成。」《後漢書・列女傳》：「羊子感其言，復還終業。」

本組詞都有「終、完成」義，語義相近。

本組詞語音、語義都有親緣關係，為同源詞。

二、在，卒

在：從紐之部；卒：精紐物部。

從精旁紐；之物通轉；「在、卒」語音相近。

「在」，甲骨文作才。金文從土，才聲。表示草木初生在土上。本義是存在。《說文・土部》：「在，存也。从土，才聲。」《淮南子・原道訓》：「無所不充，則無所不在。」高誘注：「在，存也。」又善終。含有完成義。《書・呂刑》：「非天不中，惟人在命。」曾運乾正讀：「在，終也。」《左傳・哀公二十七年》：「多陵人者皆不在，知伯其能久乎？」

「卒」，古文象衣服形。本義是隸役穿的一種衣服。《說文・衣部》：「卒，隸人給事者衣為卒。卒，衣有題識者。」王筠句讀：「卒衣題識，乃異其章服，以別其為罪人也。」朱駿聲通訓定聲：「本訓當為衣名因即命著此衣之人為卒也。古以染衣題識，若『救火衣』及『亭長著絳衣』之類。亦謂之褚。今兵役民壯，以絳緣衣，當胸與背題字，其遺制也。」又終，完畢。與完成義近。《詩・豳風・七月》：「無衣無褐，何以卒歲？」鄭玄箋：「卒，終也。」《禮記・奔喪》：「三日五哭，卒，主人出送賓。」鄭玄注：「卒，猶止也。」

本組詞都有「終、完成」義，語義相通。

本組詞語音、語義都有親緣關係，為同源詞。

1.173　崩、薨、無祿、卒、徂、落、殪，死也。

徂：從紐魚部；落：來紐鐸部。

從來鄰紐；魚鐸對轉；「徂、落」語音相近。

「徂（cú）」，从彳（chì），與行走、道路有關；且（zǔ）聲。本義是往，去。《方言》卷一：「徂，往也。齊語也。」《說文·辵部》：「𨑒，往也。从辵且聲。𨑒，齊語。」《書·胤征》：「羲和廢厥職，酒荒於厥邑，胤後承王命徂征。」引申為死。《六書故·人九》：「徂，人死因謂之徂。生者來而死者往也。」《孟子·萬章上》：「二十有八載，放勳乃徂落，百姓如喪考妣。」《史記·伯夷列傳》：「於嗟徂兮，命之衰矣！」司馬貞索隱：「徂者，死也。」

「落」，从艸，洛聲。本義是樹葉脫落。《說文·艸部》：「落，凡草曰零，木曰落。从艸，洛聲。」唐慧琳《一切經音義》卷六引《說文》作「草木凋衰也」。《禮記·王制》：「草木零落，然後入山林。」《楚辭·離騷》：「惟草木之零落兮，恐美人之遲暮。」引申為死。《書·舜典》：「帝乃殂落，百姓如喪考妣。」孔傳：「殂落，死也。」孔穎達疏引郭璞曰：「古死尊卑同稱，故《書》堯曰『殂落』，舜曰『陟方』。乃死謂之殂落者，蓋殂為往也，言人命盡而往。落者，若草木葉落也。」《國語·吳語》：「使吾甲兵鈍獘，民人離散，而日益憔悴。」韋昭注：「落，殞也。」

「死」，從歺（è），表示剮解後的殘骨，多與死傷有關，隸變後從歹；從人。指人的形體與魂魄分離。本義是死，生命終止。《說文·死部》：「死，澌也，人所離也。从歺，从人。」段玉裁注：「《方言》：『澌，索也，盡也。』是澌為凡盡之稱，人盡曰死。」商承祚《殷虛文字類編》：「甲文象生人拜於朽骨之旁，『死』之誼昭然矣。」《左傳·哀公十六年》：「民知不死，其亦夫有奮心。」《列子·天瑞》：「死者，人之終也。」

「徂、落」都有「死」義，語義相近。

「徂、落」語音、語義都有親緣關係，為同源詞。

本章小結

《釋詁》的被釋詞與解釋詞以單音節為主，而且每條類聚的詞較多。《釋詁》共有詞條 173 條，其中含同源詞的條目有 135 條，占 78.03%；共有詞 1087 個（同一條中不重複計算，下同），其中含有同源詞 578 個，占 53.17%。

第 2 章　《釋言》同源詞考

2.2　斯、誃，離也。

誃：穿紐歌部；離：來紐歌部。

穿來準旁紐；歌部疊韻；「誃、離」語音相近。

「誃（chǐ）」，從言，多聲。本義是離開，脫離。《說文・言部》：「誃，離別也。從言，多聲。……周景王作洛陽誃台。」徐鍇繫傳：「誃台，猶別館也。」王筠句讀：「誃，離、別也。」清張爾岐《蒿庵閒話》卷一：「若爻象一動乎內，吉凶必起於外，如五緯之在天，為錯為順，應時而感動，與二十八宿之互相乖戾誃離俯仰之不同，統默運於無聲無臭之內也。」

「離」，從隹（zhuī），與鳥類有關；离聲。「鸝」的本字。本義是鳥名，即黃鸝，也稱倉庚，鳴聲清脆動聽。《說文・隹部》：「離，黃倉庚也。鳴則蠶生。從隹，离聲。」段玉裁注：「離，離黃，倉庚。各本無『離』。依《爾雅音義》、《廣韻》補。」《集韻・支韻》：「離，《說文》：『離，離黃，倉庚也。鳴則蠶生。』或作鸝、鶬。」《易・說》：「離為雉、九家，離為鳥，為飛、為鶴、為黃。」《詩・豳風・七月》：「春日載陽，有鳴倉庚。」毛傳：「倉庚，離黃也。」陸德明釋文：「離，本又作鶬、作鸝。」又離開，離別。《廣韻・支韻》：「離，近曰離，遠曰別。」《易・乾》：「進退無恒，非離群也。」唐賀知章《回鄉偶書》二首之一：「少小離別老大回，鄉音難改鬢毛衰。」

「䜴、離」都有「離開」義，語義相近。

「䜴、離」語音、語義都有親緣關係，為同源詞。

2.3 謖、興，起也。

興：曉紐蒸部；起：溪紐之部。

曉溪旁紐；蒸之對轉；「興、起」語音相近。

「興」，從舁（yú），表示共舉；從同，表示同力。本義是興起。《說文・舁部》：「興，起也。從舁，從同。同力也。」《易・同人》：「伏戎於莽，升其高陵，三歲不興。」孔穎達疏：「亦不能興起也。」《詩・大雅・綿》：「百堵皆興，鼛鼓弗勝。」鄭玄箋：「興，起也。」《呂氏春秋・義賞》：「姦偽賊亂貪戾之道興，久興而不息，民之讎之若性。」高誘注：「興，作也。」

「起」，從走，巳聲。本義是起立。《說文・走部》：「起，能立也。從走，巳聲。」桂馥義證：「巳聲者，《玉篇》：『巳，起也。』晉《樂志》：『巳，起也。』《白虎通・五行篇》：『太陽見於巳。巳者物必起。』」《廣雅・釋詁四》：「起，立也。」《左傳・宣公十四年》：「楚子聞之，投袂而起。」引申為興起。《玉篇・走部》：「起，興也。」《左傳・昭公二十六年》：「冬十月丙申，王起師於滑。」《史記・項羽本紀》：「夫秦失其政，陳涉首難，豪傑蜂起，相與並爭，不可勝數。」

「興、起」都有「興起」義，語義相近。

「興、起」語音、語義都有親緣關係，為同源詞。

2.7 蒙、荒，奄也。

荒：曉紐陽部；奄：影紐談部。

曉影鄰紐；陽談通轉；「荒、奄」語音相近。

「荒」，從艸，㡛（huāng）聲。本義是荒蕪。《說文・艸部》：「荒，蕪也。從艸，㡛聲。一曰艸淹地也。」《禮記・曲禮上》：「地廣大，荒而不治。」鄭玄注：「荒，穢也。」引申為掩，覆蓋。《詩・召南・樛木》：「南有樛木，葛藟荒之。」毛傳：「荒，奄也。」

「奄（yǎn）」，從大，從申。本義是覆蓋。《說文・大部》：「奄，覆也。大有餘也。又，欠也。從大，從申。申，展也。」段玉裁注：「覆乎上者，往往

大乎下，故字从大。」《淮南子・修務訓》：「萬物至眾，而知不足以奄之。」
高誘注：「奄，蓋之也。」

　　「荒、奄」都有「覆蓋」義，語義相近。

　　「荒、奄」語音、語義都有親緣關係，為同源詞。

2.11　畛、厎，致也。

　　厎：照紐脂部；致：端紐質部。

　　照端準雙聲；脂質對轉；「厎、致」語音相近。

　　「厎（dǐ）」，從厂，氐聲。本義是細的磨刀石。或作「砥」。《說文・厂部》：「厎，柔石也。從厂，氐聲。砥，厎或从石。」邵瑛群經正字：「今經典多從或體。亦有作厎者……《詩・大東》『周道如砥』，《孟子・萬章》作『周道如厎』。」《漢書・梅福傳》：「故爵祿束帛者，天下之厎石，高祖所以厲世磨鈍。」顏師古注：「厎，細石也。」又致，達到。《玉篇・厂部》：「厎，致也。」《書・禹貢》：「覃懷厎績，至於衡漳。」《史記・夏本紀》作「覃懷致功」。《書・皋陶謨》：「朕言惠，可厎行。」孔傳：「其所陳九德以下之言，順於古道，可致行。」《孟子・離婁上》：「舜盡事親之道，而瞽瞍厎豫，瞽瞍厎豫而天下化，瞽瞍厎豫而天下之為父子者定。」趙岐注：「厎，致也。」

　　「致」，從夊，從至，至亦聲。本義是送到，送去。《說文・夊部》：「致，送詣也。從夊，從至。」王筠句讀：「至亦聲。」王玉樹拈字：「今俗作致。」《漢書・武帝紀》：「其遣謁者巡行天下，存問致賜。」顏師古注：「致，送至也。」引申為達到。《玉篇・夊部》：「致，至也。」《禮記・樂記》：「武坐致右憲左，何也？」鄭玄注：「致，謂膝至地也。」《莊子・外物》：「天地非不廣且大也，人之所用容足耳；然則廁足而墊之致黃泉，人尚有用乎？」陸德明釋文：「致，至也。本亦作至。」《荀子・性惡》：「故聖人者，人之所積而致也。」

　　「厎、致」都有「達到」義，語義相近。

　　「厎、致」語音、語義都有親緣關係，為同源詞。

2.13　律、遹，述也。

　　律：來紐物部；述：神紐物部。

　　來神準旁紐；物部疊韻；「律、述」語音相近。

「律」，遵守，效法。與遵循義近。《廣雅·釋言》：「律，率也。」王念孫疏證：「《太平御覽》引《春秋元命包》云：『律之為言率也，所以率氣令達也。』又引宋均注云：『率，猶遵也。』」《禮記·中庸》：「上律天時，下襲水土。」《荀子·非十二子》：「故勞力而不當民務，謂之奸事；勞知而不律先王，謂之奸心。」楊倞注：「律，法。」

「述」，從辵（chuò），術聲。本義是遵循。《說文·辵部》：「述，循也。從辵，術聲。」《書·五子之歌》：「五子咸怨，述大禹之戒以作歌。」孔傳：「述，循也。」《漢書·藝文志》：「祖述堯舜，憲章文武。」顏師古注：「述，修也。言以堯舜為本始而遵修之。」

「律、述」都有「遵循」義，語義相近。

「律、述」語音、語義都有親緣關係，為同源詞。

2.15　臚、敘，敍也。

臚：來紐魚部；敍：邪紐魚部。

來邪鄰紐；魚部疊韻；「臚、敍」語音相近。

「臚（lú）」，從肉，盧（lú）聲。本義是皮膚。《說文·肉部》：「臚，皮也。從肉，盧聲。」段玉裁注：「今字皮膚從籀文作膚，膚行而臚廢矣。」王筠句讀：「人曰臚，獸曰皮。」《禮記·禮運》：「臚革充盈。」孔穎達疏：「革外之薄皮。」又陳列，羅列。《廣韻·魚韻》：「臚，陳序也。」《太玄·梡》：「秉珪戴璧，臚湊群辟。」范望注：「臚，陳序也。」《史記·六國年表》：「今秦雜戎翟之俗，先暴戾，後仁義，位在藩臣而臚於郊祀，君子懼焉。」

「敍」，陳列，排序。唐顏師古《匡謬正俗》卷五：「敍，比也。」《周禮·天官·司書》：「以周知入出百物，以敍其財，受其幣，使入於職幣。」鄭玄注：「敍，猶比次也。」唐柳宗元《記里鼓賦》：「異銅渾之儀，亦可敍紫薇之星次。」

「臚、敍」都有「陳列」義，語義相近。

「臚、敍」語音、語義都有親緣關係，為同源詞。

2.17　**觀、指，示**〔註1〕**也。**

指：照紐脂部；示：神紐脂部。

照神旁紐；脂部疊韻；「指、示」語音相近。

「指」，从手，旨聲。本義是手指。《說文·手部》：「指，手指也。从手，旨聲。」《儀禮·大射儀》：「……右巨指鉤弦。」鄭玄注：「右巨指，右大擘。」引申為指給人看，指點。《廣雅·釋言》：「指，斥也。」《易·繫辭上》：「辭也者，各指其所之。」孔穎達疏：「謂爻卦之辭，各斥其爻卦之適也。」《禮記·曲禮上》：「六十曰耆，指使。」鄭玄注：「指事使人也。」

「示」，甲骨文象祭台形。从示的字多與神、福、祭祀有關。本義疑為祭台或地神。引申為給人看，顯示。《廣韻·至韻》：「示，垂示。」《禮記·禮運》：「刑人講讓，示民有常。」《戰國策·秦策二》：「醫扁鵲見秦武王，武王示之病，扁鵲請除。」

「指、示」都有「給人看」義，語義相通。

「指、示」語音、語義都有親緣關係，為同源詞。

2.19　**敖、憮，傲也。**

敖：疑紐宵部；傲：疑紐宵部。

「敖、傲」同音。

「敖」，从出，从放。本義是出遊，閒遊。後作「遨」。《說文·放部》：「敖，出遊也。从出，从放。」《詩·邶風·柏舟》：「微我無酒，以敖以遊。」毛傳：「非我無酒，可以敖遊忘憂也。」又傲慢，狂妄。後作「傲」。《廣雅·釋言》：「敖，妄也。」王念孫疏證：「亦作傲。」《書·益稷》：「無若丹朱敖，惟慢遊是好。」《禮記·曲禮上》：「敖不可長，欲不可從。」陸德明釋文：「敖，慢也。」孔穎達疏：「敖者，矜慢在心之名。」

「傲」，从人，敖聲。本義是傲慢，驕傲。《說文·人部》：「傲，倨也。从人，敖聲。」《書·盤庚上》：「汝猷黜乃心，無傲從康。」孔傳：「無傲慢，從心所安。」《楚辭·離騷》：「保厥美以驕傲兮，日康娛以淫遊。」王逸注：「倨簡曰驕，侮慢曰傲。」

〔註1〕《說文·示部》：「示，天垂象，見吉凶，所以示人也。从二。（二，古文上字。）三垂，日月星也。觀乎天文，以察時變。示，神事也。凡示之屬皆从示。」

「敖、傲」都有「傲慢」義，語義相近。

「敖、傲」語音、語義都有親緣關係，為同源詞。

2.20　幼、鞠，稚也。

幼：影紐幽部；鞠：見紐覺部。

影見鄰紐；幽覺對轉；「幼、鞠」語音相近。

「幼」，從幺（yāo），表示小；從力。年幼力小。本義是年少，幼小。《說文‧幺部》：「幼，少也。從幺，從力。」《禮記‧曲禮上》：「人生十年曰幼，學。二十曰弱，冠。三十曰壯，有室。四十曰強，而仕。五十曰艾，服官政。六十曰耆，指使。七十曰老，而傳。八十九十曰耄。」《史記‧五帝本紀》：「（黃帝）幼而徇齊，長而敦敏，成而聰明。」

「鞠」，從革，與皮革有關；匊（jú）聲。本義是一種用來踢打玩耍的皮球。《說文‧革部》：「鞠，蹋鞠也。從革，匊聲。」徐鍇繫傳：「按：蹋鞠以革為圓囊，實以毛，蹴踏為戲，亦曰蹋鞠。」《史記‧衛將軍驃騎列傳》：「其在塞外，卒乏糧，或不能自振，而驃騎尚穿域蹋鞠。」司馬貞索隱：「鞠戲以皮為之，中實以毛，蹴蹋為戲也。」又幼小，稚嫩。《書‧康誥》：「兄亦不念鞠子哀，大不友于弟。」

「稚」，從禾，隹（zhuī）聲。本義是幼禾。也作「稺」。《說文‧禾部》：「稺，幼禾也。從禾，屖聲。」段玉裁注：「引申為凡幼之稱。今字作稚。」《集韻‧至韻》：「稺，亦作稚。」引申為幼小，年少。《廣雅‧釋詁三》：「稚，少也。」《廣韻‧至韻》：「稚，幼稚。」《穀梁傳‧僖公十年》：「晉獻公伐虢，得麗姬，獻公私之。有二子，長曰奚齊，稚曰卓子。」《史記‧屈原賈生列傳》：「懷王稚子子蘭勸王行：『奈何絕秦歡！』懷王卒行。」

「幼、鞠」都有「幼小」義，語義相近。

「幼、鞠」語音、語義都有親緣關係，為同源詞。

2.21　逸、愆，過也。

愆：溪紐元部；過：見紐歌部。

溪見旁紐；元歌對轉；「愆、過」語音相近。

「愆（qiān）」，從言，侃聲。本義是過失，過錯。同「愆」。《說文‧心部》：

「愆，過也。从心，衍聲。」段玉裁注：「从言，侃聲。過在多言，故从言。」《詩·大雅·抑》：「淑慎爾止，不愆於儀。」《禮記·緇衣》作「淑慎爾止，不諐於儀」。《文選·司馬相如〈長門賦〉》：「揄長袂以自翳兮，數昔日之諐殃。」

「過」，從辵（chuò），與行走、道路有關；咼（guā）聲。本義是走過，經過。《說文·辵部》：「過，度也。从辵，咼聲。」吳善述廣義校訂：「過本經過之過，故從辵，許訓度也。度者過去之謂，故水曰渡，字亦作度。經典言『過我門』、『過其門』者，乃過之本義。」《孟子·滕文公上》：「禹八年於外，三過其門而不入。」又過失，錯誤。《廣雅·釋詁三》：「過，誤也。」《字彙·辵部》：「過，失誤也。無心而失，謂之過。」《周禮·地官·調人》：「凡過而殺人者，以民成之。」鄭玄注：「過，無本意也。」《商君書·開塞》：「夫過有厚薄，則刑有輕重。」

「諐、過」都有「過失」義，語義相近。

「諐、過」語音、語義都有親緣關係，為同源詞。

2.23　疾、齊，壯也。〔註2〕

疾：從紐質部；齊：從紐脂部。

從紐雙聲；質脂對轉；「疾、齊」語音相近。

「疾」，甲骨文從大（人），從矢。人腋下中箭。本義是輕微的傷病。《說文·疒部》：「疾，病也。从疒，矢聲。」段玉裁注：「矢能傷人，矢之去甚速，故从矢會意。」王國維《觀堂集林·毛公鼎銘考釋》：「疾之本字，象人亦下著矢形，古多戰爭，人著矢則疾矣。」《韓非子·喻老》：「君有疾在腠理，不治將恐深。」引申為急速。與迅速義近。《廣韻·質韻》：「疾，急也。」《易·繫辭上》：「唯神也，故不疾而速，不行而至。」孔穎達疏：「不須急疾，而事速成。」《禮記·樂記》：「奮疾而不拔，極幽而不隱。」

「齊」，甲骨文、早期金文從禾麥之穗上平。一說是「稷」的初文。本義是整齊。《說文·齊部》：「齊，禾麥吐穗上平也。象形。」段玉裁注：「禾麥隨地之高下為高下，似不齊而實齊，參差其上者，蓋明其不齊而齊也。引申為凡齊

〔註2〕郭璞注：「壯，壯事，謂速也。」邢昺疏：「急疾、齊整，皆於事敏速強壯也。」

等之義。」《廣雅・釋言》：「齊，整也。」《易・說卦》：「（萬物）齊乎巽。巽，東南也。齊也者，言萬物之絜齊也。」又疾，敏捷。與迅速義近。《荀子・修身》：「齊給便利，即節之以動止。」楊倞注：「齊給便利，皆捷速也。」《商君書・弱民》：「齊疾而均，速若飄風。」

「壯」，從士，爿（pán）聲。本義是人體高大。《方言》卷一：「秦晉之間，凡人之大謂之壯。」《說文・土部》：「壯，大也。從士，爿聲。」段玉裁注：「尋《說文》之例，當云『大士也』，故云『從士』。」《字彙・土部》：「壯，碩也。」《呂氏春秋・仲夏紀》：「天子居明堂太廟，乘朱輅、駕赤騮，載赤旗，衣朱衣，服赤玉，食菽與雞，其器高以觕，養壯狡。」高誘注：「壯狡，多力之士。」又迅速。王引之述聞：「壯與齊皆疾也。故郭曰『壯，壯事，謂速也。齊亦疾』。」《莊子・徐無鬼》：「庶人有旦暮之業則勸，百工有器械之巧則壯。」陸德明釋文引李姬注：「壯，猶疾也。」《後漢書・馮衍傳》：「韓盧抑而不縱兮，騏驥絆而不試。」唐李賢注引《戰國策》：「齊欲伐魏，淳于髡謂齊王曰：『韓盧，天下之壯犬也。』」《戰國策・齊策三》作「韓子盧者，天下之疾犬也」。

「疾、齊」都有「迅速」義，語義相近。

「疾、齊」語音、語義都有親緣關係，為同源詞。

2.24　憶、褊，急〔註3〕也。

憶：見紐職部；急：見紐緝部。

見紐雙聲；職緝通轉；「憶、急」語音相近。

「憶（jiè）」，從心，戒聲。本義是警戒。《說文・心部》：「憶，飾也。從心，戒聲。《司馬法》曰：『有虞氏憶於中國。』」段玉裁注：「憶，與戒義同，警也。」王筠句讀：「（飾）當依《增韻》作飭，中國當作國中。」又急速。《玉篇・心部》：「憶，疾也。」《詩・小雅・六月》：「玁狁孔熾，我是用急。」《鹽鐵論・繇役》引作「我是用戒」（「戒」為「憶」字之省）。

「急」，小篆從心，及聲。本義是心急，急躁。《韓非子・觀行》：「西門豹之性急，故佩韋以緩己。」引申為疾速，急速，快捷。《廣韻・緝韻》：「急，

〔註3〕《說文・心部》：「急，褊也。從心，及聲。」

急疾。」《詩・小雅・六月》：「玁狁孔熾，我是用急。」毛傳：「北狄來侵甚熾，故王以是急遣我。」《戰國策・趙策四》：「趙太后新用事，秦急攻之。」

「熾、急」都有「急速」義，語義相近。

「熾、急」語音、語義都有親緣關係，為同源詞。

2.30　薦，原，再也。

薦：從紐文部；再：精紐之部。

從精旁紐；文之通轉；「薦、再」語音相近。

「薦」，從艸，從廌。本義是獸吃的一種草。《說文・廌部》：「薦，獸之所食草。從廌，從艸。古者神人以廌遺黃帝。帝曰：『何食？何處？』曰：『食薦；夏處水澤，冬處松柏。』」王筠句讀：「薦、薦皆為席下之艸。」《莊子・齊物論》：「民食芻豢，麋鹿食薦。」又再，又，多次。《玉篇・艸部》：「薦，重也，數也，再也。」《左傳・定公四年》：「闔為封豕長蛇，以薦食上國。」杜預注：「薦，數也。」孔穎達疏：「《釋言》云：薦，再也。再亦數之義也。」《國語・魯語上》：「饑饉薦降，民贏幾卒。」

「再」，甲骨文疑似魚的頭部和尾部各切了一刀，表示兩次、第二次。本義是兩次，第二次。《說文・冓部》：「再，一舉而二也。從冓省。」《左傳・莊公十年》：「一鼓作氣，再而衰，三而竭。」引申為再，又。《漢書・李廣蘇建傳》：「臣事君，猶子事父也，子為父死，亡所恨。願勿復再言！」

「薦、再」都有「又」義，語義相近。

「薦、再」語音、語義都有親緣關係，為同源詞。

2.31　憮〔註4〕、敉，撫也。

憮：明紐魚部；撫：滂紐魚部。

明滂旁紐；魚部疊韻；「憮、撫」語音相近。

「憮（wǔ）」，從心，無聲。本義是愛撫。與安撫義通。《方言》卷一：「憮，愛也。宋衛邠陶之間曰憮。」《說文・心部》：「憮，愛也。韓鄭曰憮。一曰不動。從心，無聲。」

〔註4〕原為「撫」，疑為「憮」。可能是因為「憮」受「撫」影響而誤。郭璞注：「憮，愛撫也。」

「撫」，從手，無聲。本義是撫摩。《說文·手部》：「撫，安也。從手，無聲。一曰循也。」段玉裁改循為㨨並注：「㨨，各本作循，今正。㨨者，摩也。」《儀禮·鄉射禮》：「司馬襲進，當楅南，北面坐，左右撫矢而乘之。」引申為安撫，安慰。《左傳·定公四年》：「若以君靈，撫之，世以事君。」杜預注：「撫，存恤也。」《史記·高祖本紀》：「漢王之出關至陝，撫關外父老。」

「憮、撫」都有「安撫」義，語義相通。

「憮、撫」語音、語義都有親緣關係，為同源詞。

2.34　屢、昵，亟也。

昵：疑紐職部；亟：見紐職部。

疑見旁紐；職部疊韻；「昵、亟」語音相近。

「昵（nì）」，親近。與親愛義近。又作「暱」。《說文·日部》：「暱，日近也。從日，匿聲。《春秋傳》曰：『私降暱燕。』」《書·說命中》：「官不及私昵，惟其能；爵罔及惡德，惟其賢。」《左傳·隱公元年》：「不義不昵，厚將崩。」陸德明釋文：「昵，親也。」

「亟（jí）」，親愛。《方言》卷一：「亟，愛也。東齊、海、岱之間曰亟。自關而西，秦、晉之間，凡相敬愛謂之亟。」《列子·仲尼》：「鼻將窒者，先覺焦朽；體將僵者，先亟犇佚。」殷敬順釋文引《方言》：「亟，受也。」楊伯峻按：「受字當為愛字之誤。」

「昵、亟」都有「親愛」義，語義相近。

「昵、亟」語音、語義都有親緣關係，為同源詞。

2.35　靡、罔，無也。

靡：明紐歌部；罔：明紐陽部；無：明紐魚部。

明紐雙聲；歌陽、歌魚通轉，陽魚對轉；「靡、罔、無」語音相近。

「靡（mǐ）」，從非，麻（mǐ）聲。本義是倒下。《說文·非部》：「靡，披靡也。從非，麻聲。」《廣韻·紙韻》：「靡，偃也。」《左傳·莊公十年》：「吾視其轍亂，望其旗靡。」引申為無，沒有。《詩·鄘風·柏舟》：「之死矢靡它。」毛傳：「靡，無。」《詩·大雅·蕩》：「靡不有初，鮮克有終。」

「罔」，從网，亡聲。本義是漁獵用的網。同「网」。《說文·網部》：「网，

庖犧所結繩以漁。从冂，下象网交文。凡网之屬皆从网。今經典變隸作罒。」《廣韻・養韻》：「罔，同网。」《易・繫辭下》：「（伏羲）作結繩而為罔罟，以佃以漁，蓋取諸離。」又無，沒有。《楚辭・九章・惜誦》：「欲高飛而遠集兮，君罔謂汝何之？」《漢書・揚雄傳下》：「故意者以為事罔隆而不殺，物靡盛而不虧。」顏師古注：「罔、靡，皆無也。」

「無」，甲骨文從人持舞具。卜辭、金文中「無、舞」同字。本義為跳舞或舞蹈。《說文・舛部》：「舞，樂也。用足相背，从舛；無聲。」又無，沒有。《玉篇・亡部》：「無，不有也。」《廣韻・虞韻》：「無，有無也。」《老子》第十一章：「鑿戶牖以為室，當其無，有室之用。」《荀子・法行》：「無內人之疏，而外人之親。」

「靡、罔、無」都有「沒有」義，語義相近。

「靡、罔、無」語音、語義都有親緣關係，為同源詞。

2.36　爽〔註 5〕，差也。　爽，忒也。

爽：山紐陽部；差：初紐歌部。

山初旁紐；陽歌通轉；「爽、差」語音相近。

「爽」，甲骨文象人左右腋下有火形，表示明亮（從于省吾說）。本義是明亮，亮。《說文・㸚部》：「爽，明也。从㸚，从大。」《書・牧誓》：「甲子昧爽，王朝至於商郊牧野，乃誓。」孔傳：「昧，冥；爽，明。早旦。」引申為差錯，失誤。《方言》卷十三：「爽，過也。」《詩・衛風・氓》：「女也不爽，士貳其行。」毛傳：「爽，差也。」《國語・周語下》：「視遠，日絕其義；足高，日棄其德；言爽，日反其信；聽淫，日離其名。」

「差」，差錯，過失。《說文・左部》：「差，貳也，差不相值也。从左，从𠂹。」《書・呂刑》：「察辭於差，非從惟從。」孔傳：「察囚辭，其難在於差錯，非從其偽辭，惟從其本情。」《荀子・天論》：「亂生其差，治盡其詳。」

「爽、差」都有「差錯」義，語義相近。

「爽、差」語音、語義都有親緣關係，為同源詞。

〔註 5〕郭璞注：「謂過差也。」

2.38　劑〔註6〕、剪，齊也。

劑：從紐脂部；齊：從紐脂部。

「劑、齊」同音。

「劑」，从刀；齊聲；齊亦兼表字義。本義是剪齊。含有整齊義。《說文·刀部》：「劑，齊也。从刀，从齊，齊亦聲。」《左傳·昭公二十年》：「宰夫和之，齊之以味。」《後漢書·劉梁傳》引作「以劑其味」。《太玄·永》：「永不軌，其命劑也。」范望注：「劑，剪也。剪，絕也。」

「齊」，甲骨文、早期金文從禾麥之穗上平。一說是「穧」的初文。本義是整齊。《說文·齊部》：「齊，禾麥吐穗上平也。象形。」段玉裁注：「禾麥隨地之高下為高下，似不齊而實齊，參差其上者，蓋明其不齊而齊也。引申為凡齊等之義。」《廣雅·釋言》：「齊，整也。」《易·說卦》：「（萬物）齊乎巽。巽，東南也。齊也者，言萬物之挈齊也。」《白虎通·禮樂》：「行列得正焉，進退得齊焉。」

「劑、齊」都有「整齊」義，語義相通。

「劑、齊」語音、語義都有親緣關係，為同源詞。

2.43　鞫〔註7〕、究，窮也。

鞫：見紐覺部；究：見紐幽部；窮：群紐冬部。

見紐雙聲，見群旁紐；覺幽冬對轉；「鞫、究、窮」語音相近。

「鞫（jū）」，从革，从人，从言。本義是窮究，審問。本作「籟」。《說文·幸部》：「籟，窮理罪人也。从幸、从人、从言，竹聲。」《玉篇·革部》：「鞫，問鞫也。」《集韻·屋韻》：「籟……亦作鞫。」《史記·酷吏列傳》：「湯掘窟得盜鼠及餘肉，劾鼠掠治，傳爰書，試鞫論報，取鼠與肉磔堂下。」引申為窮盡。《詩·小雅·小弁》：「踧踧周道，鞫為茂草。」毛傳：「鞫，窮也。」

「究」，从穴，九聲。本義是窮盡或探求。《說文·穴部》：「究，窮也。从穴，九聲。」《正字通·穴部》：「究，竟也。」《詩·大雅·蕩》：「侯作侯祝，靡屆靡究。」毛傳：「究，竟也。」《漢書·司馬遷傳》：「六藝經傳以千萬數，

〔註6〕郭璞注：「南方人呼剪刀為劑刀。」
〔註7〕郭璞注：「窮盡也。」

累世不能通其學，當年不能究其禮。」顏師古注：「究，盡也。」《詩・小雅・小弁》：「君子不惠，不舒究之。」《詩・大雅・皇矣》：「維彼四國，爰究爰度。」

「窮」，從穴，躬聲。躬，身體。身在穴下，很窘困。本義是窮盡，完結。也作「竆」。《說文・穴部》：「竆，極也。從穴，躬聲。」邵瑛群經正字：「今經典作窮。……《五經文字》竆、窮同。」《書・微子之命》：「作賓于王家，與國或休，永世無窮。」孔傳：「為時王賓客與時皆美，長世無竟。」《列子・湯問》：「飛衛之矢先窮……」張湛注：「窮，盡也。」

「鞫、究、窮」都有「窮盡」義，語義相近。

「鞫、究、窮」語音、語義都有親緣關係，為同源詞。

2.48 潛，深也。 潛[註8]、深，測也。

潛：從紐侵部；深：審紐侵部；測：初紐職部。

從審、審初鄰紐，從初準旁紐；侵部疊韻，侵職通轉；「潛、深、測」語音相近。

「潛」，從水，朁聲。本義是涉水，沒入水中在水下活動。《說文・水部》：「潛，涉水也。一曰藏也。一曰漢水爲潛。從水，朁聲。」朱駿聲通訓定聲：「沒水以涉曰潛。」《莊子・達生》：「至人潛行不窒，蹈火不熱。」引申為深，深處。漢王襃《四子講德論》：「夫雷霆必發，而潛底震動。」三國魏曹植《洛神賦》：「抗瓊珶以和余兮，指潛淵而為期。」又測量；探測。《莊子・田子方》：「夫至人者，上窺青天，下潛黃泉，揮斥八極，神氣不變。」郭慶藩集釋：「潛與窺對文。潛，測也，與窺之義相近。」

「深」，從水，罙聲。本義是水名。即今湘江支流瀟水。《說文・水部》：「深，水。出桂陽南平，西入營道。從水，罙聲。」《水經注・深水》：「深水出桂陽……入於湘。」又深，從水面到水底距離大。與「淺」相對。《詩・小雅・小旻》：「如臨深淵，如履薄冰。」又測量。《列子・黃帝》：「彼將處乎不深之度，而藏乎無端之紀，遊乎萬物之所終始。」王引之述聞：「不深，不測也，是深亦為測也。」

〔註8〕郭璞注：「潛亦水深之別名。」郝懿行義疏：「潛深又為測者，《說文》云：『測，深所至也。』《淮南・原道篇》注：『度深曰測。』是測兼度深及深所至之名。」

「測」，從水，則聲。本義是測量，度量水的深淺。《說文・水部》：「測，深所至也。從水，則聲。」王筠句讀：「深，動字，謂測之也……《玉篇》：『測，度業，廣深曰測。』按：當作『度深曰測』。……深所至者，謂深其深之幾何也。」《禮記・樂記》：「窮高極遠，而深深厚。」《淮南子・原道訓》：「高不可際，深不可測。」高誘注：「度深曰測。」引申為深。《周禮・考工記・弓人》：「森欲測，絲欲沉。」孫詒讓正義引孔廣森曰：「測當訓深。」

「潛、深、測」都有「深、測量」義，語義相近。

「潛、深、測」語音、語義都有親緣關係，為同源詞。

2.50　啜，茹也。

啜：穿紐月部；茹：日紐魚部。

穿日旁紐；月魚通轉；「啜、茹」語音相近。

「啜（chuò）」，從口，叕聲。本義是嘗，吃。《說文・口部》：「啜，嘗也。從口，叕聲。一曰喙也。」《廣雅・釋詁二》：「啜，食也。」《禮記・檀弓下》：「啜菽飲水，盡其歡，斯之謂孝。」《墨子・節用中》：「飲於土塯，啜於土形。」

「茹（rú）」，從艸，如聲。本義是喂牛馬。《說文・艸部》：「茹，飤馬也。從艸，如聲。」《玉篇・艸部》：「茹，飯牛也。」引申為吃，吞咽。《方言》卷七：「茹，食也。吳越之間凡貪飲食者謂之茹。」《詩・大雅・烝民》：「柔則茹之，剛則吐之。」《禮記・禮運》：「食草木之實、鳥獸之肉，飲其血，茹其毛。」

「啜、茹」都有「吃」義，語義相近。

「啜、茹」語音、語義都有親緣關係，為同源詞。

2.51　茹、虞，度也。

茹：日紐魚部；度：定紐鐸部。

日定準旁紐；魚鐸對轉；「茹、度」語音相近。

「茹（rú）」，從艸，如聲。本義是喂牛馬。《說文・艸部》：「茹，飤馬也。從艸，如聲。」《玉篇・艸部》：「茹，飯牛也。」又估計，猜想。《詩・邶風・柏舟》：「我心匪鑒，不可以茹。」《詩・小雅・六月》：「獫狁匪茹，整居焦穫，侵鎬及方，至於涇陽。」鄭玄箋：「言獫狁之來侵，非其所當度為也。」

「度」，甲骨文從手量物或從又、石聲。古代多用手、臂等來測量長度。本義是計量長短的標準，尺碼。《玉篇·又部》：「度，尺曰度。」《書·舜典》：「協時月正日，同律度量衡。」陸德明釋文：「度，丈尺也。」引申為估計，推測。《詩·小雅·巧言》：「他人有心，予忖度之。」《史記·陳涉世家》：「會天大雨，道不通，度已失期。」

「茹、度」都有「估計」義，語義相近。

「茹、度」語音、語義都有親緣關係，為同源詞。

2.52　試、式，用也。

試：審紐職部；式：審紐職部。

「試、式」同音。

「試」，从言，式聲。本義是使用。《說文·言部》：「試，用也。从言，式聲。《虞書》曰：『明試以功。』」《詩·小雅·大東》：「私人之子，百僚是試。」毛傳：「私人，私家人也。是試用於百官也。」《禮記·緇衣》：「好賢如《緇衣》，惡惡如《巷伯》，則爵不瀆而民作願，刑不試而民咸服。」鄭玄注：「試，用也。」

「式」，从工，與矩有關；弋（yì）聲。本義是法式，榜樣。《說文·工部》：「式，法也。从工，弋聲。」《詩·大雅·下武》：「成王之孚，下士之式。」毛傳：「式，法也。」引申為用，使用。《詩·小雅·小明》：「神之聽之，式穀以女。」鄭玄箋：「式，用。」《左傳·成公二年》：「蠻夷戎狄，不式王命。」杜預注：「式，用也。」

「用」，甲骨文象桶（或鐘）形。桶（或鐘）可用。本義是使用，施行。《說文·用部》：「用，可施行也。从卜，从中。衛宏說。」《詩·大雅·公劉》：「執豕於牢，酌之用匏。」《孟子·梁惠王下》：「見賢焉，然後用之。」《三國志·魏志·明帝紀》：「其郎吏學通一經，才任牧民，博士課試，擢其高等者，亟用。」

「試、式」都有「使用」義，語義相近。

「試、式」語音、語義都有親緣關係，為同源詞。

2.54　競、逐，彊也。

競：群紐陽部；彊：群紐陽部。

「競、彊」同音。

「競」，甲骨文象二人競逐形。本義是角逐，比賽。與努力義通。《說文·詰部》：「競，強語也。一曰逐也。从詰，从二人。」《詩·大雅·桑柔》：「君子實維，秉心無競。」朱熹注：「競，爭也。」《莊子·齊物論》：「請言其畛：有左有右，有倫有義，有分有辯，有競有爭，此之謂八德。」郭象注：「並逐曰競，對辯曰爭。」引申為強勁，強盛。《增韻·敬韻》：「競，盛也。」《左傳·僖公七年》：「心則不競，何憚於病。」杜預注：「競，強也。」《後漢書·盧植傳》：「又比世祚不競，仍外求嗣，可謂危矣。」李賢注：「競，彊也。」

「彊」，从弓，畺聲。本義是強勁，強盛。《說文·弓部》：「彊，弓有力也。从弓，畺聲。」《左傳·昭公五年》：「羊舌四族，皆彊家也。」《漢書·韓安國傳》：「彊弩之末，不能入魯縞；沖風之衰，不能起毛羽。」引申為盡力，努力。《集韻·養韻》：「彊，勉也。」《禮記·學記》：「知不足，然後能自反也；知困，然後能自彊也。」《戰國策·趙策四》：「太后不肯，大臣彊諫。」

「競、彊」都有「強勁、努力」義，語義相通。

「競、彊」語音、語義都有親緣關係，為同源詞。

2.55　禦、圉，禁也。

禦：疑紐魚部；圉：疑紐魚部。

「禦、圉」同音。

「禦」，禁止，阻止。《易·繫辭上》：「夫易廣矣大矣，以言乎遠則不禦。」《左傳·昭公四年》：「雹可禦乎？」

「圉（yǔ）」，从幸，从口。本義是牢獄。後作「圄」。《說文·幸部》：「圉，囹圉，所以拘罪人也。从幸，从口。一曰圉，垂也。一曰圉人，掌馬者。」王筠釋例：「圉下云『囹圉』，小徐、《集韻》、《類篇》引皆同，毛初印本，孫、鮑二本，《五音韻譜》皆作『囹圄』，蓋圉為古字，圄為後作。」《漢書·王褒傳》：「昔周公躬吐捉之勞，故有圉空之隆。」顏師古注：「一飯三吐食，一沐三捉髮，以賓賢士，故能成太平之化，刑措不用，囹圄空虛也。」引申為阻止，禁止。《字彙·口部》：「圉，與禦同。止也。」《墨子·明鬼下》：「然不能以此

圉鬼神之誅。」《莊子‧繕性》：「其來不可圉，其去不可止。」陸德明釋文：「圉，本又作禦。」

「禁」，從示，林聲。本義是忌諱。《說文‧示部》：「禁，吉凶之忌也。從示，林聲。」《周禮‧秋官‧序官》：「乃立秋官司寇，使帥其屬而掌邦禁，以佐王刑邦國。」引申為禁止，制止。《廣雅‧釋詁三》：「禁，止也。」《廣韻‧沁韻》：「禁，制也。」《禮記‧王制》：「古者公田藉而不稅，市廛而不稅，關譏而不征，林麓川澤以時入而不禁。」孔穎達疏：「禁謂防遏。」《韓非子‧奸劫弒臣》：「嚴刑重罰以禁之，使民以罪誅，而不以愛惠免。」

「禦、圉」都有「禁止」義，語義相近。

「禦、圉」語音、語義都有親緣關係，為同源詞。

2.57　黼、黻，彰也。

黼：幫紐魚部；黻：幫紐月部。

幫紐雙聲；魚月通轉；「黼、黻」語音相近。

「黼（fǔ）」，從黹（zhǐ），象縫處縱橫交錯之形，與縫衣或刺繡有關；甫聲。本義是禮服上繡的黑與白相間的花紋。與錯綜駁雜的花紋義通。《說文‧黹部》：「黼，白與黑相次文。從黹，甫聲。」《周禮‧考工記‧畫繢之事》：「白與黑謂之黼，黑與青謂之黻。」《荀子‧哀公》：「黼衣黻裳者不茹葷，非口不能味也，服使然也。」

「黻（fú）」，從黹（zhǐ），象縫處縱橫交錯之形，與縫衣或刺繡有關；犮（bó）聲。本義是禮服上黑與青相間的花紋。與錯綜駁雜的花紋義通。《說文‧黹部》：「黻，黑與青相次文。從黹，犮聲。」《書‧益稷》：「予欲觀古人之象，日、月、星辰、山、龍、華蟲作會（繪）、宗彝、藻、火、粉米、黼、黻絺繡，以五采彰施以五色，作服，汝明。」孔穎達疏：「黻謂兩己相背，謂刺繡為己字，兩己字相背也。《考工記》云：『黑與青謂之黻，刺繡為兩己字，以青黑線繡也。』」《詩‧秦風‧終南》：「君子至止，黻衣繡裳，佩玉將將，壽考不亡。」毛傳：「黑與青謂之黻，五色備謂之繡。」朱熹注：「黻之狀亞，兩己相戾也。」

「彰」，從彡（shān），表示修飾；從章，表示顯著；章亦聲。本義是錯綜駁雜的花紋。《說文‧彡部》：「彰，文彰也。從彡，從章，章亦聲。」徐鍇繫傳：

「彰，文章……文章，飾也。」《廣雅·釋言》：「山龍，彰也。」王念孫疏證：「《考工記》說畫繢之事云：『青與赤謂之文，赤與白謂之章，白與黑謂之黼，黑與青謂之黻。』……是黼黻與文章同義。故云：『黼、黻，彰也。』」《莊子·天地》：「夫聖人……鳥行而無彰。」成玄英疏：「彰，文跡也。」

「黼、黻」都有「錯綜駁雜的花紋」義，語義相通。

「黼、黻」語音、語義都有親緣關係，為同源詞。

2.58　脤、身〔註9〕，親也。

身：審紐真部；親：清紐真部。

審清鄰紐；真部疊韻；「身、親」語音相近。

「身」，親身，親自。《韓非子·五蠹》：「禹之王天下也，身執耒臿以為民先。」《三國志·蜀志·諸葛亮傳》：「待天下有變，則命一上將將荊州之軍以向宛、洛，將軍身率益州之眾出於秦川，百姓孰敢不簞食壺漿，以迎將軍者乎？」

「親」，從見，親（shēn）聲。見與至義通。本義是親密。也作「儭」。《說文·見部》：「親，至也。從見，親聲。」段玉裁注：「到其地曰至，情意懇到曰至。」《荀子·不苟》：「交親而不比，言辯而不辭，蕩蕩乎！其有以殊於世世！」引申為親身，親自。《詩·小雅·節南山》：「弗躬弗親，庶民弗信。」《史記·魏公子列傳》：「贏乃夷門抱關者也，而公子親枉車騎，自迎贏於眾人廣坐之中。」

「身、親」都有「親自」義，語義相近。

「身、親」語音、語義都有親緣關係，為同源詞。

2.62　蓋〔註10〕、割〔註11〕，裂也。

蓋：匣紐盍部；割：見紐月部。

〔註9〕「身」，甲骨文象大肚子人形。本義是軀幹或身孕。《說文·身部》：「身，躬也。象人之身。從人，厂聲。」李孝定《甲骨文字集釋》：「契文從人而隆其腹，象人有身之形，當是身之象形初字。」《論語·鄉黨》：「必有寢禮，長一身有半。」王引之述聞：「頸以下股以上，亦謂之身……」《正字通·身部》：「身，女懷妊曰身。」《詩·大雅·大明》：「大任有身，生此文王。」毛傳：「身，重也。」鄭玄箋：「重，謂懷孕也。」引申為身體。

〔註10〕郭璞注：「白茅苦也，今江東呼為蓋。」

〔註11〕邢昺疏：「謂以刀裂之也。」

匣見旁紐；盍月通轉；「蓋、割」語音相近。

「蓋」，從艸，盍（hé）聲。本義是苫，用蘆葦或茅草編成的覆蓋物。覆蓋物與被覆蓋物之間的交界處被分割開來，與分割義通。《說文‧艸部》：「蓋，苫也。從艸，盍聲。」邵瑛群經正字：「今經典多作蓋。」《左傳‧襄公十四年》：「乃祖吾離被苫蓋，蒙荊棘，以來歸我先君。」孔穎達疏：「被苫蓋，言無布帛可衣，唯衣草也。」

「割」，從刀，害聲。本義是分解，分割。《說文‧刀部》：「割，剝也。從刀，害聲。」《玉篇‧刀部》：「割，截也。」《周禮‧天官‧內饔》：「掌王及后、世子膳羞之割亨煎和之事，辨體名肉物，辨百品味之物。」鄭玄注：「割，肆解肉也。」孫詒讓正義：「肆解，即割裂牲體骨肉之通名。」《論語‧陽貨》：「割雞焉用牛刀？」

「裂」，從衣，從列，列亦聲。本義是裁剪後的絲綢殘餘。《說文‧衣部》：「裂，繒餘也。從衣，刿聲。」《左傳‧隱公二年》：「紀裂繻，公穀以履為之。」引申為分割。《廣雅‧釋詁一》：「裂，分也。」《戰國策‧秦策五》：「大王裂趙之半以賂秦，秦不接刃而得趙之半，秦必悅。」《墨子‧尚賢中》：「般爵以貴之，裂地以封之。」

「蓋、割」都有「分割」義，語義相通。

「蓋、割」語音、語義都有親緣關係，為同源詞。

2.64　諈[註12]、諉，累也。

諈：端紐歌部；諉：泥紐歌部。

端泥旁紐；歌部疊韻；「諈、諉」語音相近。

「諈（zhuì）」，從言，坙聲。本義是囑託，託付。《說文‧言部》：「諈，諈諉，累也。從言，坙聲。」清黃遵憲《鐵漢樓歌》：「有朋諈諉細料理，對客酣飲仍歌呼。」

「諉（wěi）」，從言，委聲。本義是煩勞，託付。《說文‧言部》：「諉，累也。從言，委聲。」徐鍇繫傳：「諈、諉，謂不能自決而以屬累於人也。」《漢書‧胡建傳》：「執事不諉上，臣謹以斬，昧死以聞。」顏師古注：「諉，累也。

〔註12〕郭璞注：「以事相屬累為諈諉。」郝懿行義疏：「孫炎云：『楚人曰諈，秦人曰諉。』」

言執事者，當見法即行，不可以事累於上也。」《新唐書·郭虔瓘傳》：「償稽天誅，則諉大事。」

「累」，字本象土塊相積之形。隸變後作「累」。本義是堆積，積聚。《老子》第六十四章：「九層之台，起於累土。」又煩勞，託付。《韓非子·外儲說右上》：「吾欲以國累子，子必勿泄也。」《漢書·翟方進傳》：「天其累我以民。」顏師古注：「累，託也。」

「諈、諉」都有「託付」義，語義相近。

「諈、諉」語音、語義都有親緣關係，為同源詞。

2.68　履，禮也。

履：來紐脂部；禮：來紐脂部。

「履、禮」同音。

「履」，小篆從尸，表示人；從彳（chì），表示行走；從夂，表示雙腳。本義是踐踏。《說文·履部》：「履，足所依也。從尸，從彳，從夂，舟象履形。一曰尸聲。」徐灝注箋：「履，踐也，行也。此古義也。」朱駿聲通訓定聲：「此字本訓踐，轉注為所以踐之具也。」《玉篇·履部》：「履，踐也。」《詩·小雅·小旻》：「戰戰兢兢，如臨深淵，如履薄冰。」又禮儀。《易·序卦》：「物畜然後有禮，故受之以履。」韓康伯注：「履者，禮也，禮所以適用也。」《詩·商頌·長發》：「率履不越，遂視既發。」毛傳：「履，禮也。」鄭玄箋：「使其民循禮不得逾越。」

「禮」，從示；從豊（lǐ），表示行禮之器；豊亦聲。本義是敬神，祭神求福。《說文·示部》：「禮，履也。所以事神致福也。從示，從豊，豊亦聲。」徐灝注箋：「禮之言履，謂履而行之也。禮之名，起於事神。」李孝定《甲骨文字集釋》：「以言事神之事則為禮。」《儀禮·覲禮》：「禮月與四瀆於北門外，禮山川丘陵於西門外。」引申為禮儀，禮節。《禮記·王制》：「修六禮以節民性。六禮：冠、昏、喪、祭、鄉、相見。」《左傳·昭公二十五年》：「夫禮，天之經也，地之義也，民之行也。」

「履、禮」都有「禮儀」義，語義相近。

「履、禮」語音、語義都有親緣關係，為同源詞。

2.70　逆，迎也。

逆：疑紐鐸部；迎：疑紐陽部。

疑紐雙聲；鐸陽對轉；「逆、迎」語音相近。

「逆」，从辵（chuò），屰（nì）聲。本義是迎接。《方言》卷一：「逢、逆，迎也。自關而東曰逆，自關而西或曰迎，或曰逢。」《說文・辵部》：「逆，迎也。从辵，屰聲。關東曰逆，關西曰迎。」羅振玉《增訂殷虛書契考釋》：「（甲骨文）象（倒）任自外入，而辵以迎之，或省彳，或省止。」《左傳・成公十四年》：「秋，宣伯如齊逆女。」《國語・周語上》：「襄王使太宰文公及內史興賜晉文公命。上卿逆于境，晉侯郊勞。」又反，倒著。《左傳・文公二年》：「大事於大廟，躋僖公，逆祀也。」杜預注：「僖是閔兄，不得為父子。嘗為臣，位應在下，今居閔上，故曰逆祀。」《孟子・滕文公下》：「當堯之時，水逆行，氾濫於中國。」又叛亂，背叛。《廣雅・釋詁三》：「逆，亂也。」《禮記・仲尼燕居》：「勇而不中禮，謂之逆。」孔穎達疏：「逆圍逆亂。」漢曹操《請增封荀彧表》：「昔袁紹作逆，連兵官渡。」

「迎」，从辵（chuò），卬（áng）聲。本義是遇，相逢。《說文・辵部》：「迎，逢也。从辵，卬聲。」段玉裁注：「逢，遇也。」《淮南子・時則訓》：「立春之日，天子親率三公、九卿、大夫以迎歲於東郊。」引申為迎接。《詩・大雅・大明》：「親迎於渭，造舟為梁。」《禮記・昏義》：「大昏既至，冕而親迎，親之也。」《墨子・非儒下》：「哀公迎孔子，席不端弗坐，割不正弗食。」又奉承，迎合。《孔子家語・入官》：「不因其情，則民嚴而不迎。」王肅注：「迎，奉也。」《新唐書・杜淹傳》：「懷道及隋時位吏部主事，方煬帝幸江都，群臣迎阿，獨懷道執不可。」又面向著，正對著。《孫臏兵法・地葆》：「絕水、迎陵、逆流、居殺地、迎眾樹者，鈞舉也，五者皆不勝。」

「逆、迎」都有「迎接」義，語義相近。「迎」又有「奉承、迎合、面向著、正對著」義，「逆」又有「叛亂、背叛、反、倒著」義，「迎、逆」語義相反。「逆、迎」語義相關。

「逆、迎」語音、語義都有親緣關係，為同源詞。

2.71　憯，曾〔註13〕也。

憯：清紐侵部；曾：精紐蒸部。

清精旁紐；侵蒸通轉；「憯、曾」語音相近。

「憯（cǎn）」，從心，朁（cǎn）聲。本義是悲痛，傷心。《說文·心部》：「憯，痛也。從心，朁聲。」《文選·宋玉〈風賦〉》：「故其風中人，狀直憯淒憯慄。」又竟然。《詩·小雅·節南山》：「民言無嘉，憯莫懲嗟。」毛傳：「憯，曾也。」《詩·大雅·雲漢》：「胡寧瘨我以旱？憯不知其故！」

「曾」，竟，竟然。表示事出意外。《論語·先進》：「吾以子為異之問，曾由與求之問。」《列子·湯問》：「以殘年餘力，曾不能毀山之一毛，其如土石何？」

「憯、曾」都有「竟然」義，語義相近。

「憯、曾」語音、語義都有親緣關係，為同源詞。

2.74　薆〔註14〕，隱也。

薆：影紐物部；隱：影紐文部。

影紐雙聲；物文對轉；「薆、隱」語音相近。

「薆（ài）」，隱蔽，遮掩。《方言》卷六：「掩、翳，薆也。」《楚辭·離騷》：「何瓊佩之偃蹇兮，眾薆然而蔽之。」《史記·司馬相如列傳》：「觀眾樹炙薆恕。」

「隱」，從阜，㥯聲。本義是隱蔽，隱藏。《說文·㠯部》：「隱，蔽也。從㠯，㥯聲。」徐灝注箋：「隱之本義蓋謂隔㠯不相見，引申為凡隱蔽之稱。」《玉篇·阜部》：「隱，不見也，匿也。」《廣韻·隱韻》：「隱，藏也。」《易·坤》：「（文言曰）天地變化，草木蕃；天地閉，賢人隱。」孔穎達疏：「天地否閉，賢人潛隱。」《左傳·文公十八年》：「昔帝鴻氏有不才子，掩義隱賊，好行兇德。」

「薆、隱」都有「隱蔽」義，語義相近。

「薆、隱」語音、語義都有親緣關係，為同源詞。

〔註13〕《說文·八部》：「曾，詞之舒也。從八，從曰，囟聲。」段玉裁注：「曾之言乃也。」「曾」，甲骨文象甑形。本義疑為甑（古代蒸飯的一種瓦器）。後作「甑」。假借為副詞，竟，竟然。

〔註14〕郭璞注：「謂隱蔽。」

2.75　僾〔註15〕，唈也。

僾：影紐物部；唈：影紐緝部。

影紐雙聲；物緝通轉；「僾、唈」語音相近。

「僾（ài）」，从人，愛聲。本義是所見不分明。《說文·人部》：「僾，仿佛也。从人，愛聲。《詩》曰：『僾而不見。』」徐鍇繫傳：「見之不明也。」王筠句讀：「《邶風·靜女》文，今省刑存聲作愛。傳云：『愛，蔽也。』」《廣韻·代韻》：「僾，隱也。」《禮記·祭義》：「祭之日，入室，僾然必有見乎其位。」陸德明釋文：「僾，微見貌。」孔穎達疏：「僾，髣髴見也。」又呼吸不暢。《詩·大雅·桑柔》：「如彼遡風，亦孔之僾。」鄭玄箋：「使人唈然如鄉疾風，不能息也。」《荀子·禮輪》：「惼詭唈僾，而不能無時至焉。」楊倞注：「唈僾，氣不舒之貌。」

「唈（yì）」，氣不順暢。《荀子·禮輪》：「惼詭唈僾，而不能無時至焉。」楊倞注：「唈僾，氣不舒之貌。」

「僾、唈」都有「氣不順暢」義，語義相近。

「僾、唈」語音、語義都有親緣關係，為同源詞。

2.81　浹〔註16〕，徹也。

浹：精紐盍部；徹：透紐月部。

精透鄰紐；盍月通轉；「浹、徹」語音相近。

「浹（jiā）」，从水，夾聲。本義是浸漬，濕透。《文選·司馬相如〈難蜀父老〉》：「故休烈顯乎無窮，聲稱浹乎於茲。」引申為通達，理解。《荀子·解蔽》：「其所以貫理焉，雖億萬已不足以浹萬物之變，與愚者若一。」

「徹」，通達，明白。《左傳·成公十六年》：「潘之黨與養由基蹲甲而射之，徹七札焉。」《列子·湯問》：「汝心之固，固不可徹，曾不若孀妻弱子。」

「浹、徹」都有「通達」義，語義相近。

「浹、徹」語音、語義都有親緣關係，為同源詞。

〔註15〕郭璞注：「嗚唈不暢。」
〔註16〕郭璞注：「謂霑徹。」

2.85 探，試也。

探：透紐侵部；試：審紐職部。

透審準旁紐；侵職通轉；「探、試」語音相近。

「探」，从手，罙（shēn）聲。本義是摸取。《說文‧手部》；「探，遠取之也。从手，罙聲。」《漢書‧宣帝紀》：「毋得以春夏摘巢探卵，彈射飛鳥。」引申為試探，探測。《易‧繫辭上》：「探賾索隱，鉤深致遠，以定天下之吉凶，成天下之亹亹者，莫大乎蓍龜。」孔穎達疏：「探謂窺探求取，賾謂幽昧難見。」《商君書‧禁使》：「探淵者知千仞之深，縣繩之數也。」

「試」，从言，式聲。本義是使用。《說文‧言部》：「試，用也。从言，式聲。《虞書》曰：『明試以功。』」《詩‧小雅‧大東》：「私人之子，百僚是試。」毛傳：「私人，私家人也。是試用於百官也。」引申為試探，刺探。《晏子春秋‧雜篇上》：「夫范昭之為人也，非陋而不知禮也，且欲試吾君臣，故絕之也。」《韓非子‧外儲說左下》：「主賢明則悉心以事之，不肖則飾奸而試之。」

「探、試」都有「試探」義，語義相近。

「探、試」語音、語義都有親緣關係，為同源詞。

2.90 朙，明也。　茅，明也。　明，朗也。

明：明紐陽部；朗：來紐陽部。

明來鄰紐；陽部疊韻；「明、朗」語音相近。

「明」，甲骨文以日、月發光表示明亮。本義是明亮，光明。《說文‧朙部》：「朙，照也。从月，从囧。」《廣韻‧庚韻》：「明，光也。」邵瑛群經正字：「今經典俱從古文。」「石經作明，蓋省朙為明，非從目也。」商承祚《說文中之古文考》：「朙、明皆古文也……囧象光之煽動，有明意，故可用為明。……日月相合以會明意。」《易‧繫辭下》：「日往則月來，月往則日來，日月相推而明生焉。」《荀子‧天論》：「在天者莫明於日月，在地者莫明於水火，在物者莫明於珠玉，在人者莫明於禮義。」

「朗」，从月，良聲。本義是明亮。《說文‧月部》：「朗，明也。从月，良聲。」《詩‧大雅‧既醉》：「昭明有融，高朗令終。」毛傳：「朗，明也。」《國語‧楚語下》：「古者民神不雜，民之精爽不攜貳，而又能齊肅衷正，其智能上下比義，其聖能光遠宣朗。」韋昭注：「朗，明也。」

「明、朗」都有「明亮」義，語義相近。

「明、朗」語音、語義都有親緣關係，為同源詞。

2.109　康，苛〔註17〕也。

康：溪紐陽部；苛：匣紐歌部。

溪匣旁紐；陽歌通轉；「康、苛」語音相近。

「康」，同「穅」。穀皮，米糠。穀的細碎的外皮。與細小義通。《墨子·備城門》：「二舍共一井爨，灰、康、秕、杯、馬矢，皆謹收藏之。」《莊子·天運》：「夫播穅眯目，則天地四方易位矣。」陸德明釋文：「穅，音康，字亦作康。」

「苛」，從艸，可聲。本義是小草。《說文·艸部》：「苛，小艸也。從艸，可聲。」引申為繁雜，煩瑣。與細小義通。《國語·晉語八》：「內無苛慝，諸侯不二。」《史記·酈生列傳》：「及陳勝、項梁等起，諸將徇地過高陽者數十人，酈生聞其將皆握齪好苛禮自用，不能聽大度之言，酈生乃深自藏匿。」又苛刻。《禮記·檀弓下》：「小子識之，苛政猛於虎也。」《韓非子·內儲說上》：「衛嗣公使人為客過關市，關市苛難之，因事關市以金，關吏乃舍之。」

「康、苛」都有「細小」義，語義相通。

「康、苛」語音、語義都有親緣關係，為同源詞。

2.110　樊，藩也。

樊：並紐元部；藩：幫紐元部。

並幫旁紐；元部疊韻；「樊、藩」語音相近。

「樊」，同「藩」。籬笆。《集韻·元韻》：「藩，《說文》：『屏也。』亦作樊。」《詩·小雅·青蠅》：「營營青蠅，止于樊。」毛傳：「樊，藩也。」《莊子·山木》：「莊周遊於雕陵之樊，睹一異鵲自南方來者。」

「藩（fān）」，從艸，潘聲。本義是籬笆。《說文·艸部》：「藩，屏也。從艸，潘聲。」《玉篇·艸部》：「藩，籬也。」《易·大壯》：「羝羊觸藩，羸其角。」陸德明釋文：「藩，馬（融）云：籬落也。」《左傳·哀公十二年》：「吳人藩衛侯之舍。」

〔註17〕郭璞注：「謂苛刻。」邢昺疏：「苛者，毒草名。為政刻急者取譬焉。」

「樊、藩」都有「籬笆」義，語義相近。

「樊、藩」語音、語義都有親緣關係，為同源詞。

2.112　粻，糧也。

粻：端紐陽部；糧：來紐陽部。

端來旁紐；陽部疊韻；「粻、糧」語音相近。

「粻（zhāng）」，從米，長聲。本義是米糧。與糧食義近。《說文新附・米部》：「粻，食米也。從米，長聲。」《詩・大雅・崧高》：「以峙其粻，式遄其行。」鄭玄箋：「粻，糧。」《禮記・王制》：「五十異粻，六十宿肉。」孔穎達疏：「粻，糧也。五十始衰，糧宜自異，不可與少壯者同也。」

「糧」，從米，量聲。本義是乾糧，軍糧。《說文・米部》：「糧，穀也。從米，量聲。」《周禮・地官・廩人》：「凡邦有會同師役之事，則治其糧與其食。」鄭玄注：「行道曰糧。」引申為穀物，糧食。《左傳・哀公十三年》：「吳申叔儀乞糧於公孫有山氏。」《商君書・靳令》：「民有餘糧，使民以粟出官爵。」

「粻、糧」都有「糧食」義，語義相近。

「粻、糧」語音、語義都有親緣關係，為同源詞。

2.113　庶〔註18〕，侈也。　庶，幸也。

庶：審紐鐸部；侈：穿紐歌部。

審穿旁紐；鐸歌通轉；「庶、侈」語音相近。

「庶」，眾多。《易・晉》：「康侯用錫馬蕃庶，晝日三接。」孔穎達疏：「賜以車馬蕃多而眾庶。」《禮記・孔子閒居》：「庶物露生，無非教也。」孔穎達疏：「庶，眾也。言眾物感此神氣風雷之刑露見而生。」

「侈」，從人，多聲。本義是自高自大，盛氣凌人。《說文・人部》：「侈，掩脅也。從人，多聲。一曰奢也。」段玉裁注：「掩者，掩蓋其上；脅者，脅制其旁。凡自多以陵人曰侈。此侈之本義也。」《左傳・桓公六年》：「少師侈，請嬴師以張之。」又眾多。《國語・楚語上》：「不羞珍異，不陳庶侈。」韋昭注：「庶，眾也。侈，猶多也。」《莊子・駢拇》：「駢拇枝指，出乎性哉，而侈於德。」陸德明釋文：「侈，郭云：『多貌。』」

〔註18〕郭璞注：「庶者，眾多為奢侈。」

「庶、侈」都有「眾多」義，語義相近。

「庶、侈」語音、語義都有親緣關係，為同源詞。

2.115　奘，駔〔註19〕也。

奘：從紐陽部；駔：精紐陽部。

從精旁紐；陽部疊韻；「奘、駔」語音相近。

「奘（zàng）」，從大，從壯，壯亦聲。本義是粗大。《方言》卷一：「秦晉之間，凡人之大謂之奘，或謂之壯。」《說文·大部》：「奘，駔大也。從大，從壯，壯亦聲。」段玉裁注：「《馬部》『駔』下曰：『壯馬也。』《士部》『壯』下曰：『大也。』奘與壯音同，與駔義同。」《玉篇·大部》：「奘，大也。」《西遊記》第五十一回：「手足比毛更奘，星星眼窟明明。」又第九十五回：「見那短棒兒一頭奘，一頭兒細。」

「駔（zǎng）」，從馬，且（zǔ）聲。本義是壯馬，駿馬。《說文·馬部》：「駔，牡馬也。從馬，且聲。一曰馬蹲駔也。」段玉裁注：「『壯』，各本作『牡』，今正。」《玉篇·馬部》：「駔，駿馬也。」《楚辭·九歎·憂苦》：「同駕騄與乘駔兮，雜斑駁與闒茸。」引申為粗大。《管子·奢靡》：「好緣而好駔，此謂成國立法也。」晉左思《魏都賦》：「燕弧盈庫而委勁，冀馬填廄而駔駿。」

「奘、駔」都有「粗大」義，語義相近。

「奘、駔」語音、語義都有親緣關係，為同源詞。

2.121　畫，形也。

畫：匣紐錫部；形：匣紐耕部。

匣紐雙聲；錫耕對轉；「畫、形」語音相近。

「畫」，甲骨文上面從手執筆，是聿（筆）的本字；下面是畫出的交叉形。金文從手持筆畫周（田）。本義疑為繪畫或劃分。《釋名·釋書契》：「畫，繪也。以五色繪物象也。」《書·顧命》：「東序西向，敷重豐席，畫純，雕玉仍幾几。」孔穎達疏：「《考工記》云：『畫繢之事雜五色』，是彩色為畫，蓋以五彩色畫帛以為純。鄭玄云：似雲氣畫之為純。」《晉書·顧愷之傳》：「愷之每畫人成，或數年，不點人精。」《說文·畫部》：「畫，界也。象田四界。聿所以畫之。」

〔註19〕郭璞注：「今江東呼大為駔。」

《左傳·襄公四年》:「芒芒禹跡,畫為九州。」杜預注:「畫,分也。」又圖畫,圖形。含有形體義。宋蘇軾《念奴嬌·赤壁懷古》:「江山如畫,一時多少豪傑。」

「形」,从彡,开(jiān)聲。本義是形象,形體。《說文·彡部》:「形,象形也。从彡,开聲。」徐灝注箋:「象形者,畫成其物也,故从彡。彡者,飾畫文也。引申為形容之稱。」桂馥義證:「开聲者,當為井聲。」《增韻·青韻》:「形,體也。」《易·繫辭上》:「在天成象,在地成形,變化見矣。」《世說新語·文學》:「眼往屬萬形,萬形來入眼不?」引申為畫圖。與作畫義近。《書·說命》:「乃審厥象,俾以形旁求於天下。」《列子·天瑞》:「有形者,有形形者。」

「畫、形」都有「形體、作畫」義,語義相通。

「畫、形」語音、語義都有親緣關係,為同源詞。

2.125 俀〔註20〕,聲也。

俀:心紐質部;聲:審紐耕部。

心審準雙聲;質耕通轉;「俀、聲」語音相近。

「俀(xiè)」,从人,悉聲。本義是細小的聲音。含有聲音義。《說文·人部》:「俀,聲也。从人,悉聲。讀若屑。」段玉裁注:「謂聲之小者也。」《廣韻·屑韻》:「俀,動草聲。又云鷙鳥之聲。又俀俀,呻吟也。」唐劉禹錫《遊桃源一百韻》:「虛無天樂來,俀窣鬼兵役。」宋梅堯臣《缺月》:「夜深精靈鬼物動,俀窣古莽無風吹。」清錢謙益《鷩虱》:「都無翼撲緣,不聞聲俀屑。」

「聲」,从耳,殸(qìng)聲。殸是古樂器磬的本字,耳表示聽。本義是樂音。《說文·耳部》:「聲,音也。从耳,殸聲。殸,籀文磬。」徐鍇繫傳:「八音之中,惟石之聲為精詣,入於耳也深……故於文耳殸為聲。」《書·舜典》:「聲依永,律和聲。」孔傳:「聲謂五聲。」引申為聲音。《詩·大雅·文王》:「上天之載,無聲無臭。」鄭玄箋:「天之道難知也,耳不聞聲音,鼻不聞香臭。」《左傳·昭公二十五年》:「氣為五味,發為五色,章為五聲。」孔穎達疏:「聲是質之響。」

〔註20〕邢昺疏:「言聲音俀俀然也。」陸德明釋文:「動草聲也。」

「傸、聲」都有「聲音」義，語義相通。

「傸、聲」語音、語義都有親緣關係，為同源詞。

2.133　師，人也。

師：山紐脂部；人：日紐真部。

山日鄰紐；脂真對轉；「師、人」語音相近。

「師」，從帀（zā），從𠂤。本義是軍隊編制的一級，二千五百人為一師。《說文·帀部》：「師，二千五百人為師。從帀，從𠂤。𠂤，四帀，眾意也。」《周禮·地官·小司徒》：「五人為伍，五伍為兩，四兩為卒，五卒為旅，五旅為師，五師為軍。」鄭玄注：「師，二千五百人為師，五百人為旅。」引申為眾人。與民眾義近。《詩·大雅·韓奕》：「溥彼韓城，燕師所完。」毛傳：「師，眾也。」《楚辭·天問》：「不任汩鴻，師何以尚之？」王逸注：「師，眾也。」

「人」，甲骨文象側面站立的人形。本義是人，即能製造工具改造自然並使用語言的高等動物。《說文·人部》：「人，天地之性最貴者也。此籀文。象臂脛之形。」《列子·黃帝》：「有七尺之骸、手足之異，戴髮含齒，倚而食者，謂之人。」引申為民，民眾。《左傳·襄公三十一年》：「人謂子產不仁，吾不信也。」《韓非子·說林》：「今有人見君，則夾其一目。」

「師、人」都有「民眾」義，語義相近。

「師、人」語音、語義都有親緣關係，為同源詞。

2.140　襄，除也。

襄：心紐陽部；除：定紐魚部。

心定鄰紐；陽魚對轉；「襄、除」語音相近。

「襄」，金文象手拿農具在地裡挖一個個小洞，放進種子，再蓋土形。本義是解衣耕地。《說文·衣部》：「襄，漢令：解衣耕謂之襄。從衣，㘽聲。」段玉裁注：「此襄字所以從衣之本義惟見於漢令也。」《逸周書·諡法》：「闢地為襄，服遠為桓，剛克為發，柔克為懿，履正為莊，有過為僖。」引申為除去，掃除。與去掉義近。《詩·鄘風·牆有茨》：「牆有茨，不可襄也。」毛傳：「襄，除也。」《詩·小雅·出車》：「天子命我，城彼朔方，赫赫南仲，玁狁於襄。」

鄭玄箋：「襄，除也。」

「除」，从阜，與山、土、上下有關；余聲。本義是宮殿的臺階。《說文·阜部》：「除，殿階也。从阜，余聲。」《玉篇·阜部》：「除，殿階也。」《漢書·王莽傳下》：「群臣扶掖莽，自前殿南下椒除。」顏師古注：「除，殿陛之道也。」又清除，去掉。《廣雅·釋詁二》：「除，去也。」《書·泰誓》：「樹德務滋，除惡務本。」《戰國策·燕策》：「然則將軍之仇報，而燕國見陵之恥除矣。」

「襄、除」都有「去掉」義，語義相近。

「襄、除」語音、語義都有親緣關係，為同源詞。

2.148　頲 [註21]，題也。

頲：端紐耕部；題：定紐支部。

端定旁紐；耕支對轉；「頲、題」語音相近。

「頲（dìng）」，額頭。也作「定」。《集韻·徑韻》：「頲，題也。通作定。」《詩·周南·麟之趾》：「麟之定。振振公姓。」毛傳：「定，題也。」陸德明釋文：「定，都佞反。字書作頲。」

「題」，从頁（xié），與頭有關；是聲。本義是額頭。《說文·頁部》：「題，額也。从頁，是聲。」《禮記·王制》：「南方曰蠻，雕題交趾，有不火食者矣。」孔穎達疏：「題謂額也。」《楚辭·招魂》：「雕題黑齒，得人肉以祀。」《漢書·司馬相如傳》：「赤首圓題，窮奇象犀。」顏師古注：「題，額也。」

「頲、題」都有「額頭」義，語義相近。

「頲、題」語音、語義都有親緣關係，為同源詞。

2.151　貽，遺也。

貽：喻紐之部；遺：喻紐微部。

喻紐雙聲；之微通轉；「貽、遺」語音相近。

「貽（yí）」，从貝，與財物有關；台聲。本義是贈送。《說文·貝部》：「貽，贈遺也。从貝，台聲。經典通用詒。」鄭珍新附考：「經傳中多詒、貽互見，作貽皆漢後所改。古亦省作台。」《詩·邶風·靜女》：「靜女其孌，貽我彤管。」漢辛延年《羽林郎》：「貽我青銅鏡，結我紅羅裾。」

〔註21〕郭璞注：「題，額也。《詩》曰：『麟之定。』」邢昺疏：「皆謂額也。」

「遺」，金文從辵、從兩手捧物下落。小篆從辵，貴聲。本義是遺失或贈送。《說文·辵部》：「遺，亾也。从辵，貴聲。」《廣韻·脂韻》：「遺，失也。」《六書故·人九》：「遺，行有所亡失也。」《莊子·天地》：「黃帝遊乎赤水之北，登乎昆侖之丘而南望，還歸，遺其玄珠。」《左傳·隱公元年》：「小人有母，皆嘗小人之食矣，未嘗君之羹，請以遺之。」《韓非子·五蠹》：「夫山居而穀汲者，膢臘而相遺以水。」

「貽、遺」都有「贈送」義，語義相近。

「貽、遺」語音、語義都有親緣關係，為同源詞。

2.156　粲，餐也。

粲：清紐元部；餐：清紐元部。

「粲、餐」同音。

「粲」，從米，叔聲。本義是精米，上等白米。《說文·米部》：「粲，稻重一秅，為粟二十斗，為米十斗，曰毇；為米六斗太半斗，曰粲。從米，叔聲。」段玉裁注：「稻米……八斗而舂為六斗大半斗則曰粲。……禾黍米至於侍御，稻米至於粲，皆精之至矣。」《漢書·惠帝紀》：「上造以上及內外公孫耳孫有罪當刑及當為城旦舂者，皆耐為鬼薪白粲。」顏師古注引應劭曰：「坐擇米使正白為白粲。」引申為飯食。《詩·鄭風·緇衣》：「適子之館兮，還予授子之粲兮。」毛傳：「粲，餐也。」

「餐」，從食，叔聲。本義是吃。《說文·食部》：「餐，吞也。從食，叔聲。」《詩·魏風·伐檀》：「彼君子兮，不素餐兮。」引申為飯食。《戰國策·中山策》：「與不期眾少，其於當厄；怨不期深淺，其於傷心，吾以一杯羊羹亡國，以一壺餐得士二人。」《史記·淮陰侯列傳》：「令其裨將傳餐……」

「粲、餐」都有「飯食」義，語義相近。

「粲、餐」語音、語義都有親緣關係，為同源詞。

2.160　顛〔註22〕，頂也。

顛：端紐真部；頂：端紐耕部。

〔註22〕郭璞注：「頭上。」

端紐雙聲；真耕通轉；「顛、頂」語音相近。

「顛」，從頁（xié），真聲。本義是頭頂。《說文·頁部》；「顛，頂也。從頁，真聲。」《詩·秦風·車鄰》：「有車鄰鄰，有馬白顛。」《墨子·修身》：「暢之四支，接之肌膚，華髮墮顛，而猶弗舍者，其唯聖人乎？」孫詒讓間詁：「畢云：『墮字當為墮。』按：《說文·彡部》云：『鬒，髮墮也。』《頁部》云：『顛，頂也。』墮與鬒通；墮顛，即禿頂。」

「頂」，從頁（xié），與人頭有關；丁聲。本義是頭頂。《說文·頁部》；「頂，顛也。從頁，丁聲。」《易·大過》：「過涉滅頂，凶，無咎。」《莊子·大宗師》：「肩高於頂，句贅指天。」

「顛、頂」都有「頭頂」義，語義相近。

「顛、頂」語音、語義都有親緣關係，為同源詞。

2.163　俴，淺也。

俴：從紐元部；淺：清紐元部。

從清旁紐；元部疊韻；「俴、淺」語音相近。

「俴（jiàn）」，從人，戔（jiān）聲。本義是淺，薄。《說文·人部》；「俴，淺也。從人，戔聲。」《詩·秦風·小戎》：「小戎俴收，五楘梁輈。」毛傳：「俴，淺。」孔穎達疏：「淺短其軫。」《詩·秦風·小戎》：「俴駟孔群。」朱熹注：「俴駟，四馬皆以淺薄之金為甲，欲其輕而易於馬之旋習也。」南北朝北周庾信《哀江南賦》：「俴秦車於暢轂，遷漢鼓於雷門。」

「淺」，從水，戔聲。本義是淺，不深。與「深」相對。《說文·水部》；「淺，不深也。從水，戔聲。」《玉篇·水部》；「淺，水淺也。」《詩·邶風·匏有苦葉》：「深則厲，淺則揭。」《莊子·逍遙遊》：「覆杯水於坳堂之上，則芥為之舟；置杯則膠焉，水淺而舟大也。」

「俴、淺」都有「淺」義，語義相近。

「俴、淺」語音、語義都有親緣關係，為同源詞。

2.165　訛，化也。

訛：疑紐歌部；化：曉紐歌部。

疑曉旁紐；歌部疊韻；「訛、化」語音相近。

「訛（é）」，从言，化聲。本義是謠言。本作「譌」。《說文・言部》：「譌，譌言也。从言，爲聲。《詩》曰：『民之譌言。』」《詩・小雅・沔水》：「民之訛言，寧莫之懲。」鄭玄箋：「訛，偽也。」又感化。《書・堯典》：「申命羲叔，宅南交，平秩南訛。」孔傳：「訛，化也。」《詩・小雅・節南山》：「式訛爾心，以畜萬邦。」鄭玄注：「訛，化也。」又變化。《通志・選舉略》：「歲月遷訛，斯風漸篤。」

「化」，甲骨文從二人相倒背，一正一反，以示變化。本義是變化，改變。《玉篇・匕部》：「化，易也。」《易・恒》：「日月得天而久照；四時變化而能久成。」《淮南子・泛論訓》：「法與時變，禮與俗化。」高誘注：「化，易。」

「訛、化」都有「變化」義，語義相近。

「訛、化」語音、語義都有親緣關係，為同源詞。

2.170　孺〔註23〕，屬也。

孺：日紐侯部；屬：禪紐屋部。

日禪旁紐；侯屋對轉；「孺、屬」語音相近。

「孺」，从子，指小孩，不分性別；需聲。本義是兒童，小孩。《說文・子部》：「孺，乳子也。一曰輸也，輸尚小也。从子，需聲。」《釋名・釋長幼》：「兒始能行曰孺。」《禮記・內則》：「孺子早寢晏起，唯所欲，食無時。」引申為親屬。《禮記・曲禮下》：「天子之妃曰后，諸侯曰夫人，大夫曰孺人。」孔穎達疏：「孺，屬也。言其為親屬。」

「屬」，从尾，蜀聲。尾與身體相連。本義是連接，連續。《說文・尾部》：「屬，連也。从尾，蜀聲。」徐灝注箋：「屬之言續也。《繫傳》曰：屬，相連續，若尾之在體，故从尾是也。引申為會合之義。」《廣雅・釋詁二》：「屬，續也。」《史記・屈原賈生列傳》：「然亡國破家相隨屬，而聖君治國累世而不見者，其所謂忠者不忠，而所謂賢者不賢也。」引申為親屬。《孟子・離婁下》：「夫章子，豈不欲有夫妻子母之屬哉？」《後漢書・孝靈帝紀》：「死者百餘人，妻子徙邊，諸附從者錮及五屬。」李賢注：「五屬謂五服內親也。」

「孺、屬」都有「親屬」義，語義相近。

「孺、屬」語音、語義都有親緣關係，為同源詞。

〔註23〕郭璞注：「孺謂親屬。」邢昺疏：「李巡云：『孺，骨肉相親屬也。』」

2.175　淪〔註24〕，率也。

淪：來紐文部；率：山紐物部。

來山鄰紐；文物對轉；「淪、率」語音相近。

「淪」，从水，侖（lún）聲。本義是水起微波。《說文·水部》：「淪，小波爲淪。从水，侖聲。《詩》曰：『河水清且淪漪。』一曰沒也。」《詩·魏風·伐檀》：「坎坎伐檀兮，寘之河之漘兮，河水清且淪猗。」毛傳：「淪，小風水成文，轉如輪也。」引申爲牽連，牽引。《釋名·釋水》：「淪，倫也，水文相次有倫理也。」《詩·小雅·雨無正》：「若此無罪，淪胥以鋪。」毛傳：「淪，率也。」鄭玄箋：「胥，相。鋪，遍也。言王使此無罪者見牽率相引而遍得罪也。」《文選·馬融〈長笛賦〉》：「波瀾鱗淪，窊隆詭戾。」李善注：「鱗淪，相次貌。」

「率」，沿著，順著。《詩·大雅·綿》：「率西水滸，至於岐下。」毛傳：「率，循也。」《左傳·宣公十二年》：「今鄭不率，君使群臣問諸鄭。」又牽連，牽引。《詩·大雅·假樂》：「不愆不忘，率由舊章。」《後漢書·孔融傳》：「曲媚奸臣，爲所牽率。」

「淪、率」都有「牽連」義，語義相近。

「淪、率」語音、語義都有親緣關係，爲同源詞。

2.179　遜〔註25〕，遯也。

遜：心紐文部；遯：定紐文部。

心定鄰紐；文部疊韻；「遜、遯」語音相近。

「遜（xùn）」，从辵（chuò），孫聲。本義是逃避。《說文·辵部》：「遜，遁也。从辵，孫聲。」《玉篇·辵部》：「遜，遁也。」《書·微子》：「我其發出狂，吾家耄遜於荒。」漢揚雄《劇秦美新》：「是以耆儒碩老，抱其書而遠遜。」

「遯（dùn）」，从辵（chuò），豚聲。本義是逃避。同「遁」。《說文·辵部》：「遁，逃也。从辵，从豚。」徐鍇繫傳作「从辵，豚聲」。王念孫讀說文記：「遯字古音豚，故从豚得聲。」《禮記·中庸》：「遯世不見知而不悔，唯聖者能之。」

〔註24〕郭璞注：「相率使。」
〔註25〕郭璞注：「謂逃去。」

「遜、避」都有「逃避」義，語義相近。

「遜、避」語音、語義都有親緣關係，為同源詞。

2.181　畛〔註26〕，殄也。

畛：照紐文部；殄：定紐文部。

照定準旁紐；文部疊韻；「畛、殄」語音相近。

「畛（zhěn）」，從田，㐱聲。本義是田間道路。《說文·田部》：「畛，井田間陌也。從田，㐱聲。」《小爾雅·廣詁》：「畛，界也。」《廣韻·軫韻》：「畛，田界。」清俞正燮《癸巳類稿》卷三：「溝廣四尺畛容大車六尺，去一丈也。」《周禮·地官·遂人》：「十夫有溝，溝上有畛。」引申為界限。與盡義通。《莊子·齊物論》：「請言其畛：有左有右，有倫有義，有分有辯，有競有爭，此之謂八德。」成玄英疏：「畛，界畔也。」《太玄·文》：「天炫炫於無畛，熿熿出於無垠。」范望注：「畛，界也。」

「殄（tiǎn）」，從歺（è），表示剔解後的殘骨，多與死傷有關，隸變後從歹；㐱聲。本義是盡，滅絕。《說文·歺部》：「殄，盡也。從歺，㐱聲。」王筠釋例：「『殄』之古文，蓋從倒人，以會『靡有孑遺』之意。」《書·舜典》：「朕堲讒說殄行，震驚朕師。」孔傳：「殄，絕；言我疾讒說絕君子之行而動驚我眾，欲遏絕之。」《後漢書·班彪傳附班固傳》：「草木無餘，禽獸殄夷。」李賢注：「殄，盡也。」

「畛、殄」都有「盡」義，語義相通。

「畛、殄」語音、語義都有親緣關係，為同源詞。

2.182　曷，盍也。

曷：匣紐月部；盍：匣紐盍部。

匣紐雙聲；月盍通轉；「曷、盍」語音相近。

「曷（hé）」，從曰，匃聲。本義是何，什麼。《說文·曰部》：「曷，何也。從曰，匃聲。」《書·盤庚上》：「汝曷弗告朕，而胥動以浮言，恐沈於眾？」孔傳：「曷，何也。」孔穎達疏：「曷何同音，故曷為何也。」《詩·王風·揚之水》：「懷哉懷哉，曷月予還歸哉？」又何不。《詩·唐風·有杕之杜》：「中

心好之，曷飲食之？」清王士禎《池北偶談》：「此地不久必大亂，不可留也，曷避之？」

「盍（hé）」，也作「盇」。从大，从血。本義是覆蓋。《說文·血部》：「盇，覆也。从血、大。」段玉裁注：「皿中有血而上覆之，覆必大於下，故从大。」唐杜甫《杜位宅守歲》：「盍簪喧櫪馬，列炬散林鴉。」又何，什麼，怎麼。《廣雅·釋詁三》：「盍，何也。」楊樹達《詞詮》卷三：「盍，疑問代名詞，亦『何』也。」《管子·小稱》：「盍不起為寡人壽乎？」《莊子·盜蹠》：「盍不為行？」又何不。《玉篇·血部》：「盇，何不也。」楊樹達《詞詮》卷三：「盍，疑問副詞，為『何不』之義。」《左傳·桓公十一年》：「盍請濟師于王？」《論語·公冶長》：「顏淵、季路侍。子曰：『盍各言爾志？』」

「曷、盍」都有「何、何不」義，語義相近。

「曷、盍」語音、語義都有親緣關係，為同源詞。

2.184　陰〔註27〕，闇也。

陰：影紐侵部；闇：影紐侵部。

「陰、闇」同音。

「陰（àn）」，同「暗」。光線不足，黑暗。與「明」相對。《說文·日部》：「暗，日無光也。从日，音聲。」《玉篇·日部》：「暗，不明也。」《論衡·說日》：「日中光明，故小；其出入時光暗，故大。」《世說新語·言語》：「簡文在暗室中坐，召宣武。」又同「晻」。《說文·日部》：「晻，不明也。从日，奄聲。」《集韻·感韻》：「晻，《說文》：『不明也。』或作陰、暗。」《集韻·勘韻》：「暗，或从奄。」《荀子·君道》：「……孤獨而晻謂之危。」《漢書·元帝紀》：「陰陽未調，三光晻昧，元元大困，流散道路。」顏師古注：「晻與暗同。」《資治通鑒·漢元帝永光二年》：「陰變則靜者動，陽蔽則明者晻。」胡三省注：「明者晻，謂日食也。」

「闇（àn）」，从門，音聲。本義是關門。《說文·門部》：「闇，閉門也。从門，音聲。」《梁書·樂藹傳》：「州人嫉之，或譖藹廨門如市，嶷遣覘之，方見

〔註27〕郭璞注：「陰，陰然，冥貌。」錢大昕說：「（陰）本當為『陰』。《論語》『高宗諒陰』，鄭訓『陰』為『闇』，《說文》亦訓『陰』為『闇』，皆據此文。古書『陰』與『音』通。《左傳》『鹿死不擇音』是也。本借『音』為『陰』，後人妄加偏旁。」見《潛研堂文集》卷十。

藹闇閣讀書。」又同「暗」。光線不明，黑暗。《周禮‧春官‧眡祲》:「五曰闇，六曰瞢。」鄭玄注引鄭司農云:「闇，日月食也。」《後漢書‧郎顗傳》:「正月以來，陰闇連日。」

「陪、闇」都有「黑暗」義，語義相近。

「陪、闇」語音、語義都有親緣關係，為同源詞。

2.193　鬱〔註28〕，气也。

鬱:影紐物部；气:溪紐物部。

影溪鄰紐；物部疊韻；「鬱、气」語音相近。

「鬱」，从林，鬱（yù）省聲。本義是繁茂。《說文‧林部》:「鬱，木叢生者。从林，鬱省聲。」《詩‧秦風‧晨風》:「鴥彼晨風，鬱彼北林。」毛傳:「鬱，積也。」孔穎達疏:「鬱者，林木積聚之貌。」引申為暴怒。含有憤怒義。《文選‧潘岳〈射雉賦〉》:「鬱軒堵以餘怒，司長鳴以效能。」李善注引徐爰曰:「鬱，暴怒也。」《文選‧傅毅〈舞賦〉》:「或有宛足鬱怒，般桓不發。」李善注:「鬱怒，氣遲留不發也。」又熱气。含有气體義。《漢書‧王褒傳》:「故服絺綌之涼者，不苦盛暑之鬱燠；襲貂狐之暖者，不憂至寒之悽愴。」顏師古注:「鬱，熱气也。」

「气」，甲骨文、小篆象雲气蒸騰上升形。本義是雲气。《說文‧气部》:「气，雲气也。象形。」《集韻‧未韻》:「气，《說文》:『雲气也。』或作氣。」王鳴盛《蛾術編》:「案:『气』字隸變，以『氣』代『气』。」《漢書‧天文志》:「迅雷風妖，怪雲變气。」引申為气體。《莊子‧齊物論》:「夫大塊噫气，其名為風。」宋張載《正蒙‧神化篇》:「所謂气也者，非待其鬱蒸凝聚，接於目而後知之。」又憤怒，气惱，生气。《戰國策‧趙策四》:「太后盛气而揖之。」元張國賓《合汗衫》:「气的來有眼如盲，有口似啞。」

「鬱、气」都有「气體、憤怒」義，語義相通。

「鬱、气」語音、語義都有親緣關係，為同源詞。

2.200　尹，正也。　皇、匡，正也。

皇:匣紐陽部；匡:溪紐陽部。

〔註28〕郭璞注:「鬱然氣出。」邢昺疏:「鬱然氣出也，謂鬱蒸之氣也。」

匡溪旁紐；陽部疊韻；「皇、匡」語音相近。

「皇」，君主。《楚辭・離騷》：「豈余身之憚殃兮，恐皇輿之敗績。」王逸注：「皇，君也。」又匡正，糾正。《詩・豳風・破斧》：「周公東征，四國是皇。」毛傳：「皇，匡也。」《穆天子傳》卷五：「嗟我公侯，百辟冢卿，皇我萬民，旦夕勿忘。」

「匡」，從匚（fāng），與筐器有關；王聲。本義是盛飯的方形用具。後作「筐」。《說文・匚部》：「匡，飲器，筥也。從匚，㞷聲。」桂馥義證：「方曰筐。」《詩・小雅・楚茨》：「既齊既稷，既匡既勑。」又扶正，糾正。《詩・小雅・六月》：「王于出征，以匡王國。」鄭玄箋：「匡，正也」《左傳・襄公十四年》：「善則賞之，過則匡之。」

「正」，甲骨文上面的符號表示方向、目標，下面是足（止）。意思是向這個方位或目標不偏不斜地走去。本義是平正，不偏斜。《說文・正部》：「正，是也。從止，一以止。」《說文・是部》：「是，直也。從日、正。」《論語・鄉黨》：「席不正不坐。」引申為糾正，匡正。《左傳・隱公十一年》：「政以治民，刑以正邪。」《荀子・王制》：「正法則，選賢良。」

「皇、匡」都有「糾正」義，語義相近。

「皇、匡」語音、語義都有親緣關係，為同源詞。

2.210　逡，退也。

逡：清紐文部；退：透紐物部。

清透準雙聲；文物對轉；「逡、退」語音相近。

「逡（qūn）」，從辵（chuò），夋（qūn）聲。本義是徘徊。《說文・辵部》：「逡，復也。從辵，夋聲。」徐灝注箋：「復訓往來。往來即逡巡意。」引申為退卻，退讓。《玉篇・辵部》：「逡，卻也。」《漢書・公孫弘傳》：「有功者上，無功者下，則群臣逡。」王先謙補注：「逡，退也。言群臣明退讓之義也。」《宋書・袁淑傳》：「逡巢逗穴，命淮、汝戈船，遏其還徑。」

「退」，甲骨文從皀（簋）從夊，表示祭祀完畢後把食器退下。金文加彳旁，或加辵旁。小篆從彳（chì），表示小步；從日；從夊（suī），表示兩腳。本義是退下，後退。《玉篇・辵部》：「退，卻也。」《易・乾》：「知進而不知退，知存而不知亡，知得而不知喪，其唯聖人乎！」《儀禮・鄉射禮》：「賓西階上

北面拜，主人少退。」

　　「逡、退」都有「退卻」義，語義相近。

　　「逡、退」語音、語義都有親緣關係，為同源詞。

2.213　詵，念也。

　　詵：審紐侵部；念：泥紐侵部。

　　審泥準旁紐；侵部疊韻；「詵、念」語音相近。

　　「詵（shěn）」，从言，念聲。本義是規諫，勸告。《說文・言部》:「詵，深諫也。从言，念聲。《春秋傳》曰:『辛伯詵周桓公。』」《國語・晉語七》:「使果敢者詵之……果敢者詵之，則過不隱。」韋昭注:「詵，告也，告得失。」又思念。《詩・小雅・四牡》:「豈不懷歸，是用作歌，將母來詵。」毛傳:「詵，念也。」《國語・魯語上》:「為我得法，使有司藏之，使吾無忘詵。」

　　「念」，甲文從心，人聲。金文從心、人聲或從心、含（今）聲。小篆從心，今聲。本義是思念，懷念。《說文・心部》:「念，常思也。从心，今聲。」朱駿聲通訓定聲:「謂長久思之。」《詩・邶風・谷風》:「不念昔者，伊余來墍。」《詩・大雅・文王》:「王之藎臣，無念爾祖。」

　　「詵、念」都有「思念」義，語義相近。

　　「詵、念」語音、語義都有親緣關係，為同源詞。

2.215　弇，同也。　弇，蓋也。

　　弇：影紐談部；蓋：匣紐盍部。

　　影匣鄰紐；談盍對轉；「弇、蓋」語音相近。

　　「弇（yǎn）」，从廾（gǒng），从合。本義是覆蓋，遮蔽。《說文・収部》:「弇，蓋也。从廾，从合。」《廣雅・釋詁二》:「弇，覆也。」《廣韻・琰韻》:「弇，蓋也。」《管子・八觀》:「塞其塗，弇其跡。」《墨子・耕法》:「曰苟使我和，是猶弇其目而祝于叢社也。」《穆天子傳》卷三:「天子遂驅升於弇山，乃紀丌跡於弇山之石，而樹之槐，眉曰西王母之山。」

　　「蓋」，从艸，盍（hé）聲。本義是苫，用蘆葦或茅草編成的覆蓋物。《說文・艸部》:「蓋，苫也。从艸，盍聲。」邵瑛群經正字:「今經典多作蓋。」《左傳・襄公十四年》:「乃祖吾離被苫蓋，蒙荊棘，以來歸我先君。」孔穎達

疏：「被苫蓋，言無布帛可衣，唯衣草也。」引申為覆蓋，遮蔽。《玉篇・皿部》：「蓋，掩也。」《商君書・禁使》：「故至治，夫妻交友不能相為棄惡蓋非，而不害於親，民人不能相為隱。」《楚辭・九章・悲回風》：「萬變其情，豈可蓋兮。」

「弇、蓋」都有「覆蓋」義，語義相近。

「弇、蓋」語音、語義都有親緣關係，為同源詞。

2.216　恫〔註29〕，痛也。

恫：透紐東部；痛：透紐東部。

「恫、痛」同音。

「恫（tōng）」，從心，同聲。本義是哀痛，痛苦。與悲傷義近。《說文・心部》：「恫，痛也。一曰呻吟也。從心，同聲。」《詩・大雅・桑柔》：「哀恫中國，具贅卒荒。」鄭玄箋：「恫，痛也。哀痛乎中國之人。」《後漢書・張衡傳》：「尚前良之遺風兮，恫後辰而無及。」李賢注：「恫，痛也。痛已後時而不及之也。」

「痛」，從疒（chuáng），與疾病有關；甬聲。本義是疼痛。《說文・疒部》：「痛，病也。從疒，甬聲。」桂馥義證：「病也者，張揖《雜字》：『痛，癢疼也。』《釋名》：『痛，通也，通在膚脈中也。』《篇海類編・人事類・疒部》：「痛，疼也。」《易・說卦》：「（坎）……其於人也，為加憂，為心病，為耳痛。」引申為悲傷。《史記・秦本紀》：「寡人思念先君之意，常痛於心。」宋文天祥《指南錄・後序》：「痛定思痛，痛何如哉！」

「恫、痛」都有「悲傷」義，語義相近。

「恫、痛」語音、語義都有親緣關係，為同源詞。

2.217　握，具也。

握：影紐屋部；具：群紐侯部。

影群鄰紐；屋侯對轉；「握、具」語音相近。

「握」，從手，屋聲。本義是攥在手裡，執持。《說文・手部》：「握，搤持

〔註29〕邢昺疏：「謂痛傷。」

也。从手，屋聲。」《廣雅・釋詁三》：「握，持也。」《楚辭・九章・懷沙》：「懷瑾握瑜兮，窮不知所示。」王逸注：「在衣為懷，在手為握。」引申為掌握，控制。與具有義通。《管子・戒》：「舉齊國之幣，握路家五十室，其人不知也。」《韓非子・主道》：「保吾所以往而稽同之，謹執其柄而固握之。」

　　「具」，甲骨文上面是鼎，下面是雙手。表示雙手捧著盛有食物的鼎器（餐具）。本義是準備，備辦。《說文・収部》：「具，供置也。从廾，从貝省。古以貝爲貨。」段玉裁注：「共、供古今字，當从人部作『供』。」陳夢家《西周銅器斷代》：「具字從鼎，郭沫若所釋：以為『古從鼎作之字後多誤為貝』。字象兩手舉鼎之形。」《廣韻・遇韻》：「具，備也，辦也。」《左傳・隱公元年》：「繕甲兵，具卒乘，將襲鄭。」引申為具有，具備。《史記・商君列傳》：「此一物不具，君固不出。」明魏學洢《核舟記》：「明有奇巧人曰王叔遠，能以徑寸之木，為宮室、器皿、人物，以至鳥獸、木石，罔不因勢象形，各具情態。」

　　「握、具」都有「具有」義，語義相通。

　　「握、具」語音、語義都有親緣關係，為同源詞。

2.221　對，遂也。

　　對：端紐物部；遂：邪紐物部。

　　端邪鄰紐；物部疊韻；「對、遂」語音相近。

　　「對」，甲骨文、金文像朝著樹用手栽種培土的樣子，表示朝向。本義是朝著，向著。漢曹操《短歌行》：「對酒當歌，人生幾何？」《樂府詩集・木蘭詩》：「當窗理雲鬢，對鏡帖花黃。」宋柳永《雨霖鈴》：「對長亭晚，驟雨初歇。」小篆從丵，從口，從寸。漢文帝以為責對而偽，言多非誠，故去其口，以從土。應答，回答。《說文・丵部》：「對，譍無方也。从丵，从口，从寸。」徐鍇繫傳：「有問則對，非一方也。」《廣韻・隊韻》：「對，答也。應也。」《詩・大雅・桑柔》：「聽言則對，誦言如醉。」鄭玄箋：「對，答也。」又通達。《詩・大雅・蕩》：「流言以對，寇攘式內。」毛傳：「對，遂。」《荀子・成相》：「欲衷對，言不從。」俞樾平議：「言欲遂其衷忱，而無如言之不從也。」

　　「遂」，行，往。《廣雅・釋詁一》：「遂，往也。」《易・大壯》：「不能退，

不能遂。」引申為通達。《廣韻・至韻》：「遂，達也。」《禮記・月令》：「（孟春之月）慶賜遂行，毋有不當。」鄭玄注：「遂，猶達也。」孔穎達疏：「通達施行，使之周遍。」《淮南子・精神訓》：「能知大貴，何往而不遂？」高誘注：「遂，通也。」

「對、遂」都有「通達」義，語義相近。

「對、遂」語音、語義都有親緣關係，為同源詞。

2.222　爐〔註30〕，火也。

爐：曉紐微部；火：曉紐微部。

「爐、火」雙聲疊韻；「爐、火」語音相近。

「爐（huǐ）」，从火，毀聲。本義是火，烈火。《說文・火部》：「爐，火也。从火，毀聲。《春秋傳》曰：『衛矦爐。』」《玉篇・火部》：「爐，烈火也。」《廣韻・紙韻》：「爐，火盛。」《詩・周南・汝墳》：「魴魚赬尾，王室如爐。」毛傳：「爐，火也。」孔穎達疏：「孫炎曰：『方言有輕重，故謂火為爐。』」陸德明釋文：「或云楚人名曰燥，齊人曰爐，……此方俗訛語也。」《晉書・張軌傳》：「今王室如爐，百姓倒懸，正是殿下銜膽茹辛屬心之日。」

「火」，甲骨文象火焰形。本義是火，物體燃燒時產生的光和焰。《說文・火部》：「火，爐也。南方之行，炎而上。象形。」林義光《文源》：「象火焰迸射之形。」《書・盤庚上》：「若火之燎於原，不可嚮邇，其猶可撲滅？」《左傳・宣公十六年》：「人火曰火，天火曰災。」

「爐、火」都有「火」義，語義相近。

「爐、火」語音、語義都有親緣關係，為同源詞。

2.225　遇，偶也。

遇：疑紐侯部；偶：疑紐侯部。

「遇、偶」雙聲疊韻；「遇、偶」語音相近。

「遇」，从辵（chuò），禺聲。本義是偶然相逢，不期而會。含有偶然義。《說文・辵部》：「遇，逢也。从辵，禺聲。」《書・胤征》：「入自北門，乃遇

〔註30〕郭璞注：「爐，齊人語。」邢昺疏：「李巡云：『爐，一名火。』孫炎曰：『方言有輕重，故謂火為爐。』」

汝鳩、汝方。」孔傳：「不期而會曰遇。」《公羊傳・隱公八年》：「春，宋公、衛侯遇之垂。」《論語・微子》：「子路從而後，遇丈人，以杖荷蓧。」又合，投合。《孟子・公孫丑下》：「千里而見王，是予所欲也；不遇故去，豈予所欲哉？」孫奭疏：「不遇於齊王，不得行其道，故去。」《韓非子・難二》：「遇於法則行，不遇於法則止。」

「偶」，從人，禺聲。本義是仿人形制成的木偶或泥偶。《說文・人部》：「偶，相人也。從人，禺聲。」《字彙・人部》：「偶，又俑也，像也。木像曰木偶，土像曰土偶。」《淮南子・繆稱訓》：「紂爲象箸而箕子唏，魯以偶人葬而孔子歎。」高誘注：「偶人，相人也。」又融洽，投合。《字彙・人部》：「偶，諧也。」《莊子・知北遊》：「調而應之，德也；偶而應之，道也。」郭象注：「調、偶，和合之謂也。」《韓非子・難三》：「術者，藏之於胸中，以偶眾端而潛御群臣也。」陳奇猷校注：「偶，合也。」又偶然。《字彙・人部》：「偶，適然也。」《史記・范雎蔡澤列傳》：「然士亦有偶合，賢者多如此二子，不得盡意，可勝道哉！」《文選・嵇康〈與山巨源絕交書〉》：「吾直性狹，多所不堪，偶與足下相知耳。」李善注：「偶謂偶然，非本志也。」

「遇、偶」都有「偶然、投合」義，語義相通。

「遇、偶」語音、語義都有親緣關係，為同源詞。

2.227　偟〔註31〕，暇也。

偟：匣紐陽部；暇：匣紐魚部。

匣紐雙聲；魚陽對轉；「偟、暇」語音相近。

「偟（huáng）」，閒暇。《廣韻・唐韻》：「偟，偟暇。」《左傳・昭公七年》：「孤與其二三臣悼心失圖，社稷之不偟，況能懷思君德？」《法言・君子》：「忠臣孝子，偟乎不偟？」李軌注：「偟，暇。」

「暇」，從日，叚（jiǎ）聲。本義是空閒，閒暇。《說文・日部》：「暇，閑也。從日，叚聲。」《玉篇・日部》：「暇，閒暇也。」《詩・小雅・何草不黃》：「哀我征夫，朝夕不暇。」孔穎達疏：「哀我此征行之夫，朝夕常行而不得閒暇。」《韓非子・外儲說右下》：「救亡不暇，安得王哉？」

〔註31〕邢昺疏：「謂閒暇。」

「偟、暇」都有「閒暇」義，語義相近。

「偟、暇」語音、語義都有親緣關係，為同源詞。

2.236 黹〔註32〕，紩也。

黹：端紐脂部；紩：定紐質部。

端定旁紐；脂質對轉；「黹、紩」語音相近。

「黹（zhǐ）」，從㡀，丵（zhuó）省。本義是用針線縫成的花紋。《說文·黹部》：「黹，箴縷所紩衣。從㡀，丵省。」徐鍇繫傳：「黹，象刺文也。」王筠句讀：「黹，箴縷所紩衣。『衣』蓋衍文或『也』字之偽。又案：黹字之形，當以刺繡為專義。」李孝定《甲骨文字集釋》：「金文黹字，正象所刺圖案之形。」屈萬里《釋黹屯》：「金文裡所常見的玄衣黹屯，便是玄色衣服而用黹形花紋飾著它的邊沿了。從金文的資料看，有黹形花紋的衣服是由天子所特賜的。」引申為縫紉，刺繡。後稱女工為針黹。《周禮·春官·司服》：「祭社稷五祀，則希冕。」鄭玄注：「希讀為絺，或作黹。」賈公彥疏：「黹，紩也，謂刺繒為繡。」

「紩（zhì）」，從糸，失聲。本義是縫，用針線連綴。《說文·糸部》：「紩，縫也。從糸，失聲。」段玉裁注：「凡鍼功曰紩。」《玉篇·糸部》：「紩，縫也。」《晏子春秋·諫下》：「身服不雜綵，首府不鏤刻，且古者嘗有紩衣攣領而王天下者。」《方言》卷四：「以布而無緣，敝而紩之，謂之襤褸。」《後漢書·王符傳》：「或裁切綺縠，縫紩成幡。」

「黹、紩」都有「縫」義，語義相近。

「黹、紩」語音、語義都有親緣關係，為同源詞。

2.237 遞〔註33〕，迭也。

遞：定紐支部；迭：定紐質部。

定紐雙聲；支質通轉；「遞、迭」語音相近。

「遞」，從辵（chuò），虒（sī）聲。本義是交替。《說文·辵部》：「遞，更易也。從辵，虒聲。」《廣雅·釋詁三》：「遞，代也。」《楚辭·九辯》：「四時遞來而卒歲兮，陰陽不可與儷偕。」王逸注：「遞，更易也。」《呂氏春秋·蕩

〔註32〕郭璞注：「今人呼縫紩衣為黹。」
〔註33〕郭璞注：「遞，更迭。」

兵》：「五帝固相與爭兮，遞興廢聲者用事。」

「迭」，從辵（chuò），失聲。本義是更迭，交替。《說文・辵部》：「迭，更迭也。從辵，失聲。一曰達。」《廣雅・釋詁三》：「迭，代也。」王念孫疏證：「凡更代作必以其次，……代謂之迭，猶次謂之秩也。」《易・說卦》：「分陰分陽，迭用柔剛。」虞翻注：「迭，遞也。」《莊子・天運》：「四時迭起，萬物循生。」成玄英疏：「言春夏秋冬更迭而起，一切物類順序而生。」

「遞、迭」都有「交替」義，語義相近。

「遞、迭」語音、語義都有親緣關係，為同源詞。

2.242 間，倪[註34]也。

間：見紐元部；倪：溪紐元部。

見溪旁紐；元部疊韻；「間、倪」語音相近。

「間」，古作「閒」，「間」是後起字。金文從門，從月。本義是縫隙，空隙。《說文・門部》：「閒，隙也。從門，從月。」徐鍇繫傳：「大門當夜閉，閉而見月光，是有閒隙也。」段玉裁注：「開門月入，門有縫而月光可入。」《莊子・養生主》：「彼節者有間，而刀刃者無厚。」又間諜。《孫子・用閒》：「非聖智不能用閒，非仁義不能使閒。」《史記・河渠書》：「始臣為閒，然渠成亦秦之利也。」《漢書・傅介子傳》：「常為匈奴閒，候遮漢使者。」顏師古注：「閒言為匈奴之閒而伺候。」又間或，斷斷續續。《戰國策・齊策一》：「數月之後，時時而間進。」宋文天祥《指南錄・後序》：「予在患難中，間以詩記所遭。」

「倪（xiàn）」，從人，從見。本義是間或見到。《說文・人部》：「倪，譬諭也。一曰間見。從人，從見。」王筠句讀：「當作一曰：倪，閒也。」又間諜，暗探。《字彙・人部》：「倪，諜也。即今之細作也。」

「間、倪」都有「間或、間諜」義，語義相近。

「間、倪」語音、語義都有親緣關係，為同源詞。

2.244 干，扜也。

干：見紐元部；扜：匣紐元部。

〔註34〕郭璞注：「《左傳》謂之諜，今之細作也。」

見匣旁紐；元部疊韻；「干、扞」語音相近。

「干」，甲骨文象叉子一類的獵具、武器形，本是用於進攻的，後來用於防禦。本義是盾牌。《方言》卷九：「盾，自關而東或謂之盾，或謂之干；關西謂之盾。」《荀子‧解蔽》：「鳳凰秋秋，其翼若干，其聲若簫。」楊倞注：「干，盾也。」引申為捍衛。《詩‧周南‧兔罝》：「赳赳武夫，公侯干城。」毛傳：「干，扞也。」《左傳‧成公十二年》引此詩句解釋為「此公侯之所以扞城其民也」。

「扞（hàn）」，從手，干聲。本義是捍衛，護衛。後作「捍」。《廣韻‧翰韻》：「扞，以手扞，又衛也。」《書‧文侯之命》：「汝多修，扞我於艱。」孔傳：「扞我於艱難，謂救周誅犬戎。」《漢書‧刑法志》：「夫仁人在上，為下所卬（仰），猶子弟之衛父兄，若手足之扞頭目，何可當也？」顏師古注：「扞，禦難也。」

「干、扞」都有「捍衛」義，語義相近。

「干、扞」語音、語義都有親緣關係，為同源詞。

2.260 翿，纛〔註35〕也。 纛，翳也。

翿：定紐幽部；纛：定紐覺部。

定紐雙聲；幽覺對轉；「翿、纛」語音相近。

「翿（dào）」，同「翻」。頂上用羽毛做裝飾的旗子，跳舞時舞者手持做舞具。《說文‧羽部》：「翻，翳也。所以舞也。從羽，翻聲。」《詩‧王風‧君子陶陶》：「君子陶陶，左執翻，右招我由敖，其樂只且！」毛傳：「陶陶，和樂貌。翻，纛也，翳也。」

「纛（dào）」，用雉尾或犛牛尾做的舞具。也用作帝王的車飾。也叫羽葆幢。《玉篇‧糸部》：「纛，羽葆幢也。」《周禮‧地官‧鄉師》：「及葬，執纛。」《史記‧項羽本紀》：「紀信乘黃屋車，傅左纛。」裴駰集解：「李斐云：『纛，毛羽幢也。在乘輿車左上方注之。』蔡邕曰：『以犛牛尾為之，如鬥，或在騑頭，或在衡上也。』」

「翿、纛」都有「舞具」義，語義相近。

「翿、纛」語音、語義都有親緣關係，為同源詞。

〔註35〕郭璞注：「舞者所以自蔽翳。」

2.261　隍，壑也。

隍：匣紐陽部；壑：曉紐鐸部。

匣曉旁紐；陽鐸對轉；「隍、壑」語音相近。

「隍」，從阜（fù），與山、土、上下有關；皇聲。本義是沒有水的護城壕。《說文・皀部》：「隍，城池也，有水曰池，無水曰隍。從皀，皇聲。」《易・泰》：「城復于隍，勿用師，自邑告命貞吝。」孔穎達疏：「子夏傳云：『隍是城下池也。』」《文選・班固〈兩都賦序〉》：「京師修宮室，浚城隍，起苑囿，以備制度。」李善注引《說文》曰：「城池無水曰隍。」

「壑（hè）」，從叡，從土。本義是山谷。或作「叡」。《廣韻・鐸韻》：「壑，谷也。」《國語・晉語八》：「是虎目而豕喙，鳶肩而牛腹，溪壑可盈，是不可饜也，必以賄死。」引申為溝，護城河。《詩・大雅・韓奕》：「實墉實壑，實畝實籍。」孔穎達疏：「墉者城也。壑即城下之溝。」陸德明釋文：「壑，城池也。」《孟子・滕文公下》：「志士不忘在溝壑，勇士不忘喪其元。」

「隍、壑」都有「護城壕溝」義，語義相近。

「隍、壑」語音、語義都有親緣關係，為同源詞。

2.265　苛，妎也。

苛：匣紐歌部；妎：匣紐月部。

匣紐雙聲；歌月對轉；「苛、妎」語音相近。

「苛」，從艸，可聲。本義是小草。《說文・艸部》：「苛，小艸也。從艸，可聲。」引申為繁雜，煩瑣。與小義通。《國語・晉語八》：「內無苛慝，諸侯不二。」《史記・酈生列傳》：「及陳勝、項梁等起，諸將徇地過高陽者數十人，酈生聞其將皆握齱好苛禮自用，不能聽大度之言，酈生乃深自藏匿。」又苛刻。《禮記・檀弓下》：「小子識之，苛政猛於虎也。」《韓非子・內儲說上》：「衛嗣公使人為客過關市，關市苛難之，因事關市以金，關吏乃舍之。」

「妎（hài）」，從女，介聲。本義是嫉妒。因為氣量狹小而憎恨別人比自己強。與小義通。《說文・女部》：「妎，妒也。從女，介聲。」《亢倉子・政道》：「今無道不義者赦之，而有道行義者被妎而不賞。」又煩苛。含有苛刻義。《集韻・怪韻》：「妎，煩苛。」《字彙・女部》：「妎，苛害也。」《亢倉子・臣道》：「夫不妎不力，不損官吏，而功成政立。」

「苛、妎」都有「小、苛刻」義，語義相通。

「苛、妎」語音、語義都有親緣關係，為同源詞。

2.271　班，賦也。

班：幫紐元部；賦：幫紐魚部。

幫紐雙聲；元魚通轉；「班、賦」語音相近。

「班」，金文中間是刀，左右是玉。表示用刀割玉。本義是分割玉。《說文·玨部》：「班，分瑞玉。从玨，从刀。」朱駿聲通訓定聲：「從分省，會意，分亦聲。」《書·堯典》：「既月乃日，覲四嶽群牧，班瑞於群后。」引申為分給，賞賜。與給予義近。《正字通·玉部》：「班，凡以物與人亦曰班。」《書·洪範》：「武王既勝殷，邦諸侯，班宗彝。」孔傳：「賦宗廟彝器酒樽賜諸侯。」《公羊傳·僖公三十一年》：「晉侯執曹伯，班其所取侵地於諸侯也。」何休注：「班者，布遍（還）之辭。」

「賦」，从貝，與財物有關；武聲。本義是徵收，斂取。《說文·貝部》：「賦，斂也。从貝，武聲。」《公羊傳·哀公十二年》：「何譏爾？譏始用田賦也。」何休注：「賦者，斂取其財物也。」引申為授予，給予。《國語·晉語四》：「公屬百官，賦職任功。」韋昭注：「賦，授也。授職事，任有功。」《呂氏春秋·分職》：「九日，葉公入，乃發太府之貨予眾，出高庫之兵以賦民。」高誘注：「賦，予也。」《漢書·哀帝紀》：「田非塚塋，皆以賦貧民。」顏師古注：「賦，給與也。」

「班、賦」都有「給予」義，語義相近。

「班、賦」語音、語義都有親緣關係，為同源詞。

2.272　濟，渡也。　濟，成也。　濟，益也。

濟：精紐脂部；成：禪紐耕部。

精禪鄰紐；脂耕通轉；「濟、成」語音相近。

「濟」，从水，齊聲。本是古水名。即濟水，古四瀆之一。《說文·水部》：「濟，濟水也。出常山房子贊皇山，東入泜。从水，齊聲。」《漢書·地理志上》：「常山郡縣十八：……房子（縣），贊皇山，（石）濟水所出，東至慶陶入泜。」又成功，成就。與完成義近。《書·君陳》：「必以忍，其乃有濟；有容，

德乃大。」孔傳:「為人君長,必有所含忍,其乃有所成;有所包容,德乃為大。」《左傳‧成公六年》:「聖人與眾同欲,是以濟事。」

「成」,甲骨文從戌、從丁,本義是完成,成就。《說文‧戌部》:「成,就也。从戌,丁聲。」《玉篇‧戌部》:「成,畢也。」《書‧益稷》:「簫韶九成,鳳凰來儀。」《後漢書‧列女傳》:「此織生自蠶繭,成於機杼。」

「濟、成」都有「完成」義,語義相近。

「濟、成」語音、語義都有親緣關係,為同源詞。

2.278　華,皇也。

華:曉紐魚部;皇:匣紐陽部。

曉匣旁紐;魚陽對轉;「華、皇」語音相近。

「華」,金文象花朵盛開形。小篆從艸,從芌(xū)。上面是垂字,象花葉下垂形。本義是花,花朵。「花」的本字。《說文‧華部》:「華,榮也。从艸,从芌。」段玉裁注:「芌與華音義皆同。」徐灝注箋:「芌華亦一字,而《說文》別之者,此所屬之字相从各異也。……芌乃古象形文,上象蓓蕾,下象莖葉,小篆變為虧耳。」《詩‧周南‧桃夭》:「桃之夭夭,灼灼其華。」又繁盛,榮華。與旺盛義近。《方言》卷一:「華,晠(盛)也。」《國語‧魯語上》:「子為魯上卿,相二君矣,妾不衣帛,馬不食粟,人其以子為愛,且不華國乎!」韋昭注:「愛,吝也。華,榮華也。」《史記‧商君列傳》:「有功者顯榮,無功者雖富無所芬華。」

「皇」,輝煌,莊盛。與旺盛義近。後作「煌」。《詩‧小雅‧采芑》:「服其命服,朱芾斯皇。」毛傳:「皇,猶煌煌也。」《儀禮‧聘禮》:「賓入門皇,升堂讓,將授志趨。」鄭玄注:「皇,自莊盛也。」

「華、皇」都有「旺盛」義,語義相近。

「華、皇」語音、語義都有親緣關係,為同源詞。

本章小結

《釋言》的被釋詞與解釋詞也以單音節為主,但是每條類聚的詞較少。《釋言》共有詞條 280 條,其中含同源詞的條目有 79 條,占 28.21%;共有詞 655 個,其中含有同源詞 161 個,占 24.58%。

第 3 章　《釋訓》同源詞考

3.2　條條、秩秩，智也。

秩：定紐質部；智：端紐支部。

定端旁紐；質支通轉；「秩秩、智」語音相近。

「秩秩」，聰明多智的樣子。《詩・秦風・小戎》：「厭厭良人，秩秩德音。」毛傳：「秩秩，有知也。」《詩・小雅・巧言》：「秩秩大猶，聖人莫之。」

「智」，甲文從示、從口、從矢，或從子、從口、從示、從册。小篆從白，從亏，從知，知亦聲。本義是聰明，有智慧。《說文・白部》：「𥏋，識詞也。從白，從亏，從知。」段玉裁注：「鍇曰：亏亦氣也。按：從知會意，知亦聲。」徐灝注箋：「知𥏋本一字，𥏋隸省作智。」《釋名・釋言語》：「智，知也，無所不知也。」《墨子・公輸》：「殺所不足而爭所有餘，不可謂智。」《孟子・公孫丑上》：「是非之心，智之端也。」

「秩秩、智」都有「聰明」義，語義相近。

「秩秩、智」語音、語義都有親緣關係，為同源詞。

3.4　諸諸、便便，辯也。

便：並紐元部；辯：並紐元部。

「便便、辯」同音。

「便便」，善於辭令的樣子。與善言辭義近。《論語‧鄉黨》：「其在宗廟朝廷，便便言，唯謹爾。」唐孫樵《逐痁鬼文》：「愉愉便便，阿意奉歡，死而有靈，是為諂鬼。」

「辯」，巧言，善言辭。《書‧太甲下》：「君罔以辯言亂舊政，臣罔以寵利居成功。」孔傳：「利口覆國家，故特慎焉。」《老子》第八十一章：「善者不辯，辯者不善。」河上公注：「辯，謂巧言也。」《荀子‧非相》：「故君子之於言也，志好之，行安之，樂言之，故君子必辯。」楊倞注：「辯，謂能談說也。」又辯才。《莊子‧盜跖》：「強足以距敵，辯足以飾非。」《韓非子‧顯學》：「是以魏任孟卯之辯，而有華下之患；趙任馬服之辯，而有長平之禍；此二者，任辯之失也。」

「便便、辯」都有「善言辭」義，語義相近。

「便便、辯」語音、語義都有親緣關係，為同源詞。

3.7　兢兢、憴憴，戒也。

兢：見紐蒸部；戒：見紐職部。

見紐雙聲；蒸職對轉；「兢兢、戒」語音相近。

「兢兢」，小心謹慎、戒懼的樣子。與謹慎、戒備義近。《詩‧小雅‧小旻》：「戰戰兢兢，如臨深淵，如履薄冰。」毛傳：「兢兢，戒也。」唐陳子昂《為張著作謝父官表》：「夙夜兢兢，祇惕若厲。」

「戒」，甲骨文從雙手持戈。本義是防備，戒備。《說文‧廾部》：「戒，警也。从廾持戈，以戒不虞。」《易‧萃》：「君子以除戎器，戒不虞。」孔穎達疏：「修治戎器，以戒備不虞也。」《荀子‧儒效》：「身貴而愈恭，家富而愈儉，勝敵而愈戒。」楊倞注：「戒，備也。言勝敵而益戒備。」又謹慎。《廣韻‧怪韻》：「戒，慎也。」《孟子‧滕文公下》：「往之女家，必敬必戒，無違夫子。」《漢書‧枚乘傳附枚皋傳》：「初，衛皇后立，皋奏賦以戒終。」顏師古注：「令慎終如始也。」《文心雕龍‧詔策》：「戒者，慎也。」

「兢兢、戒」都有「謹慎、戒備」義，語義相近。

「兢兢、戒」語音、語義都有親緣關係，為同源詞。

3.8　戰戰、蹌蹌，動也。

戰：照紐元部；蹌：清紐陽部。

照清鄰紐；元陽通轉；「戰戰、蹌蹌」語音相近。

「戰戰」，恐懼，顫抖。與搖動義通。《書・仲虺之誥》：「小大戰戰，罔不懼于辜。」

「蹌（qiàng）蹌」，步伐有節奏的樣子。《詩・大雅・公劉》：「蹌蹌濟濟，俾筵俾幾。」又飛躍奔騰的樣子。《漢書・揚雄傳上》：「秋秋蹌蹌，入西園，切神光。」顏師古注：「秋秋蹌蹌，騰驤之貌。」又跳舞的樣子。《書・益稷》：「笙鏞以間，鳥獸蹌蹌。」孔傳：「鳥獸化德，相率而舞，蹌蹌然。」陸德明釋文：「蹌，七羊反，舞貌。」與搖動義通。

「動」，金文從辛從目、重聲。小篆從力，重聲。本義是行動，發作。《說文・力部》：「動，作也。从力，重聲。」《孟子・滕文公上》：「為民父母，使民盻盻然，將終歲勤動，不得以養其父母。」趙岐注：「動，作也。」引申為搖動，震動。與「靜」相對。《呂氏春秋・論威》：「其藏於民心，捷於肌膚也，深痛執固，不可搖盪，物莫之能動。」《韓非子・內儲說上》：「夜間，大魚動。」

「戰戰、蹌蹌」都有「搖動」義，語義相通。

「戰戰、蹌蹌」語音、語義都有親緣關係，為同源詞。

3.19　烝烝、遂遂 [註1]，作也。

烝：照紐蒸部；遂：邪紐物部。

照邪鄰紐；蒸物通轉；「烝烝、遂遂」語音相近。

「烝（zhēng）烝」，興盛的樣子。含有興起義。《詩・魯頌・泮水》：「烝烝皇皇，不吳不揚。」

「遂遂」，茂盛的樣子。與興起義通。《藝文類聚》卷三引晉夏侯湛《春可樂賦》：「桑冉冉以奮條，麥遂遂以揚秀。」

「作」，產生，興起。《說文・人部》：「作，起也。从人，从乍。」《易・乾》：「雲從龍，風從虎，聖人作而萬物睹。」陸德明釋文：「鄭云：作，起也。」《論衡・佚文》：「周秦之際，諸子並作。」

〔註 1〕郭璞注：「皆物盛與作之貌。」

「烝烝、遂遂」都有「興起」義，語義相通。

「烝烝、遂遂」語音、語義都有親緣關係，為同源詞。

3.22　倆倆、格格，舉也。

格：見紐鐸部；舉：見紐魚部。

見紐雙聲；鐸魚對轉；「格格、舉」語音相近。

「格格」，或作「閣閣」。揚起。《詩・小雅・斯干》：「約之閣閣，椓之橐橐。」《周禮・考工記・匠人》鄭注引作「約之格格」。

「舉」，從手，與聲。本義是揚起，雙手向上托物。《說文・手部》：「舉，對舉也。從手，與聲。」段玉裁注：「對舉，謂以兩手舉之。」《廣韻・語韻》：「舉，擎也。」邵瑛群經正字：「今經典作舉。隸變漢碑多如此作，今俗因之。」《孟子・梁惠王上》：「吾力足以舉百鈞，而不足以舉一羽。」《史記・刺客列傳》：「（高漸離）舉築撲秦王，不中。」

「格格、舉」都有「揚起」義，語義相近。

「格格、舉」語音、語義都有親緣關係，為同源詞。

3.24　懨懨、媞媞，安也。

懨：影紐談部；安：影紐元部。

影紐雙聲；談元通轉；「懨懨、安」語音相近。

「懨（yān）懨」，或作「厭厭」。安詳的樣子。與安寧義近。《詩・小雅・湛露》：「厭厭夜飲，不醉無歸。」《說文》引作「懨懨夜飲」。

「安」，從宀，從女。表示無危險。本義是安定，安全。《玉篇・宀部》：「安，安定也。」《詩・小雅・常棣》：「喪亂既平，既安且寧。」引申為安逸，安樂。《論語・學而》：「君子食無求飽，居主安。」晉陶潛《歸去來兮辭》：「依南窗以寄傲，審容膝之易安。」又安寧。唐李朝威《柳毅傳》：「毅良久稍安，乃獲自定。」

「懨懨、安」都有「安寧」義，語義相近。

「懨懨、安」語音、語義都有親緣關係，為同源詞。

3.27　存存、萌萌，在也。

存：從紐文部；在：從紐之部。

從紐雙聲；文之通轉；「存存、在」語音相近。

「存存」，保全、育成已存在者。《易・繫辭上》：「天地設位，而易行乎其中矣。成性存存，道義之門。」孔穎達疏：「此明易道既在天地之中，能成其萬物之性，使物生不失其性，存其萬物之存，使物得其存成也。性謂稟其始也，存謂保其終也。」《莊子・田子方》：「楚王與凡君坐，少焉，楚王左右曰凡亡者三。凡君曰：『凡之亡也，不足以喪吾存；夫凡之亡不足以喪吾存，則楚之存不足以存存。由是觀之，則凡未始亡而楚未始存也。』」又存在，保持。宋范仲淹《太子賓客謝公夢讀史詩序》：「以公生平之心，蹈於斯，誠於斯，故精義存存，著於神明而不亂矣。」

「在」，甲骨文作才。金文從土，才聲。表示草木初生在土上。本義是存在。《說文・土部》：「在，存也。从土，才聲。」《論語・學而》：「父在，觀其志；父沒，觀其行。」《論語・里仁》：「父母在，不遠遊。」《淮南子・原道訓》：「無所不充，則無所不在。」高誘注：「在，存也。」

「存存、在」都有「存在」義，語義相近。

「存存、在」語音、語義都有親緣關係，為同源詞。

3.28　懋懋、慔慔，勉也。〔註2〕

慔：明紐鐸部；勉：明紐元部。

明紐雙聲；鐸元通轉；「慔慔、勉」語音相近。

「慔（mù）慔」，努力的樣子。《方言》卷七：「北燕之外郊凡勞而相勉若言努力者謂之侔莫。」

「勉」，從力，免聲。本義是努力，盡力。《說文・力部》：「勉，彊也。从力，免聲。」《論語・子罕》：「出則事公卿，入則事父兄，喪事不敢不勉，不為酒困，何有於我哉？」《楚辭・離騷》：「勉升降以上下兮，求矩矱之所同。」引申為鼓勵，勸勉。《管子・立政》：「上不加勉，而民自盡竭。」《論衡・答佞》：「知力耕可以得穀，勉貿可以得貨。」

〔註2〕郭璞注：「皆自勉強。」郝懿行義疏：「懋慔一聲之轉。《方言》云：『侔莫，強也。』亦與懋慔之聲相轉。」

「懇懇、勉」都有「努力」義，語義相近。

「懇懇、勉」語音、語義都有親緣關係，為同源詞。

3.31　綽綽、爰爰，緩也。

爰：匣紐元部；緩：匣紐元部。

「爰、緩」雙聲疊韻；爰爰、緩」語音相近。

「爰爰」，舒緩的樣子。《詩‧王風‧兔爰》：「有兔爰爰，雉離于羅。」毛傳：「爰爰，緩意。」

「緩」，舒緩。《廣韻‧緩韻》：「緩，舒也。」《戰國策‧衛策》：「夫人于事己者過急，於事人者過緩。」南朝梁劉峻《辯命論》：「短則不可緩之於寸陰，長則不可急之於箭漏。」

「爰爰、緩」都有「舒緩」義，語義相近。

「爰爰、緩」語音、語義都有親緣關係，為同源詞。

3.33　瞿瞿〔註3〕、休休，儉也。

瞿：見紐魚部；儉：群紐談部。

見群旁紐；魚談通轉；「瞿瞿、儉」語音相近。

「瞿（jù）瞿」，」安樂有節制的樣子。《詩‧唐風‧蟋蟀》：「好樂無荒，良士瞿瞿。」毛傳：「瞿瞿然顧禮義也。」《新唐書‧吳湊傳》：「湊為人彊力劬儉，瞿瞿未嘗擾民，上下愛向。」又節儉。

「儉」，从人，僉聲。本義是行為約束而有節制。《說文‧人部》：「儉，約也。从人，僉聲。」段玉裁注：「約者，纏束也；儉者，不敢放侈之意。」《左傳‧僖公二十三年》：「晉公子廣而儉，文而有禮。」《禮記‧樂綸》：「恭儉而好禮者，宜歌《小雅》。」孔穎達疏：「儉，謂以約自處。」又節儉。《論語‧八佾》：「禮，與其奢也，寧儉。」《國語‧周語下》：「夫宮室不崇，器無彤鏤，儉也。」

「瞿瞿、儉」都有「有節制」義，語義相通。

「瞿瞿、儉」語音、語義都有親緣關係，為同源詞。

〔註3〕郭璞注：「皆良士節儉。」

3.34　旭旭、蹻蹻，憍也。

蹻：見紐宵部；憍：見紐宵部。

「蹻蹻、憍」同音。

「蹻（jiǎo）蹻」，驕縱的樣子。《詩・大雅・板》：「老夫灌灌，小子蹻蹻。」毛傳：「蹻蹻，驕貌。」晉葛洪《抱樸子・循本》：「聖賢孜孜，勉之若彼；淺近蹻蹻，忽之如此。」

「憍（jiāo）」，同「驕」。驕傲，放縱。《廣韻・宵韻》：「憍，本亦作驕。」「憍，恣也。」《集韻・宵韻》：「憍，矜也。通作驕。」「憍，逸也。」《楚辭・九章・抽思》：「憍吾以其美好兮，敖朕辭而不聽。」王逸注：「憍，矜也。」《戰國策・魏策一》：「君子之地，知伯必憍，憍而輕敵，鄰國懼而相親。」《淮南子・道應訓》：「憍則恣，恣則極物。」

「蹻蹻、憍」都有「驕傲、放縱」義，語義相近。

「蹻蹻、憍」語音、語義都有親緣關係，為同源詞。

3.37　儚儚、泅泅，惛也。

泅：匣紐微部；惛：曉紐文部。

匣曉旁紐；微文對轉；「泅泅、惛」語音相近。

「泅泅」，或作「個個」。昏亂，糊塗。《玉篇・人部》：「個個，昏皃。」漢王符《潛夫論・救邊》：「若此以來，出入九載，庶曰式臧，復出為惡，個個潰潰，當何終極？」

「惛（hūn）」，從心，昏聲。本義是不明了，糊塗。《說文・心部》：「惛，不憭也。從心，昏聲。」段玉裁注：「憭，慧也。」《孟子・梁惠王上》：「吾惛，不能進於是矣。」《戰國策・秦策一》：「今之嗣主，忽於至道，皆惛於教。」高誘注：「惛，不明也。」

「泅泅、惛」都有「糊塗」義，語義相近。

「泅泅、惛」語音、語義都有親緣關係，為同源詞。

3.40　居居，究究，惡也。

居：見紐魚部，惡：影紐鐸部。

見影鄰紐；魚鐸對轉；「居居、惡」語音相近。

「居居」，憎惡而疏遠的樣子。含有憎恨義。《詩‧唐風‧羔裘》：「羔裘豹袪，自我人居居。」毛傳：「居居，懷惡不相親比之貌。」鄭玄箋：「其意居居然有悖惡之心，不恤我之困苦。」

「惡（wù）」，討厭，憎恨。《廣韻‧暮韻》：「惡，憎惡也。」《論語‧里仁》：「唯仁者，能好人，能惡人。」《睡虎地秦墓竹簡‧為吏之道》：「毋喜富，毋惡貧。」

「居居、惡」都有「憎恨」義，語義相通。

「居居、惡」語音、語義都有親緣關係，為同源詞。

3.41　仇仇、敖敖，傲也。

敖：疑紐宵部；傲：疑紐宵部。

「敖敖、傲」同音。

「敖敖」，本或作「警警」、「嚻嚻」。自以為是、不肯聽人說話的樣子。與傲慢義近。《詩‧大雅‧板》：「我即爾謀，聽我嚻嚻。」毛傳：「嚻嚻，警警也。」漢王符《潛夫論‧明忠》引作「聽我敖敖」。《楚辭‧九思‧怨上》：「令尹兮警警，群司兮讓讓。」王逸注：「警警，不聽話言而妄語也。」

「傲」，從人，敖聲。本義是傲慢，驕傲。《說文‧人部》：「傲，倨也。從人，敖聲。」《書‧盤庚上》：「汝猷黜乃心，無傲從康。」孔傳：「無傲慢，從心所安。」《楚辭‧離騷》：「保厥美以驕傲兮，日康娛以淫遊。」王逸注：「倨簡曰驕，侮慢曰傲。」

「敖敖、傲」都有「傲慢」義，語義相近。

「敖敖、傲」語音、語義都有親緣關係，為同源詞。

3.45　殷殷、惸惸、忉忉、慱慱、欽欽、京京、忡忡、惙惙、恲恲、弈弈，憂也。

一、殷殷，欽欽

殷：影紐文部；欽：溪紐侵部。

影溪鄰紐；文侵通轉；「殷殷、欽欽」語音相近。

「殷殷」，本或作「慇慇」。憂傷的樣子。與擔憂義近。《詩‧邶風‧北門》：

「出自北門，憂心殷殷。」

「欽欽」，憂思難忘的樣子。與擔憂義近。《詩・秦風・晨風》：「未見君子，憂心欽欽。」

本組詞都有「擔憂」義，語義相近。

本組詞語音、語義都有親緣關係，為同源詞。

二、慱慱，惙惙，弈弈

慱：定紐元部；惙：端紐月部；弈：喻紐鐸部。

定端旁紐，定喻、端喻準旁紐；元月對轉，元鐸、月鐸通轉；「慱慱、惙惙、弈弈」語音相近。

「慱（tuán）慱」，憂苦不安的樣子。與擔憂義近。《詩・檜風・素冠》：「庶見素冠兮，棘人欒欒兮。勞心慱慱兮！」毛傳：「慱慱，憂勞也。」

「惙（chuò）惙」，憂鬱的樣子。與擔憂義近。《詩・召南・草蟲》：「未見君子，憂心惙惙。」毛傳：「惙惙，憂也。」

「弈弈」，憂慮的樣子。與擔憂義近。《詩・小雅・頍弁》：「未見君子，憂心弈弈。」孔穎達疏：「《正義》曰：『弈弈，憂貌。』」

「憂」，金文從以手掩面，或從頁、從心。小篆從夊，惪聲。本義是擔憂，憂愁，憂慮。本作「惪」。《說文・心部》：「惪，愁也。从心，从頁。」朱駿聲通訓定聲：「經傳皆以憂為之，而惪字廢矣。」《玉篇・心部》：「憂，愁也。」《詩・魏風・園有桃》：「心之憂矣，其誰知之？」《論語・衛靈公》：「君子憂道不憂貧。」

本組詞都有「擔憂」義，語義相近。

本組詞語音、語義都有親緣關係，為同源詞。

3.46　畇畇，田也。

畇：喻紐真部；田：定紐真部。

喻定準旁紐；真部疊韻；「畇畇、田」語音相近。

「畇（yún）畇」，整治田地，使之平坦整齊。與耕種田地義近。《詩・小雅・信南山》：「畇畇原隰，曾孫田之。」毛傳：「畇畇，墾闢貌。」馬瑞辰通釋：「畇畇者，田已均治之貌，故傳訓為墾闢貌。」

「田」，甲骨文象小路縱橫交錯的農田形。本義是農田。《釋名・釋地》：「已耕者曰田。田，填也，五稼填滿其中也。」《詩・大雅・大田》：「大田多稼，既種既戒，既備乃事。」引申為耕種田地。後作「佃」。《字彙・田部》：「田，耕治之也。」《漢書・高帝紀》：「故秦苑囿園池，令民得田之。」顏師古注：「田，謂耕作也。」宋王安石《省兵》：「驕惰習已久，去歸豈能田？不田亦不桑，衣食猶兵然。」

「畇畇、田」都有「耕種田地」義，語義相近。

「畇畇、田」語音、語義都有親緣關係，為同源詞。

3.47　畟畟〔註4〕，耜也。

畟：初紐職部；耜：邪紐之部。

初邪準旁紐；職之對轉；「畟畟、耜」語音相近。

「畟（cè）畟」，鋒利的耜深耕快進的樣子。一說深耕的樣子。含有翻土義。《詩・周頌・良耜》：「畟畟良耜，俶載南畝。」毛傳：「畟畟，猶測測也。」孔穎達疏：「以畟畟文連良耜，則是利刃之狀，故猶測測以為利之意也。」朱熹注：「畟畟，嚴利也。」馬瑞辰通釋：「胡承珙曰：『《爾雅》：深，測也。《說文》：測，深所至也。畟畟、測測，皆狀農人深耕之貌。』今按《淮南子・原道篇》注：『度深曰測。』則以耜入地之深亦得曰測。《爾雅》舍人注：『畟畟，耜入地之貌。』亦狀其入地之深。」清錢謙益《龔府君墓誌》：「畟畟良耜，藹藹蓬廬。」

「耜」，翻土用的農具。裝在耒下或犁上。《釋名・釋用器》：「耜，似也，似齒之斷物也。」《玉篇・耒部》：「耜，耒端木。」《六書故・植物一》：「耜，耒下刺土臿也。古以木為之，後也以金。」《詩・周頌・良耜序》：「良耜，秋報社稷也。」陸德明釋文：「耜，田器也。」《莊子・天下》：「禹親自操槖耜而九雜天下之川。」成玄英疏：「耜，掘土具也。」《國語・周語中》：「民無懸耜，野無奧草。」韋昭注：「入土為耜，耜柄曰耒。」引申為用耜翻土。《周禮・秋官・薙氏》：「薙氏掌殺草……冬日至而耜之。」鄭玄注：「耜之，以耜測凍土劃之。」

〔註4〕邢昺疏：「舍人曰：『畟畟，耜入地之貌。』」

「畟畟、耜」都有「翻土」義，語義相通。

「畟畟、耜」語音、語義都有親緣關係，為同源詞。

3.72 謔謔、謞謞〔註5〕，崇讒慝也。

謔：曉紐沃部；謞：曉紐沃部。

「謔、謞」雙聲疊韻；「謔謔、謞謞」語音相近。

「謔（xuè）謔」，很高興的樣子。與旺盛義通。《詩·大雅·板》：「天之方虐，無然謔謔。」毛傳：「謔謔然喜樂。」清褚人獲《堅瓠八集·十遇詞》：「遇友且謔謔，遇酒且酩酊。」

「謞（hè）謞」，同「熇熇」。熾烈的樣子。與旺盛義通。《詩·大雅·板》：「多將熇熇，不可救藥。」朱熹注：「熇熇，熾盛也。」明黃道周《執中用中說》：「謞謞之言而有是非，膠膠之形而有妍媸。」

「謔謔、謞謞」都有「旺盛」義，語義相通。

「謔謔、謞謞」語音、語義都有親緣關係，為同源詞。

3.75 抑抑，密也。 秩秩，清也。

秩：定紐質部；清：清紐耕部。

定清鄰紐；質耕通轉；「秩秩、清」語音相近。

「秩秩」，有順序的樣子。《荀子·仲尼》：「貴賤長少秩秩焉，莫不從桓公而貴敬之。」楊倞注：「秩秩，順序之貌。」引申為整飭有度，政治清明。與太平義近。《詩·大雅·假樂》：「威儀抑抑，德音秩秩。」

「清」，從水，青聲。青，碧綠透徹，也有表意作用。本義是水清。《說文·水部》：「清，朖也。澂水之貌。從水，青聲。」段玉裁注：「朖者，明也。澂而後明，故云澂水之貌。」《玉篇·水部》：「清，澄也，潔也。」《詩·魏風·伐檀》：「坎坎伐檀兮，寘之河之干兮，河水清且漣猗。」引申為清除。《漢書·晁錯傳》：「請誅晁錯，以清君側。」《文選·張衡〈西京賦〉》：「迥卒清候，武士赫怒。」李善注：「清候，清道候望也。」又清平，太平。《孟子·萬章下》：

〔註5〕郝懿行義疏：「謞者，當作熇。《說文》云：『火熱也。』引《詩》『多將熇熇』。《爾雅》本亦作熇。《正義》引舍人曰：『謔謔、謞謞，皆盛熱貌。』孫炎曰：『厲王暴虐，大臣謔謔然喜，謞謞然盛以信讒慝也。』」

「當紂之時，居北海之濱，以待天下之清也。」

「秩秩、清」都有「太平」義，語義相近。

「秩秩、清」語音、語義都有親緣關係，為同源詞。

3.79　不遹，不蹟也。

遹：喻紐質部；蹟：精紐錫部。

喻精鄰紐；質錫通轉；「遹、蹟」語音相近。

「遹（yù）」，遵循，遵從。《書·康誥》：「今（治）民將在祗遹乃文考，紹聞衣德言。」孔傳：「今治民將在敬循汝文德之父，繼其所聞，服行其德言以為政教。」陸德明釋文引馬融曰：「遹，紹述也。」《舊唐書·禮儀志三》：「祗遹文祖，光昭舊勳。」

「蹟」，从足，責聲。本義是腳印。同「跡」。《說文·辵部》：「跡，步處也。从辵，亦聲。」《韓非子·外儲說左上》：「趙主父令工施鉤梯而緣播吾，刻疏人跡其上。」引申為遵循。《詩·小雅·沔水》：「念彼不跡，載起載行。」毛傳：「不跡，不循道也。」鄭玄箋：「彼，彼諸侯也。諸侯不循法度，妄興師出兵。」陳奐傳疏：「《說文》蹟，跡之或字。蹟，道也。」《史記·三代世表》：「后稷母為姜嫄，出見大人蹟而履踐之，知於身，則生后稷。」

「遹、蹟」都有「遵循」義，語義相近。

「遹、蹟」語音、語義都有親緣關係，為同源詞。

3.82　蕿〔註6〕、諼，忘也。

蕿：曉紐元部；諼：曉紐元部。

「蕿、諼」同音。

「蕿（xuān）」，同「萱（xuān）」、「蘐（xuān）」。忘憂草。《說文·艸部》：「蘐，令人忘憂艸也，从艸，憲聲。《詩》曰：『安得蘐艸？』或从暖，或从宣。」段玉裁注：「蘐之言諼也。諼，忘也。」《集韻·元韻》：「蘐……或从宣、从爰。」又同「諼」。忘記。《集韻·阮韻》：「諼……或作蕿。」《詩·衛風·伯兮》：「焉得諼草，言樹之背。」

〔註6〕陸德明釋文：「蕿，施音袁，謝許袁反。郭云：『義見《伯兮》。』《詩》云：『焉得諼草。』毛傳云：『蕿草令人善忘。』則謝讀為是。」

「諼（xuān）」，从言，爰（yuán）聲。本義是欺詐，欺騙。《說文‧言部》：「諼，詐也。从言，爰聲。」《廣雅‧釋詁二》：「諼，欺也。」《公羊傳‧文公三年》：「晉陽處父帥師伐楚救江。此伐楚也，其言救江何？為諼也。」何休注：「諼，詐。」又忘記。《玉篇‧言部》：「諼，忘也。」《詩‧衛風‧考盤》：「獨寐寤言，永矢弗諼。」鄭玄箋：「諼，忘也。」唐白居易《贈元稹詩》：「之子異於是，久要誓不諼。」

「忘」，从心，从亡，亡亦聲。本義是忘記，不記得。《說文‧心部》；「忘，不識也。从心，从亡，亡亦聲。」段玉裁注：「識者，意也。今所謂知識，所謂記憶也。」《玉篇‧心部》；「忘，不憶也。」《詩‧鄭風‧有女同車》：「彼美孟姜，德音不忘。」《列子‧周穆王》：「中年病忘，朝取而昔忘。」陸德明釋文：「不記事也。」

「蕿、諼」都有「忘記」義，語義相近。

「蕿、諼」語音、語義都有親緣關係，為同源詞。

3.86　暨〔註7〕，不及也。

暨：群紐物部；及：群紐緝部。

群紐雙聲；物緝通轉；「暨、及」語音相近。

「暨（jì）」，从旦，既聲。本義是太陽初升，微露於地平線。《說文‧旦部》：「暨，日頗見也。从旦，旣聲。」段玉裁注：「頗，頭偏也。頭偏則不能全見其面，故謂事之略然者曰頗。日頗見者，見而不全也。」王筠句讀：「頗見，略見也。」朱駿聲通訓定聲：「暨，日出地平謂之旦；暨者，乍出微見也。」又至，到。《玉篇‧日部》：「暨，至也。」《國語‧周語中》：「上求不暨，是其外禮也。」《文心雕龍‧明詩》：「自商暨周，《雅》、《頌》圓備。」又連詞，及，和。《春秋‧定公元年》：「宋公之弟辰暨宋仲佗、石彄出奔陳。」《公羊傳‧隱公元年》：「會、及、暨，皆與也。」《史記‧秦始皇本紀》：「地東至海暨朝鮮，西至臨洮、羌中，南至北向戶，北據河為塞，並陰山至遼東。」又不及。

「及」，甲骨文從人，從手。表示後面的人趕上來用手抓住前面的人。本

〔註7〕郭璞注：「《公羊傳（隱公元年）》曰：『及，我欲之；暨，不得已。』暨不得已，是不得及。」邢昺疏：「暨者，非我欲之事，不獲已而為會者也，故云不及也。」郝懿行義疏：「蓋暨之一字包『及』與『不及』二義也。」

義是追上。《說文・又部》：「及，逮也。从又，从人。」徐灝注箋：「此與逮同意。」徐鍇繫傳：「及前人也。」《國語・晉語二》：「往言不可及也，且人中心唯無忌之，何可敗也！子將何如？」韋昭注：「及，追也。」引申為到。《廣雅・釋詁一》：「及，至也。」《左傳・隱公元年》：「不及黃泉，無相見也。」《詩・小雅・皇皇者華》：「皇皇者華，于彼原隰。駪駪征夫，每懷靡及。」又連詞，與、和。《詩・豳風・七月》：「六月食鬱及薁，七月亨葵及菽。」《左傳・隱公元年》：「生莊公及共叔段。」

「暨、及」都有「到、和」義，語義相近。

「暨、及」語音、語義都有親緣關係，為同源詞。

3.88 「如切如磋」，道學也。「如琢如磨」，自修也。「瑟兮僴兮」，恂慄也。「赫兮烜〔註8〕兮」，威儀也。「有斐君子，終不可諠兮」，道盛德至善，民之不能忘也。

赫：曉紐鐸部；烜：曉紐元部。

曉紐雙聲；鐸元通轉；「赫、烜」語音相近。

「赫」，从二赤。本義是紅的樣子。《說文・赤部》：「赫，火赤貌。从二赤。」段玉裁本作「大赤貌」，並注：「大，各本作火，今正。此謂赤非謂火也，赤之盛故从二赤。」《玉篇・赤部》：「赫，赤貌。」《詩・邶風・簡兮》：「赫如渥赭，公言賜爵。」毛傳：「赫，赤貌。」引申為顯著，顯赫。《小爾雅・廣言》：「赫，顯也。」《詩・衛風・淇奧》：「有匪君子，如切如磋，如琢如磨。瑟兮僴兮，赫兮咺兮。有匪君子，終不可諼兮。」毛傳：「赫，有明德赫赫然。」《詩・大雅・生民》：「以赫厥靈，上帝不寧。」毛傳：「赫，顯也。」

「烜（xuǎn）」，从火，亘聲。本義是曝曬，曬乾。《字彙・火部》：「烜，曝也。」《易・說》：「雨以潤之，日以烜之。」孔穎達疏：「烜，乾也。」又明亮，顯著。或作「咺」。《詩・衛風・淇奧》：「有匪君子，如切如磋，如琢如磨。瑟兮僴兮，赫兮咺兮。有匪君子，終不可諼兮。」毛傳：「咺，威儀容止宣著也。」

「赫、烜」都有「顯著」義，語義相近。

「赫、烜」語音、語義都有親緣關係，為同源詞。

〔註8〕陸德明釋文：「烜者，光明宣著。」邢昺疏：「赫烜者，容儀發揚之言。」

3.106 婆娑，舞也。

婆娑：並紐歌部；舞：明紐魚部。

並明旁紐；歌魚通轉；「婆娑、舞」語音相近。

「婆娑」，盤旋起舞的樣子。含有舞蹈義。《詩・陳風・東門之枌》：「子仲之子，婆娑其下。」毛傳：「婆娑，舞也。」漢王褒《四子講德論》：「婆娑嘔吟，鼓掖而笑。」

「舞」，象人舞蹈形。本義為跳舞或舞蹈。《周禮・春官・樂師》：「凡舞，有帗舞，有羽舞，有皇舞，有旄舞，有干舞，有人舞。」漢蔡邕《月令章句》卷上：「舞者，樂之容也；歌者，樂之聲也。」《論語・八佾》：「八佾舞於庭，是可忍，孰不可忍也！」《世說新語・品藻》：「劉尹、王長史同坐，長史酒酣起舞。」

「婆娑、舞」都有「舞蹈」義，語義相通。

「婆娑、舞」語音、語義都有親緣關係，為同源詞。

3.110 殿屎，呻也。

殿屎：端紐脂部；呻：審紐真部。

端審準旁紐；脂真對轉；「殿屎、呻」語音相近。

「殿屎」，痛苦呻吟聲。《詩・大雅・板》：「民之方殿屎，則莫我敢葵。」毛傳：「殿屎，呻吟也。」《晉書・劉聰載記》：「夫天生蒸民而樹之君者，使為之父母以刑賞之，不欲使殿屎黎元而蕩逸一人。」

「呻」，因痛苦而呻吟。《正字通・口部》：「呻，疾痛聲。」《列子・周穆王》：「有老役夫，筋力竭矣，而使之彌勤，晝則呻呼而即事，夜則昏憊而熟寐。」唐劉禹錫《上杜司徒書》：「疾者思愈，必呻而求醫。」

「殿屎、呻」都有「呻吟」義，語義相近。

「殿屎、呻」語音、語義都有親緣關係，為同源詞。

3.114 不辰，不時也。

辰：禪紐文部；時：禪紐之部。

禪紐雙聲；文之通轉；「辰、時」語音相近。

「辰」，光陰，時間。《儀禮・士冠禮》：「吉月令辰，乃申爾服。」《法言・

問明》：「辰乎辰，曷來之遲去之速也。」《漢書·敘傳上》：「盍孟晉以迨群兮？辰倏忽其不再。」顏師古注：「辰，時也。」又逢時。與時運義通。《詩·大雅·桑柔》：「我生不辰，逢天僤怒。」鄭玄箋：「辰，時也。」孔穎達疏：「我之生也，不得時節，正逢天之厚怒。」

「時」，從日，與時間有關；寺聲。本義是季度，季節。《說文·日部》：「時，四時也。從日，寺聲。」徐鍇繫傳：「古文從日，之聲。」商承祚《殷虛文字類編》：「此（甲骨文）與許書古文合。」《玉篇·日部》：「時，春夏秋冬四時也。」《孟子·篇敘》：「三時者，成歲之要時。」《論衡·言間時》：「積日為月，積月為時，積時為歲。」引申為光陰，時間。《呂氏春秋·首時》：「天不再與，時不久留。」漢曹操《精列》：「君子以弗憂年之暮奈何，時過時來微。」又時機，時運。《左傳·文公十三年》：「死之短長，時也。」唐王勃《滕王閣餞別序》：「時運不濟，命途多舛。」

「辰、時」都有「時間、時運」義，語義相通。

「辰、時」語音、語義都有親緣關係，為同源詞。

3.116　鬼之為言歸也。

鬼：見紐微部；歸：見紐微部。

「鬼、歸」同音。

「鬼」，甲骨文下面是人，上面象可怕的腦袋形（非田字）。表示人們想像中的似人非人的怪物。本義是迷信的人認為人死後離開身體而存在的靈魂。與回去義通。《說文·鬼部》：「鬼，人所歸為鬼。從人，象鬼頭。鬼陰氣賊害，從厶。」《正字通·鬼部》：「鬼，人死魂魄為鬼。」《易·睽》：「見豕負塗，載鬼一車。」《禮記·祭義》：「眾生必死，死必歸士，此之謂鬼。」

「歸」，甲骨文從帚，𠂤聲。小篆從止，從婦省，𠂤聲。本義是女子出嫁。《說文·止部》：「歸，女嫁也。從止，從婦省，𠂤聲。」《國語·晉語四》：「秦伯歸女五人，懷嬴與焉。」韋昭注：「歸，嫁也。」引申為返回，回去。《廣雅·釋言》：「歸，返也。」《論語·先進》：「冠者五六人，童子六七人，浴乎沂，風乎舞雩，詠而歸。」《史記·高祖本紀》：「大風起兮雲飛揚，威加海內兮歸故鄉，安得猛士兮守四方。」

「鬼、歸」都有「回去」義，語義相通。

「鬼、歸」語音、語義都有親緣關係，為同源詞。

本章小結

　　《釋訓》的被釋詞與解釋詞以雙音節為主，而且每條類聚的詞少。《釋訓》共有詞條 116 條，其中含同源詞的條目有 28 條，占 24.14%；共有詞 329 個，其中含有同源詞 59 個，占 17.93%。

結　語

一、《爾雅》前 3 篇同源詞之間的語音關係

　　《爾雅》前 3 篇同源詞之間的語音關係大致有五種類型：語音相同，雙聲疊韻，雙聲韻近，疊韻聲近和聲韻皆近。

（一）語音相同

語音相同是說同源詞之間的聲紐和韻母都完全一致。

例如 2.54：

競、逐，彊也。

競：群紐陽部；彊：群紐陽部。

「競、彊」同音。

（二）雙聲疊韻

雙聲疊韻是說同源詞之間的聲紐和韻部都相同但韻頭不同。

例如 2.222：

燬，火也。

燬：曉紐微部；火：曉紐微部。

「燬、火」雙聲疊韻；「燬、火」語音相近。

（三）雙聲韻近

雙聲韻近是說同源詞之間的聲紐相同韻部相近。

例如 2.23：

疾、齊，壯也。

疾：從紐質部；齊：從紐脂部。

從紐雙聲；質脂對轉；「疾、齊」語音相近。

（四）疊韻聲近

疊韻聲近是說同源詞之間的韻部相同聲紐相近。

例如 2.2：

斯、詖，離也。

詖：穿紐歌部；離：來紐歌部。

穿來準旁紐；歌部疊韻；「詖、離」語音相近。

（五）聲韻皆近

聲韻皆近是說同源詞之間的聲紐和韻部都相近。

例如 1.132：

僉、咸、胥，皆也。

僉：清紐談部；胥：心紐魚部。

清心旁紐；談魚通轉；「僉、胥」語音相近。

二、《爾雅》前 3 篇同源詞之間的語義關係

（一）語義相關的類型

《爾雅》前 3 篇同源詞之間語義相關的類型主要有意義相近和意義相通兩種。

1. 意義相近

意義相近是說一組詞至少有一個相對應的意義是接近的。

例如 1.158：

逆，迎也。

「逆、迎」都有「迎接」義，語義相近。

2. 意義相通

意義相通是說一組詞至少有一個相對應的意義是共通的。其中包含的意義

大多數是隱性的，意義之間的關係不很明顯。

例如 2.57：

黼、黻，彰也。

「黼（fǔ）」，禮服上繡的黑與白相間的花紋。「黻（fú）」，禮服上黑與青相間的花紋。「黼、黻」都有「錯綜駁雜的花紋」義，語義相通。

另外，個別條目也可以理解為意義相反。例如 2.70，「迎、逆」都有「迎接」義，意義相近；但是，「迎」又有「奉承、迎合、面向著、正對著」義，「逆」又有「叛亂、背叛、反、倒著」義，「迎、逆」意義相反。

（二）語義相關的方式

《爾雅》前 3 篇同源詞之間語義相關的方式主要包括三種：含有相關的義項〔註1〕、含有相關的義素〔註2〕以及一個詞的義項與另一個詞的義素相關。

1. 含有相關的義項

含有相關的義項是說同源詞各有若干個義項但彼此之間含有相關的義項。

例如 1.109：

茲、斯、諮、呰、已，此也。

「斯、呰、此」都有「這」義，語義相近。

「這」義是「斯、呰、此」含有的相關義項。

2. 含有相關的義素

含有相關的義素是說同源詞相對應的義項中含有相關的義素。

例如 1.112：

曩、塵、佇、淹、留，久也。

「曩（nǎng）」，以往，過去。一般表示過去較久的時間。「佇（zhù）」，久立。「曩、佇」都有「長久」義，語義相通。

「曩」的義項「以往、過去」中含有「長久」、「以前的時間」等義素。「佇」的義項「久立」中含有「長久」、「站立」等義素。「曩、佇」含有共同的義素「長久」。

〔註1〕義項指詞義的分項說明。單義詞只有一個義項，多義詞有幾個意義就有幾個義項。
〔註2〕義素指構成詞義的最小單位。一個義項一般包含若干個義素。

3. 一個詞的義項與另一個詞的義素相關

一個詞的義項與另一個詞的義素相關是說同源詞相對應的意義中，在一個詞中表現為義項，在另一個詞中表現為義素。

例如 2.125：

偰，聲也。

「偰（xiè）」，細小的聲音。「聲」，聲音。

「偰、聲」都有「聲音」義，語義相通。

「偰」的義項「細小的聲音」中包含「聲音」、「微小」等義素，「聲」的義項「聲音」中包含「聲音」義素，「偰、聲」含有共同的義素「聲音」。「聲音」在「偰」的意義中屬於義素，在「聲」的意義中屬於義項。

三、《爾雅》前 3 篇同源詞出現的方式

《爾雅》前 3 篇同源詞出現的方式主要有羅列式、滾動式和交替式三種。

（一）羅列式

羅列式是說一組同源詞一個個簡單地排列出現。

例如 2.35：

靡、罔，無也。

「靡、罔、無」語音、語義都有親緣關係，為同源詞。

本條只有一組同源詞「靡、罔、無」，一個個相繼排列出現。

（二）滾動式

滾動式是說後面一組同源詞在前面一組同源詞的基礎上數量有所增加或減少。又有遞增式和遞減式兩種形式。

1. 遞增式

遞增式是說後面一組同源詞在前面一組同源詞的基礎上數量有所增加。

例如 2.48：

潛，深也。　潛、深，測也。

「潛、深、測」語音、語義都有親緣關係，為同源詞。

前面一組同源詞是「潛、深」，後面一組同源詞是「潛、深、測」。後面一組同源詞在前面一組的基礎上同源詞的數量增加了。

2. 遞減式

遞減式是說後面一組同源詞在前面一組同源詞的基礎上數量有所減少。

例如 1.12：

遹、遵、率、循、由、從，自也。　遹、遵、率，循也。

「遹、自」語音、語義都有親緣關係，為同源詞。

「遵、率、循」語音、語義都有親緣關係，為同源詞。

前面一組有同源詞「遹、遵、率、循、自」，後面一組有同源詞「遹、遵、率、循」。後面一組在前面一組的基礎上同源詞的數量減少了。

（三）交替式

交替式是說同源詞在各組中輪流出現。又有兩種形式：各組中有共同的同源詞，各組中沒有共同的同源詞。

1. 各組中有共同的同源詞

各組中有共同的同源詞是說各組中除了不同的同源詞以外還有共同的同源詞。

例如 1.53：

諧、輯、協，和也。　關關、嚶嚶，音聲和也。　龤、爕，和也。

「協、和」語音、語義都有親緣關係，為同源詞。

「關關、和」語音、語義都有親緣關係，為同源詞。

「龤、和」語音、語義都有親緣關係，為同源詞。

「協、和」、「關關、和」和「龤、和」三組同源詞語音、語義都有親緣關係，可以合併為一條。

本條的同源詞有「協、關關、龤、和」。三組同源詞分別是「協、和」、「關關、和」和「龤、和」。除了分別有同源詞「協」、「關關」和「龤」以外，還有共同的同源詞「和」。

2. 各組中沒有共同的同源詞

各組中沒有共同的同源詞是說同源詞有的在這組出現，有的在那組出現，不存在各組共同具有的同源詞。

例如 1.48：

詔、亮、左、右、相，導也。　詔、相、導、左、右、助，勵也。　亮、

介、尚，右也。　左、右，亮也。

「相、左、助、勴」語音、語義都有親緣關係，為同源詞。

「亮、尚」語音、語義都有親緣關係，為同源詞。

「相、左、助、勴」和「亮、尚」兩組同源詞語音、語義都有親緣關係，可以合併為一條。

本條的同源詞有「相、左、助、勴、亮、尚」，但是第一組只出現了「相、左、亮」，第二組只出現了「相、左、助、勴」，第三組只出現了「亮、尚」，第四組只出現了「左、亮」。四組中找不到一個共同的同源詞。

四、《爾雅》前 3 篇同源詞出現的類型

《爾雅》前 3 篇同源詞出現的類型大致可以分為兩種：被釋詞與解釋詞互為同源詞或者被釋詞與被釋詞互為同源詞。每種類型又有若干種形式。

（一）被釋詞與解釋詞互為同源詞

1. A、B……，a 也。

A……為被釋詞，a 為解釋詞，A……與 a 互為同源詞。被釋詞和解釋詞都為單音節詞。

例如 1.43：

卬、吾、台、予、朕、身、甫、余、言，我也。

「卬、吾、我」語音、語義都有親緣關係，為同源詞。

「卬、吾」為被釋詞，「我」為解釋詞。

2. A（之為言）a（也）。

A 為被釋詞，a 為解釋詞，A 與 a 互為同源詞。被釋詞和解釋詞都為單音節詞。

例如 3.116：

鬼之為言歸也。

「鬼、歸」語音、語義都有親緣關係，為同源詞。

「鬼」為被釋詞，「歸」為解釋詞。

3. 不 A，不 a（也）。

A 為被釋詞，a 為解釋詞，A 與 a 互為同源詞。被釋詞和解釋詞都有限定

成分。

例如 3.114：

不辰，不時也。

「辰、時」語音、語義都有親緣關係，為同源詞。

「辰」為被釋詞，「時」為解釋詞。

4. A，ba（也）。

A 為被釋詞，a 為解釋詞，A 與 a 互為同源詞。解釋詞有限定成分。

例如 1.166：

妥，安坐也。

「妥、坐」語音、語義都有親緣關係，為同源詞。

「妥」為被釋詞，「坐」為解釋詞。

又如 3.86：

暨，不及也。

「暨、及」語音、語義都有親緣關係，為同源詞。

「暨」為被釋詞，「及」為解釋詞。

5. AA……，a 也。

AA……為被釋詞，a 為解釋詞，AA……與 a 互為同源詞。被釋詞為雙音節詞，疊音詞；解釋詞為單音節詞。

例如 3.34：

旭旭、蹻蹻，憍也。

「蹻蹻、憍」語音、語義都有親緣關係，為同源詞。

「蹻蹻」為被釋詞，「憍」為解釋詞。

6. AB……，a 也。

AB……為被釋詞，a 為解釋詞，AB……與 a 互為同源詞。被釋詞為雙音節詞，聯綿詞；解釋詞為單音節詞。

例如 3.110：

殿屎，呻也。

「殿屎、呻」語音、語義都有親緣關係，為同源詞。

「殿屎」為被釋詞，「呻」為解釋詞。

（二）被釋詞與被釋詞互為同源詞

1. A、B……，a 也。

A、B……為被釋詞，a 為解釋詞，A 與 B……互為同源詞。被釋詞為單音節詞。

例如 1.42：

騖、務、昏、暋，強也。

「騖、務」語音、語義都有親緣關係，為同源詞。

「騖、務」都是被釋詞。

2. ACBC，a 也。

ACBC 為被釋詞，a 為解釋詞，A 與 B 互為同源詞。兩個被釋詞處在同一個分句中，被釋詞為單音節詞。

例如 3.88：

「如切如磋」，道學也。「如琢如磨」，自修也。「瑟兮僩兮」，恂栗也。「赫兮咺兮」，威儀也。「有斐君子，終不可諼兮」，道盛德至善，民之不能忘也。

「赫、咺」語音、語義都有親緣關係，為同源詞。

「赫、咺」都是被釋詞。

3. AA、BB……，a 也。

AA、BB……為被釋詞，a 為解釋詞，AA 與 BB……互為同源詞。被釋詞為雙音節詞，疊音詞。

例如 3.72：

謔謔、謞謞，崇讒慝也。

「謔謔、謞謞」語音、語義都有親緣關係，為同源詞。

「謔謔、謞謞」都是被釋詞。

4. AA、AB……，a 也。

AA、AB……為被釋詞，a 為解釋詞，AA 與 AB……互為同源詞。被釋詞為雙音節詞，疊音詞或聯綿詞。

例如 1.41：

亹亹、蠠沒、孟、敦、勖、釗、茂、劭、勔，勉也。

「疊疊、罷沒」語音、語義都有親緣關係，為同源詞。

「疊疊、罷沒」都是被釋詞。

5. AB、C……，a 也。

AB、C……為被釋詞，a 為解釋詞，AB 與 C……互為同源詞。被釋詞為雙音節聯綿詞或單音節詞。

例如 1.65：

痛、瘏、恤癵、玄黃、劬勞、咎、顇、瘽、瘜、鰥、戮、瘋、癏、瘒、癢、疷、疧、悶、逐、疚、痗、瘥、痱、癉、瘵、瘼、癠，病也。

「恤癵、瘽、鰥、疚」語音、語義都有親緣關係，為同源詞。

「恤癵、瘽、鰥、疚」都是被釋詞。

五、《爾雅》同源詞反映的先秦聲訓情況

（一）《爾雅》前 3 篇同源詞在詞中所占的比重

《釋詁》篇共有詞條 173 條，其中含同源詞的條目有 135 條，占 78.03%；共有詞 1087 個（同一條中不重複計算，下同），其中含有同源詞 578 個，占 53.17%。

《釋言》篇共有詞條 280 條，其中含同源詞的條目有 79 條，占 28.21%；共有詞 655 個，其中含有同源詞 161 個，占 24.58%。

《釋訓》篇共有詞條 116 條，其中含同源詞的條目有 28 條，占 24.14%；共有詞 329 個，其中含有同源詞 59 個，占 17.93%。

《爾雅》前 3 篇共有詞條 569 條，其中含同源詞的條目有 242 條，占 42.53%；共有詞 2071 個，其中含有同源詞 798 個，占 38.53%。〔註3〕

〔註3〕 本書雙音節合成詞的語音分析按照單音節詞語音分析的規則進行，雙音節重疊式合成詞只按單音節詞處理，雙音節聯綿詞也按單音節詞來處理。因此，傳統上認為是同源詞的，本書有的可能沒有算作同源詞。例如：「毗劉，暴樂也。」郝懿行義疏：「『毗劉暴樂』蓋古方俗之語，不論其字，唯取其聲。今登萊間人凡果實及木葉墮落謂之『毗劉杷拉』，『杷拉』亦即『暴樂』之聲轉。」本書未設「存疑」欄目。詞目取捨的標準是，如果語音、語義都相關並且有書證或方言例證就採用，否則就捨棄。本書詞的數量統計只能說是近似的。被釋詞與解釋詞包含的「詞」，其實有時候是短語，例如「善父母」、「善兄弟」、「美女」、「美士」各算 1 個詞，因為它們都是對 1 個詞的解釋；有時候是從短語中選取的相關部分，例如「如切如磋」、「如琢如磨」、「瑟兮僩兮」、「赫兮咺兮」中，「切」、「磋」、「琢」、「磨」、「瑟」、「僩」、「赫」、「咺」各算 1 個詞，因為它們之間的意義有差別，有的還可以構成同源詞。

（二）先秦時代聲訓的準確度以及運用聲訓的自覺程度

《爾雅》前 3 篇同源詞之間的語音關係和語義關係多種多樣，使得聲訓〔註4〕的形式複雜多樣。聲訓的形式複雜多樣，為容納更多的同源詞創造了有利條件。《爾雅》前 3 篇同源詞出現的方式和類型複雜多變，便於容納更多的同源詞。

《釋詁》篇的被釋詞與解釋詞不僅以單音節為主，而且每條類聚的詞較多，所以出現同源詞的頻率就較高。《釋言》篇的被釋詞與解釋詞雖然也以單音節為主，但是每條類聚的詞較少，所以出現同源詞的頻率就較低。《釋訓》篇的被釋詞與解釋詞不僅以雙音節為主，而且每條類聚的詞少，所以出現同源詞的頻率就低。由於《釋詁》篇中的被釋詞與解釋詞數量在《爾雅》前 3 篇中超過一半，其同源詞的比重對《爾雅》前 3 篇同源詞的整體比重起著舉足輕重的作用，而且《釋言》篇、《釋訓》篇中的同源詞也占一定的比重，因此《爾雅》前 3 篇同源詞的整體比重就相當大。

據陳建初先生考證，《釋名》訓釋正確的 455 條，占全書 1298 條聲訓的 35.1%，占聲訓所釋 1258 名的 36.2%。〔註5〕《爾雅》前 3 篇同源詞的數量在詞的總數量中超過三分之一，接近 40%。這說明，先秦時代聲訓占相當大的比重，先秦時代聲訓的準確度相當高。《爾雅》前 3 篇是對普通詞語的解釋，其中的同源詞占相當大的比重，這決不是偶然的。這表明，在解釋詞語時，先秦學者已經自覺或不自覺地運用聲訓。雖然缺乏理論上的論證，但是先秦學者運用聲訓的技巧已經十分熟練。「《爾雅》再一次有力地證明，先秦時代的聲訓普遍存在，當時的人們雖無同源詞概念，但在聲訓過程中已不自覺地選擇同出一源的解釋詞來訓釋其被釋詞，客觀上起到了同源互證、揭示語源的作用。」〔註6〕從某種意義上說，《爾雅》前 3 篇也具有半同源詞詞典的性質。

從《爾雅》同源詞的情況看，故訓存在許多同源詞相訓的情況，聲訓多數是正確的。以往有人認為「因聲求義」是訓詁的最高境界，不是沒有道理的。傳統訓詁學要走向科學化，必須解釋詞的構成理據，揭示語源。

〔註4〕 聲訓是以語音相近的詞來訓詁，是古人採用的尋求語源的一種方法。
〔註5〕 見陳建初《〈釋名〉考論》，湖南師範大學出版社，2007 年版，第 231 頁。
〔註6〕 見殷寄明《中國語源學史》，吉林人民出版社，2002 年版，第 46 頁。

六、語源的揭示

（一）前人對語源的探索

1. 前人對聲訓的探索

漢語語源學在先秦時期就已經產生，主要表現在用聲訓的方法對一些同源詞或同源字進行解釋。

西周初年的《易》中使用了大量的聲訓，有不少同源詞相訓的情況。例如，《易‧繫辭下》：「爻也者，效此者也。」《易‧說卦》：「乾，健也；坤，順也。」後來的《左傳》、《國語》、《論語》、《莊子》、《孟子》等，也有一些運用聲訓訓釋同源詞的例子。

東漢劉熙的《釋名》是對先秦聲訓的總結。《釋名》往往直接從語音探求語源，是我國第一部試圖以聲訓求語源的專著。例如，《釋名‧釋言語》：「言，宣也，宣彼此之意也。」「語，敘也，敘己所敘說也。」《釋名》論及事物命名的原則有五條：或依據事物的形體命名，或依據事物的特徵命名，或依據事物的功用命名，或依據事物的產地命名，或依據事物的變化命名。這樣對事物得名的原因作全面的探求在中國還是第一次，而且是從語音上探索的，具有很高的語源學價值。

先秦時期的聲訓採用的一些被釋詞與解釋詞之間，語音、語義都相關，形體有時相關，有時無關。所以先秦時期的聲訓是「語轉」說和「右文」說的總源頭，同時具備後來「語轉」說和「右文」說的一些特點，這從《易》和《釋名》可以看出來。例如，《易》以「健」訓「乾」、以「順」訓「坤」屬於「語轉」說，《釋名》以「群」訓「裙」、以「利」訓「犁」、以「光」訓「晃」屬於「右文」說。

從漢朝開始，漢語語源學的各個分支開始走上各自發展的道路，它們時而分離，時而融合，你中有我，我中有你。

2. 前人對詞源的探索

最初語音與語義的結合只是社會約定俗成的，但是詞一旦形成，由於時代或地域不同就孳生出一組組語音相近、語義相通的詞。西漢揚雄的《方言》稱這種現象為「語之轉」或「轉語」。一是方言音轉，例如《方言》卷三：「撲、鋌、澌，盡也。南楚凡物盡生者曰撲生，物空盡者曰鋌。鋌，賜也。鋌、賜、

撲、澌，皆盡也。鋌，空也，語之轉也。」二是古今音轉，例如《方言》「大也」條：「奘」、「壯」、「京」、「將」「皆古今語也」。

東漢的鄭玄是傳統的從音韻通訓詁原則的首倡者，並且在聲訓中貫穿「就其原文字之聲類，考訓詁」主線，注釋儒家經典。唐陸德明《經典釋文‧敘錄》稱引其語說：「其始書之也，倉卒無其字，或以音類比方假借為之，趣於近之而已。受之者或非一邦之人，人用其鄉，同言異字，同字異言，於茲遂生矣。」鄭玄以語音為線索，多角度地分析被釋詞的音義聯繫，所以他能夠高於前代學者。鄭玄還指出了文獻中的古今字、異體字。他的觀點，既有詞源學方面的，也有字源學方面的。

晉朝的郭璞運用的語音通轉的術語比揚雄的多，在《方言注》中指明一組組詞為「語聲轉」、「聲之轉」、「語轉」的有一二十條，繼承並且發揚了揚雄的「語轉」理論，還將「語轉」理論方法運用到《爾雅注》中，擴大了「語轉」理論的運用領域。例如，《方言》卷十一：「蠅，東齊謂之羊。」郭璞注：「此亦語轉耳，今江東呼羊聲如蠅。」《爾雅‧釋詁》：「卬、吾、台、予、朕、身、甫、余、言，我也。」郭璞注：「卬猶姎也，語之轉耳。」

唐朝顏師古的《史記注》和《漢書注》，南朝宋裴駰的《史記集解》、唐朝司馬貞的《史記索隱》、張守節的《史記正義》，都有運用「語轉」說的方法對詞與詞的音義關係進行分析的例子。

宋朝鄭樵的《通志‧二十略‧七音略》把語詞音節的變化分為「內轉」、「外轉」兩大類，從 32 個聲紐、7 音、4 聲調三個角度分析了音節的變化，列出了43 個表。鄭樵對音節變化的規律作了全方位的探討，為促使「語轉」說理論朝著科學化的方向發展奠定了基礎。他發現人們的姓氏可以由於「語轉」而改變，把「音訛」看成是姓氏的起源之一。《通志‧氏族略‧音訛》：「陳氏為田氏，韓氏為何氏……簡雍本姓耿，幽州人，以『耿』為『簡』，遂為簡氏。」鄭樵的《六書略》對「右文」、形聲有許多精闢的見解。他認識到，字的增殖主要是形聲字的增殖，把諧聲分為四種類型。

明朝的李時珍在《本草綱目》中綜合運用了各種語源學方法進行推源。

明末清初的方以智在《通雅》中第一次提出了「原」、「推原」的概念，綜合運用各種語源學方法進行推源，以語源學方法貫通各個領域的研究。方以智

作「語轉」的音韻學理據分析，以豐富的實例證明了哪些韻部可以互相通轉，取得了豐碩的成果。

黃生的族從孫黃承吉在《〈字詁〉、〈義府〉合按後序》中說黃生有著作《字詁》、《義府》，未曾刊行。《字詁》、《義府》中多角度地探討了語音的親緣關係，分析了某兩個詞的音節之間的急緩、開合、長短、清濁或發音部位、發音方法以及聲調的不同，還以語音為樞紐辨析了聯綿詞。

清朝的戴震提出了「語轉」說，主張「聲義互求」、「以聲原義」。他擬定了依據聲母系統推求語詞通轉的法則。他說：「凡同位則同聲，同聲則可以通乎其義；位同則聲變而同，聲變而同則其義亦可以比之而通。」他也知道，聲義互求還要兼顧韻部。他在《論韻書中字義答秦尚書蕙田》中揭示了音與義的對立統一：「字書主於故訓，韻書主於音聲，然二者恒相因。音聲有不隨故訓變者，則一音或數義；音聲有隨故訓而變者，則一字或數音。」

王念孫發展了「因聲求義」說。他主張以音求義，不限形體。試看他的《廣雅疏證》卷五上釋言篇「漂，潎也」條疏：「《漢書·韓信傳》：有一漂母哀之。韋昭注云：以水擊絮曰漂。《說文》：潎，於水中擊絮也。《莊子·逍遙遊篇》：世世以洴澼絖為事。李頤注云：洴澼絖者，漂絮於水上。絖，絮也。漂、潎、洴、澼，一聲之轉。漂之言摽，潎之言撇，洴之言拼，澼之言擗，皆謂擊也。」「漂、潎、洴、澼」就是一組音義相關的同源詞。

程瑤田的《果臝轉語記》以圓形物體為核心意義推而廣之，貫通了 200 多個實例，說明了「果臝」一音是模仿圓形物體而命名的，闡發了音義通轉的道理和事物命名的規律。

「語轉」說等直接把語音和語義聯繫起來，不考慮形體，也就是從詞的角度研究語言。因此，「語轉」說大致屬於詞源研究的範疇。「語轉」說屬於語源學的範疇。

3. 前人對字源的探索

東漢許慎的《說文解字》最主要的歷史貢獻是「就形以說音義」，即根據漢字的籀文、小篆形體來探求字音和字義。他的「就形以說音義」實際上包括兩個方面：一是因形見義，他把 9353 個字按照表義偏旁分為 540 部，部首是同部首字的共同意義；二是以音求義，用聲訓形式釋義，如「禮，履也」、

「天，顛也」。這說明，《說文解字》不僅具有字源研究的性質，而且具有詞源研究的性質。許慎的觀點，既有字源學方面的，也有詞源學方面的。

北宋的王子韶著重研究了形聲字，提出了從聲符求字義的觀點，因為聲符居右是形聲字的最主要的構成方式，所以他的學說被稱為「右文」說。其要點見於沈括《夢溪筆談》卷十四：「王聖美治字學，演其義為右文。古之字書皆從左文。凡字，其類在左，其義在右。如木類，其左皆從木。所謂右文者，如戔，小也。水之小者曰淺，金之小者曰錢，歹之小者曰殘，貝之小者曰賤，如此之類，皆以戔為義也。」王子韶對古代字書都從形符的做法進行了反思和挑戰。他認識到，形聲字的聲符是主體性構件，承載著主要意義，形符是輔助性構件，承載著附加意義；聲符承載的意義是同源字的公共意義，這一意義來源於聲符。

王觀國、張世南等繼承並發揚了「右文」說。

宋末元初戴侗的《六書故》涉及到語詞的起源、詞語的派生、聲符的功能、音形義結合的理據等問題，創見很多。他的「右文」研究表明，對於形聲字聲符所承載的語義，宋人已經從歸納、對比、互證走向了解釋、推源。形聲字所表語詞的語義如果屬於聲符與形體相統一的顯性語義，就能夠根據聲符的形體線索進行推源，對形聲字所表語詞的語義的來由做出說明。戴侗還運用「語轉」的方法對詞與詞的音義關係進行了分析，提出了「一音之轉」的說法。

清朝的段玉裁在注解《說文解字》的大量形聲字的基礎上，提出了「聲與義同原」說：「聲與義同原，故諧聲之偏旁多與字義相近。此會意、形聲兩兼之字致多也。」後來他發展成「以聲為義」說。段玉裁的「以聲為義」說也有不限形體、於聲得義的表述，這在他對實字、虛字的解釋中都有所涉及。例如，用「象」為想像之義，用「易」為簡易、變易之義。認為虛字古語詞都是取字音而非字本義，是假借之法，因此不能用就形以說音義之法。這些觀點不僅有字源研究的成分，而且有詞源研究的成分。

「右文」說等把聲符與意義聯繫起來，而聲符可以看作是與文字形體密不可分的，所以「右文」說可以看作是從字的角度研究語言的。因此，「右文」說等大致屬於字源研究的範疇。當然，聲符也是與語音緊密聯繫在一起的，字一旦同時具備了形、音、義，能夠獨立運用時，也可以稱為詞，所以「右

文」說也可以看作是詞源研究的範疇。無論如何，「右文」說屬於語源學的範疇。

4. 前人對同源關係的探索

20 世紀，漢語語源學的各個分支高度融合起來，語源研究走上了科學發展的道路。現代學者們試圖通過探討「語根」，揭示語源。當代學者們則通過探討同源詞、同源字等內容，揭示語源。

章太炎提出了「語根」說。他在《新方言·序》裡提出「語根」一詞。他所說的「語根」主要包括「詞根」和「初文」。《國故論衡·語言緣起說》一方面提出「諸言語皆有根」，另一方面主張以《說文》獨體字為「語根」。《文始·敘例》一方面認為，探求語源應該依據聲音，不要拘於形體；另一方面把「初文」、「準初文」作為語源的根據。他把語言文字的演變歸納為「變易」和「孳乳」兩大條例。

黃侃認為語言文字是有根的，而其根是可以推尋的，研究語言文字的根本任務在於「論其法式，明其義理，以求語言文字之系統與根源」。他在《聲韻通例》中對章太炎提出的語言文字演變的「變易」和「孳乳」作了進一步的解釋：「變易者，形異而聲、義俱通；孳乳者，聲通而形、義小變。」他還探討了反義同源的現象，《文字聲韻訓詁筆記》說：「凡人之心理迴圈不一，而語義亦流轉不居，故當造字時，已多有相反為義者。」

沈兼士的《右文說在訓詁學上的沿革及其推闡》提出了「右文分化」的概念，指聲符字與形聲字母子相生以及同母字增殖現象。他通過據形推源的方法把聲符所承載的語義區分為本義、引申義、借音所表之義，並且論證了各種語義分化、同源詞產生的規律。他指出，「應用右文以探尋語根」，「求中國之語根，不能不在此等音符中求之」。通過對源詞和同源派生詞之間關係的描寫，揭示派生詞的音義來由。

楊樹達描寫了聲符載義的複雜情況，並且做出了理論解釋。他揭示了同一聲符可以承載不同的語義、不同的聲符可以承載同一語義以及聲符大都有音義分化現象的規律。楊樹達還考釋了大量的同源詞、同源字，從語法學的角度揭示了同源孳乳現象，提出了「造字時有通借」的觀點。

劉師培提出了「字義起於字音」的觀點，高本漢傳入了語音構擬的方法。

　　王力先生全面地吸收了前人古音學方面的研究成果，並用擬音方法分析了語詞音節變化的規律，他的語音通轉理論比章太炎《文始》中的「語轉」分析進了一步。王力先生把上古音聲紐分為 5 大類 33 紐，韻部分為 3 大類 29 部，對聲紐之間、韻部之間的親緣關係作了規定，認為只有聲紐和韻部都相近才算語音相近。王力先生還分別從語音、語義和語法等方面對同源詞的產生規律進行了探討。王力先生對推動當代語源學的研究發揮了巨大的作用。

　　陸宗達、王寧先生提出了很多有價值的語源學觀點，解釋了很多語源學術語，例如詞族、發源字、根詞（詞根）、源詞、派生詞、同根詞、同源詞、同源字、同源通用字、孳乳、孳乳字、音近義通、推源、系源等，闡述了許多語源學原理，為形成當代科學的理論體系奠定了基礎。王寧、李國英先生指出，聲符是形聲字的主體性構件，是示源符號，這是對聲符的本質和功能問題的一大突破。

　　任繼昉先生的《漢語語源學》對語源學原理進行了論述，探討了語源學的研究對象和任務、研究方法以及語源學與其他相關學科的關係等，構築了比較完整的基礎理論體系。

　　殷寄明先生闡述了語源學的性質、作用、研究對象、研究範圍、研究方法以及與相鄰學科的關係等，構建了比較完整的基礎理論體系。殷寄明先生論述了語源義的概念、成因、性質、特點和運動方式等，認為語源義是來源於文字產生之前的口頭語言中的原始性語義，是與本義並列的隱性語義。他回顧了漢語語源學的起源、發展的歷史，肯定了學者們做出的貢獻。他對形聲字的聲符義進行了歸納和總結，他的《漢語同源詞大典》收單字 7217 個，其中根據 879 個聲符字形體線索系聯形聲字 6885 個，根據聲符字的音義線索系聯文字 332 個。

　　此外，徐振邦先生的聯綿詞研究，齊沖天先生的「聲韻語源」研究，張紹麟先生的流俗語源研究以及其他眾多學者的相關探討，都為現代語源學做出了貢獻。

（二）揭示語源的方法

　　語源指原始形態語言成分的音義來源，涉及最初概念的語音與語義的結合關係。揭示語源要盡可能地探求「語根」。「語根」是最初概念的語音和語義的

結合形式。探求「語根」，不僅要研究詞源，而且要參考字源。詞源是詞語的語音和語義的來源，字源是文字的形體和語音、語義的來源。

語音與語義的結合雖然是任意的，可以選擇的，但又是社會約定俗成的，有現實的理據。音義結合的理據是多種多樣的，或者是自然的發音，或者是動情的感歎，或者是音響的類比，或者是形態的模仿等。〔註7〕「語根」一旦產生，就會根據事物之間的某種相似性或相關性，衍生出一系列詞。這些具有親緣關係的詞是同源詞，具有共同的詞源，屬於同一語源。為了記錄語言，人們創製了文字。用形體相似的聲符記錄具有相關意義的字，這些字往往語音也相近。這些具有親緣關係的字是同源字，具有共同的字源，也可能是同源詞，具有共同的詞源，屬於同一語源。

語音相近、語義相關的雙音節詞具有同一「語根」。例如，*kl 可能是類比圓形物體滾動的聲音，表示圓形物體的*kl 就衍生出一系列雙音節詞。「骨碌」是圓形物體滾動的聲音，「骷髏」是圓形的頭骨，「軲轆」是圓形的車輪，「葫蘆」是圓形的瓜果，「喉嚨」是圓形的氣管。「骨碌」、「骷髏」、「軲轆」、「葫蘆」和「喉嚨」語音相近，語義相關，是一組同源詞。這組同源詞具有同一「語根」，來自上古類比圓形物體滾動的聲音。

語音相近、語義相關的單音節詞也具有同一「語根」。例如，表示圓形物體的*k 也衍生出一系列單音節詞。「果」、「瓜」都是圓形物體，都可以吃，在樹上的是「果」，在地上的是「瓜」。「果」和「瓜」語音相近，語義相關，是一組同源詞。這組同源詞具有同一「語根」，來自上古類比圓形物體滾動的聲音。

表示圓形物體的*k 衍生出的一系列單音節詞與表示圓形物體的*kl 衍生出的一系列雙音節詞可能出自同一「語根」，語源相同，單音節詞是「急言」，雙音節詞是「緩言」。

形體相關、語義相關的單音節字往往語音也相近，也具有同一「語根」。例如，*ɣa 可能是看到大事物時發出的驚駭聲，表示大的*ɣa 就衍生出一系列字。「于」，甲骨文象竽形，本義疑為竽，一種簧管樂器，形似笙而略大。後作「竽」。《說文‧竹部》:「竽，管三十六簧也。從竹，亏聲。」「于」有大義，

〔註7〕參見任繼昉《漢語語源學》，重慶出版社，2004 年版，第 66 頁。

不少含「于」的字也都有大義。《說文・艸部》:「芋,大葉實根,駭人,故謂之芌也。从艸,亏聲。」段玉裁注:「《口部》曰:『吁,驚也。』毛傳曰:『訏,大也。』凡于聲字多訓大。芋之為物,葉大根實,二者皆堪駭人,故謂之芋。其字从艸,于聲也。」《廣雅・釋詁一》:「芋,大也。」《說文・口部》:「吁,驚也。从口,于聲。」「于」、「芋」和「吁」形體相關,語音相關,語義相關,是一組同源字;同時語音相關,語義相關,是一組同源詞。「于」、「芋」和「吁」具有同一「語根」,來自上古感歎大事物時發出的驚駭聲。

參考文獻

1. （漢）許慎，（宋）徐鉉，說文解字〔M〕，北京：中華書局，2004。
2. （晉）郭璞，（宋）邢昺，爾雅注疏〔M〕，上海：上海古籍出版社，1990。
3. （唐）陸德明，經典釋文〔M〕，上海：上海古籍出版社，1984。
4. （清）阮元，十三經注疏〔M〕，北京：中華書局，1980。
5. （清）阮元，經籍纂詁〔M〕，北京：中華書局，1982。
6. （清）戴震，戴震全集〔M〕，5冊，北京：清華大學出版社，1997。
7. （清）郝懿行，爾雅義疏〔M〕，北京：北京市中國書店，1982。
8. （清）陳玉澍，爾雅釋例〔M〕，武漢：湖北教育出版社，1996。
9. （清）王念孫，廣雅疏證〔M〕，北京：中華書局，1983。
10. （清）王引之，經義述聞〔M〕，南京：江蘇古籍出版社，1985。
11. （清）段玉裁，說文解字注〔M〕，北京：中華書局，1988。
12. （清）朱駿聲，說文通訓定聲〔M〕，北京：中華書局，1984。
13. （清）桂馥，說文解字義證〔M〕，北京：中華書局，1987。
14. （清）王筠，說文解字句讀〔M〕，北京：中國書店，1983。
15. （清）王筠，說文釋例〔M〕，北京：中華書局，1987。
16. 《漢語大字典》編輯委員會，漢語大字典〔M〕，2版，成都：四川辭書出版社，武漢：崇文書局，2010。
17. 章太炎，章太炎全集（七）〔M〕，上海：上海人民出版社，1999。
18. 黃侃，黃侃論學雜著〔M〕，上海：上海古籍出版社，1980。
19. 黃侃，文字聲韻訓詁筆記〔M〕，上海：上海古籍出版社，1983。
20. 沈兼士，沈兼士學術論文集〔M〕，北京：中華書局，1986。
21. 楊樹達，積微居小學金石論叢〔M〕，增訂本，北京：科學出版社，1955。
22. 劉師培，劉申叔先生遺書〔M〕，南京：江蘇古籍出版社，1997。

23. 高本漢，著，張世祿，譯，漢語詞類〔M〕，新1版，太原：山西人民出版社，2015。
24. 高本漢，著，潘悟雲，譯，漢文典〔M〕，上海：上海辭書出版社，1997。
25. 王力，同源字典〔M〕，北京：商務印書館，1982。
26. 王力，漢語史稿〔M〕，2版，北京：中華書局，2004。
27. 陸宗達，王寧，訓詁與訓詁學〔M〕，太原：山西教育出版社，1994。
28. 張世祿，古代漢語教程〔M〕，3版，上海：復旦大學出版社，2005。
29. 蔣禮鴻，懷任齋文集〔M〕，上海：上海古籍出版社，1986。
30. 殷寄明，漢語同源詞大典〔M〕，上海：復旦大學出版社，2018。
31. 殷寄明，漢語語源義初探〔M〕，上海：學林出版社，1998。
32. 殷寄明，語源學概論〔M〕，上海：上海教育出版社，2000。
33. 殷寄明，中國語源學史〔M〕，長春：吉林人民出版社，2002。
34. 殷寄明，漢語同源字詞叢考〔M〕，上海：東方出版中心，2007。
35. 任繼昉，漢語語源學〔M〕，重慶：重慶出版社，2004。
36. 孟蓬生，上古漢語同源詞語音關係研究〔M〕，北京：北京師範大學出版社，2001。
37. 黃易青，上古漢語同源詞意義系統研究〔M〕，北京：商務印書館，2007。
38. 張博，漢語同族詞的系統性與驗證方法〔M〕，北京：商務印書館，2003。
39. 孫景濤，古漢語重疊構詞法研究〔M〕，上海：上海教育出版社，2008。
40. 《辭海》編輯委員會，辭海〔M〕，6版，上海：上海辭書出版社，2009。
41. 劉鈞傑，同源字典補〔M〕，北京：商務印書館，1999。
42. 劉鈞傑，同源字典再補〔M〕，北京：語文出版社，1999。
43. 張希峰，漢語詞族叢考〔M〕，成都：巴蜀書社，1999。
44. 張希峰，漢語詞族續考〔M〕，成都：巴蜀書社，2000。
45. 張希峰，漢語詞族三考〔M〕，北京：北京語言學院出版社，2004。
46. 王平，漢字字源手冊〔M〕，廣州：南方日報出版社，2002。
47. 薛才德，漢語藏語同源字研究〔M〕，上海：上海大學出版社，2001。
48. 胡繼明，《廣雅疏證》中的同源詞研究〔M〕，成都：巴蜀書社，2002。
49. 黃金貴，古代漢語文化百科詞典〔M〕，上海：上海辭書出版社，2015。
50. 陳建初，《釋名》考論〔M〕，長沙：湖南師範大學出版社，2007。
51. 竇文宇，竇勇，漢字字源：當代新說文解字〔M〕，長春：吉林文史出版社，2005。
52. 郝士宏，古漢字同源分化研究〔M〕，合肥：安徽大學出版社，2008。
53. 王力，漢語音韻〔M〕，北京：中華書局，1980。
54. 丁聲樹，李榮，古今字音對照手冊〔M〕，北京：中華書局，1981。
55. 郭錫良，漢字古音手冊〔M〕，增訂本，北京：北京大學出版社，2010。
56. 唐作藩，上古音手冊〔M〕，南京：江蘇人民出版社，1982。
57. 唐作藩，音韻學教程〔M〕，北京：北京大學出版社，2005。
58. 何九盈，上古音〔M〕，北京：商務印書館，2001。
59. 何九盈，音韻叢稿〔M〕，北京：商務印書館，2002。
60. 李方桂，上古音研究〔M〕，北京：商務印書館，2001。

61. 耿振生，音韻通講〔M〕，石家莊：河北教育出版社，2001。

62. 楊劍橋，漢語音韻學講義〔M〕，上海：復旦大學出版社，2005。

63. 萬獻初，《經典釋文》音切類目研究〔M〕，北京：商務印書館，2004。

64. 萬獻初，音韻學要略〔M〕，武漢：武漢大學出版社，2008。

65. 汪壽明，潘文國，漢語音韻學引論〔M〕，上海：華東師範大學出版社，1992。

66. 鄭偉，音韻學：方法和實踐〔M〕，上海：上海古籍出版社，2018。

67. 潘悟雲，漢語歷史音韻學〔M〕，上海：上海教育出版社，2000。

68. 黃焯，古今聲類通轉表〔M〕，上海：上海古籍出版社，1981。

69. 曾運乾，音韻學講義〔M〕，北京：中華書局，2000。

70. 董同龢，漢語音韻學〔M〕，北京：中華書局，2004。

71. 陳復華，漢語音韻學基礎〔M〕，北京：中國人民大學出版社，2005。

72. 李無未，漢語音韻學通論〔M〕，北京：高等教育出版社，2006。

73. 胡安順，音韻學通論〔M〕，北京：中華書局，2001。

74. 龍莊偉，漢語音韻學〔M〕，北京：語文出版社，2005。

75. 魏建功，古音系研究〔M〕，北京：中華書局，2004。

76. 史存直，漢語音韻學綱要〔M〕，合肥：安徽教育出版社，1985。

77. 陳振寰，音韻學〔M〕，長沙：湖南人民出版社，1986。

78. 李珍華，周長楫，漢字古今音表〔M〕，北京：中華書局，1993。

79. 龍易騰，基礎音韻學〔M〕，成都：巴蜀書社，2003。

80. 黃典誠，漢語音韻史〔M〕，合肥：安徽教育出版社，1993。

81. 李無未，漢語音韻學通論〔M〕，北京：高等教育出版社，2006。

82. 陸宗達，訓詁研究〔M〕，北京：北京師範大學出版社，1981。

83. 王寧，訓詁學原理〔M〕，北京：中國國際廣播出版社，1996。

84. 趙振鐸，訓詁學綱要〔M〕，西安：陝西人民出版社，1987。

85. 齊佩瑢，訓詁學概論〔M〕，北京：中華書局，2004。

86. 楊端志，訓詁學〔M〕，濟南：山東文藝出版社，1986。

87. 洪誠，訓詁學〔M〕，南京：江蘇古籍出版社，1984。

88. 周大璞，訓詁學初稿〔M〕，武漢：武漢大學出版社，1987。

89. 白兆麟，簡明訓詁學〔M〕，合肥：安徽教育出版社，1983。

90. 吳孟復，訓詁通論〔M〕，杭州：浙江教育出版社，1984。

91. 王問漁，訓詁學的研究與應用〔M〕，呼和浩特：內蒙古人民出版社，1986。

92. 郭在貽，訓詁學〔M〕，修訂本，北京：中華書局，2005。

93. 許威漢，訓詁學導論〔M〕，北京：北京大學出版社，2004。

94. 趙振鐸，訓詁學史略〔M〕，鄭州：中州古籍出版社，1988。

95. 胡樸安，中國訓詁學史〔M〕，北京：商務印書館，1998。

96. 李建國，漢語訓詁學史〔M〕，合肥：安徽教育出版社，1985。

97. 傅傑，言意之間：文史研究中的訓詁問題〔M〕，上海：上海教育出版社，2005。

98. 汪少華，古詩文詞義訓釋十四講〔M〕，北京：商務印書館，2005。

99. 汪少華，中國古車輿名物考辨〔M〕，北京：商務印書館，2005。

100. 盧烈紅，訓詁與語法叢談〔M〕，武漢：湖北人民出版社，2005。

101. 趙世舉，漢語研究管見集〔M〕，武漢：湖北人民出版社，2005。

102. 蕭紅，春秋左傳詳解〔M〕，北京：金盾出版社，2009。

103. 肖聖中，四書五經詳解・周易〔M〕，北京：金盾出版社，2009。

104. 駱瑞鶴，荀子補正〔M〕，武漢：武漢大學出版社，1997。

105. 韓格平，中華儒學通典・儀禮釋讀〔M〕，海口：南海出版公司，1992。

106. 韓格平，中華道學通典・抱樸子內篇釋讀〔M〕，海口：南海出版公司，1994。

107. 劉利，墨子〔M〕，北京：高等教育出版社，2008。

108. 楊端志，漢語史論集〔M〕，濟南：齊魯書社，2008。

109. 楊逢彬，滄海一粟〔M〕，上海：復旦大學出版社，2007。

110. 李中生，荀子校詁叢稿〔M〕，廣州：廣東高等教育出版社，2001。

111. 周祖謨，爾雅校箋〔M〕，南京：江蘇教育出版社，1984。

112. 胡奇光，爾雅今注〔M〕，上海：上海古籍出版社，1999。

113. 徐朝華，爾雅今注〔M〕，修訂版，天津：南開大學出版社，1994。

114. 徐莉莉，詹鄞鑫，爾雅——文詞的淵海〔M〕，上海：上海古籍出版社，1997。

115. 林寒生，爾雅新探〔M〕，南昌：百花洲文藝出版社，2006。

116. 駱鴻凱，爾雅論略〔M〕，長沙：嶽麓書社，1985。

117. 朱祖延，爾雅詁林〔M〕，武漢：湖北教育出版社，1996。

118. 錢繹，方言箋疏〔M〕，上海：上海古籍出版社，1984。

119. 華學誠，揚雄方言校釋匯證〔M〕，北京：中華書局，1994。

120. 殷寄明，《說文》研究〔M〕，香港：香港文匯出版社，2005。

121. 殷寄明，《說文解字》精讀〔M〕，上海：復旦大學出版社，2006。

122. 李學勤，字源〔M〕，天津：天津古籍出版社，2012。

123. 段玉裁，朱小健，張和生，說文解字讀〔M〕，北京：北京師範大學出版社，1995。

124. 臧克和，《說文解字》的文化說解〔M〕，武漢：湖北人民出版社，1994。

125. 臧克和，漢語文字與審美心理〔M〕，上海：學林出版社，1990。

126. 臧克和，漢字取象論〔M〕，臺北：臺北聖環出版公司，1995。

127. 臧克和，中國文字與儒家思想〔M〕，南寧：廣西教育出版社，1996。

128. 臧克和，漢字單位觀念史考述〔M〕，上海：學林出版社，1998。

129. 臧克和，漢字心理學〔M〕，南寧：廣西教育出版社，2001。

130. 臧克和，漢字學概論〔M〕，南寧：廣西教育出版社，2001。

131. 董蓮池，說文部首形義通釋〔M〕，長春：東北師範大學出版社，2000。

132. 董蓮池，說文解字考正〔M〕，北京：作家出版社，2005。

133. 董蓮池，說文部首形義新證〔M〕，北京：作家出版社，2007。

134. 王平，說文解字新訂〔M〕，北京：中華書局，2002。

135. 王平，說文與中國古代科技〔M〕，南寧：廣西教育出版社，2001

136. 蔣冀騁，說文段注改篆評議〔M〕，長沙：湖南教育出版社，1993。

137. 湯可敬，說文解字今釋〔M〕，長沙：嶽麓書社，2002。

138. 雷漢卿，《說文》「示」部字與神靈祭祀考〔M〕，成都：巴蜀書社，2000。

139. 古敬恒，劉利，新編說文解字〔M〕，徐州：中國礦業大學出版社，1991。

140. 劉志基，漢字與古風俗〔M〕，福州：福建教育出版社，1993。

141. 劉志基，漢字文化學簡論〔M〕，貴陽：貴州教育出版社，1994。

142. 劉志基，漢字古俗觀奇——先民衣食住行新視界〔M〕，上海：上海文藝出版社，1994。

143. 劉志基，漢字與古代人生風俗〔M〕，上海：華東師範大學出版社，1995。

144. 劉志基，漢字文化綜論〔M〕，南寧：廣西教育出版社，1996。

145. 陳煒湛，漢字古今談〔M〕，北京：語文出版社，1996。

146. 劉又辛，漢語漢字答問〔M〕，北京：商務印書館，2003。

147. 王力，王力古漢語字典〔M〕，北京：中華書局，2000。

148. 中國社會科學院考古研究所，甲骨文編〔M〕，北京：中華書局，1965。

149. 高明，古文字類編〔M〕，北京：中華書局，1980。

150. 高明，中國古文字學通論〔M〕，北京：北京大學出版社，1996。

151. 徐中舒，漢語古文字字形表〔M〕，成都：四川辭書出版社，1980。

152. 徐中舒，甲骨文字典〔M〕，成都：四川辭書出版社，1988。

153. 姚孝遂，殷商甲骨刻辭類纂〔M〕，北京：中華書局，1989。

154. 姚孝遂，殷墟甲骨刻辭摹釋總集〔M〕，北京：中華書局，1981。

155. 于省吾，甲骨文字詁林〔M〕，北京：中華書局，1996。

156. 陳劍，甲骨金文考釋論集〔M〕，北京：線裝書局，2007。

157. 楊逢彬，殷墟甲骨刻辭詞類研究〔M〕，廣州：花城出版社，2003。

158. 李圃，甲骨文選注〔M〕，上海：上海古籍出版社，1989。

159. 吳浩坤，潘悠，中國甲骨學史〔M〕，上海：上海人民出版社，1985。

160. 裘錫圭，古文字論集〔M〕，北京：中華書局，1992。

161. 劉釗，古文字構形學〔M〕，福州：福建人民出版社，2006。

162. 劉翔，陳抗，商周古文字讀本〔M〕，北京：語文出版社，1989。

163. 秦永龍，西周金文選注〔M〕，北京：北京師範大學出版社，1992。

164. 李國英，小篆形聲字研究〔M〕，北京：北京師範大學出版社，1996。

165. 王元鹿，比較文字學〔M〕，南寧：廣西教育出版社，1997。

166. 陳夢家，中國文字學〔M〕，北京：中華書局，2006。

167. 唐蘭，中國文字學〔M〕，上海：上海古籍出版社，2004。

168. 李學勤，古文字學初階〔M〕，北京：中華書局，2003。

169. 裘錫圭，文字學概要〔M〕，北京：商務印書館，2003。

170. 宋均芬，漢語文字學〔M〕，北京：北京大學出版社，2005。

171. 楊伍銘，文字學〔M〕，長沙：湖南人民出版社，1986。

172. 陳世輝，湯余惠，古文字學概要〔M〕，長春：吉林大學出版社，1988。

173. 孔祥卿，史建偉，孫易，漢字學通論〔M〕，北京：北京大學出版社，2006。

174. 徐在國，傳抄古文字編〔M〕，北京：線裝書局，2006。

175. 徐超，中國傳統語言文字學〔M〕，濟南：山東大學出版社，1996。

176. 張世祿，張世祿語言學論文集〔M〕，上海：學林出版社，1984。

177. 周祖謨，學術論著自選集〔M〕，北京：北京師範學院出版社，1993。

178. 崔富章，楚辭學文庫〔M〕，武漢：湖北教育出版社，2002。

179. 魯國堯，魯國堯語言學論文集〔M〕，南京：江蘇教育出版社，2003。

180. 李開，戴震語文學研究〔M〕，南京：江蘇古籍出版社，1998。

181. 高小方，中國語言文字學史料學〔M〕，南京：南京大學出版社，2005。

182. 高小方，漢語史語料學〔M〕，北京：高等教育出版社，2005。

183. 呂思勉，先秦學術概論〔M〕，北京：中國大百科全書出版社，1985。

184. 蔣宗福，語言文獻論集〔M〕，成都：巴蜀書社，2002。

185. 王力，中國語言學史〔M〕，太原：山西人民出版社，1981。

186. 周有光，中國語文的時代演進〔M〕，北京：清華大學出版社，1997。

187. 胡奇光，中國小學史〔M〕，上海：上海人民出版社，1987。

188. 濮之珍，中國語言學史〔M〕，上海：上海古籍出版社，1987。

189. 胡樸安，中國文字學史〔M〕，上海：上海書店出版社，1984。

190. 孫鈞錫，中國漢字學史〔M〕，北京：學苑出版社，1991。

191. 黃德寬，陳秉新，漢語文字學史〔M〕，合肥：安徽教育出版社，1990。

192. 楊榮祥，中國現代語言學家傳略·楊樹達〔M〕，石家莊：河北教育出版社，2004。

193. 洪誠，中國歷代語言文字學文選〔M〕，南京：江蘇人民出版社，1982。

194. 吳文淇，張世祿，中國歷代語言學論文選注〔M〕，上海：上海教育出版社，1986。

195. 周斌，中國古代語言學文選〔M〕，上海：上海古籍出版社，1988。

196. 漢語大字典》編輯委員會，漢語大字典〔M〕，第二版，成都：四川辭書出版社，2010。

197. 汪維懋，漢語重言詞詞典〔M〕，北京：軍事誼文出版社，1999。

198. 王建莉，《爾雅》同義詞考論〔M〕，北京：中華書局，2012。

199. 郭錫良，漢語的同源詞和構詞法〔J〕，湖北大學學報：哲學社會科學版，2000，27（5）：62～65。

200. 王寧，關於漢語詞源研究的幾個問題〔J〕，陝西師範大學學報：哲學社會科學版，2001，30（1）：63～67。

201. 王寧，黃易青，詞源意義與詞彙意義論析〔J〕，北京師範大學學報：人文社會科學版，2002，172（4）：90～98。

202. 孟蓬生，漢語同源詞芻議〔J〕，河北學刊，1994，（4）：70～75。

203. 游汝杰，漢語方言同源詞的判別問題〔J〕，方言，2004，（1）：7～15。

204. 方一新，玄應《一切經音義》卷一二《生經》音義箚記〔J〕，古漢語研究，2006，72（3）：62～65。

205. 關長龍，聯綿詞語源推闡模式芻議〔J〕，浙江大學學報：人文社會科學版，1996，（3）：105～110。

206. 關長龍，論《說文解字》之雙聲字〔J〕，語言研究，1989，17（2）：46～59。

207. 黃金貴，評王力的同源詞與同義詞關係論〔J〕，浙江大學學報：人文社會科學版，2003，33（3）：55～64。

208. 盧烈紅，黃侃的語源學理論和實踐〔J〕，武漢大學學報：哲學社會科學版，1995，221（6）：12～17。

209. 黃行，確定漢藏語同源詞的幾個問題〔J〕，民族語文，2001，（4）：9～17。

210. 齊沖天，論語源研究〔J〕，鄭州大學學報：哲學社會科學版，1988，（5）：35～40。

211. 孫玉文，從上古同源詞看上古漢語四聲別義〔J〕，湖北大學學報：哲學社會科學版，1994，（6）：63～70。

212. 邢凱，關於語義學比較法的理論問題〔J〕，民族語文，2002，（5）：23～28。

213. 朱國理，《廣雅疏證》中的轉語〔J〕，上海大學學報：社會科學版，2003，10（2）：23～27。

214. 朱國理，《廣雅疏證》同源詞的詞義關係〔J〕，上海大學學報：社會科學版，2005，12（2）：107～112。

215. 侯占虎，對「音近義通」說的反思〔J〕，北京師範大學學報：人文社會科學版，2002，（4）：45～48。

216. 李玉，簡帛文獻中異文別字的同源相通研究〔J〕，汕頭大學學報：人文社會科學版，2006，22（5）：45～48。

217. 方環海，王仁法，論《爾雅》中同源詞的語義關係類型〔J〕，徐州師範大學學報：哲學社會科學版，2000，26（4）：67～71。

218. 方環海，論《爾雅》的語源訓釋條例及其方法論價值〔J〕，語言研究，2001，45（4）：83～88。

219. 方環海，《爾雅》與漢語語源學研究方法〔J〕，徐州師範大學學報：哲學社會科學版，2002，28（1）：9～13。

220. 馮蒸，古漢語同源連綿詞試探〔J〕，寧夏大學學報：社會科學版，1987，30（1）：26～33。

221. 胡繼明，從《廣雅疏證》看漢語同源詞的語音關係類型和音轉規律〔J〕，廣西師範大學學報：哲學社會科學版，2003，39（1）：88～92。

222. 胡繼明，《廣雅疏證》研究同源詞的理論和方法〔J〕，遼寧師範大學學報：社會科學版，2003，26（3）：64～66。

223. 胡繼明，《廣雅疏證》中的同源詞研究〔J〕，西南民族大學學報：人文社科版，2004，25（7）：395～398。

224. 鄭振峰，李冬鴿，關於同源詞的判定問題〔J〕，語文研究，2005，94（1）：28～31。

225. 蔡永貴，判定原生詞和孳生詞的文字線索〔J〕，廣西社會科學，2005，126（12）：164～166。

226. 騰華英，近20年來漢語同源詞研究綜述〔J〕，江漢大學學報：人文科學版，2007，26（6）：70～73。

227. 蔡永貴，漢字字族探論〔J〕，寧夏大學學報：人文社會科學版，2008，30（5）：1～19。

228. 曾昭聰，漢語詞源研究的現狀與展望〔J〕，暨南學報：哲學社會科學版，2003，
　　　25（4）：99～107。

229. 張仁立，從思維角度分析同源詞的產生〔J〕，山西師大學報：社會科學版，1995，
　　　22（1）：79～83。

230. 張標，《說文》部首與字原〔J〕，河北師範大學學報，1988，（1）：1～6。

231. 趙仲邑，《爾雅》管窺〔J〕，中山大學學報，1963，（4）：96～107。

232. 何九盈，《爾雅》的年代和性質〔J〕，語文研究，1984，11（2）：15～23。

233. 許嘉璐，《爾雅》分類與分卷的再認識〔J〕，中國語文，1996，254（5）：321～329。

234. 張清常，《爾雅》研究的回顧與展望〔J〕，語言研究，1984，6（1）：67～73。

235. 吳禮權，《爾雅》古今研究述評〔J〕，古籍整理研究學刊，1993，（5）：12～16。

236. 趙世舉，歷代雅書述略（上）〔J〕，辭書研究，1991，（3）：153～156。

237. 趙世舉，歷代雅書述略（下）〔J〕，辭書研究，1991，（4）：149～152。

238. 丁忱，《爾雅》概說〔J〕，華中師院學報，1984，（2）：102～109。

239. 董恩林，《爾雅》研究述評〔J〕，湖北大學學報：哲學社會科學版，1987，（1）：
　　　78～84。

240. 胡錦賢，論宋代的《爾雅》學成就〔J〕，湖北大學學報：哲學社會科學版，1998，
　　　（5）：55～59。

241. 胡曉華，郭璞《爾雅注》語詞研究與《漢語大詞典》編纂〔J〕，古漢語研究，2004，
　　　65（4）：92～95。

242. 林寒生，《爾雅》漢注的學術價值〔J〕，廈門大學學報：哲學社會科學版，2001，
　　　147（3）：156～160。

243. 趙振鐸，《爾雅》和《爾雅詁林》〔J〕，古漢語研究，1998，41（4）：57～60。

244. 傅鑒明，《爾雅》和雅書〔J〕，成都大學學報：社會科學版，1986，（4）：82～86。

245. 殷孟倫，從《爾雅》看古漢語詞彙研究〔J〕，山東大學學報，1963，（4）：68～83。

246. 李法白，《爾雅》釋詞撮例〔J〕，鄭州大學學報，1963，（4）：85～112。

247. 蘇新春，《爾雅·釋詁》同義詞詞義特點考論〔J〕，江西師範大學學報：哲學社會
　　　科學版，1986，（3）：68～73。

248. 郭書蘭，從《爾雅》看周秦文化〔J〕，鄭州大學學報：哲學社會科學版，1991，
　　　（4）：12～17。

249. 管錫華，論《爾雅》性質上的一大特點——比較〔J〕，安徽大學學報：哲學社會
　　　科學版，1986，（2）：64～69。

250. 張林川，論《爾雅》在訓詁學方面的價值〔J〕，湖北大學學報：哲學社會科學版，
　　　1988，（4）：45～50。

251. 華學誠，論《爾雅》方言詞的考鑒〔J〕，徐州師範大學學報：哲學社會科學版，
　　　1999，25（4）：29～32。

252. 華學誠，論《爾雅》方言詞的詞彙特點〔J〕，古漢語研究，1999，45（4）：40～
　　　44。

253. 華學誠，論《爾雅》方言詞的地域分佈〔J〕，華東師範大學學報：哲學社會科學
　　　版，2000，（1）：125～129。

254. 趙伯義，《爾雅》義訓分析論〔J〕，古漢語研究，2001，52（3）：76～78。

255. 孫雍長，李煜，論《爾雅》的訓釋〔J〕，廣州大學學報：社會科學版，2004，3（10）：1～10。

256. 王建莉，論《爾雅》同義詞內部地位的不等同性〔J〕，貴州大學學報：社會科學版，2004，22（3）：82～86。

257. 王建莉，論《爾雅》的「求同」訓解與「同一性」思想〔J〕，內蒙古社會科學：漢文版，2004，25（2）：92～95。

258. 王建莉，《爾雅》複合詞的特點〔J〕，語文研究，2004，93（4）：38～41。

259. 多洛肯，《爾雅·釋詁》中詞義內部聯繫現象探微〔J〕，新疆師範大學學報：哲學社會科學版，1998，19（3）：129～134。

260. 姚振武，《爾雅》「良，首也」諸家說辨析〔J〕，古漢語研究，1993，19（2）：58～61。

261. 周及徐，《爾雅·釋詁》「林、烝，君也」解〔J〕，西南民族學院學報：哲學社會科學版，2001，22（11）：181～183。

262. 李嘉翼，論邵晉涵《爾雅正義》因聲求義的訓詁成就〔J〕，江西社會科學，2008，（4）：214～217。

263. 雷漢卿，朱慶之，訓詁學理論體系的科學構建〔J〕，古漢語研究，1999，42（1）：93～96。

264. 王慶元，試釋黃侃論辭書訓詁與文義訓詁的區別〔J〕，武漢大學學報：哲學社會科學版，1997，230（3）：82～88。

265. 盧烈紅，《釋名》聲訓的文化內涵〔J〕，中州學刊，1991，（5）：82～87。

266. 羅積勇，論漢語詞義演變中的「相因生義」〔J〕，武漢大學學報：社會科學版，1989，（5）：71～75。

後　記

　　本書是在本人的博士論文《〈爾雅〉同源詞研究》的基礎上修改而成的。大的修改主要有以下幾個方面：一是增加了對同源詞與同源字的論述，二是縮小了韻部音轉的範圍，三是增加了雙音節聯綿詞、疊音詞、重疊式複合詞以及單音節詞之間的同源關係探討，四是更換和補充了一些例證。

　　同源詞的研究是語言學中一個尖端的課題，判定的標準眾說紛紜，難以把握。依據的上古音擬音與普通話語音和北方話語音相差都很大，不易掌握。要確定詞語之間的同源關係，難度很大。幸而本書是對專書內容進行研究，涉及的範圍有限，對象固定，因此研究起來相對比較方便。

　　本書在寫作過程中得到了老師們的熱情幫助。特別是我的導師殷寄明教授，論文從選題、開題到搜集資料、研究撰寫再到修改加工，每一個環節都凝聚著殷老師的大量心血。復旦大學的汪少華、梁銀峰、王文暉、戴耀晶、楊寧、盧英順、劉大為、吳禮權、祝克懿等老師，北京師範大學的韓格平老師，華東師範大學的臧克和、劉志基、鄭偉等老師，都提出了中肯的意見。對於他們的大力幫助，本人表示誠摯的感謝！

　　花木蘭文化事業有限公司為本書的出版做了很多工作，本人表示衷心的感謝！

郝立新

2021 年 3 月